RUBEN LAURIN
Die Löwin von Jerusalem

RUBEN LAURIN

DIE LÖWIN
VON JERUSALEM

**Bathseba –
Die Freiheit war ihr Traum,
König David ihr Schicksal**

Roman

Mit einer Kartenzeichnung von Markus Weber

Lübbe

Originalausgabe

Die Veröffentlichung dieses Werkes erfolgt auf Vermittlung der Literarischen Agentur Peter Molden, Köln.

Copyright © 2024 by Ruben Laurin
Diese Ausgabe 2024 by Bastei Lübbe AG, Schanzenstraße 6–20, 51063 Köln

Vervielfältigungen dieses Werkes für das Text- und Data-Mining bleiben vorbehalten.
Textredaktion: Friederike Haller, Wortspiel, Berlin
Kartenzeichnung: Markus Weber, Guter Punkt, München
Umschlaggestaltung: Kirstin Osenau
Einband-/Umschlagmotiv: © ILINA SIMEONOVA / Trevillion Images; © NSA
Digital Archive / iStock / Getty Images Plus; © Lukasz Szwaj / Shutterstock;
PicsPicturesque / Shutterstock
Satz: GGP Media GmbH, Pößneck
Gesetzt aus der Minion
Druck und Verarbeitung: GGP Media GmbH, Pößneck

Printed in Germany
ISBN 978-3-7577-0002-7

2 4 5 3 1

Sie finden uns im Internet unter luebbe.de
Bitte beachten Sie auch: lesejury.de

Your faith was strong but you needed proof
You saw her bathing on the roof
Her beauty and the moonlight overthrew you
She tied you to a kitchen chair
She broke your throne, and she cut your hair
And from your lips she drew the Hallelujah

Du glaubst, doch suchst du den Beweis,
Du sahst sie baden, dir ward heiß,
Überwältigt von der Schönheit und dem Mondlicht.
Sie hielt dich fest, ihr ward ein Paar,
Sie brach den Thron, sie schnitt dein Haar
Und aus dem Mund zog sie dein Halleluja.

Leonard Cohen

Übertragung von Misha G. Schoeneberg

Für
Mike Godyla

Personen

Bathseba	Hirtin, Geliebte Davids, Uriahs Frau
David	Hirte, Rebell, Sänger, König
Uriah	Bathsebas Mann
Saul	König von Juda
Jonathan	Sauls Sohn und Davids Freund
Abner	Sauls Vetter und Feldhauptmann
Joab	Rebell, Feldhauptmann Davids
Abisai	Joabs jüngerer Bruder
Asahel	Joabs jüngerer Bruder
Zeruja	Mutter des Joab, Abisai und Asahel
Ahitofel	Bathsebas Großvater
Nathan	Priester und Prophet
Benaja	Hauptmann der königlichen Leibgarde
Eliam	Bathsebas Vater
Miriam*	Bathsebas Tante und Pflegemutter
Rahel*	Bathsebas Magd
Gedor*	Aufseher des königlichen Harems
Zadok	heilkundiger Hohepriester

Die mit einem Stern (*) gekennzeichneten Personen sind fiktiv; ein Glossar findet sich am Ende des Buches.

Zeittafel (v. Chr.)

etwa 1400	israelitische Stämme fallen unter Josua in Kanaan ein, dem Gebiet des heutigen Palästinas
bis nach 1050	charismatische Heerführer und Richter regieren über den losen Verbund der zwölf Stämme Israels
bis ca. 1012	Kämpfe mit Philistern und Ureinwohnern Kanaans; Samuel ist Prophet und letzter Richter Israels
1012–1004	Saul, Nachfolger Samuels, regiert als erster judäischer König von Gibea aus
1004–998	David ist König von Juda in Hebron
997–965	David regiert in Jerusalem als König von ganz Israel
965–926	Bau des ersten Tempels und Blütezeit des Königreichs Israel unter Salomo, dem Sohn Davids

Prolog

Dort kommt sie. Da drüben, auf der anderen Seite des Torplatzes. Die in dem aschgrauen Gewand, die ihre Schafe und Lämmer aus der Korbmachergasse treibt. Siehst du sie? Schau nur, wie anmutig sie schreitet, wie freundlich sie die Leute grüßt, wie fröhlich sie ihr Lachen nach allen Seiten wirft!

Bathseba heißt sie, bald sechzehn Sommer alt. Wir kennen sie, und du wirst sie kennenlernen. Die Leute hier in Hebron nennen sie *Dadida*, wir nennen sie die *Löwin von Jerusalem* – wir, die wir wissen, was früher geschah, was einst geschehen wird und was jetzt gerade geschieht.

Jetzt gerade beugt sie sich zum jüngsten ihrer Lämmer hinunter, weil es vor dem Hund des Waffenschmiedes scheut. Sieh doch, wie zärtlich sie den plärrenden Wollknäuel an ihre Brust drückt! Wie streng sie dem Hund gebietet – mit einem einzigen Blick. Hast du das gesehen?

Wir haben ein Auge auf Bathseba, schon von Anfang an. Seit man sie zu ihrer Mutter ins Grab gelegt hat. Erst hat der totgesagte Säugling Mäulchen und Äuglein aufgerissen, dann fing er an zu quäken, dann hat man ihn aus der Grube gezogen und zu einer Amme gebracht.

Wir haben ein Auge auf dieses Menschenkind, denn die tot sein müssten, fesseln unsere Aufmerksamkeit. Nicht die anderen, die ihre Tage vertun, als sei es selbstverständlich,

11

am Leben zu sein. Nicht die viel zu vielen, die dahinwirbeln im Strom des Werdens und Vergehens wie Treibgut im Wildwasser.

Jetzt führt sie ihre Herde zur Tränke, legt ihren Hirtenstab über den Trog, füllt ihren Wasserschlauch, lässt die Tiere saufen. Ein langer Tag liegt vor ihr, ein Tag weit draußen in den Hügeln, wo schon zwei auf sie warten. Zwei, von denen sie noch nichts weiß: ihr künftiger Liebesgefährte und der allzeit gefräßige Tod.

Jetzt richtet sie sich auf, nickt den Kriegern dort zu, schreitet an den Kamelen und Maultieren vorbei in den Torplatz hinein. Hörst du, wie kraftvoll sie bei jedem Schritt ihren Stab aufsetzt? Siehst du, wie Sauls Soldaten hinter ihr hergaffen? Und sie gaffen nicht ohne Grund, denn schau nur, wie Bathsebas schwarzes Haar in der Morgensonne glänzt, wie ihre dunklen Augen leuchten, wie bezaubernd sie lächelt, wie grazil sie die Hüften schwingt.

Ob sie schön ist? Frag nicht uns, frag die Leute in Hebron. »Bathseba ist die schönste Jungfrau der Stadt«, werden sie dir antworten, »deswegen nennen wir sie ja *Dadida*«, werden sie sagen, Dadida, die *Liebliche*.

Jetzt bleibt sie am Karren des Brotbäckers stehen, scherzt und plaudert, setzt das Lamm ab, gibt dem Bäcker ein Stück Käse für zwei Gerstenfladen, geht weiter. Sie tritt in den Schatten der Stadtmauer, taucht ein ins kühle Gewölbe des Tores, lacht und grüßt nach allen Seiten – grüßt die Bettler, die Sänger, die Würfelspieler, die Leviten, den Säbelmann, die Greise. Und nun heben auch die wenigen jungen Männer im Tor ihre Blicke.

Das Gemurmel verstummt, jetzt, da sie vorüber geht, merkst du es auch? Der Gesang, das Palaver, das Geklapper der Würfel, das Harfenspiel. Einen Augenblick herrscht Stille, bevor er wieder anhebt, der Lebenslärm des neuen Tages, und Bathseba nähert sich den Torwächtern.

Und uns.

Wir sehen sie, doch wird sie uns sehen? Sag nichts! Sei still, warte es ab.

ERSTES BUCH

Der Hirte

1

Mann in Schwarz

Die Stadt ist erwacht. Bathseba treibt schon ihre Schafe über den Torplatz und grüßt nach allen Seiten. Wer ihr ins Gesicht schaut, sieht, dass sie froh ist; selbst der mürrische Schmied kann nicht anders, als zurückzulächeln.

Viele schauen ihr ins Gesicht, denn überall stehen und sitzen sie bereits, die Leute von Hebron - treiben Handel, flechten Körbe, backen Gerstenfladen, schmieden Nägel und Sicheln, tränken Kamele, Maultiere und Ziegen, grüßen, palavern, schimpfen und lachen.

Bathseba liebt das. Sie liebt es einzutauchen in das bunte Leben ihrer morgendlichen Stadt, es zu hören, zu sehen und zu riechen macht sie froh.

Bald wird sie draußen sein zwischen den Hügeln, allein mit ihren Schafen. Sie freut sich darauf, denn auch das mag sie gern - allein sein mit den Schafen, den Vögeln, den Käfern, dem Gras und den Wolken.

Erst einmal aber ist Bathseba nun im Tor angekommen. Hinter ihr gießt die Morgensonne ihren schönen Glanz über den Torplatz von Hebron, über Marktstände, Viehtränke und Menschengetümmel. Vor ihr weitet sich das Gewölbe des noch halbdunklen Nordtores. Als sie hinein geht, wird es so düster, als würde jemand alle Fackeln im Haus gleichzeitig in den Sandbottich stecken.

Sie ruft ihre Schafe – manche mit Namen –, weist ihnen mit dem Stab den Weg durch das Halbdunkel. Das Gemäuer ringsum strahlt noch Nachtkühle aus; Stimmengewirr, Gesang und Gelächter hallen auf allen Seiten. Nur Männerstimmen vernimmt sie, Frauen sitzen selten im Tor.

Ihre Herde drängt sich um sie, vierundzwanzig Schafe, sieben Lämmer und ein ungeduldiger Bock. Der blökt, läuft voraus, prescht den noch verriegelten Flügeln des Außentors entgegen. Bathseba blinzelt nach rechts, schaut nach links, ruft Morgengrüße, während sie ihm folgt.

Auf einmal wird es merkwürdig still. Ihre Augen gewöhnen sich rasch an das Dämmerlicht, schemenhafte Umrisse verwandeln sich in sitzende Männer, und alle gucken sie an: Greise, Priester, Wächter, wandernde Sänger, Spieler, Bettler, ein Fremder und sogar dessen Esel.

Doch nur einen Atemzug lang währt die Stille, dann erklingt wieder Harfenspiel, ertönt wieder die Stimme eines Sängers, und Gemurmel, Palaver und Gelächter umgeben sie so laut wie zuvor. Im Vorübergehen dringen Sätze und Satzfetzen an ihr Ohr: Gerüchte und Geschichten machen die Runde, Neuigkeiten werden ausgetauscht, Nachrichten von der Küste des Mittelländischen Meeres, aus den Fischerdörfern am See Genezareth und vom Ostufer des Jordans. Bathseba ist neugierig, also geht sie langsamer und lauscht.

Einige Männer fuchteln mit den Armen, malen die Taten der Menschen in die Luft, von denen sie erzählen, schneiden Grimassen, um deren Gesichtszüge zu mimen. Sie rufen, krächzen, fauchen und flüstern, um Stimmen nachzuahmen und Worte wiederzugeben, die sie von irgendwelchen Männern oder Frauen aus irgendwelchen Städten oder Dörfern Israels gehört haben.

Bathseba würde sich gern dazusetzen, um wenigstens eine oder zwei der Geschichten zu erfahren, doch hat sie je eine Frau hier im Tor von Hebron sitzen sehen? Außerdem drängen ihre Schafe vorwärts.

Auch vom Krieg gegen die Philister ist die Rede, und Bathseba geht noch langsamer, um zu erfahren, wie die Sache Israels steht, denn ihre älteren Brüder sind mit dem König in den Kampf gezogen. Doch keiner der Männer weiß etwas Neues.

Ein Kamelhändler aus Moab grabscht plötzlich nach dem Saum ihres Gewandes und hält ihn fest. »Nur deinen Schatten zu küssen, macht mich nicht satt, schönes Mädchen.« Der Moabiter spitzt die Lippen zum Kussmund, sein grauer Bart ist ein dünner Zopf. Ein alter Priester schlägt ihm mit seinem Krückstock auf die Finger, sodass er Bathsebas Gewand gleich wieder loslässt.

»Der Gott Abrahams und Isaacs segne dich, hübsches Täubchen.« Ein Fremder, nicht viel älter als sie, grinst frech zu ihr herauf. »Wie heißt du?« Dieser junge Bursche kräht mehr, als dass er spricht und hat einen Silberblick. Er trägt einen verschrammten Lederharnisch unter einem langen grauen Umhang. Seine Schenkel sind braun gebrannt und dick wie der Stamm eines alten Olivenbaums. Dunkler Flaum bedeckt sein breites Kinn, und strähniges schwarzes Haar, das ihm bis auf die Brust reicht, rahmt sein rundes Gesicht ein. Der breite Säbel, der neben ihm im Staub liegt, sieht schwer aus und schmutzig. »Wie heißt du, Täubchen, und wer ist dein Vater?« Wie gegen einen großen Haufen Schnee lehnt er gegen seinen weißen Esel, der sich hinter ihm hingelegt hat. »Bei meinem Arsch – willst du mir nicht antworten?« Er streckt sein Bein aus, sodass Bathseba drübersteigen muss. »Sag mir, wer dein Vater ist, los!«

»Was geht's dich an?« Sie tritt ihm gegen den Fuß. »Und

du hast mich nicht Täubchen zu nennen!« Unter zornig gerunzelten Brauen blitzt sie ihn an und geht weiter, vorbei an den letzten Männern im Gewölbegang des Tores, den würfelnden Wächtern. Noch zehn Schritte bis zum verriegelten Außentor.

Einer der Wächter erhebt sich, erreicht vor ihr die schweren Flügel, drängt ihren Bock beiseite und winkt seinen Knecht zu sich, damit er ihm helfe, den Sperrbalken aus dem Riegel zu stemmen.

Der fremde Bursche kräht ihr hinterher: »Was, wenn ich nun ein Bote Gottes wär', he?! Nach Hebron gesandt, um dir Glück zu verheißen? Dann hättest du gerade einen Engel getreten!«

»Ein Engel wüsste, wer mein Vater ist«, sagt sie, ohne sich nach ihm umzudrehen.

Einige Männer lachen.

»Wenigstens hat sie dich berührt!«, ruft der Kamelhändler, und noch mehr Männer lachen. Der alte Levit aber herrscht ihn und den Flaumbart an, sie mögen ihre Zungen im Zaum halten.

Bathseba wendet nun doch den Kopf, tut so, als wolle sie zwei zurückbleibende Schafe zu sich winken, fasst jedoch nur den Flaumbart ins Auge: Mit spöttischem Grinsen deutet der auf den schimpfenden Leviten, macht eine abfällige Geste und schneidet eine Grimasse, wobei er so stark schielt, dass Bathseba nicht sagen könnte, ob er links oder rechts an ihr vorbeiguckt.

Sie erschrickt, denn einen Atemzug lang sieht sie die Härte in seinem Blick und den grausamen Zug um seinen Mund.

»Bathseba!«

Sie fährt herum, doch da ist keiner.

Hat nicht jemand ihren Namen gerufen!? Jemand am

Ende des Torgewölbes, ganz bestimmt! Einer der beiden Wächter? Nein, die mühen sich immer noch, den schweren Torriegel zu lösen, achten weder auf sie noch auf irgendeinen Rufer.

Ich hab' doch einen meinen Namen rufen hören, denkt sie. Sie will schon an ihren Sinnen zweifeln, da erkennt sie im Halbdunkel die Umrisse eines Mannes, der in einer Nische des Außentorgemäuers hockt. Oder ist es eine Frau?

»Komm her zu mir, Bathseba, Tochter Eliams.«

Nein, so groß ist keine Frau. Und so spricht auch keine Frau. Nicht mit so einer klaren und zugleich tiefen Stimme; die erinnert Bathseba an das Rauschen von Wasser.

Sie zögert zunächst, dann nähert sie sich schließlich doch der großen Gestalt, die ganz und gar in schwarzes Tuch gehüllt ist und beinahe mit der Mauernische verschwimmt. Wer ist denn dieser Fremde, der ihren Namen kennt? Der sogar weiß, wer ihr Vater ist? Bathseba will es erfahren, unbedingt.

Sie geht sehr langsam, bleibt zwei Schritte vor der Gestalt stehen, beugt sich zu ihr hin, schaut ihr ins Gesicht. Ein bartloses Gesicht, perlweiß und ebenmäßig, mit großem Mund über kantigem Kinn, mit vorspringenden Wangenknochen, scharf geschnittener Nase und klaren grauen Augen.

Ein schönes Gesicht. So überirdisch schön, dass ihr unheimlich wird.

»Komm näher, Bathseba.«

Widerwillig gehorcht sie, sie kann nicht anders. »Ich habe dich noch nie hier in Hebron gesehen«, sagt sie heiser, während rechts von ihr die Wächter die Torflügel voneinander lösen. »Woher kennst du meinen Namen?«

»Wir wissen die Namen aller Menschen, die wir kennen wollen.«

Der Klang der fremden Stimme dringt ihr tief in Brust

und Bauch, die Härchen in ihrem Nacken und auf ihren Oberarmen richten sich auf. Der Fremde ist ihr nicht geheuer. Sie will einen Schritt zurückweichen, will schnell ihren Schafen und Lämmern hinterher aus dem Tor huschen, doch sie kann sich nicht bewegen. Hat sich denn ihr Stab in den breiten Fugen des Steinbodens verklemmt? Ist sie etwa festgewachsen?

»Diesen da zum Beispiel wollen wir kennen.« Der Unheimliche hebt den Arm unter seinem schwarzen Gewand, und eine haarlose Hand erscheint zwischen den Falten, feingliedrig, mit perlweißer Haut und ungewöhnlich langen Fingern. Sie deutet auf den Säbelburschen und seinen Esel. »Er heißt Joab und stammt aus der Gegend von Bethlehem. Seine Mutter heißt Zeruja, und der Zimmermann Seraja ist sein Vater. Du bist ihm nicht zum letzten Mal begegnet.«

Aus Bethlehem? Joab? Bathseba schaut zurück, und nun erinnert sie sich: Sie hat den unverschämten Burschen mit dem Silberblick tatsächlich schon einmal gesehen – vor zwei Jahren, als sie den Verwandten in Bethlehem bei der Olivenernte geholfen hat; da ist ihm noch kein Bart gewachsen.

Jetzt streitet der Flaumbart mit dem Priester und beachtet sie nicht mehr. Niemand beachtet sie noch, auch die Wächter nicht. Nur der Unbekannte in Schwarz.

»Hüte dich vor Joab«, sagt er. »Denn der Tod ist sein Begleiter, wohin er auch gehen wird. Und wir wissen, wohin er gehen wird.«

Die große weiße Hand verschwindet wieder unter dem schwarzen Gewand, der Perlhäutige hebt den Blick, und Bathseba muss blinzeln, denn ihr ist, als würde sie in die tief stehende Abendsonne schauen.

»Auch dich wollen wir kennen, Bathseba. Du bist die Tochter Eliams und die Enkelin des klugen und gütigen Ahitofels, den wir sehr gern haben.«

Angst und tiefer Schrecken ergreifen Bathseba plötzlich, und ein Zittern durchbebt sie von den Zehenspitzen bis zum Scheitel. Sie ringt nach Luft, atmet wie gegen eine kalte Barriere in der Brust. »Und du?« Kaum gehorcht ihr die Stimme noch, doch wenigstens kann sie endlich ihren Hirtenstab heben. Sie stemmt ihn zwischen sich und den Unheimlichen in den Steinboden und versucht vergeblich, den Kloß im Hals herunterzuschlucken. Ihre Hände zittern, ihr Stab bebt, nur ein Flüstern entringt sich ihrer Kehle. »Wer bist du denn?«

»Wir sind, die wir sind. Und du bist Bathseba aus Gilo. Nach dem Tod deiner Mutter hat man dich hierher nach Hebron gebracht, damit die Schwester deiner Mutter dich säuge und aufziehe.«

»Ich kenn' dich nicht«, flüstert Bathseba und schüttelt den Kopf. »Woher weißt du das denn alles?«

»Wie an so vielen Tagen zuvor wirst du auch heute die Herde ihres Mannes aus der Stadt treiben.« Der Unheimliche geht nicht auf ihre Frage ein, redet einfach weiter. »Und draußen, zwischen den Hügeln, wirst du einem Hirten begegnen. Auch den wollen wir kennen.«

»Was?« Sie atmet tiefer, versucht ihre Angst zu beherrschen. Ihre Gestalt strafft sich, und ihre Stimme klingt nun ein wenig fester. »Aber ich treffe fast immer andere Hirten draußen auf den Weiden.«

»Wir sprechen von deinem Mann, Bathseba.«

»Von meinem Mann?« Erst stutzt sie, dann lacht sie. »Was redest du denn da für einen Unsinn? Ich hab gar keinen Mann!« In diesem Augenblick erscheint ihr der Fremde gar nicht mehr unheimlich. In diesem Augenblick glaubt sie, einen Schwätzer vor sich zu haben. Oder einen Verrückten. »Und der Mann, dem ich versprochen bin, ist auch kein Hirte, sondern ein Soldat. Mit König Saul und seinem Sohn Jonathan ist er weit fort an die Küste gezogen, um gegen die

Philister zu kämpfen, weil sie uns die Bundeslade geraubt haben. Das weiß doch jeder, der Ohren am Kopf hat und den Boten zuhören kann.«

Der Fremde in der Mauernische nickt. »Seit drei Tagen belagern Uriah und die Soldaten des Königs Askalon, die Fürstenstadt der Philister.« Er antwortet mit ruhiger Stimme. »Wie sollten wir das nicht wissen? Doch wir sprechen nicht von jenem Hethiter, der in Gilo bei deinem Vater um dich geworben hat. Wir sprechen nicht von Uriah, Bathseba, wir sprechen von …«

»Weg da, Mädel!«, herrscht plötzlich der Wächter sie an.

Sie muss schnell zur Seite treten, weil er den Torflügel an ihr vorbeizerrt. Den Schwarzgewandeten in der Außenmauer würdigt er keines Blickes, verdeckt ihn und die Nische mit dem Tor. Sieht er ihn denn gar nicht?

»Du kennst auch Uriah?« Bathseba ist verwirrt, denn nur ihre engsten Verwandten wissen schon, wem ihr Vater sie versprochen hat. Sie drängt sich an dem Wächter vorbei und tritt hinter den Torflügel. »Wer hat dir verraten, dass Uriah und ich …?« Sie verstummt, denn da sitzt keiner mehr. Die Mauernische ist leer, der Unheimliche ist verschwunden.

Bathseba vergisst zu atmen. Auf einmal klopft ihr das Herz in der Kehle.

2

Hirte aus Bethlehem

Wie lange hat sie reglos gestanden, die leere Mauernische angestarrt und ihrem Herzschlag gelauscht? Bathseba weiß es
nicht, als sie zusammenzuckt, weil der Wächter sie an der
Schulter berührt. Verwirrt schaut sie ihn an – wie ein scheues
Mädchen, das sich verlaufen hat.

»Schläfst du mit offenen Augen, Mädel?« Der Wächter
schüttelt unwillig den Kopf. »Wenn du noch länger hier rum-
stehst, zerstreuen deine Schafe sich zwischen den Hügeln,
und dann möchte ich nicht in deiner Haut stecken, wenn du
ohne die Herde nach Hause kommst.«

Bathseba guckt hinter sich, guckt nach links und rechts –
Männer palavern, würfeln und lachen; ein Esel schreit, der
Kamelhändler zwinkert ihr zu, und sie begegnet dem lauern-
den Blick des Säbelburschen. Doch nirgendwo ist noch ein
Schaf oder ein Lamm zu sehen. Sie stolpert zum Tor. Voller
Angst und wie halb betäubt wankt sie aus der Stadt. Ihr
Mund ist trocken, die tiefe Stimme des Unheimlichen tönt
ihr noch im Ohr. Bei jedem Schritt muss sie sich auf ihren
Hirtenstab stützen, so weich sind ihre Knie.

Was ist das gewesen?

Sie atmet schwer. Ein Tagtraum? Sie versucht, den Kloß

im Hals herunterzuschlucken. Eine Erscheinung? Sie späht ängstlich hinter sich, doch niemand verfolgt sie. Was beim Allmächtigen ist das gewesen? Sie beginnt zu rennen.

Kaum weiß sie noch, wohin sie läuft, während die Stadtmauer Hebrons hinter ihr zurückbleibt. Bald holt sie die Herde ein, doch nur mit Mühe gelingt es ihr, die Schafe und Lämmer beieinanderzuhalten.

Erst als die zweite Hügelkette hinter ihr liegt, geben Angst und Verwirrung ihren Geist nach und nach frei, und sie kann wieder klare Gedanken denken. Wer ist dieser Fremde gewesen? Woher weiß er, dass ihre Mutter bei ihrer Geburt gestorben ist? Woher kennt er ihren Namen? Wer hat ihm verraten, dass sie einmal die Frau des Hethiters Uriah werden soll?

Bathseba sucht nach Erklärungen, während sie die Herde hangaufwärts treibt, und je gründlicher sie nachdenkt, desto müheloser fallen sie ihr zu.

Irgendwer in der Familie konnte wieder einmal seine Zunge nicht im Zaum halten, wahrscheinlich ihre Tante Miriam, die Schwester ihrer toten Mutter. Ist sie nicht in der ganzen Umgebung bekannt für ihr loses Maul? Und der Unbekannte in Schwarz ist ein Reisender gewesen, weiter nichts. Tauchen nicht Monat für Monat irgendwelche Boten oder Kaufleute aus Ägypten, dem Libanon oder aus Babylonien in Hebron auf? Und bestimmt ist er die schmale Treppe hinaufgestiegen, die von der Mauernische bis ganz nach oben zum Wehrturm führt. Was denn sonst? Sicherlich kommt er von der Küste – wie sonst sollte er wissen, dass Sauls Heer die Fürstenstadt Askalon belagert? Noch hat keiner der königlichen Boten, die alle drei Tage durch Hebron kommen, davon berichtet.

Die Begegnung im Tor erscheint ihr nun gar nicht mehr so unheimlich, der Schrecken verfliegt endgültig, und Bathseba spürt plötzlich Hunger und Durst. In einem Hang neben einer der vielen Höhlen hier setzt sie sich auf einen Stein, trinkt Wasser und macht sich über den ersten Brotfladen her. Schafe und Lämmer weiden ein Stück unter ihr in der Hügelmulde, wo das Gras am grünsten ist.

Nach dem Essen streckt sie sich im Hang aus, verschränkt die Arme unter dem Kopf, sieht die Wolken über sich vorüberziehen, guckt den Starenschwärmen nach, die nach Süden fliegen. Keine Spur mehr von Verwirrung und Schrecken in ihrer Brust – Bathseba ist wieder froh.

Auf einmal erhebt sich Gebrüll jenseits der Hügelkuppe. Die Tiere heben die Köpfe, stehen wie versteinert und lauschen.

Bathseba springt auf und läuft zum Hügelkamm hinauf. Dort legt sie die Hand über die Augen, blinzelt hinüber zum nächsten Hang – breitbeinig steht dort ein Mann vor einem Höhleneingang, droht mit seinem Stab, zerrt seine Steinschleuder aus der Gurttasche.

Gegen wen will er kämpfen? Und warum brüllt er wie ein Stier in Todesnot? Bathseba stockt der Atem, als sie es erkennt: Kaum zehn Schritte unter dem Brüllenden pirscht sich, tief ins gelbliche Gras geduckt, eine Löwin an ihn heran.

Eine Löwin? Bathseba blinzelt, kneift die Lider zusammen, reißt die Augen wieder auf und schaut ganz genau hin, doch es bleibt dabei – eine Löwin.

Den brüllenden Mann über der Raubkatze erkennt Bathseba an seiner Stimme, an den sonnengebräunten Gliedern und am schwarzen Lockenkopf – es ist ein Hirte aus Bethlehem, der jüngste Sohn Isais. Bei der Olivenernte in Bethlehem und bei der Weinlese in Hebron und Gilo haben sie zusammen Oliven und Weintrauben gepflückt, haben gelacht und gespielt.

Isais Sohn? Normalerweise kommt er nur zu Familienfeiern und zur Weinlese nach Hebron. Was hat der Bursche jetzt, im Frühsommer, hier in den Hügeln vor der Stadt verloren?

Das Gleiche wie sie, begreift sie, als in der Höhle hinter dem Hirten das Geblöke von Schafen laut wird. Er hat seine Schafe geweidet. Und muss nun den Eingang zur Höhle, in der er seine Herde in Sicherheit gebracht hat, gegen die Raubkatze verteidigen. Bathseba sieht sofort, dass ihm das nicht gelingen wird – nicht gelingen kann. Ein Halbwüchsiger gegen eine ausgewachsene hungrige Löwin? Er wird sterben, denn nicht einmal fliehen kann er noch!

Sie denkt nicht lange nach, packt ihren Stab, rennt den Hügel hinunter und schreit aus Leibeskräften.

Sie war noch ein kleines Mädchen, als man zuletzt Löwen im Bergland von Judäa gesehen hat. Löwen scheuen meist zurück, wenn man laut genug brüllt, hat sie damals von ihrem Vater gelernt. Es sei denn, sie sind sehr hungrig.

Die Löwin dort oben beeindruckt das Gebrüll des Hirten aus Bethlehem keineswegs. Die in Panik blökenden Schafe hinter ihm in der Höhle scheinen ihr eine zu leichte Beute zu sein. Oder hat sie es auf Menschenfleisch abgesehen? Auf den Jungen?

Im Laufen sieht Bathseba, wie dem Burschen die Schleuder aus den Fingern gleitet, wie das Raubtier sich immer näher an ihn heranschiebt. Er beschimpft es, er verflucht es, er bespuckt es, er rudert mit den Armen und stampft mit den Füßen auf. Doch die Löwin schreckt das nicht – schon duckt sie sich zum Sprung.

Bathseba läuft schneller, schreit lauter. Im Geröll vor einer Höhle stolpert sie und stürzt hin. Ihre Hand schließt sich um einen Stein, während sie sich hochstemmt. Sie rennt weiter, schreit weiter, stürmt in die Talsohle hinab.

Dort verlässt sie die Kraft. Sie bleibt stehen und schöpft Atem, denn es ist anstrengend zu schreien, während man rennt. Keuchend blickt sie zur Löwin und zum brüllenden Hirten hinauf.

»Renn weg!«, schreit der und tastet mit dem Fuß nach seiner Schleuder. »Rette dich, wenn du kannst! Mach kehrt und lauf!«

Bathseba packt den Stein, holt aus und schleudert ihn den Hang hinauf auf die Löwin. Und schreit weiter.

Der Stein trifft die Löwin nicht, prallt aber dicht neben ihrem Schwanz ins Gras, sodass die gewaltige Raubkatze auffährt und hinter sich äugt. Und Bathseba erspäht.

Und jetzt brüllt auch die Löwin. Stimmt ein Gebrüll an, das Bathseba durch alle Glieder und bis in die Knochen fährt und dessen röhrendes Echo sich an den Hängen bricht. Zugleich wirft das Raubtier sich herum und setzt in gewaltigen Sprüngen den Hügel herab.

Bathseba entgegen.

3

Langeweile

Komm mit uns, wir wollen dir eine Stadt zeigen. Schau, dort drüben hinter den Mauern auf dem Berghang, da liegt sie. Siehst du die wuchtigen Türme aufragen und ringsum die weißen Gebäude? Das ist die Königsburg. Den Berg, auf dem sie über der Stadt thront, nennen deren Bewohner *Zion*.

Schau nur, die vielen Häuser unterhalb der Burg! Schau, wie das Weiß ihrer flachen Dächer im Licht der Abendsonne strahlt, wie ihre krummen Reihen sich talwärts schlängeln und sich am Fuß des Hügels in seinem Schatten zusammendrängen. Siehst du die Gassen und Straßen und Plätze und das Menschengewimmel überall?

Das ist Jerusalem. Und die Bergstadt darüber, das Viertel auf dem Zion rund um die Burg, das nennen Jerusalems Bewohner die *Stadt Davids*.

Lass uns noch näher herangehen, komm mit. Wir wollen dir einen Mann zeigen, den wir kennen, seit man ihn aus dem Leib seiner Mutter gezogen hat. Wir wollen, dass auch du ihn kennenlernst. Dort oben auf dem höchsten und größten der flachen Dächer – schau hin! –, dort schlendert er an der Brüstung entlang. Siehst du die Harfe auf seinem Rücken? Siehst du seinen kurzen schwarzen Bart und seine langen und dichten schwarzen Locken? Schau nur, wie braun gebrannt er ist und wie sein kurzes rotes Gewand im Abendwind flattert.

Das ist der Mann, den wir meinen. Er hat diese Stadt erobert – Jerusalem. Er hat sie neu erbaut und sich diese stark befestigte Burg mit den vier Türmen und vier Toren errichtet. Das ist David, der König von Israel.

Für viele ist er ein begnadeter Sänger und Dichter, für andere ein jähzorniger Totschläger. Einige nennen ihn einen treuen Freund und zärtlichen Liebhaber, andere behaupten, er sei ein geiler Weiberheld und wilder Räuber, an dessen Händen viel zu viel Blut klebt. Für die einen ist er ein erbarmungsloser Krieger, für die anderen ein frommer und gütiger Herrscher.

Für uns ist er einfach nur ein Mensch.

Ein Mensch unter Menschen, verstehst du? Einer jedoch, den wir kennen wollen.

Schau, wie er über sein Dach schlendert, während der Himmel über ihm sich rot färbt – hin und her, hin und her. Kannst du ihn sehen? Manchmal bleibt er stehen, rührt sich lange nicht und guckt so aufmerksam in den Himmel hinauf, als wolle er das Abendrot tief in seine Seele saugen. Manchmal verharrt er an der Brüstung und lässt seinen Blick über die Dächer Jerusalems schweifen. Und jetzt – schau nur! –, jetzt zieht er die Harfe vom Rücken, zupft eine Saite, zupft eine zweite und dritte. Und nun schlägt er alle Saiten auf einmal an, und das so kraftvoll, dass man es wahrscheinlich bis hinunter zu den Brunnen im Tal hört, wo der Bach Gihon entspringt und das Volk Jerusalems sich zu versammeln pflegt.

Was macht der König da?, fragst du dich, was geht in ihm vor? Grübelt er? Schmiedet er Verse? Denkt er nach? Komponiert er ein neues Lied?

Nichts von alledem.

Er langweilt sich.

David wäre in dieser Abendstunde lieber woanders als hier in Jerusalem auf dem Dach seiner Burg. Er wäre jetzt gern an der Seite seines Waffenbruders und Feldherrn Joab, um mit ihm an der Spitze seines Heeres das Land der Ammoniter zu verwüsten und ihre Königsstadt zu erobern.

Doch Joab hat ihn nicht mitnehmen wollen auf den Frühjahrsfeldzug. »Du hast genug gekämpft«, hat er ihm erklärt, »du bist tausend Mal haarscharf am Tod vorbeigeschrammt, jetzt reicht es. Bleibe hier in der Stadt. Ein lebendiger König in Jerusalem nützt Israel mehr als ein toter Kriegsheld auf dem Schlachtfeld im Gebirge der Ammoniter.«

Also ist er geblieben.

Und jetzt langweilt er sich.

Du zweifelst? Ein König langweilt sich nicht, denkst du? Ein Sänger, ein Totschläger, ein Dichter, ein Räuber, ein Musiker, ein Verehrer der Frauen – Langeweile? Niemals!

Du täuschst dich. Pass auf, was gleich geschehen wird.

David bleibt wieder an der Brüstung stehen, diesmal an der Ostseite des Daches. Er blickt hinunter in den Hof, der an die Ostmauern seiner Burg grenzt. Sieh nur, wie seine Gestalt sich plötzlich strafft, wie er die Brauen runzelt. Er hat etwas entdeckt, das seine Langeweile von einem Augenblick auf den anderen vertrieben hat. Etwas, das du noch nicht erkennen kannst.

Wir aber wissen, was er da unten entdeckt hat, wir wissen auch, was nun geschehen wird. Und du wirst es gleich erfahren. Komm mit, lass uns so nahe wie möglich herangehen.

Der königliche Sänger hängt sich die Harfe wieder auf den Rücken, und schau nur, wie auf einmal sein Blick brennt. Jetzt beugt der Totschläger und Kriegsmann sich über die steinerne Dachbrüstung, streicht sich die schwarzen Locken aus dem Gesicht und bewegt die Lippen, als murmle er einen Namen. Hast du es gesehen? Und jetzt verharrt der fromme Herrscher reglos und späht und späht und späht.

Kann er sich denn gar nicht sattsehen?

Nein, kann er nicht.

Was um alles in der Welt mag denn seinen Blick derart fesseln, dass er wie eine steinerne Statue dasteht und nur noch schauen kann?

Die Gestalt einer Frau.

Einer badenden Frau.

Das ist es, was seinen Blick fesselt. Und es ist nicht irgend-eine Frau, die dort unten im Hof badet, es ist eine Frau, die wir kennen. Auch der König kennt sie.

Auch du.

Eben noch haben wir sie im Stadttor von Hebron gesehen; eben noch haben wir sie in die Hügel des judäischen Berg-landes begleitet; eben noch hat sie geschrien, hat einen Stein nach einer Löwin geworfen, damit das Raubtier von jenem Hirten aus Bethlehem ablässt. Und jetzt badet sie im Hof un-terhalb der Königsburg.

Für Bathseba mögen Jahre vergangen sein seit jenem schicksalhaften Tag in den Hügeln vor Hebron, für uns nur ein Wimpernschlag. Und nicht einmal das.

Bathseba hat zu viel erlebt seitdem, um noch dieselbe sein zu können, die sie damals gewesen ist. Wir aber sind diesel-ben. Immer – ob im Stadttor von Hebron oder in den Bergen und Weidetriften davor, ob irgendwann und irgendwo auf der Welt oder hier und jetzt an deiner Seite über den Dä-chern von Jerusalem, während du mit uns den Mann an der Brüstung und die badende Frau unten im Hof beobachtest.

Für die Frau im Badezuber sind schmerzliche Jahre ins Land gegangen, seit die hungrige Löwin von dem jungen Hirten aus Bethlehem abgelassen hat, um stattdessen Jagd auf sie zu machen. Schwere und viel zu viele Jahre. Für uns, die wir nichts wissen von Zeit und die wir die Schmerzen und Freuden der Menschen nicht empfinden müssen, für uns ist das alles gerade eben geschehen.

In manchen Augenblicken, wenn Bathseba innehält und an ihr Leben zurückdenkt, geht es ihr beinahe wie uns: Eben noch rennt sie in Todesangst und mit dem Gebrüll der Löwin in den Ohren um ihr Leben, und jetzt sitzt sie schon auf dem Innenhof des Hauses ihres Mannes in einem Zuber und badet.

Was ist nur geschehen, fragst du dich?

Wir wissen, was geschehen ist, was geschehen wird und was gerade geschieht. Gerade hebt Bathseba im Badezuber den Blick und schaut hinauf zu dem Mann auf dem Dach der Königsburg.

4

Hirschsehnen

Bathseba hält den Atem an, denn der Himmel sieht aus, als würde er brennen: rote Glutnester zwischen grauen Wolken, die der Abendwind vorübertreibt wie Aschefahnen und Rauch. Ein Zeichen Gottes? Ein böses Omen?

Und unter diesem atemberaubenden Himmel sieht sie den Mann dort oben über der Dachbrüstung lehnen. Ihm zerwühlt der Abendwind die schwarzen Locken, und sein flatterndes Gewand ist rot wie der Himmelsbrand.

Bathseba glaubt, seine Augen zu erkennen, seine schwarzen, glühenden Augen. Aber das stimmt nicht – sie kann sie gar nicht sehen, viel zu groß ist die Entfernung. Doch sie kann sich diese Augen ganz genau vorstellen, denn sie hat sie nie vergessen.

Bathseba senkt den Blick, taucht den Schwamm ins Wasser und fährt fort, sich zu waschen. Schultern, Achseln, Brüste, Scham – ohne jede Eile. Sie ist zufrieden.

Ich wusste, dass du heute Abend wieder aufs Dach kommen wirst, denkt sie, ich wusste, dass du mich sehen wirst.

Nach einer Weile steigt sie aus dem Zuber, wringt ihr schwarzes Haar aus, streift sich das Wasser aus dem Gesicht, von den Brüsten, von den Gliedern. Ihre schlecht verheilten Wunden brennen, ihre blauen Flecken schmerzen noch immer. Und er schaut noch immer zu ihr herab – bewegungslos, wie gebannt. Er, der Geliebte, der Gehasste, der König.

Sie lässt sich Zeit, bis sie nach ihrer Magd ruft, steht nackt vor dem Zuber und flüstert: »Ich wusste, dass du mich erkennen wirst.«

Sie hat den König von Anfang an beobachtet, seit sie mit dem verdammten Hethiter hier neben die Burg gezogen ist, sieben Monate ungefähr ist das her. Inzwischen kennt sie seinen Tagesablauf. Morgens empfängt er wichtige Männer: Statthalter, Berater, Botschafter, Baumeister, Kämmerer, Kriegsleute. Auch der verdammte Hethiter ist ein paarmal dabei gewesen.

Um die Mittagszeit pflegt der König sich mit dem Seher zu besprechen; oder zu schlafen. Am Nachmittag zupft er seine Harfe und dichtet seine Lieder. Gegen Abend speist er mit seinen Freunden, Brüdern, Frauen, Töchtern und Söhnen. Danach geht er oft hinüber ins Frauenhaus, und dann schnürt es Bathseba jedes Mal das Herz zusammen.

Seit einigen Tagen aber steigt er Abend für Abend aufs Dach hinauf, seit sein Heer Jerusalem verlassen hat, um über den Jordan ins Land der Ammoniter zu ziehen. Bathseba hat allen Grund gehabt anzunehmen, dass er auch heute Abend dort oben seine Runden drehen wird.

Sie hat es gehofft – beim Allmächtigen, wie hat sie es gehofft!

Gestern ist der letzte Tag ihrer Monatsblutung gewesen, danach pflegt Bathseba zu baden. Alle Frauen in Israel machen das so. Diesmal hat sie den Zuber in den Hof schaffen und ihn dort mit Wasser füllen lassen. Und jetzt hat er sie gesehen. Und erkannt, daran zweifelt sie nicht.

Die Magd eilt aus dem Haus. Sie heißt Rahel, nach der Erzmutter, und sie ist so jung, wie Bathseba es gewesen ist, als sie David, den Hirten, vor der Löwin gerettet hat – kaum sechzehn Jahre alt. Als wolle sie Bathseba vor den Blicken des Königs schützen, tritt Rahel mit ausgebreitetem Tuch vor sie hin, damit sie sich damit verhüllen kann.

Bathseba schaut noch einmal zum Burgdach hinauf, während sie das Tuch an sich nimmt – der König beobachtet sie noch immer. Schließlich schreitet sie ins Haus. Langsam, ohne jede Hast und mit hoch erhobenem Haupt. Niemand soll ihr ansehen, dass sie Schmerzen hat; niemand soll merken, wie ihr Atem fliegt und wie ihr Herz klopft.

Die Sonne geht unter, die Nacht kommt. Bathseba sitzt an der Hoftür, betrachtet die Mondsichel, schlürft den Tee, den Rahel ihr gebrüht hat: Rosmarin, Beifuß, Salbei und Holunderblüten. Dass diese Kräuter die Fruchtbarkeit einer Frau erhöhen, hat sie dem jungen Mädchen noch nicht verraten.

Alles zu seiner Zeit.

In der Schlafkammer, im Licht einer Fackel, ölt Rahel ihr nach dem Tee die Wunden ein. Seit der verdammte Hethiter mit Joab in den Krieg gezogen ist, lächelt das Mädchen wieder; seit zehn Tagen. Und singt auch wieder, Gott sei Dank!

Gemeinsam singen sie das Lied vom Kalb, das zur Schlachtbank gekarrt wird, und der Schwalbe, die hoch über seiner Todesfahrt durch den Himmel segelt. Das Kalb beneidet die Schwalbe, weil sie frei ist zu fliegen, wohin sie will.

Nach dem Lied muss Rahel weinen. Sie weint oft, denn inzwischen hat sie genauso viel unter dem verdammten Hethiter zu leiden wie Bathseba. Sie hat sich noch nicht daran gewöhnt, wie eine Sklavin behandelt zu werden, wie eine Hure. Bathseba umarmt sie, streichelt sie, flüstert ihr tröstende Worte ins Ohr.

Später, als die Fackeln im Haus gelöscht sind, liegt sie

wach und schaut durch die Fensteröffnung in den Sternen-himmel. Darunter zeichnen sich dunkel die Umrisse des Ost-turms der Königsburg ab und die Brüstung ihres Daches. Sie denkt an den Mann, der bei Sonnenuntergang dort oben ge-standen und sie beobachtet hat.

Hat sie jemals aufgehört, an ihn zu denken seit jenem schicksalhaften Tag in den Hügeln von Hebron?

Sie weiß, dass sie von ihm hören wird. Sie kennt ihn doch – was immer er haben will, nimmt er sich; welches Ziel auch immer er erreichen will, er erreicht es. Morgen wird sie von ihm hören, sie zweifelt nicht daran. Vielleicht schon in der Stunde nach Sonnenaufgang.

Und sie denkt an den verdammten Hethiter. Was für ein Glück, dass er weg ist, dass er mit dem berüchtigten Feld-herrn des Königs in den Krieg gezogen ist, mit dem schreck-lichen Joab. Gut möglich, dass sie mit ihrem Heer schon vor den Mauern von Rabba stehen, der Königsstadt der Ammo-niter, dass sie schon Katapulte und Rammen bauen.

Bathseba schließt die Augen, beißt die Zähne zusammen und schickt ein Stoßgebet zum Allmächtigen. Vielleicht trifft Uriah diesmal ein tödlicher Pfeil, ein Schwert, ein Speer, egal was – Hauptsache, er kommt nicht zurück.

Das hofft sie jedes Mal, wenn er in den Krieg zieht, darum betet sie jedes Mal. Seit sieben Jahren. Und seit Rahel im Haus ist, seit einem Jahr, hoffen und beten sie zu zweit.

Die Abschiedsnacht ist eine Tortur gewesen. Wie viel zu viele Nächte seit der ersten mit ihm. Wie viel zu viele Tage auch, seit ihr Vater sie in das Haus des verdammten Hethiters gebracht hat.

Damals hat Uriah noch in Hebron gewohnt. Und schon damals ist er ein gefürchteter Krieger gewesen, der hohes Ansehen bei König Saul genossen hat. Auch ein reicher Mann ist er damals schon gewesen. Dreißig Rinder hat er besessen.

Dazu neunzig Schafe, sieben Esel und drei Pferde. An dem Tag, an dem ihr Vater sie in sein Haus gebracht hat, ist er auch Besitzer einer Frau geworden.

Sie versucht, nicht an diese letzte Nacht zu denken, doch das will ihr nicht gelingen. Ihre Schmerzen halten die Erinnerung wach; die Schmerzen und das brennende Gefühl der Erniedrigung.

Diesmal hat er sie mit Hirschsehnen gefesselt, bevor er sie genommen hat. Und schlimmer zugeschlagen als jemals zuvor. Hat er die Sehnsucht nach David in ihrem Blick gesehen?

Bathseba hat längst aufgehört, Gott zu fragen, wofür er sie so hart bestraft. Und seit sie hier wohnen, wo die höchsten Offiziere des Königs wohnen, hat sie auch aufgehört zu grübeln. Stattdessen sucht sie nach einem Weg in die Freiheit.

Inzwischen glaubt sie, ihn gefunden zu haben.

*

Bathseba schläft unruhig in dieser Nacht, schwere Träume plagen sie. In einem hockt sie in einem Käfig. Der steht auf einem Karren, der von einem Ochsen gezogen wird. Wohin? Sie möchte schreien, doch die Angst drückt ihr die Kehle zu.

Schwalben segeln hoch über dem Käfigkarren, die zwitschern, als wollen sie Bathseba etwas sagen. Sie lauscht den nahezu menschlichen Stimmen der Schwalben, doch ihre Botschaft bleibt ihr ein Rätsel.

Der Ochse zieht den Käfigkarren zu einer Brandruine. Die hat kein Dach mehr und besteht nur noch aus drei verrußten Mauern. Mitten in den Trümmern steht ein Bett, und auf dem Bett sitzt ein Mann. Eisiger Schreck durchzuckt Bathseba, denn sie erkennt Uriah. Mit der Rechten schwingt er eine Peitsche, in der Linken baumelt ein Bündel Hirschsehnen. Er wartet auf sie.

Der Karren hält. Als sei sie eine Schwalbe, die hoch über ihm kreist, sieht Bathseba ihn auf einmal von oben, sieht auch den Ochsen und den Käfig tief unter sich. Im Käfig jedoch hockt nicht mehr sie, sondern eine Löwin.

Die mächtige Raubkatze springt von innen gegen das Gitter des Käfigs, wieder und wieder, springt so lange und so wild, dass es zersplittert. Mit einem einzigen Satz fällt die Löwin den verdammten Hethiter an, reißt ihm die Pranke über Brust, Bauch und Geschlecht, schlägt ihm die Reißzähne in den Hals.

Das Bett in der Ruine färbt sich rot, und hoch über ihm kreist Bathseba mit den Schwalben. Und lacht.

Laut lachend fährt sie aus dem Schlaf. Brennender Schmerz jedoch vertreibt schnell das grimmige Gefühl des Triumphes. Das Bild von der Löwin auf dem blutigen Bett und dem sterbenden Mann in ihren Fängen löst sich auf wie Dunst in der Morgensonne. Nur ein Traum.

Seufzend sinkt Bathseba zurück ins Kissen. Die Striemen auf dem Rücken haben sich entzündet, sie muss sich auf die Seite drehen.

Nur ein Traum …

5

Wiedersehen

Es wird geschehen, Bathseba zweifelt nicht. Sie hat gelernt zu warten. Selten begleitet ein Paukenschlag jene Ereignisse, die ein Menschenleben auf den Kopf stellen, das weiß sie; meist tippeln sie auf leisen Taubenfüßen heran.

Und wirklich: Drei Tage später geschieht es.

Es ist kurz nach Sonnenaufgang, in ihrer Schlafkammer kniet Bathseba vor einem Hocker nieder und beugt sich über ihn, damit Rahel ihr den Rücken salben kann. Der frische Duft des Wundbalsams erfüllt den Raum, und Bathseba schließt die Augen, um ihn tief einzuatmen. Zwischen zwei Atemzügen hört sie Schritte draußen auf der Gasse.

Rahel zuckt zusammen, als es kurz darauf an der Haustür klopft, Bathseba nicht.

»Ich schau nach.« Rahel stellt das Schälchen mit der Heilsalbe auf den Tisch und huscht aus der Kammer.

Bathseba hört erst die Außentür knarren und dann eine hohe Männerstimme. Sie ahnt, wer geklopft hat, schlüpft schnell in ein leinenes Unterkleid und wirft sich ein graues wollenes Gewand über die Schultern.

Rahel kommt zurück und schaut sie aus großen staunenden Augen an. »Ein Bote des Königs.«

In Bathsebas müden Zügen flackert ein Lächeln auf, ein triumphierendes Lächeln. »Hör gut zu, Rahel.« Sofort kehrt kummervoller Ernst in ihre Miene zurück. Sie fasst die Jüngere bei den Schultern und lehnt die Stirn gegen ihre. »Du hast nie einen Boten des Königs vor unserer Tür stehen sehen.«

»Ich weiß wirklich von keinem Boten des Königs vor unserer Tür«, flüstert Rahel. »Ich schwör's.«

»Ich auch nicht.« Lächelnd streicht Bathseba der Jüngeren über die Wange. »Nun geh', stell den Wassertopf aufs Feuer und brüh' mir meinen Tee. Rosmarin, Beifuß, Salbei und Holunderblüten.« Sie lässt das Mädchen los und geht hinaus zu dem Mann, einem Eunuchen namens Gedor. Er steht leicht gebeugt, mit zur Schulter geneigtem Kopf und reibt sich die Hände, als wasche er sie. Dabei verzieht er den Mund zu einem gekünstelten Grinsen und entblößt seine gelblichen Zähne. »Gott segne dich, schöne Bathseba.«

Bathseba kennt den hochgewachsenen dürren Kahlkopf vom Sehen. Alle in Jerusalem kennen ihn, denn er ist der Aufseher über das Frauenhaus des Königs, und oft sieht man ihn mit den Frauen auf dem Markt, im Tor oder vor dem Tempelzelt. »Was willst du?«

Überrascht von ihrer Schroffheit hört Gedor auf, sich die Hände zu reiben. Als verblüffe ihn Bathsebas Frage, zieht er kurz die Brauen hoch. Doch sofort fängt er sich wieder, deutet lächelnd eine Verbeugung an und sagt: »Der König will dich sehen, schöne Bathseba. Heute Nachmittag, wenn der Seher gegangen ist, wartet er in seinem Gemach auf dich.«

Obwohl sie eine Botschaft dieser Art erwartet hat, machen Gedors Worte sie wütend – als könne er über sie verfügen, lässt David sie zu sich rufen! Ist sie denn eine Sklavin?

Eine Zeit lang blickt Bathseba dem dürren Eunuchen ins bartlose Gesicht. Sie mag sein falsches Lächeln nicht, seine hohe krähende Stimme stößt sie ab und sein blaues mit goldenen Sternen besticktes und von seinen spitzen Knochen ausgebeultes Gewand kommt ihr lächerlich vor.

Je länger sie den Eunuchen anguckt, desto enger rücken dessen Augenbrauen zusammen. Das Lächeln will ihm nun nicht mehr recht gelingen.

»Ich werde darüber nachdenken«, sagt Bathseba endlich. »Komme morgen wieder, dann wirst du meine Antwort hören.«

»Aber …!« Fassungslos hebt der Eunuch die Arme, sein langes hohlwangiges Gesicht ist aschfahl geworden. »Aber es ist der König, der dich rufen lässt!«

»Ich weiß schon. Wiederhole, was du ihm auszurichten hast.«

»Bitte …?« Gedors Stimme bricht.

»Du sollst die Botschaft wiederholen, die ich dir aufgetragen habe. Ich will sicher sein, dass du mich richtig verstanden hast.«

Der Eunuch räuspert sich ein paarmal, bevor er gehorcht. Stockend gibt er dann Bathsebas Worte wieder, und sein kleiner Adamsapfel tanzt dabei auf und ab, als würde ein Küken in seinem dünnen Hals stecken und mit dem Köpfchen zucken. Gedor ist so bestürzt, dass er beinahe über seine langen Beine stolpert, als er die Gasse hinunter zurück zum Burgtor eilt.

Bathseba schließt die Tür, lehnt vorsichtig den wunden Rücken dagegen und saugt scharf die Luft durch die Nase ein. Es ist ihr schwergefallen, Davids Aufforderung erst einmal zurückzuweisen, sehr schwer, doch nun ist sie stolz auf sich.

Sie weiß, dass David toben wird; sie kennt ja seinen Jähzorn. Sie lächelt, denn die Vorstellung, dass er bald einen Tisch umtreten und Krüge an der Wand zerschmettern wird, gefällt ihr gut.

Am nächsten Morgen steht der Eunuch wieder vor der Tür. Die Nachricht des Königs klingt unerwartet freundlich: Er würde sich freuen, Bathseba am Nachmittag auf dem Dach zu einem Becher Wein und einer Schale Feigen begrüßen zu dürfen.

»Ich werde kommen.« Bathseba lässt sich ihre Genugtuung nicht anmerken. »Morgen oder übermorgen.«

Dem Boten sinkt die Kinnlade herunter. »Aber der König ...«

»Wahrscheinlich am Abend«, schneidet Bathseba ihm das Wort ab. »Den Tag und die genaue Stunde werde ich ihn noch wissen lassen. Richte ihm das aus, Gedor.«

Der Eunuch wiederholt die Botschaft mit heiserer Stimme und ohne Bathseba dabei in die Augen zu schauen. Danach dreht er sich abrupt um und stelzt grußlos davon.

Sieben weitere Tage hält Bathseba den König hin. In der Nacht auf den achten träumt sie erneut von der Löwin. Diesmal bringt der Ochsenkarren sie in keine Ruine, sondern in die Burg von Jerusalem. Auf dem Dach über dem Burghof steht der König und wartet.

Mit einer leichten Berührung ihrer Tatze stößt die Löwin die Käfigtür auf und springt in den Hof. Mit würdevoll erhobenem Kopf stolziert die Raubkatze zum Burgportal. Auf halbem Weg erkennt Bathseba, dass der König auf die Brüstung des Daches geklettert ist. Er ist nackt. Und er lässt seine Schleuder kreisen, mit der er auf die Löwin zielt.

Schweißgebadet fährt Bathseba aus dem Schlaf. Ihr Herz pocht wie verrückt.

Als sie zwei Tage später morgens aufwacht, ist ihr heiß. Sie tastet ihre leicht gespannten Brüste ab und spürt: Sie hat ihre fruchtbaren Tage.

»Ich möchte, dass du gleich mit einer Botschaft in die Königsburg gehst«, sagt sie, während sie in ihrer Schlafkammer auf dem Hocker sitzt, ihren Kräutertee trinkt und sich von Rahel die heilenden Striemen auf dem Rücken salben lässt. »Du darfst sie nur dem Aufseher über das Frauenhaus ausrichten, diesem Eunuchen. Oder dem König persönlich. Sie lautet: Morgen, wenn die Sonne untergegangen und die Nacht auf Jerusalem gefallen ist, werde ich zu dir kommen.«

»Und danach werde ich die Botschaft vergessen, stimmt's?« Rahel lächelt, das hört Bathseba ihrer Stimme an. »Und dass ich in der Königsburg gewesen bin, auch.«

»So ist es, Rahel.« Sie steht auf, zieht das Mädchen an sich und umarmt es. »Du bist nie in der Burg Davids gewesen«, flüstert sie ihm ins Ohr. »Es hat nie eine Botschaft gegeben.«

*

Durch das Fenster der Gassenseite sieht Bathseba am nächsten Abend zwei Soldaten Davids in weißen Waffenmänteln und mit hohen Helmen auf der Gartenmauer sitzen – hethitische Krieger aus Davids Leibgarde. Ihr Anblick macht sie beklommen, denn sie erinnern sie an ihren Ehemann, der demselben Volk angehört. Von Zeit zu Zeit fliegen die Blicke der Männer herüber zu Uriahs Haus, und Bathseba erkennt: Der König hat die Männer geschickt, um sie zu ihm zu begleiten.

Bathseba lässt sie warten. Ohne Eile trinkt sie ihren Kräutertee, während sie die Bewaffneten beobachtet. Sie muss tief atmen, denn das bevorstehende Wiedersehen mit David wühlt sie auf.

Sie würde ihm gern stark und gelassen gegenübertreten, doch wird ihr das gelingen? Noch fühlt sie sich ähnlich aufgeregt wie an jenem Tag, als sie auf der Lichtung eines Bergwaldes gestanden hat und David durch den Wald auf sie zugeritten ist, um sie zu küssen. Es ist ihr erster Kuss gewesen.

Später wäscht sie sich und lässt sich von Rahel salben und bürsten. Danach betupft sie sich mit Duftöl und schlüpft in ein ärmelloses dunkelrotes Gewand. Darüber zieht sie einen Umhang aus Kamelhaarwolle. Kurz nach Sonnenuntergang geht sie hinaus zu den Bewaffneten. »Wenn ihr wollt, dürft ihr mich zum König geleiten.«

Die Männer nicken stumm und reden auch auf dem Weg die Gasse hinunter kein Wort. Im Osttor ziehen sie Fackeln aus der Wandhalterung, halten sie hoch und stapfen vor Bathseba her aus dem Torgewölbe in den weitläufigen Burghof und schließlich in die kühle Eingangshalle der Burg hinein.

Im Halbdunkeln dort steht Bathseba plötzlich einem Bewaffneten in Lederharnisch und rötlichem Mantel gegenüber. Er ist klein und drahtig und trägt einen großen Helm, dessen Rand seine nahezu weißen Augenbrauen halb bedeckt. Bathseba hält kurz den Atem an, weniger wegen seines von schwarzgrauen Blatternarben verunstalteten Gesichts als vielmehr wegen des kalten Blicks, mit dem er sie mustert.

Hat sie diesen Mann nicht schon einmal irgendwo gesehen? Sie versucht sich zu erinnern. Vergeblich – auch weil die Begegnung nicht länger dauert als zwei Wimpernschläge, denn schon tritt der Geharnischte beiseite und nickt den beiden Stummen wortlos zu.

Die führen Bathseba eine breite Steintreppe hinauf bis zum Stockwerk unter dem Dach. Einer klopft mit der Faust gegen eine an der Wand hängende Kupferplatte, bevor er einen Vorhang zur Seite zieht und Bathseba mit einer Kopfbewegung bedeutet, in den Raum dahinter zu treten.

Sie zögert nicht einen Augenblick, schreitet über die Schwelle, taucht in den Duft von Wachs und Sandelholzöl ein und schaut sich um. Rechts und links des Durchgangs brennen Fackeln, auf einem niedrigen Tisch flackert eine Öllampe. Flammen lodern auch entlang der hölzernen Treppe, die zum Dach hinaufführt. Im Halbdunkeln am Ende des kleinen Saals erkennt Bathseba die Umrisse einer Bettstatt, Kissen, Felle und Wolldecken stapeln sich dort. An der Wand darüber hängt die Harfe.

Den König bemerkt sie erst auf den zweiten Blick: Er steht an der Fensteröffnung, schaut in die mondhelle Nacht hinaus. Sterne funkeln unter dem fast vollen Mond. Daneben leuchtet wie eine ferne Fackel die schöne Venus.

»Dadida«, sagt er, während er sich umdreht, und aus seinem Mund klingt das noch immer wie der Beginn eines Liebesgedichtes. »Bist du also endlich da.«

Hinter Bathseba fällt der Vorhang zurück, die Schritte der Bewaffneten entfernen sich. »Ja, hier bin ich.« Sie ist erleichtert, denn ihre Stimme gehorcht ihr und klingt fest und klar, beinahe heiter. Keine Spur der fiebrigen Erregung, die ihr Inneres aufwühlt, bebt darin.

Sie schaut zum Tisch – Tontafeln, Papyrusrollen, Schreibkeile und ein Dolch mit langer Klinge liegen rund um die Öllampe, sonst nichts. »Warum sehe ich weder Wein noch Feigen?«

Ein heiseres Lachen entfährt dem König. »Immer noch dieselbe«, sagt er. »Eigensinnig, respektlos und frech.« In seinem Gesicht zuckt es, während er sie betrachtet. Es wirkt kantiger als noch vor sieben Jahren, als sie ihn zuletzt gesehen hat. Bart und Locken sind länger, silberne Fäden schimmern darin. In seinen dunklen Augen jedoch leuchtet es wie eh und je.

»Nein, David. Nicht mehr dieselbe.« Bathseba mustert ihn, sucht seine Züge nach Vertrautem ab. Und nach Unbekanntem. »Leider. Aber meine Liebe zu dir ist noch dieselbe.« Sie schaut ihm tief in die Augen, in die wunderschönen

Augen. Ist sie im Blick dieser Augen nicht einmal zu Hause gewesen? Die Erinnerung tut ihr weh. »Und meine Wut auf dich ist auch noch dieselbe.«

»Wut?« Er lächelt – ein wenig zu spöttisch nach Bathsebas Geschmack –, kommt näher und streckt die Arme nach ihr aus. »Erst hältst du mich tagelang hin, und jetzt kommst du mit Wut im Bauch zu mir? Wenn einer von uns beiden Grund hätte, zornig zu sein, dann doch ich, oder?«

Sie schlägt seine Hände zur Seite, und augenblicklich fällt ihm das Lächeln aus dem Gesicht. »Aber du bist derselbe geblieben – herrisch, anmaßend, unverschämt. Glaubst noch immer, die Frauen fallen dir zu Füßen, wenn du nur mit dem Finger schnippst!« Bathseba wird laut, blitzt ihn an. »Du hast mich warten lassen! Jahrelang! Und was fällt dir ein, mich durch diesen lächerlichen Eunuchen rufen zu lassen, als wäre ich deine Sklavin? Mich, eine verheiratete Frau! Schäm dich, David!«

Der lässt die Arme sinken und zieht die Brauen hoch. In seiner Miene kämpfen Ärger gegen Freude, Scham gegen Spott. »Gemeinhin schuldet man in Israel dem König Gehorsam«, sagt er mit halb drohendem, halb spöttischem Unterton, doch seine Stimme klingt nicht sehr überzeugend. »Du aber hast den König tagelang warten lassen.«

»›Gemeinhin schuldet man dem König Gehorsam.‹« Bathseba äfft seinen hochmütigen Tonfall nach und lacht bitter auf. »Was du nicht sagst! Merkst du eigentlich, dass du von dir selbst sprichst wie von einem Fremden? Hast du dich so weit von dir selbst entfernt? Du kommst mir so vor!«

In seiner Miene arbeitet es, seine Kaumuskeln beben. Er sucht nach Worten, Bathseba sieht es ihm an, doch er scheint keine zu finden, denn er antwortet nicht.

»Nichts schulde ich dir!«, ruft sie. »Gar nichts!« Sie sieht ihn als jungen Burschen vor sich, wie er brüllend über der zum Sprung geduckten Löwin steht und nach seiner Schleuder tastet. »Du aber schuldest mir dein Leben!«

Er schweigt lange; schweigt und weicht ihrem zornigen Blick nicht aus. Ein Schatten legt sich auf seine Züge – wehmütig sieht er auf einmal aus. »Ich weiß«, sagt er endlich. »Und ich bin froh, dass du gekommen bist.« Wieder hebt er die Arme, und sein Blick bittet darum, sie um Bathseba legen zu dürfen. »Wenn du auch heute nicht gekommen wärst, hätte ich geweint …«

»Vor Wut geheult, meinst du!«

»… wenn du damals nicht gekommen wärst, hätte die Löwin mich gefressen …«

»Verlass dich drauf.«

»… und ich hätte nie mehr weinen können. Nicht vor Wut, nicht aus Traurigkeit.«

»Ich höre dich noch brüllen, wenn ich an diesen Augenblick zurückdenke.«

»Und ich sehe die Löwin hinter dir herjagen.« Er tritt zu ihr und nimmt sie in die Arme. Endlich lässt Bathseba es geschehen. »Ich bin sicher gewesen, dass sie dich kriegen würde.«

»Ich auch.« Bathseba lehnt sich gegen seine Brust. Alle Anspannung fällt von ihr ab, alle Sorge, alle Angst. Wie damals, als sie den Höhleneingang verbarrikadiert hatten. »Doch wir sollten leben, wir beide.« Sie schlingt die Arme um ihn. »Manchmal frage ich mich, wozu.«

»Ich nicht, noch nie. Damals habe ich meinen Stab gepackt und bin dir und der Löwin hinterhergerannt; ohne nachzudenken – ich wollte nur, dass meine Retterin überlebt. Weißt du noch, wie du im Geröll vor der Höhle gestolpert bist? Wie du jeden Stein nach der Bestie geworfen hast, den du zu fassen kriegtest?«

»Das werde ich mein ganzes Leben lang nicht vergessen.« Bathseba schließt die Augen und seufzt leise. In der warmen

Männerbrust an ihrem Ohr pocht sein Herz. »Ich habe geschrien wie eine Eselin, der man einen Spieß in die Flanke
rammt.«

Bilder der Erinnerung fluten ihren Geist: der Grashang,
die Höhle, der junge David, die Löwin. Überlebensgroß steht
das Raubtier vor Bathsebas innerem Auge …

6

Löwin

Bathseba schreit und schleudert den nächsten Stein. Und trifft wieder. Ihr ist, als würde das Gebrüll der Löwin das Innere ihrer Knochen auflösen, als würde jede Sehne, jeder Muskel in ihr schmelzen und auch die letzte Kraft verrinnen.

Ihre Finger fahren durchs Geröll, tasten nach einem neuen Stein. Gehorchen sie ihr überhaupt noch? Können sie sich noch um den nächsten Brocken schließen? Woher kommt ihr denn der Mut, die Hand zu heben und den Stein auf das brüllende Raubtier zu werfen? Und welch glücklicher Zufall sorgt dafür, dass er die Schnauze der Löwin trifft?

Bathseba begreift nichts mehr, denkt auch nichts mehr, ist nur noch getrieben von Panik und dem Willen zu überleben. Doch der schwindet bereits. Wie soll ein halbwüchsiges Mädchen gegen eine Löwin bestehen? Her mit dem nächsten Stein! Und wieder trifft sie.

»Hilf mir, Allmächtiger, und ich werde dir mein Leben lang dienen!«, keucht sie, während sie der Höhle ein weiteres Stück entgegenrobbt und die Faust um einen weiteren Geröllbrocken schließt. »Rette mich, Gott, und ich bin für immer dein!«

Mit dem nächsten Wurf trifft sie nicht einmal den Schatten der Löwin, doch plötzlich richtet sich vierzig Schritte hinter der Raubkatze der Hirte aus Bethlehem auf. Wie er brüllt! Wie Wut und Verzweiflung ihm das Gesicht verzerren!

Die geflochtene Schleuder baumelt offen an seinem rechten Handgelenk, und schneller als Bathseba gucken kann, holt er mit der Linken einen Stein aus der Gurttasche, schnappt mit der Rechten nach dem baumelnden Ende der Schleuder, drückt den flachen Stein in ihre verbreiterte Mitte und lässt sie schon im nächsten Augenblick kreisen. Wie eine einzige Bewegung sieht das aus.

Bathseba hört das sirrende Pfeifen der wirbelnden Hirtenschleuder, während sie sich rücklings zur Höhle schiebt und dabei nach dem nächsten Felsbrocken tastet. Da lässt der Bursche das glatte Ende der Schleuder los, und sein Kieselstein trifft das Tier mit voller Wucht am Schädel.

Die Löwin brüllt entsetzlich, und Bathseba begreift ein für alle Mal, was ein Schaf oder ein Hirsch fühlt, wenn Raubtiergebrüll ihm durch Blut und Glieder dröhnt: nur noch Todesangst, nur noch lähmenden Schrecken.

Das Gebrüll geht in Fauchen und Knurren über, die Löwin taumelt, steht einen Augenblick still, schüttelt sich. Bathseba erfasst ihre Chance, springt auf und stürzt zur Höhle. Der Eingang ist eng, kaum drei Ellen hoch, keine zwei Ellen breit – mehr ein Spalt als ein Loch. Sie zwängt sich hinein. Wieder brüllt die Löwin, und über die Schulter sieht Bathseba, wie die Jägerin nach ihr äugt, wie sie sich zum Sprung duckt.

Der Hirtenjunge steht im Hang nur noch zwanzig Schritte hinter dem massigen Raubtier und schleudert den nächsten Stein, doch der prallt neben Bathseba gegen den Fels. Sie zwängt sich durch den Spalt, lässt sich ins Halbdunkel der

Höhle fallen, spürt einen Schlag an der linken Wade, spürt brennenden Schmerz.

Entsetzen schnürt ihr die Kehle zu, nicht einmal schreien kann sie in diesem Moment noch. Sie will ins Innere der Höhle hineinrobben, doch ihr Gewand strafft sich, denn die Pranke der Löwin hat seinen Saum erwischt, und ihre Krallen halten ihn fest.

Bathseba zerrt daran, stemmt sich mit dem rechten Bein gegen die Höhlenwand, zieht und zerrt mit aller Kraft – bis ihr Gewand einreißt und sie durch den sich schlagartig lösenden Widerstand halb aus ihm herausrutscht und tiefer in die Höhle hineinschliddert.

Bathseba starrt zum Eingang, sieht den Löwenschädel zwischen den Felswänden auftauchen, sieht den aufgerissenen Rachen, glaubt den aasigen Gestank des Raubtieratems zu riechen.

»Hilf mir, Allmächtiger, bitte, bitte, hilf mir.«

Sie will sich hochstemmen, doch ihr bis zum Halssaum eingerissenes Gewand hängt noch unter der Vordertatze des Raubtieres fest. Betend und wimmernd windet sie sich aus dem Stoff, kann endlich aufspringen, streckt die Arme aus, stolpert tiefer in die Höhle hinein. Bei jedem Schritt fährt ihr stechender Schmerz durch die Wade.

Hinter ihr schiebt die Löwin sich knurrend durch den Höhleneingang, draußen schreit der Hirte aus Bethlehem, und Bathseba taumelt in die Dunkelheit. Mit weit vor sich ausgestreckten Händen tastet sie sich voran, bis sie gegen Fels stößt.

Einen Atemzug lang verharrt sie, kühlt die Stirn am Gestein, schnappt nach Luft und lauscht. Sie glaubt den heißen Atem der Löwin zu spüren, hört das Scharren ihrer Pranken auf dem Höhlenboden, riecht den bitteren Gestank ihres Fells.

Tief atmet sie ein, keuchend atmet sie aus, sammelt so ihre letzten Kräfte und tastet sich dann am Fels entlang immer tiefer in die Höhle hinein. Ist das ihr Ende? So früh? Muss sie wirklich schon sterben? Kinderlos und ungeküsst? Gibt es denn wirklich kein Entkommen mehr?

»Bitte nicht«, flüstert sie. »Bitte, bitte, noch nicht jetzt.«

Das Herz springt ihr in der Brust herum wie ein zu Tode erschrockenes Lamm, ihr keuchender Atem fliegt, da greift sie ins Leere – ein Gang! Und darin – ein Lichtschimmer?

Bathseba zwängt sich hinein. »Bitte, bitte, hilf mir, Allmächtiger!« Sie scheuert sich Schulter, Rücken und Knie wund, irgendwo hinter ihr hallt das Knurren der Löwin durch die Höhle. »Rette mich, o Gott! Mach mit meinem Leben, was du willst, aber rette mich!«

Es ist tatsächlich ein Lichtschimmer, der plötzlich von oben auf sie fällt. Sie legt den Kopf in den Nacken, und wirklich: Zwei Armlängen über ihr klafft eine Öffnung in der Höhlendecke und lässt Tageslicht in die Düsternis der Höhle sickern.

Bathseba zögert nicht einen Wimpernschlag lang: Sie lehnt sich mit dem Rücken gegen die Höhlenwand, stemmt Füße und Hände in den Fels, schiebt sich Stück für Stück nach oben und dem Lichtschimmer entgegen, Handbreite für Handbreite – bis sie mit der Stirn gegen die Höhlendecke stößt.

Die Öffnung, durch die das Tageslicht hereinfällt, ist nun kaum noch eine Elle von ihrem Kopf entfernt, scheint zum Greifen nah. Doch wie soll sie dorthin gelangen, ohne von der Höhlenwand abzurutschen und nach unten zu schliddern, wo die Löwin nach ihr schnüffelt?

Mit dem rechten Fuß tastet sie den Fels ab, bis sie auf Hüfthöhe einen Vorsprung findet, auf den sie ihn aufsetzen kann. Sie wagt es, stützt sich ab, greift mit der Linken nach oben in die Öffnung, findet auch dort einen Halt im schroffen Gestein und zieht sich hoch. Keuchend zwängt sie sich in den schmalen Felsschacht, scheuert sich die Haut vom Rücken, kriecht weiter, kriecht dem heller werdenden Licht entgegen, schöpft Hoffnung.

Unter ihr faucht die Löwin.

Endlich, endlich erreicht Bathseba das äußere Ende des Schachtes. Hustend und Staub und Steine ausspuckend windet sie sich aus der felsigen Enge und kriecht in den Grashang. Dort blinzelt sie ins Licht der Mittagssonne.

Sie guckt nach allen Seiten, denn jemand ruft nach ihr. Der Hirtenbursche? Einen Steinwurf weit unter sich entdeckt sie den Jungen aus Bethlehem. Er kniet im Geröll vor der Höhle, schreit ihren Namen, heult und rauft sich das Haar.

»David!« Endlich fällt ihr sein Name ein. »David!« Auf dem Hintern rutscht Bathseba den Hang hinunter. »Hör auf zu heulen, David, wir haben sie!« Die letzten Meter lässt sie sich hinabrollen – bis sie vor dem Burschen im Geröll liegt. Der Hirte starrt sie an, als sei sie eine himmlische Erscheinung.

»Wir müssen den Eingang verschließen! Los!« Auf allen vieren kriecht Bathseba zur Höhle und beginnt, Geröll in die Felsspalte zu werfen und Steine hineinzuhieven.

Endlich begreift David, wischt sich die Tränen aus dem Gesicht, rutscht auf den Knien an ihre Seite und stemmt einen wuchtigen Felsbrocken in den Höhleneingang. Gemeinsam schichten sie Stein auf Stein.

Sie reden kein Wort, arbeiten stumm und verbissen. Nur manchmal, wenn in der Höhle die Löwin knurrt oder wenn ihnen ein besonders schwerer Stein in die Finger gerät, dann stöhnen sie auf oder stoßen einen Gebetsruf aus. Sorgfältig verkeilen sie die Brocken, schichten und stapeln sie, bis der Höhleneingang mehr als zwei Ellen hoch von Geröll und größeren Felsblöcken verstopft ist.

Bathseba sinkt zu Boden und lässt sich mit dem Rücken gegen die steinerne Barrikade fallen. Sie blutet aus einem tiefen Riss in der linken Wade und aus Schürfwunden am ganzen Körper – jetzt erst merkt sie es. Und während sie ihr Blut betrachtet und den Schmerz spürt, wird ihr schlagartig bewusst, dass sie vollkommen nackt ist – und gerettet.

Sie zieht die Knie an, lehnt den Kopf dagegen und beginnt laut zu weinen. Alles, was sich in ihr angestaut hat, seit sie den ersten Stein auf die Löwin geworfen hat – Angst, Anspannung, Schrecken, Dankbarkeit, Erleichterung –, all das bricht nun unter Tränen und Zittern aus ihr heraus, und sie weint und weint und weint.

David findet noch immer keine Worte. Hilflos schaut er auf die von Weinkrämpfen geschüttelte nackte Bathseba herab. Irgendwann streift er sein Obergewand ab, kniet neben ihr nieder und hüllt es um ihren wunden und bebenden Leib.

7

Verhungern lassen

Lange sitzen sie und weinen – Bathseba laut und schluchzend, David still und seufzend. Sie zittert und drängt sich an ihn, und er hält sie in den Armen; ein wenig scheu zwar, doch fest genug, um ihr Heimweh nach Miriam und dem Großvater zu lindern.

Anfangs spendet ihnen der Felsvorsprung noch Schatten, unter dem die Höhle sich im Hang öffnet. Doch die Sonne steigt unerbittlich ihrem Zenit entgegen, und bald brennt sie ihnen auf die Scheitel herab.

»Die Bestie stand so dicht vor mir, dass ich ihren stinkenden Atem riechen konnte.« David zieht ein großes weißes Tuch aus seiner Hirtentasche. »Das glaubt mir kein Mensch!« Er wischt erst sich selbst die Tränen aus dem Gesicht und dann Bathseba. Wie seine kleine Schwester fühlt sie sich in diesem Augenblick. »Sie wollte mich anspringen.« David breitet das Tuch über ihren und seinen Kopf, um sie vor der Sonne zu schützen. »Beim Bart meines Großvaters – wenn du nicht den Stein auf sie geworfen hättest, hätte sie mich angesprungen.« Er atmet tief und schwer und schüttelt den Kopf, als könnte er noch immer nicht fassen, was geschehen ist. »Das glaubt mir kein Mensch!«

Sie schaut ihm ins Gesicht. Seine Augen. Er hat schöne schwarze Augen! Angst und Staunen liest sie darin, zugleich aber auch Bewunderung und Dankbarkeit.

»Wenn du sie nicht mit der Schleuder erwischt hättest …« Bathseba kann nur stockend flüstern, denn noch immer schütteln Schluchzer ihren Körper. »… hätte ich es nicht in die Höhle geschafft.« Sie drängt sich noch näher an ihn.

»Beim Arsch des Pharaos!«, kräht es plötzlich vom Hügelkamm her. »Was treibt denn ihr da unten?!« Ihre Blicke fliegen hinauf, und was sieht Bathseba? Einen weißen Esel und darauf den Säbelkerl mit dem Silberblick. »Auf das Wetter ist mehr Verlass als auf dich!«, schimpft er. »Seit Sonnenaufgang warte ich im Tor von Hebron auf dich! Während du dich da unten mit dem Täubchen vergnügst.«

»Rede keinen Bullenmist, Joab!«, ruft David ihm zu und deutet hinter sich auf den fast verschlossenen Höhleneingang. »Da drin steckt eine Löwin! Reit zurück nach Hebron und hol Hilfe! Wir haben das Biest gefangen!«

»Schon klar.« Joab treibt seinen Esel den Hügel herab. »Und ich hab gestern auf dem Weg nach Hebron zehn Philistern die Köpfe abgerissen.« Er zuckt mit den Schultern und schneidet eine gelangweilte Grimasse. »Und vorher habe ich ihnen natürlich die Bundeslade geklaut.«

»Es ist, wie ich's dir sage!« David springt auf und schreit ihm entgegen. »Wir haben eine Löwin gefangen!«

In diesem Augenblick brüllt hinter der Steinbarrikade die Raubkatze auf. Bathseba zieht die Schultern hoch und birgt den Kopf in den Armen, während Joab erschrocken am Zügel seines Esels reißt. Vollkommen steif und reglos sitzt er plötzlich auf dem weißen Tier, als wäre er zu Stein erstarrt.

»Zurück nach Hebron!«, schreit David. »Und jemand soll Bathseba was zum Anziehen bringen, die Löwin hat sich ihr Kleid unter die Pranken gerissen.«

Joab scheint es die Sprache verschlagen zu haben, denn statt zu antworten, lenkt er seinen Esel herum und treibt ihn stumm zum Hügelkamm hinauf. Sie schauen ihm nach, bis er dahinter verschwunden ist.

»Du kennst diesen schrägen Kerl?«, fragt Bathseba, als David wieder neben ihr sitzt und den Arm um sie legt.

»Dieser schräge Kerl ist mein bester Freund. Wir sind in Hebron verabredet gewesen, wollen uns Sauls Soldaten anschließen.«

Bathseba muss an die Worte des Fremden in der Mauernische denken – *Hüte dich vor Joab, denn der Tod ist sein Begleiter, wohin er auch gehen wird.* Sie lehnt sich an Davids Schulter und schweigt.

Später laufen Männer und Frauen den Hügel herab und sammeln sich vor der verschlossenen Höhle. Bald folgt ihnen auch der Säbelkerl auf seinem Esel. Und hinter ihm auf ihren Maultieren und Kamelen die bewaffneten Männer, die Bathseba am Morgen bei der Viehtränke gegrüßt hat. Einer, ihr Hauptmann, reitet sogar auf einem schwarzen ägyptischen Pferd.

Bald stehen sie mit den Leuten von Hebron vor der Höhle und lassen sich von David erzählen, was geschehen ist. Auch Miriam ist in die Hügel herausgekommen, Bathsebas Tante und Pflegemutter. Sie hat das weiße Leinenkleid mitgebracht, das Bathseba an Festtagen anzieht.

Während sie es ihr überstreift, küsst sie Bathseba die Augen und die Stirn. »Mein armes Mädchen.« Dann setzt sie sich neben sie an die Steinbarrikade, nimmt sie in die Arme und streichelt sie. »Meine tapfere Dadida.«

Einige Krieger werfen Steine in den oberen noch offenen Teil des Eingangs, andere zielen mit Lanzen oder gespannten Kriegsbögen auf die Öffnung. Die meisten Männer und Frauen aus Hebron lauschen einfach nur stumm hinein – ängstlich oder neugierig oder zweifelnd.

Zuerst will keiner glauben, dass dort drinnen wirklich eine Löwin eingesperrt ist. Als jedoch nach einer Weile Tatze und Schnauze der Raubkatze in der Öffnung auftauchen, da müssen sie es glauben. Wie ein Mann weichen sie da zurück, alle. Und alle staunen Bathseba und David an.

»Wir warten einfach, bis die Löwin da drinnen verhungert ist«, schlägt Miriam vor. Sie hält die noch immer zitternde Bathseba ganz fest.

»Bevor das Biest verhungert, wird es verdursten«, erklärt der Hauptmann von Sauls Soldaten, ein grauhaariger Hüne namens Abner, der von Kopf bis Fuß in braunes Leder gehüllt ist. »Und das ist gut so.«

»Löwenfleisch schmeckt elend gut«, behauptet der flaumbärtige Säbelkerl. »Das Fleisch eines verhungerten Löwen jedoch kannst du nicht essen.« Angewidert verzieht er den Mund. »Räumen wir also die Steine so weit ab, bis das verdammte Biest den Kopf herausstrecken kann. Tut es das, werfen wir ihm eine Schlinge über, schlagen es tot und schlachten es.«

»Löwenfleisch ist unrein!« Ein alter Levit hebt mahnend den Zeigefinger, ein Priester. »Die Thora verbietet es, unreines Fleisch zu essen.«

»Das kannst du deinem toten Hund erzählen, Alter!« Joab lacht spöttisch und winkt ab. »Hat's denn die Löwin nicht verdient? Bei meinem Arsch, das hat sie! Schließlich wollte sie David und diese süße Jungfrau da fressen. Los, wir schlachten das Biest und essen es auf!«

»Guter Plan!« David bückt sich nach einem kopfgroßen Felsbrocken. »Damit zertrümmere ich ihr den Schädel. Meine Brüder werden vor Neid erblassen, wenn ich mit einem Löwenfell nach Hause komme.«

Bathseba sagt gar nichts; sie schließt die Augen und birgt ihr verweintes Gesicht in Miriams Halsbeuge. Genau so hat sie es vor Kurzem noch in Davids Halsbeuge gepresst. Das hat gutgetan. Und wie liebevoll er sie festgehalten hat, als sie gar nicht mehr aufhören konnte zu weinen! Wie zärtlich er tröstende Worte in ihr Ohr geflüstert hat! Das hat so gutgetan.

»Du musst nicht mehr weinen«, hat er gesagt, während er ihr über das Haar gestrichen hat. »Du musst keine Angst mehr haben, ich bin ja bei dir. Und wichtiger noch: Du selbst bist bei dir. Du bist stärker als diese Löwin gewesen, ist dir das überhaupt klar? Du bist schlauer gewesen als sie. Das muss dich doch trösten! Das muss dir doch Mut machen!«

Daran denkt Bathseba, während sie an Miriams Brust und Schulter liegt. Es ist schön, daran zu denken; ganz warm ums Herz wird ihr dabei.

»Reiner Zufall, dass ich meine Schafe ausgerechnet heute in diesem Teil der judäischen Berge weide«, sagt David, während die Männer beginnen, die oberen Schichten der Barrikade abzutragen. »Wäre ich nicht hier gewesen, hätte die Löwin das arme Mädchen hinterrücks angefallen und gefressen.«

Bathseba hört es, schweigt aber. Sie mag Davids Stimme sehr, auch wenn sie das, was er da eben mit seiner schönen Stimme gesagt hat, nicht mag. Warum müssen junge Kerle immer prahlen?

»Zufall?« Joab schüttelt den Kopf, während er einen Stein aus dem Wall nimmt und beiseite schleudert. »Das stimmt nicht ganz«, wendet er sich an den Anführer von Sauls Soldaten. »Wir haben nämlich gehört, dass du in Hebron bist, Abner, weißt du?« Er stemmt die Fäuste in die Hüften und schaut dem Hünen mit dem grauen Lockenkopf ins Gesicht. »Deswegen haben wir uns auf den Weg in die Stadt gemacht.«

»Meinetwegen?« Der Hauptmann Abner, der ein Vetter des Königs Saul ist, versteht nicht.

»Eigentlich wegen der Philister.« David reißt einen Stein aus der Öffnung und wirft ihn in die Höhle, um die Löwin zu reizen. »Wir wollen die Drecksäcke verprügeln.«

»Wir wollen gegen sie in den Krieg ziehen«, ergänzt Joab. »Wir haben gehört, dass du die Männer von Hebron zu den Waffen rufen willst.« Er schielt nun so stark, als könne er Abners forschenden Blick nicht ertragen.

»Und dass König Saul mit seinem Sohn Jonathan an der Spitze unserer Krieger gegen die Küstenstädte der Philister gezogen ist, haben wir natürlich auch gehört.« In der Höhle knurrt die Löwin, und David wirft noch einen Stein hinein, einen größeren. Die Reittiere neben der Höhle schnauben und tänzeln unruhig hin und her, vor allem das schwarze Pferd Abners. Sie wittern das Raubtier.

»Bestimmt hast du meinen Namen schon mal gehört, Abner.« Joab schiebt sein breites Kinn vor, hebt den Kopf noch ein Stück und deutet auf seinen Säbel, den er an seinem weißen Esel festgebunden hat. »Ich bin Joab, der Sohn Serajas, und ich hab gelernt, mit so einem krummen Eisen dreinzuschlagen, auf wen oder was auch immer.« Er deutet zu David. »Und der da, mein Freund David, der ist elend gut mit der Schleuder.«

»Um es kurz zu machen, Abner –«, David weicht einen Schritt vom Höhleneingang zurück, denn drinnen hört man die Tatzen der Raubkatze über Stein scharren, »– wir werden mit dir und den Männern von Hebron an die Küste ziehen und gegen die verdammten Philister kämpfen. Wir wollen nämlich dabei sein, wenn Israels Helden die Bundeslade zurückholen.«

Der Hauptmann Abner lässt den Stein fallen, den er gerade von der Barrikade genommen hat, und lacht schallend. »Was du nicht sagst, Kleiner!« Auch einige seiner Männer lachen. »Ihr scheißt euch ja voll, wenn die Philister mit ihren

Kampfwagen auf uns losgehen! Kriegt erst mal richtige Bärte, dann können wir über Krieg und Kampf reden.«

Bathseba hat nach einer Schlacht im Hügelland von Juda schon einmal zwei zerstörte Kampfwagen der Philister gesehen. Sie stellt sich vor, wie die rotierenden Klingen an den Wagenrädern den armen David zerfleischen. Die Vorstellung tut ihr weh.

»Wir mögen noch jung sein, Abner, aber wir sind stark!«, krächzt Joab, und seine Stimme überschlägt sich vor Aufregung. »Verdammt stark und verdammt mutig. Bei meinem Arsch, das kannst du mir glauben!«

»Ich schwör's dir, Abner!« David lässt seine Schleuder kreisen und zielt auf den Höhleneingang. »Was denkst du denn, wer die Löwin in die Höhle gejagt hat?« Er gibt das lose Ende der Schleuder frei – sein Stein saust über den Steinwall hinweg ins Halbdunkel dahinter. Drinnen brüllt die Löwin auf, und keiner, der in diesem Augenblick nicht mindestens zwei Schritte zurückweicht. Keiner, außer David.

»Du erzählst Märchen, David«, sagt Bathseba, als das Gebrüll sich gelegt hat. »Ich habe die Löwin in die Höhle gelockt.«

Gleichzeitig geht ein Aufschrei durch die Menge, Abners Pferd steigt wiehernd auf die Hinterläufe, und die Maultiere galoppieren blökend den Hang hinauf – die Löwin hat ihren Schädel in die Öffnung über der Steinbarrikade gezwängt und brüllt so laut, dass es Bathseba in alle Glieder fährt.

»Wir brauchen ein Seil!« Joab rennt zu seinem weißen Esel, dem einzigen Reittier, das nicht gescheut hat. »Eine Schlinge muss her, schnell!«

Er bindet seinen Säbel los. Einer von Abners Kriegern schleudert seine Lanze nach der Raubkatze, ein anderer schießt einen Pfeil auf sie. Die getroffene Löwin hört auf zu brüllen und zieht sich fauchend in die Höhle zurück.

»Keiner tötet die Löwin!« Bathseba springt hoch und stellt sich vor den verbarrikadierten Spalt. »Ich hab sie in die Höhle gelockt. Sie gehört mir. Niemand wird sie töten und essen!«

»Spinnst du jetzt, he?!« Mit erhobenem Säbel kommt Joab auf sie zu. »Natürlich schlagen wir das Biest tot.« Und da ist er wieder, dieser harte, grausame Zug um seinen Mund.

»Versuch's doch!«

»Weg da, Täubchen!« Er packt sie am Arm, doch Bathseba schlägt seine Hand weg, stößt ihn von sich und bückt sich blitzschnell nach einem Stein. Zornig blitzt sie Joab an, während sie den Brocken drohend in die Luft hält.

Einen Atemzug lang herrscht Stille. Alle sind erschrocken oder wenigstens verblüfft; alle schauen Bathseba an, und keiner sagt ein Wort, nicht einmal David.

Bis plötzlich Joabs Esel zu blöken beginnt. Da tritt Abner zwischen Bathseba und Joab. »Schluss jetzt!« Er lässt seinen herrischen Blick über die Menge schweifen. »Wir machen's, wie ich gesagt habe – wir lassen sie in der Höhle verhungern. Geht nach Hause!«

8

Preis des Lebens

Von Hebron bis zu Bathsebas Vaterhaus in Gilo sind es drei Wegstunden zu Fuß; auf einem Esel nur etwas mehr als zwei und auf einem kräftigen Maultier noch weniger. Am Nachmittag reiten sie los, denn Bathseba ist so aufgewühlt von dem, was geschehen ist, dass sie es unbedingt ihrem Großvater erzählen muss.

Sie hat lange betteln müssen, bis Miriam ihr den Besuch in Gilo gestattet hat, denn David hat darauf bestanden, sie zu begleiten, und Miriam traut ihm nicht über den Weg. Sie denkt nämlich ähnlich über David, wie viele Leute in Hebron über sie denken – sie hält ihn für ein Großmaul.

Bathseba aber traut David über den Weg. Mehr noch: Sie wünscht sich, dass er mit ihr nach Gilo reitet. Sich jetzt schon von ihm trennen? Nachdem sie erst vor ein paar Stunden gemeinsam dem Tod ins Auge gesehen haben? Nein, das kann sie sich nicht vorstellen!

Also hat sie Miriam angefleht, ihn mit ihr nach Gilo reiten zu lassen; sie hat gebettelt, gefordert, geweint und mit den Füßen gestampft – und am Ende hat Miriam nachgegeben. Vorsichtshalber jedoch befiehlt sie ihrem jüngsten Sohn und einem alten Knecht, ihr Mädchen zu begleiten. Der eine ist noch zu jung, um mit Abner zum Heer des Königs Saul zu ziehen, der andere schon zu alt.

»Bist du mir noch böse, weil ich den Sieg über die Löwin für mich beansprucht habe?«, fragt David, als das Nordtor Hebrons hinter ihnen zurückbleibt.

»Nein. Ich hab's ja richtiggestellt.«

»Ich werde es wiedergutmachen, versprochen.«

Sie reiten dicht nebeneinander; Bathseba und die anderen beiden auf Maultieren ihres Onkels, David auf dem weißen Esel des Säbelkerls. Joab selbst ist in Hebron geblieben und kümmert sich um Davids Schafe.

»Ich werde allen Leuten erzählen, dass du die Löwin mit einem Steinwurf von mir abgelenkt und in die Höhle gelockt hast. Ich schwör's dir.«

»Von mir aus.« Bathseba zieht am Zügel ihres Maultiers, damit es langsamer geht und hinter den Tieren der beiden Begleiter zurückfällt. Sie will nicht, dass Miriams Sohn und der Knecht hören, was David und sie zu besprechen haben. Niemand soll wissen, wie vertraut sie miteinander sind.

»Ehrlich gesagt: Ich hab' Eindruck bei Abner schinden wollen.« Auch David zügelt sein Reittier, wobei er etwas verlegen zu ihr herübergrinst. »Damit er mich mit in den Krieg nimmt.«

»Ich bin froh, dass er dich nicht mitnimmt.« Bathseba erschrickt, kaum dass sie die Worte ausgesprochen hat.

»Wirklich?« Er staunt sie an. »Warum das denn?«

»Weiß nicht.« Bathseba weiß es genau, zuckt aber mit den Schultern. »Ich hab dich nicht vor der Löwin gerettet, damit die Philister dich totschlagen.«

»Mich schlägt keiner tot.«

»Aber die Philister seien starke und gefährliche Krieger, erzählt man sich im Tor. Sie haben schon viele unserer Männer getötet, heißt es.«

»Blutrünstige Hunde sind sie! Die verdammten Drecksäcke haben uns die Lade Gottes geraubt! Haben zwei Dörfer oben im Kisontal niedergebrannt und sämtliche Bewohner abgeschlachtet: Kinder, Greise, Frauen, Männer – alle. Sogar Hunde und Ziegen. Ich hab mir so gewünscht, dabei sein zu können, wenn unser König sie dafür bestraft! Ich hab mir so gewünscht, mindestens zehn dieser Drecksäcke töten zu können!«

Bathseba mustert ihn halb ungläubig, halb erschrocken, doch er scheint ernst zu meinen, was er da sagt. »Hast du denn gar keine Angst vor diesen grausamen Kriegern?«

»Angst? Ich?« David schüttelt den Kopf. Sein Grinsen hat jetzt etwas Selbstgewisses.

»Und heute Morgen in den Hügeln, als die Löwin dich anspringen wollte, da hast du wohl auch keine Angst gehabt, was?«

»Nicht einen Augenblick, ich schwör's dir!« Wieder zügelt David den Esel ein wenig; die beiden anderen reiten bereits hundert Schritte vor ihnen.

»Lügner!« Bathseba glaubt ihm kein Wort. »Sie hätte dir die Kehle durchgebissen, und das weißt du genau!«

»Vorher hätte ich sie mit der Schleuder erledigt.«

»Die ist dir aus der Hand gerutscht, so sehr hast du gezittert.«

»Blödsinn! Ich hab keine Angst gehabt, denn ich wusste, dass ich nicht sterben werde. Meine Zeit ist noch lange nicht um.«

»Ich jedenfalls hab' Angst gehabt.« Bathseba zieht die Schultern hoch und seufzt tief. »Ganz schlimme Angst hab' ich gehabt, und das sag' ich jedem, der mich fragt.«

»Und trotz deiner Angst hast du den Stein nach der Bestie geworfen?« David mustert sie ungläubig, doch Bathseba antwortet nicht. »Dir muss doch klar gewesen sein, dass du so ihre Aufmerksamkeit auf dich lenkst!«

»Vielleicht hab' ich ja genau das gewollt.« Sie sagt das, ohne nachzudenken, es rutscht ihr einfach so heraus.

Als habe er sie nicht verstanden, schaut David sie an; doch er hat genau verstanden, das liest Bathseba in seiner Miene – er guckt wie einer, den gerade ein vollkommen Unbekannter mit Namen angesprochen hat. Ein wenig verwirrt.

Warum hab ich das gesagt?, fragt sie sich im Stillen. Was ist es, dass ich so gern neben ihm reite? Warum fühlt seine Nähe sich so vertraut an?

Weil wir gemeinsam dem Tod ins Auge geschaut haben, antwortet sie sich selbst. Weil wir gemeinsam die Löwin besiegt haben.

Eine Zeit lang reiten sie schweigend nebeneinanderher. Ein ausgedehntes Waldstück rückt näher. Bathseba hat längst den Berggipfel erkannt, an dessen Hang Gilo liegt. Auch die Weinberge kann sie bereits ausmachen. Irgendwann hält David den weißen Esel an und sagt mit leiser Stimme: »Ehrlich gesagt: Ein bisschen Angst hab' ich schon gehabt heute Morgen.«

»Du hast gebrüllt vor Angst!«

»Und hab gebetet. Wenn du mich rettest, Gott, will ich dir alle Tage meines Lebens dienen – so hab ich gebetet.«

Genau wie ich, denkt Bathseba und sagt: »Und der Allmächtige hat dich tatsächlich gerettet.« Sie schaut ihm in die Augen, in die schwarzen, glühenden Augen. Wie schön sie sind! Wie das Leben in ihnen brennt! »Durch mich. Du schuldest mir dein Leben.«

Das zu hören, gefällt ihm nicht – sie merkt es, weil er plötzlich die Brauen runzelt und ihrem Blick ausweicht. Sie reiten weiter. Miriams Sohn und der Knecht haben inzwischen einen Vorsprung von mehr als zweihundert Schritten. Ihre Umrisse verschwimmen schon mit dem Waldrand.

»Also gut«, sagt David, »mal angenommen, ich würde dir wirklich mein Leben schulden. Was willst du dafür?«

Bathseba betrachtet seine schönen Augen, denkt: viel, vielleicht zu viel. Und sagt: »Kann man den Wert eines Lebens denn messen oder wiegen?«

David hat wohl keine Antwort, denn er schweigt. Schweigt und schaut auf den Wald, der ihre beiden Reisgefährten längst verschluckt hat. Was er wohl denkt? Was er wohl fühlt? Plötzlich spürt sie, wie ihr Herz schneller pocht. Ob er genauso gern neben ihr reitet wie sie neben ihm?

»Gib mir ein wenig Zeit, David. Ich muss über deine Frage nachdenken.«

Als sie in die Schatten der Bäume reiten, umfängt sie die Kühle des Bergwaldes. Im Licht der Abendsonne schimmern die Baumwipfel wie vergoldet. Buschwerk und Unterholz ringsum wirken undurchdringlich und bereits düster. Bathseba würde sich fürchten, wenn sie allein hier entlangreiten müsste, mit David an ihrer Seite jedoch fühlt sie sich sicher. Und ziemlich aufgeregt.

»Und?«, fragt er irgendwann. »Hast du nachgedacht?« Sie nickt. »Dann nenn mir den Preis, den ich deiner Meinung nach zu zahlen habe.«

»Deine Frage muss gründlich bedacht werden. Sie wiegt schwer, weißt du? Ich brauche Zeit dafür, vielleicht viel Zeit. Bis dahin gib mir ein Pfand, eine Anzahlung.« Rechts zwischen den Bäumen entdeckt sie eine Lichtung und lenkt ihr Maultier vom Weg ab durchs Unterholz dorthin. »Komm.«

»Was spielst du für ein Spiel mit mir?« David klingt wie einer, dem gleich der Geduldsfaden reißt. »Stolze Mädchen gehen mir auf die Nerven. Was für ein Pfand, beim Gürtel des Orion?! Und warum reitest du in den Wald?«

»Weil ich hier dein Pfand entgegennehmen will.« Bathseba ist bereits vom Rücken ihres Maultiers gerutscht und wartet im hohen Gras. »Komm schon.«

Der Hirte mit den schönen Augen schimpft leise vor sich hin, lenkt seinen Esel aber zu ihr auf die Lichtung. »Was für ein Pfand, verdammt noch mal!?«

»Steig ab.«

»Spinnst du jetzt?«

»Mach schon.« David zögert und mustert sie misstrauisch. Endlich gehorcht er doch und schwingt sich vom Esel.

»Küss mich.« David schaut sie an, als habe er sie noch nie gesehen, als stünde sie zum ersten Mal vor ihm. »Mach schon, David, gib mir einen Kuss.« Er kriegt den Mund nicht mehr zu. »Weißt du nicht, wie das geht, küssen?«

»Doch.« Er schluckt und nickt langsam. »Ich glaub schon.«

»Dann los.« Bathseba schließt die Augen und legt den Kopf in den Nacken, denn sie ist zwei Handbreit kleiner als David. Eine Zeit lang passiert gar nichts. Dann hört sie seinen Atem fliegen, dann spürt sie die Wärme seines Gesichtes dicht an ihrem, und dann spürt sie seinen Mund auf ihrem Mund – ganz scheu nur berührt er sie, ganz zart und behutsam.

Bathseba legt ihre Hand auf seine Brust, um zu spüren, ob sein Herz genauso schnell und so hart pocht wie ihres. Und wirklich – das tut es! Ihre Lippen gleiten über seine Lippen, als wolle sie mit ihnen deren Linien nachzeichnen. Seine Lippen betasten ihre Lippen, als suche er darauf nach Tautropfen.

»Bin ich die Erste?«, fragt sie, ohne die Augen zu öffnen und von seinem Mund zu weichen. Sie spürt, wie er nickt. Auf einmal muss sie an den Mann in Schwarz denken, den Unheimlichen in der Mauernische, der behauptet hat, sie würde zwischen den Hügeln ihrem Mann begegnen. »Ich will auch die Letzte sein.« Mit diesen Worten schlingt sie ihm die Arme um den Hals und saugt sich an seinen Lippen fest.

*

Später reiten sie wieder den Waldweg entlang, so dicht nebeneinander, dass ihre Knie sich ständig berühren. Das gefällt Bathseba. Sie fühlt sich, als habe sie sich gerade in den Erdkeller ihres Onkels geschlichen – was sie manchmal tut –, um dort von seinem süßesten Wein zu naschen – was Miriam ihr streng verboten hat. Lange fällt kein Wort, doch wieder und wieder lächeln sie einander an. Bathseba ist froh.

Am Ausgang des Waldes, kurz bevor der Weg durch das Tal führt, aus dem man über viele Serpentinen nach Gilo hinaufreitet, sehen sie die beiden Gefährten wieder. Die haben ihre Maultiere angehalten und warten auf sie.

»Weißt du eigentlich, dass wir etwas gemeinsam haben?« David reitet langsamer, und ein Ernst, den Bathseba noch nie an ihm wahrgenommen hat, verdunkelt seine schönen Züge.

»Klar weiß ich das«, sagt sie und lacht. »Dieselbe Löwin hat uns fressen wollen.«

»Das meine ich nicht.« David lacht nicht, lächelt nicht einmal. »Du hast keine Mutter, ich habe keine Mutter. Das meine ich.«

»Miriam ist meine Mutter.«

»Aber nicht deine leibliche. Die ist bei deiner Geburt gestorben. Das jedenfalls erzählen sie in Bethlehem.«

»Das stimmt, doch für mich ist sie meine Mutter. Ich empfinde für Miriam, wie man für eine Mutter empfindet.«

»Woher willst du wissen, was man für seine Mutter empfindet? Wenn sie bei deiner Geburt gestorben ist, hast du doch keine Erinnerungen an sie. Schon gar nicht an deine Gefühle für sie.«

Bathseba will widersprechen, lässt es aber bleiben, denn vielleicht hat er ja recht. Sie betrachtet David von der Seite – wie bedrückt und zerbrechlich er auf einmal wirkt. »Deine Mutter ist auch gestorben?« Mit ihrer Familie kommt Bathseba jedes Jahr zur Olivenernte nach Bethlehem, doch davon hat sie noch nie gehört. »Auch bei deiner Geburt?«

»Nein. Meine Mutter ist gestorben, als wir eines Tages hinauf nach Gibea gereist sind. Ihre jüngste Schwester wollte dort Hochzeit feiern. Noch keine vier Jahre alt war ich damals. Im Gebirge sind plötzlich Philister aus dem Wald gebrochen und über unsere kleine Karawane hergefallen. Die haben alle Männer totgeschlagen und alle Frauen und Kinder geraubt.«

»Wie schrecklich.« Bathseba beißt sich auf die Unterlippe. Plötzlich versteht sie, warum der junge Hirte aus Bethlehem unbedingt mit Abner in den Krieg ziehen will.

»Nach zwei Tagen hat man meine Mutter gefunden. Tot. Ich hab neben ihrem nackten und geschundenen Leib gesessen und geweint. So erzählen sie es jedenfalls.« David schweigt eine Zeit lang. Sein Atem geht schwer und tief, sie kann es hören. »Nur ich bin davongekommen«, sagt er schließlich. »Vielleicht bin ich mir deswegen so sicher, dass die Zeit zu sterben für mich noch lange nicht gekommen ist.«

»Denkst du oft daran?«

»Viel zu oft.«

»Und was machst du dann?«

»Dann weine ich. Und wenn ich genug geweint habe, bete ich. In letzter Zeit schreibe ich die Gebete auf, damit ich sie nicht vergesse. Manchmal bete ich sie erneut, meistens singend.«

»Du kannst schreiben?« Bathseba schaut ihn voller Bewunderung an – es gibt nicht viele Männer in Juda und Israel, die schreiben können; sie selbst kennt nur zwei: ihren Großvater und Samuel, den uralten Richter und Propheten.

»Ein Levit aus Bethlehem hat es mich gelehrt. Nathan, der Prophet. Er ist ein Schüler Samuels und hat eine Zeit lang in Ägypten am Hof des Pharaos gelebt.«

»Könnte ich das auch lernen?«

»Wenn du willst, bringe ich es dir bei.«

Wenig später erreichen sie ihre Gefährten und reiten zu viert weiter. Bald sieht man die Weingärten von Gilo am Hang in der Abendsonne liegen. »Es ist schön, dass du mich in mein Vaterhaus begleitest.« Bathseba spricht so leise, dass nur David es hören kann. »Danke.«

»Ich mach's nicht ohne Grund.«

»Verrate ihn mir.«

»Ich will in deiner Nähe sein. In deiner Nähe habe ich nämlich Glück, wie mir scheint. In deiner Nähe hat sogar eine hungrige Löwin von mir abgelassen.« Er schweigt ein paar Atemzüge lang, räuspert sich schließlich und gesteht: »Aber ehrlich gesagt: Das ist nicht das Einzige.«

»Kerle, denen man jedes Wort einzeln aus der Nase ziehen muss, gehen mir auf die Nerven«, sagt Bathseba.

Er druckst ein wenig herum, räuspert sich ein paarmal und sagt endlich: »Ich werde deinen Vater fragen, ob er mir seine Tochter zur Frau gibt.«

»Er hat nur diese eine, die jetzt neben dir reitet.« Mit einem Schlag verfliegt alle Fröhlichkeit, die Bathseba seit dem Kuss beflügelt. »Wie wäre es, wenn du erst einmal die fragst?«

»Das ist gegen alle guten Sitten. Außerdem lese ich die Antwort in deinem Blick und habe sie in deinem Kuss gespürt.«

»So?« Bathseba spürt, wie ihr das Blut ins Gesicht steigt. »Ich kann niemals deine Frau werden.« Sie denkt an den Unheimlichen in Schwarz und sagt es trotzdem: »Mein Vater hat mich bei der letzten Weinlese einem Mann aus Hebron versprochen.«

»Na und? Dann muss er sein Versprechen eben brechen.«

9

Verbotener Name

Mehr als dreißig Männer, Frauen und Kinder versammeln sich auf dem Dach des großen Hauses – Bathsebas Reisegefährten, die Großeltern, die Frauen von Bathsebas Brüdern, ihre Söhne und Töchter, der Bruder des Großvaters, seine Kinder und Kindeskinder und einige Nachbarn.

Ihren Vater hat Bathseba noch nicht begrüßen können – er arbeitet noch draußen im Weinberg. Und ihre Brüder sind Anfang des Monats mit dem König in den Krieg gegen die Philister gezogen. Sie sitzt neben ihrem geliebten Großvater. Anders als ihr Vater, den sie nur an Festtagen und während der Weinlese sieht, kommt ihr Großvater alle zwei Monate nach Hebron, um sie zu besuchen.

Einige Frauen entzünden Fackeln und Öllampen, denn die Nacht dämmert längst herauf. Wein und Wasser werden ausgeschenkt, Schüsseln mit Oliven, Schafskäse, Gerstenfladen und Feigen machen die Runde. Obwohl ihre Großmutter das Gespräch führt, ist Bathsebas Großvater doch der Mittelpunkt der Gesellschaft. Jeder weiß das, jeder spürt das.

Ahitofel sitzt mit dem Rücken zum letzten Abendlicht am Westrand des Daches vor einem Becher Wein und einem Feigenblatt mit Käse, Oliven und Brotfladen. Er isst und nippt am Wein, während er aufmerksam den Worten lauscht, mit denen Bathseba die Fragen ihrer Großmutter beantwortet. Manchmal streichelt er Bathseba über die Wange, manchmal legt er seine Hand auf ihre.

Die Großmutter will alles wissen: Wie es Miriam geht, wie es der Verwandtschaft in Hebron geht, ob man Nachrichten vom Feldzug des Königs gehört hat und wer außer dem Onkel noch mit Abner in den Krieg gezogen ist. Sie will wissen, wie viele Lämmer geboren worden sind, wie viele Kälber, wer in Hebron wen geheiratet hat, in welchen Familien Kinder auf die Welt gekommen sind, wer gestorben ist und zu welcher Strafe die Ältesten im Tor Miriams Nachbarn verurteilt haben, der einer Tochter des Torwächters Gewalt angetan hat.

Manchmal nickt ihr Großvater, während Bathseba antwortet, manchmal lächelt er, manchmal stellt er selbst eine Frage.

Ahitofel ist sehr groß und hat breite Schultern und kräftige Hände. In seinem rotbraunen Bart und seinem langen Haar hat Bathseba noch nicht einen grauen oder gar weißen Schimmer entdeckt, dabei ist ihr Großvater bereits in den späten Fünfzigern. Alle schätzen den klugen Mann, dessen Weisheit sich weit herumgesprochen hat. Manchmal kommen die Leute bis aus den Fischerdörfern am See Genezareth, um seinen Rat zu hören.

Immer, wenn sie ihn anschaut, muss Bathseba an den seltsamen Mann in der Mauernische denken. Und daran, wie er von ihrem Großvater gesprochen hat: *Du bist die Enkelin des klugen und gütigen Ahitofels, den wir sehr gern haben.*

David sitzt neben ihr. Er rutscht unruhig hin und her und späht ständig in die Abenddämmerung hinaus nach Süden, wo der Weg aus dem Tal und von den Weinbergen heraufkommt. Er kann es wohl kaum erwarten, dass ihr

Vater endlich nach Hause kommt. Sie versucht, nicht auf ihn zu achten.

Seltsam – gestern hat sie sich noch gefreut, wenn sie an den großen und starken Uriah gedacht hat, an den reichen und angesehenen Hethiter, der dem Vater letztes Jahr zwei große Weinberge, zehn Schafe und einen Bullen geschenkt hat. Er ist doppelt so alt wie David, und seine Augen glitzern wie Bernstein im Feuerschein. Gestern hat sie sich noch geschmeichelt gefühlt, wenn sie daran gedacht hat, dass sie nächstes Jahr im Herbst mit ihm Hochzeit feiern wird. Heute bedrückt sie der Gedanke.

Als die Neugier der Großmutter gestillt ist und sie keine Fragen mehr stellt, kommt Bathseba auf das zu sprechen, was ihr weit mehr unter den Nägeln brennt als neugeborene Lämmer und Kinder und sie heute hierher nach Gilo getrieben hat: die Begegnung mit der Löwin und dem Tod.

Sie erzählt, wie sie die Jägerin durch einen Steinwurf davon abgehalten hat, David anzuspringen; wie das Raubtier hinter ihr hergejagt ist und wie nur ein Treffer von Davids Schleuder es davon abgehalten hat, sie anzufallen.

»Doch mein Gewand hat die Löwin noch erwischt, das musste ich ihr überlassen.« Sie zieht ihren Kleidersaum über das Knie, damit alle den durchgebluteten Verband an ihrem Unterschenkel sehen können, und erzählt von ihrer Angst, von ihren Stoßgebeten und vom Lichtschimmer, den sie plötzlich tief in der Höhle erspäht hat.

»Ich hab doch schon mit dem Leben abgeschlossen gehabt!«, ruft sie unter Tränen. »Ich bin doch schon so gut wie tot gewesen, und dann sehe ich auf einmal Licht von oben.« Bathseba hebt die Arme und entblößt ihre Schultern, um wenigstens einige der vielen Schürfwunden zeigen zu können, die sie sich zugezogen hat, als sie durch den Felskamin ins Freie geklettert ist.

Alle Männer, Frauen und Kinder auf dem Dach lauschen ihrer Erzählung – mit großen Augen und offenen Mündern. Niemand isst mehr, keiner rührt mehr seinen Weinbecher an, alle hängen an ihren Lippen. Manchmal schlägt jemand die Hände über dem Kopf zusammen, Gebetsrufe werden laut, und aller Blicke fliegen zwischen ihr und David hin und her.

»Der Ewige und Allmächtige sei gepriesen!«, ruft Ahitofel aus, als Bathseba geschildert hat, wie sie erschöpft und weinend gegen den versperrten Höhleneingang gesunken ist und David sie festgehalten hat. »Dem Herrn des Himmel und der Erde, der euch gerettet hat, sei Lob und Dank!« Und dann nimmt ihr Großvater die Öllampe, die neben ihm flackert, und hebt sie hoch, um David ins Gesicht zu leuchten. »Und du bist es, den unsere geliebte Bathseba vor der Löwin retten konnte? Du bist David, der ihr beigestanden und mit ihr die Löwin gefangen hat?«

»Kann man so sagen, doch.« David nickt und wirkt unter dem prüfenden Blick des Großvaters auf einmal so scheu, dass Bathseba sich wundern muss. Auf dem Weg hierher hat er noch großspurig verkündet, in den Krieg ziehen, zehn Philister erschlagen und sie zur Frau gewinnen zu wollen – und jetzt kommt er ihr vor wie ein schüchterner kleiner Junge.

Wer bist du, David?, fragt sie sich im Stillen. Der derbe Hirte? Der furchtlose Löwenjäger? Der zerbrechliche Junge? Der großmäulige Krieger? Wer treibt sonst noch sein Wesen in deiner abgründigen Seele?

Ihr Großvater fragt ihn: »Wer ist dein Vater, David?«

»Isai«, antwortet der, nun weniger scheu. »Der züchtet Schafe in Bethlehem und besitzt einen Hain mit vierzig Olivenbäumen.«

»Isai also, der Sohn Obeds. Sag bloß!« Ahitofel lächelt wie

einer, der sich an ein bedeutsames Erlebnis erinnert. »Wir haben Seite an Seite gegen die Philister gekämpft. Isais Großmutter Ruth kam als junge Witwe aus Moab nach Israel. Lebt sie noch?« David schüttelt den Kopf. »Und wie heißen deine Brüder und Schwestern?«

»Eliab, Abinadab, Samma ...« David zählt die Namen seiner sieben Brüder und seiner drei Halbschwestern auf. »Meine älteste Schwester Zeruja ist die Mutter Joabs und seiner beiden Brüder.«

Bathseba stutzt – dann ist David also mit dem Säbelkerl verwandt? Sein Onkel sogar? Das wusste sie noch nicht. Und sie schöpft Hoffnung: Wenn der Großvater den Vater Davids kennt und schätzt, wer weiß – vielleicht wird dann ihr Vater sein Versprechen, das er Uriah gegeben hat, wirklich noch einmal überdenken. Und rückgängig machen.

Verstohlen mustert sie David von der Seite – falls der überhaupt den Mut hat, ihren Vater um ihre Hand zu bitten. Doch inzwischen traut sie dem jungen Hirten alles zu.

»Und wie stehen die Dinge in Bethlehem?«, fragt Ahitofel und erkundigt sich nach der Olivenernte und nach Männern und Frauen aus Bethlehem, die er kennt. David antwortet geduldig, erzählt alles, was der Großvater wissen will. Doch rutscht er dabei immer unruhiger hin und her, schaut immer häufiger nach Süden, in die angebrochene Nacht hinaus.

Als Bathseba seinem Blick folgt, entdeckt sie einen Fackelzug den Weg vom Weinberg heraufkommen. Ihr Vater und seine Knechte kehren von der Arbeit zurück!

Die Leute ringsum verabschieden sich nach und nach, und David hat es plötzlich eilig, mit ihnen vom Dach zu steigen. Er verneigt sich vor Großmutter und Großvater, bedankt sich für Essen und Trinken, steht auf und geht.

Unten, zwischen den Hütten und Häusern, sieht Bathseba ihn dem Vater entgegenlaufen. Ihr Herz klopft auf einmal schneller. Bald hört sie ihre Stimmen am nahen Brunnen, und kurz darauf verschwinden beide im Haus.

Nur Bathseba und ihre Großeltern sitzen nun noch auf dem Dach. Milder Nachtwind streift ihnen durchs Haar, über ihnen glitzert das Sternenmeer. Im Dorf bellen Hunde, und im Feigenbaum, dessen dichte Krone das Dach überragt, zirpen Zikaden.

»Was für ein aufregender Tag«, sagt Bathseba, »und wisst ihr, wie er begonnen hat?« Sie erzählt den Großeltern von ihrer Begegnung mit dem unheimlichen Fremden im Tor von Hebron. »Erst bin ich mir nicht sicher gewesen – ist das wirklich ein Mann oder ist es vielleicht doch eine Frau? Seine Stimme hat gerauscht wie die Brandung und seine Augen gestrahlt wie die Sonne.« Ein kalter Schauer kriecht ihr über Rücken und Schultern, während sie den Großeltern wiedergibt, was der Unbekannte gesagt hat. Seine Worte haben sich ihr tief eingebrannt, und sie lässt keines aus. »Irgendjemand aus der Familie muss im Tor von Hebron rausgeschwatzt haben, dass der Hethiter beim Vater gewesen ist, um mich als seine Braut zu gewinnen. Woher sonst sollte der Mann Uriahs Namen kennen?«

Die Großeltern antworten nicht gleich. Die Großmutter reibt sich das Kinn und schaut nachdenklich zu den Sternen hinauf, der Großvater stützt seinen Mund auf die gefalteten Hände, und Bathseba lauscht den Stimmen unter ihnen im Haus. Was mögen wohl David und ihr Vater miteinander besprechen?

»Ein Wahnsinniger«, sagt die Großmutter schließlich. »Der Fremde im Tor muss ein Wahnsinniger gewesen sein. Solche Menschen haben manchmal den Zweiten Blick.«

»Den ›Zweiten Blick‹?« Bathseba runzelt fragend die Brauen. »Was ist das?«

»Wer den Zweiten Blick hat, sieht mehr als normale Menschen«, erklärt die Großmutter. »Sieht tiefer und mehr.« Als spüre sie Bathsebas Zweifel, nickt sie energisch. »So etwas gibt es wirklich, Herzchen. Glaub mir nur.«

»Unsinn!« Der Großvater nimmt die Hände vom Mund und schüttelt den Kopf. »Nichts als Unsinn und Aberglaube ist das!«

»So?« Die Großmutter beugt sich vor und schaut ihn herausfordernd an. »Was glaubst du denn, wer da im Tor gesessen und von Dingen gesprochen hat, die sonst keiner weiß?«

»Einer, dessen Namen wir nicht nennen sollten.«

Im Fackelschein kann Bathseba sehen, wie ihre Großmutter erbleicht, während sie sich sehr langsam aufrichtet und den Blick senkt.

»Wer denn?« Bathseba begreift schon wieder nicht, wovon die Rede ist. »Wessen Namen sollen wir denn nicht nennen?«

Großvater Ahitofel schaut ihr tief in die Augen und schweigt lange. Wie gütig sein Blick ist! Und wie ernst. »Muss ich dir das wirklich sagen, mein Kind?«

10

Harfe

Bathseba schläft auf dem Dach neben Großvater und Großmutter. Jedenfalls versucht sie zu schlafen. Das ist schwer für ein Mädchen, dessen Vater am Abend mit einem jungen Burschen verhandelt hat, der sich sie als Gattin an seine Seite wünscht. Zwei Männer haben über ihre Zukunft gesprochen, und sie weiß nicht, was dabei herausgekommen ist – wie soll man da schlafen können?

Und wenn sie doch einmal eingenickt ist, schreckt sie nach kurzer Zeit aus schweren Träumen hoch.

In einem liegt sie unter der Löwin, die über ihr den Rachen aufreißt, um ihre Fänge in Bathsebas Hals zu schlagen. In einem anderen steht sie vor einem zertrümmerten Kampfwagen der Philister und entdeckt in ihm den abgeschlagenen Kopf Davids. Im nächsten steht sie im Tor von Hebron vor dem Unheimlichen in Schwarz, lauscht seiner brausenden Stimme und versteht nicht, was er ihr zu sagen hat. Es ist, als würde er Ägyptisch oder Babylonisch sprechen.

Als die ersten Strahlen der Morgensonne sie wecken und sie die Augen öffnet, fühlt Bathseba sich so elend und zerschlagen, als hätte sich in der Nacht ein ganzes Rudel Löwen auf ihr gewälzt. Der Großvater schnarcht noch, die Großmutter ist bereits unten im Haus.

Bathseba richtet sich auf, blinzelt in die Morgensonne und hört den Vögeln zu. Einer singt auf eine Weise, die ihr seltsam vorkommt. Sie lauscht und erkennt: Es sind Saitenklänge, die sich da in den Morgengesang der Vögel mischen. Irgendwo zupft jemand eine Harfe!

Bathseba steht auf, lauscht aufmerksamer – die Harfenklänge kommen aus dem Obstgarten. Sie läuft zum Dachrand, kniet sich bei der Krone des Feigenbaums nieder und schaut hinunter. Sieben Ellen unter ihr lehnt David gegen den Stamm und zupft die Saiten einer Harfe.

»Du spielst ja auf der Harfe meiner Mutter? Wer hat dir das erlaubt?!«

David hebt den Blick und blickt zu ihr herauf. »Sie gehört jetzt mir.«

»Das glaub ich nicht.« Bathseba steigt ins Haus hinunter. Sie weiß, wie ihr Vater an der Harfe hängt. Das Instrument ist seine Hochzeitsgabe für ihre Mutter gewesen. Niemand habe so schön darauf spielen und so lieblich dazu singen können wie sie, erzählen Miriam und die Leute von Gilo. Bathseba kann sich nicht vorstellen, dass irgendwas ihren Vater dazu bewegt haben könnte, sich von dieser Harfe zu trennen.

Sie läuft in den Obstgarten und hockt sich neben David. »Warum schwindelst du schon wieder?«

»Ich schwindle nicht. Dein Vater hat mir die Harfe geschenkt.«

»Das ist nicht wahr, das kann ich nicht glauben! Warum sollte er sich von der Harfe meiner Mutter trennen?«

»›Meine Tochter kann ich dir nicht geben‹, hat er gesagt, ›die habe ich längst einem anderen versprochen. Doch weil du meiner Tochter beigestanden hast, statt vor der Löwin zu flüchten, will ich dir die Harfe ihrer toten Mutter schenken.‹ Das hat er gesagt, und jetzt besitze ich eine Harfe.« David greift in die Saiten.

Schade, denkt Bathseba, hat der Großvater sich also getäuscht. Wenn der Unheimliche in der Mauernische wirklich der gewesen sein sollte, für den Ahitofel ihn hält, dann hätte ihr Vater sie David zur Frau gegeben. Stattdessen schenkt er ihm das Instrument der Mutter. Also hat der Unheimliche im Tor Unsinn geredet, als er ihr ankündigte, sie werde zwischen den Hügeln ihrem künftigen Mann begegnen. Also ist er doch ein Verrückter und mitnichten ein Bote dessen gewesen, dessen Namen man nicht ausspricht.

»Wenigstens habe ich jetzt eine Harfe«, wiederholt David. »Auch nicht schlecht.« Er grinst halb wehmütig, halb spöttisch; jedenfalls so, als würde er nicht ganz ernst meinen, was er sagt. »Ich habe mir schon immer eine Harfe gewünscht.«

»Du kannst doch gar nicht darauf spielen!« Trotz und Traurigkeit verdüstern Bathsebas Miene.

»Natürlich kann ich das! Hörst du es nicht? Nathan hat's mir beigebracht, der Levit und Prophet. Der wird mich auch noch die letzten Feinheiten der Kunst des Harfenspiels lehren, keine Sorge.«

Bathseba steht auf und taucht ins Halbdunkel des Hauses. Den Vormittag über gehen sie einander aus dem Weg. Sie hilft der Großmutter beim Hühnerschlachten und Kochen, David begleitet den Vater in den Weinberg.

Am späten Nachmittag nimmt Bathseba Abschied von Vater und Großeltern, danach brechen sie nach Hebron auf. Miriams Sohn und Knecht reiten von allein ein Stück voraus. Offenbar haben sie begriffen, dass Bathseba und David für sich sein wollen.

»Hat mein Vater dir gesagt, mit wem ich nächstes Jahr Hochzeit feiern soll?«, fragt Bathseba, während sie hinter-

einander die letzte Serpentine vor der Talsohle herunter-
zockeln.

»Nein. Ich habe ihn gefragt, doch er hat es mir nicht verraten wollen. Willst du es mir sagen?«

Bathseba antwortet nicht, und David hakt nicht weiter
nach. Schweigend durchqueren sie das Tal und nehmen
an der Gabelung den Weg, der zum Bergwald hinaufführt.
Die Nachmittagssonne sticht noch heiß vom wolkenlosen
Himmel. David wickelt sich ein weißes Tuch um den
Kopf, Bathseba zieht die Kapuze ihres Gewandes tief in
die Stirn.

»Ahitofel hat mächtig geschimpft«, bricht David das
Schweigen irgendwann.

»Der Großvater? Mit wem?«

»Na, mit deinem Vater.«

»Aber warum?«

»Weiß nicht.« David zuckt mit den Schultern. »Wenn wir
im Wald an der Lichtung vorbeireiten, darf ich dich dann
wieder küssen?«

»Sie haben gestritten, und du hast kein Wort verstanden?
Glaub ich nicht.«

»Ein bisschen was habe ich schon mitbekommen«, gesteht David. »Eliam solle dem Mann, dem er dich versprochen hat, Weinberge, Zuchtbulle und Schafe zurückgeben.
Ungefähr mit diesen Worten habe ich Ahitofel schimpfen
hören. Und er soll dich nächstes Jahr zu mir nach Bethlehem
ziehen lassen.«

»Das hat er gesagt? Wirklich?« Bathseba kann es kaum
glauben. »Und mein Vater? Was hat er geantwortet?«

»Der hat auch geschimpft. ›Lass mich bloß in Ruhe‹, hat
er gesagt. ›Die neuen Weinberge sind bestellt, und sie tragen
gut‹, hat er gesagt. ›Der Bulle zeugt starke und gesunde Kälber, und von den Schafen habe ich schon drei geschlachtet.‹

Und dann hat er deinen Großvater gefragt, ob nicht er es gewesen sei, der ihn gelehrt habe, dass ein Mann zu dem Wort stehen müsse, das er einmal gegeben hat.«

Schweigend reiten sie den Hang hinauf, die anderen beiden haben längst den Waldrand erreicht. Tränen strömen Bathseba über die Wangen. Damit David es nicht sieht, treibt sie ihr Maultier an und reitet ein Stück voraus.

Nicht lange, dann hat er sie eingeholt. »Nachher auf der Lichtung, da will ich dich wieder küssen.« Seine schönen Augen leuchten, während er sie erwartungsvoll anschaut. »Willst du auch?«

Bathseba würde ihn am liebsten sofort küssen, doch sie antwortet nicht. Ihre Kehle fühlt sich an wie zugeschnürt.

David bedrängt sie nicht weiter, lässt es gut sein und trabt stumm in Gedanken versunken neben ihr her. Manchmal will es Bathseba scheinen, als würde Joabs weißer Esel traurig zu ihr heraufäugen.

»Wer ist der Mann, dem dein Vater dich versprochen hat?«, will David wissen, als sie später in den Wald hineinreiten.

»Er heißt Uriah.«

»Uriah, der Hethiter? Sauls berühmter Krieger?«

»Ja. Der.« Bathseba glaubt, einen ehrfürchtigen Unterton in Davids Stimme zu hören.

»Ein mutiger und furchtloser Kriegsmann! In Bethlehem erzählen die Männer im Tor, Uriah habe schon über fünfzig Philister erschlagen. Wann soll die Hochzeit gefeiert werden?«

»Nächsten Sommer.«

Im Schatten des Waldes ist es angenehm kühl, sodass Bathseba die Kapuze abstreift. Eine Zeit lang fällt kein Wort. Aus dem Augenwinkel sieht sie Davids nachdenkliche Miene. Was ihm wohl jetzt wieder durch den Kopf geht?

Irgendwann spricht er es aus: »Du weißt, dass Uriah Witwer ist?«

»Witwer?« Überrascht schaut sie David ins Gesicht. »Nein. Das hat mir noch keiner erzählt.«

»Seine Frau ist vor drei Jahren gestorben.« David treibt seinen Esel dichter an ihr Maultier heran. »Sie ist noch sehr jung gewesen.« Aus irgendeinem Grund senkt er die Stimme und schaut sie an, als würde er sich Sorgen um sie machen.

»Ist sie im Kindsbett gestorben?«

»Nein. Seine Frau ist kinderlos geblieben.«

»Woran dann, wenn nicht im Kindsbett?«

»Man weiß es nicht genau.« David zuckt mit den Schultern. »Allerdings …« Er unterbricht sich, zieht den Rotz hoch und spuckt zwischen die Bäume. »Allerdings munkelt man in Bethlehem, Uriah habe sie zu oft geschlagen.«

11

Mutter eines Königs

Licht tränkt die beiden großen Wolken am östlichen Nachthimmel. Glühen sie nicht von Atemzug zu Atemzug heller? Bathsebas wachsamer Blick löst sich von dem Gelage im Fackelschein vor der Höhle und versinkt im milchigen Schimmer zwischen den beiden erleuchteten Wolken. Auch der wird zunehmend heller, verliert seinen dunstigen Hof und klart endlich auf. Und dann steht er leuchtend am Himmel: der Mond. Er geht spät auf in dieser Nacht, und ganz voll ist er immer noch nicht.

Vor der Höhle lachen vom Wein berauschte Männer und Frauen. Abschiedsgrüße dringen zu Bathseba herauf, und wieder wanken einige durch den Hang zur Hügelkuppe hinauf. Doch Bathseba beachtet sie kaum, denn sie kann sich nicht mehr lösen vom Anblick des schönen Mondes und der gelblich glühenden Wolken, die ihn flankieren.

Woher kommt dieser Hunger nach Licht in ihrer Seele? Woher diese Sehnsucht, die sie spürt, seit sie den Fängen der Löwin entkommen ist?

Die Begegnung mit der Löwin hat mein Leben auf den Kopf gestellt, denkt sie. Falsch, korrigiert sie sich sofort: Die Begegnung mit dem Tod hat mein Leben auf den Kopf gestellt.

»Auch falsch«, flüstert sie. »Die Begegnung mit David ist schuld. Seine Küsse.«

Sie denkt an ihn und verliert sich in der Betrachtung des Nachthimmels. Wie leuchtende Schwingen eines großen Vogels sehen die beiden lang gezogenen Wolken inzwischen aus; genau wie Flügel laufen sie nach außen hin spitz zu. Und kaum hat Bathsebas Fantasie das Bild eines gewaltigen Vogels in den Sternenhimmel gemalt, gerät ihr der Mond zwischen den leuchtenden Wolkenschwingen zu einem Menschenkopf aus Licht.

Nein, kein Vogel schwebt dort zwischen den glitzernden Sternen, sondern ein überirdisches Wesen aus dem Himmelsheer dessen, den man nicht beim Namen nennen darf; ein Wesen wie jenes, das Bathseba nach Überzeugung des Großvaters im Tor angesprochen hat.

Ein Engel.

Laute Abschiedsrufe reißen Bathseba zurück in die Wirklichkeit. Unten, vor der Höhle, erlischt schon wieder eine Fackel. Jetzt erkennt Bathseba dort nur noch eine einzige im Nachtwind flackernde Flamme. Die letzten Neugierigen packen ihre restlichen Gerstenfladen, ihre Becher, leeren Weinschläuche und Schüsseln in Körbe und Rucksäcke. Sie wollen das Mondlicht nutzen, um nach Hebron zurückzukehren. Denn vielleicht erlischt unterwegs ja noch die letzte Fackel.

Es sind nur noch halb so viele gekommen wie in den Nächten zuvor, und wieder fast ausschließlich Halbwüchsige. Seit Tagen lockt sie die Angstlust zur Höhle hinaus, in der noch immer die Löwin eingesperrt ist. Keiner von ihnen hat je einen Löwen brüllen hören, geschweige denn einen gesehen.

Drei junge Männer haben Lanzen mitgebracht, zwei einen Jagdbogen. Obwohl die Waffen in Decken gewickelt waren, hat Bathseba sie sofort entdeckt.

»Wer in die Höhle hineinschießt oder auch nur versucht, einen Stein hineinzuwerfen, bekommt es mit mir zu tun«, hat sie den Burschen erklärt und ihnen vorsichtshalber einen Felsbrocken vor die Füße geschleudert.

Sie sitzt zehn Schritt oberhalb des halb zugeschütteten Höhleneingangs im Grashang, neben sich einen Haufen mit faustgroßen Steinen, bei dem sie sich notfalls bedient hätte, um ihre Drohung wahrzumachen. Doch das ist auch in dieser Nacht nicht nötig gewesen. Unerklärlicherweise haben die Leute von Hebron Respekt vor ihr. Großen Respekt. Manche fürchten sie sogar.

Vielleicht weil sie so knapp entkommen ist und dabei sogar noch diejenige besiegt und gefangen hat, die ihr den Tod bringen wollte, die Löwin. Ja, am Tod wird es liegen, denn den respektieren sie alle, und die meisten fürchten ihn sogar.

Gestern hat einer der Priester im Tor sie mit den Worten begrüßt: *Gott segne dir diesen Tag, du vom Tod auferstandene Tochter Eliams.* Und ein uralter Mann hat sie *Dadida, die schöne Löwin* genannt. Das hat sie mit eigenen Ohren gehört.

Hat ihr das gefallen? O ja, das hat es.

Die jungen Leute steigen den Hang hinauf. Einige drehen sich noch einmal um und winken Bathseba zum Abschied zu, doch nur wenige. »Man gewöhnt sich an alles«, hat Miriam heute Morgen im Schafstall gesagt; »sogar an ein verrücktes Mädchen, das eine Löwin zu ihrem Eigentum erklärt und auf sie aufpasst, als wäre sie ein hilfloses Lamm ihrer Herde.«

Bathseba schaut wieder in den Himmel. Die Wolkenformation hat sich aufgelöst, nirgendwo sind jetzt noch die Konturen von Vogelschwingen zu erkennen, geschweige denn ein Engelsgesicht. Im Mondlicht sieht sie die letzten Silhouetten der Nachwanderer den Hügelkamm überqueren. Dann ist sie endgültig allein. Allein mit der Löwin. Sie zieht ihre Fackel aus dem Steinhaufen, steht auf und geht hinunter zum Höhleneingang.

Bathseba weiß selbst nicht, warum ihr die Jägerin so viel bedeutet. »Ist doch nur ein wildes Tier«, hat ihr der alte Levit erklärt, den Miriam vorletzte Nacht zu ihr in die Hügel hinausgeschickt hat. »Ein gefährliches noch dazu. Was bist du denn so bockig, Dadida? Lass doch die Männer das Biest töten, dann ist Ruhe. Und keiner muss sich mehr fürchten.«

Wahrscheinlich hat der kluge Priester recht gehabt, doch Bathseba hat seine guten Worte stumm an sich abprallen und ihn solange reden lassen, bis er kopfschüttelnd aufgestanden ist und das Weite gesucht hat.

Jetzt klettert sie in die Barrikade aus Geröll und Felsbrocken, die David und sie fünf Tage zuvor aufgeschichtet haben. Sie beginnt, die Steine abzutragen. Manchmal hält sie inne und lauscht in die Höhle hinein. Sie glaubt, die Löwin hecheln zu hören; gebrüllt hat das von Hunger und Durst geschwächte Tier schon lange nicht mehr.

Nein, sie weiß selbst nicht, warum sie nun schon die vierte Nacht hier vor der Höhle verbringt, damit keiner die Raubkatze herauslockt und tötet.

Joab, der unverschämte Säbelkerl, hat seinen Plan zwar aufgegeben und ist mit David nach Bethlehem zurückgekehrt, doch seine verrückte Idee, die Löwin zu schlachten und zu essen, hat sich in den Köpfen einiger junger Burschen von Hebron festgesetzt. Also hat Bathseba halbe Tage und halbe Nächte hier draußen über der Höhle gewacht. Gestritten hat sie sich deswegen mit ihrer Tante und Ziehmutter.

»Du treuloses Ding!«, hat Miriam geschimpft. »Wer passt mir denn jetzt auf die Schafe auf? Am Ende geht uns eins verloren, bloß weil du ein Biest bewachst, das eh verhungern soll!«

Am Ende hat Bathseba ihren Willen bekommen, wie immer. Doch Miriam ist ihr noch immer böse deswegen.

»Warum habe ich das getan?«, fragt Bathseba sich nun, während sie den nächsten Stein aus dem Wall zieht und zur Seite wirft. Wen fragt sie das – sich oder die Löwin? Sie weiß es selbst nicht. »Was bedeutest du mir?« Stein auf Stein prallt rechts und links von ihr ins Geröll, manche rollen den nächtlichen Grashang hinunter. Bathseba arbeitet schweigend und grübelnd. »Was verbindet uns beide?«

Vielleicht der Tod, denkt sie. Schon wieder der Tod, der allgegenwärtige Begleiter des Lebens. Die Löwin wollte ihr den Tod bringen, und nun ist sie selbst vom Ende allen Seins bedroht.

Oder hat es mit David zu tun? Wäre die Löwin nicht gewesen, wären sie einander ja niemals so nahegekommen.

Oder ist es die Schönheit der Löwin? Wahrhaftig, die gefährliche Raubkatze ist schön! Und Bathseba will nicht, dass eine derart schöne Kreatur einfach zugrunde geht.

Hin und wieder, wenn sie einen Stein zur Seite geworfen hat, hebt sie ihre Fackel und begutachtet den Höhleneingang. Nach einiger Zeit enthüllt ihr der Feuerschein einen inzwischen wieder zwei Ellen hohen und eine Elle breiten Spalt.

»Gütiger und Allmächtiger!«, entfährt es ihr, als sie plötzlich ein Augenpaar im Dunkeln der Höhle aufleuchten sieht. Sie widersteht dem Impuls wegzulaufen. »Wenn du herauskommst und zwischen den Hügeln verschwindest, ohne mich getötet zu haben, dann ist David mein Mann und alles wird gut.« Sie wagt es und beugt sich über den Steinwall hinweg ein Stück in die Höhle hinein. »Wirst du mich aber fressen, ist sowieso alles vorbei.« Ihre Stimme hallt dumpf aus der Dunkelheit zurück. »Dann frisst du mit mir auch all das, was zu meinem Leben gehört: David in meinem Herzen, seine Küsse auf meinen Lippen, sein klopfendes Herz unter meiner Hand, Uriah in meinem Kopf, das Hochzeitsfest nächstes Jahr, meine Zukunft – einfach alles.«

Sie zieht den Kopf aus der Öffnung, steckt die Fackel wieder zwischen die Steine und arbeitet weiter. »Mach, was du willst, schöne Löwin.« Ächzend zerrt sie einen der schweren Steine aus dem Wall, den David sechs Tage zuvor darin verkeilt hat. »Mach, was du willst, Allmächtiger!«

Als sie den Höhlenausgang für so groß hält, dass eine halb verhungerte Löwin hindurchkriechen kann, greift sie sich ihre Fackel und klettert erschöpft zurück in den Hang oberhalb der Höhle. Sie steckt die Flamme in den Steinhaufen, setzt sich neben ihn und wartet. Ihre wundgescheuerten Hände brennen, das Herz klopft ihr bis hinauf in den Hals.

Was wird die Löwin tun? Hat sie überhaupt noch die Kraft, aus der Höhle zu kriechen?

Auf einmal glaubt Bathseba, Umrisse einer menschlichen Gestalt in der Dunkelheit unterhalb der Höhle zu erkennen. Sie zieht die Fackel aus den Steinen und erhebt sich. Tatsächlich: Ein Mann steigt aus dem Tal herauf! Sie streckt die Flamme nach vorn und hoch über den Kopf: ein ungewöhnlich großer Mann.

»Vorsicht!«, ruft sie ihm zu. »Hier kriecht gleich eine Löwin aus der Höhle unter mir. Die hat mächtig Hunger. Renn weg! Renn, so schnell du kannst.« Das Echo ihrer Stimme schallt von den nächtlichen Hügeln zurück zu ihr.

Der Mann muss es auch gehört haben, doch er steht nicht einen Augenblick still – zielstrebig steigt er den Hang herauf. Erst als er vor der Höhle angekommen ist, bleibt er stehen und lässt etwas von der Schulter gleiten, das wie ein Kleiderbündel aussieht. Doch es muss schwerer sein als ein Haufen Stoff, denn Bathseba hört es dumpf im Geröll aufprallen. Der Mann geht ein Stück zur Seite und setzt sich auf einen großen Felsbrocken.

»Renn weg, los!« Bathseba fuchtelt mit der Fackel. »Hast du nicht gehört, was ich gesagt habe? Eine hungrige Löwin lauert in der Höhle!«

»Fürchte dich nicht, Bathseba. Du gehörst nicht der Löwin.«

»Was redest du da? Du rennst besser weg, als zu schwatzen, du Hohlkopf!« Ihre Flamme erlischt auf einmal, und Bathseba erschrickt. »Gleich kommt die Bestie aus der Höhle und springt dich an! Sie hat seit mindestens fünf Tagen weder gefressen noch getrunken.«

»Hast du nicht gesagt, du willst uns dienen, falls wir dich retten?« Nun erschrickt Bathseba erst recht, denn sie erkennt die Stimme. »Und haben wir dich gerettet, oder haben wir dich dem Raubtier überlassen? Du gehörst nicht der Löwin, du gehörst uns.«

Bathseba steht reglos und wagt nicht zu atmen. Bis sie es unter sich scharren und knurren hört. Die Löwin kriecht aus der Höhle. Als sich ihre dunklen Umrisse in Bathsebas Blickfeld schieben, verharrt sie, hebt den Schädel und äugt zu ihr herauf. Bathseba steht wie festgewachsen. Ein paar Atemzüge lang ist sie sicher, sterben zu müssen. Doch die Löwin wendet sich ab und trottet dorthin, wo der Mann das Bündel fallen gelassen hat.

Bathseba hört sie erst schnüffeln, hört sie dann schmatzen, hört sie schließlich fressen. Die Raubkatze streckt sich auf dem Bauch aus, nimmt das, was der Mann ins Gras geworfen hat, zwischen ihre Tatzen und verschlingt gierig, was sie zu fassen kriegt. Bathseba hört Knochen splittern. Ihr Mund ist staubtrocken, ihre Knie sind so weich, dass sie nicht mehr stehen kann. Sie muss sich auf den Boden sinken lassen.

»Wer bist du?«, flüstert sie und zieht ihre Knie an sich. Sie zittert am ganzen Körper, spürt, wie kalter Schweiß auf ihre

Stirn tritt, spürt wie sie das Wasser nicht mehr halten kann und ihr Gewand sich mit warmem Harn vollsaugt.

»Du weißt, wer wir sind.«

»Gar nichts weiß ich!« Bathseba schlägt ihre Stirn gegen die Knie und schaukelt hin und her. »Ich will auch gar nichts wissen!« Warum muss denn dieser Unheimliche schon wieder auftauchen? Warum lässt er sie denn nicht in Ruhe? »Was willst du von mir? Sag es einfach! Sag es und hau wieder ab!«

»Hast du nicht erklärt, wir können mit deinem Leben machen, was wir wollen?«

»Geh weg, bitte, bitte! Ich kann dich nicht ertragen!« Bathseba ringt die Hände, sie windet sich voller Angst. »Hau endlich ab! Ich ertrage deine Nähe nicht!«

»Hast du nicht versprochen, dass du uns dein Leben lang dienen willst, wenn wir dich retten?«

»Geh weg. Ich halte deine Nähe nicht aus!« Sie schreit es in die Nacht hinaus. »Was willst du denn?! Es kann doch nicht sein, dass einer wie du mit einer wie mir redet! Bitte, bitte, geh weg!«

»Wer uns dienen will, muss tiefe Täler durchschreiten, Bathseba. Frage deinen Großvater, frage den Propheten.«

»Ich bin doch nur ein junges Mädchen! Was immer du suchst, bei mir wirst du es nicht finden. Hau endlich ab! Geh weg!«

»Fürchte dich nicht, Bathseba, du gehörst uns, nicht der Löwin. Wir sind, die wir sind. Was wir suchen? Die Mutter eines Königs suchen wir.«

»Das bin ich nicht! Du verwechselst mich mit einer anderen!«

»Du weißt noch lange nicht, wer du bist!«

Die Stimme tönt wie rauschende, brausende Brandung. Angst und Entsetzen überwältigen Bathseba. Sie wirft sich ins Gras, drückt ihr Gesicht in den kalten Boden, hält sich die Ohren zu und heult laut. Doch die Stimme lässt sich auch so nicht zum Schweigen bringen, sie tönt ihr durch alle Glieder, alle Knochen, und Bathseba ist, als würde sie sich auflösen unter dem klaren und dröhnenden Klang, als würde sie sterben.

Und dann umfängt sie eine tiefe Dunkelheit. Es ist, als stürze sie ein für alle Mal ins Nichts. Sie hört nichts mehr, fühlt nichts mehr, spürt auch nichts mehr.

Als sie wieder zu sich kommt, steht die Morgensonne über den Hügeln. An der Stelle, wo sie die Löwin zuletzt gesehen hat, ist das Gras niedergedrückt. Ein großer blutiger Fleck glänzt dort im Licht der Sonne, der Schädel eines Ziegenbocks und ein paar blutige Knochen liegen darin.

Der Stein, auf dem der Unheimliche gesessen hat, ist verlassen. Niemand sitzt mehr vor der Höhle. Bathseba ist allein.

Allein steigt sie den Hügel hinauf, allein wankt sie nach Hebron zurück.

12

Danklied

Königliche Boten auf Kamelen bringen die gute Nachricht ins Stadttor von Bethlehem: Saul und sein Kriegsheer haben nicht nur Askalon eingenommen, sondern die Philister auch in einer Feldschlacht geschlagen. Auf dem Weg zurück in seine Heimatstadt Gibea, so die Boten, wird Saul an der Spitze seiner Krieger durch alle größeren Städte Judas und Israels ziehen, um sich feiern zu lassen und die Kriegsbeute zu verteilen. Sein Heimweg wird den König auch durch Bethlehem führen.

Wie ein Lauffeuer verbreitet sich die Nachricht in der Stadt und auf den Feldern ringsum. Bathseba hört sie im Olivenhain, wo sie mit David und der Familie ihrer Tante bei der Ernte hilft. Davids Großvater Obed, der die Boten des Königs im Tor getroffen hat, ist sofort auf seinen Esel geklettert und hinaus in den Olivenhain geritten, um die Neuigkeiten dort zu verkünden.

»Sieg!«, ruft er schon unterhalb des Hains, wo die Eselskarren mit den Erntekörben stehen. »Endlich Sieg über die Philister!« Er springt vom Esel und rennt den Hain herauf und zwischen die Olivenbäume, wo rechts und links von Bathseba Dutzende Männer und Frauen ihre Arbeit unterbrechen und ungläubig dem Alten mit dem langen weißen Bart entgegenschauen. »Sieg! Saul und Jonathan haben das elende Philisterpack besiegt!«

Obed ist ein angesehener Mann in Bethlehem, einer der nachdenkt, bevor er redet. Was über seine Lippen kommt, hat Hand und Fuß, das weiß jeder. Und so lassen die Männer und Frauen alles stehen und liegen, laufen aus den Reihen der Olivenbäume bis an den Wegrand und eilen neben dem Alten her, damit ihnen ja keines seiner Worte entgeht.

»Askalon ist niedergebrannt!«, schreit Obed. »Saul und Jonathan haben die Philister bei Michmas und Ajalon geschlagen! Dem Allmächtigen sei Lob und Dank! Das Philisterpack ist in die Wüste und aufs Meer hinaus geflohen!«

Obed rennt weiter, rennt, als wäre er nicht siebzig, sondern siebzehn Jahre alt, rennt durch den ganzen Hain und will gar nicht mehr aufhören, die Siegesbotschaft zu verkünden. Doch seine Stimme geht längst im Jubelgeschrei unter, das wie eine Orkanböe durch den Olivenhain braust.

Jeder fällt dem um den Hals, der ihm am nächsten steht. Die Leute küssen einander, lachen, weinen, tanzen, singen, stoßen Gebetsrufe aus, schreien ihre Erleichterung heraus. Alle sind außer sich vor Freude – Frauen, Männer und Kinder.

Bathseba ist David um den Hals gefallen, und nun tanzen sie mit Miriam, die mit ihr zur Olivenernte nach Bethlehem gekommen ist, und mit den Söhnen und Töchtern ihrer Schwester. Niemand mehr, der ruhig stehen oder gar sitzen bleiben kann – alle hüpfen und springen umher, fassen sich an den Händen, drehen sich im Reigen.

Ganz Bethlehem singt und tanzt, als die Männer und Frauen am Abend die Eselskarren mit der Ernte in die Stadt bringen. Auf ihrem höchsten Dach steht ein Levit und bläst in ein Widderhorn. Mädchen schlagen auf Zimbeln und Handtrommeln, Männer hauen auf Pauken, Kinder klatschen im selben Rhythmus in die Hände, Frauen blasen Schalmaien und Flöten. Bathseba sieht in lauter strahlende Gesichter, hört von jedem Dach und aus jedem Hof Gesang und Musik.

»Wie viele Jahre Angst haben wir ausgestanden!«, ruft Davids Vater Isai, als seine Söhne und Töchter sich in der ersten Dämmerung mit ihren Familien im Hof und auf dem Dach des Hauses zum Festmahl versammeln. Er hat auch die Familie von Miriams Schwester zur Siegesfeier eingeladen. »Wie viel Kummer und Erniedrigung mussten wir durch die Philister ertragen, und nun hat Saul sie besiegt! Der Allmächtige segne unseren ruhmreichen König!«

Wieder werden Jubelrufe laut, und irgendwann tritt ein Levit an den Dachrand und spricht ein Dankgebet und einen Segen. Dann wird Wein ausgeschenkt und Lammfleisch verteilt.

»›Unseren ruhmreichen König‹ …« Mit spöttischem Unterton wiederholt Joab die Worte seines Großvaters. »Habt ihr's gehört?« Wie das meiste Jungvolk sitzen auch er und seine beiden Brüder unten im Hof an einer langen Tafel aus Brettern und Holzböcken. Der Flaumbart mit dem Silberblick beugt sich zu David. »Noch nicht lange her, dass er Saul einen Bauernlümmel und Eselficker genannt hat. Jetzt, wo Saul den Drecksäcken aufs Maul gehauen hat, würde er sich das nicht mehr trauen. Was meinst du?«

Bathseba, die auch neben David sitzt, kann jedes Wort verstehen. Joabs Brüder, auf der anderen Seite der schmalen Tafel, beugen sich herüber und warten grinsend auf Davids Antwort.

»Ich wär' so gern dabei gewesen«, sagt der mürrisch, sonst nichts. Er macht nicht einmal den Versuch, seine Enttäuschung zu verbergen. Unter dem Tisch stößt Bathseba mit dem Knie gegen seines, um ihn aufzumuntern. Er greift nach ihrem Schenkel und hält ihn an seinem fest. Wie eine Flamme fährt es ihr durch den Bauch, und sie muss für einen Augenblick den Kopf senken und den Atem anhalten.

»Die Tage, da man über Saul sagen konnte, was man denkt, sind wohl ein für alle Mal vorbei.« Joabs Bruder Abisai zuckt mit den Schultern.

»Jetzt, wo wir auch einen König haben wie die Völker ringsum, werden wir kaum drum herum kommen, ihn auf gleiche Weise zu behandeln wie die Heiden ihre Könige behandeln«, sagt Joabs jüngster Bruder Asahel. »Seinem König schulde man Respekt und Gehorsam, heißt es.«

»Hat Saul sich das nicht verdient?« Unter dem Tisch berührt Bathseba Davids Hand und hält sie auf ihrem Bein fest. Sie ist so froh, schon den ganzen Tag mit ihm zusammen sein zu können. Vier Wochen ist es her, dass sie einander so nahe gewesen sind: bei der Weinlese in Hebron. Da haben sie sich abends zwischen den Weinstöcken versteckt und geküsst.

»Geschwätz!« Mit finsterer Miene schielt Joab an ihr vorbei. »Sagen die Priester nicht, dass man nur dem Allmächtigen Respekt und Gehorsam schuldet?«

Noch kein Wort hat er mit ihr gesprochen, seit sie in Bethlehem ist, dabei kann man sich kaum aus dem Weg gehen während der Olivenernte. Joab hat ihr noch nicht verziehen, dass sie ihn daran gehindert hat, die Löwin zu töten. Dabei ist das schon fast vier Monate her. Wird er ihr jemals verzeihen?

»Außerdem ist sein Sieg halb so ruhmreich, wie der Großvater es uns glauben machen will«, brummt Joab, und seine Brüder und Bathseba spitzen die Ohren, denn er flüstert nur noch. »Oder haben die Boten erzählt, dass Saul sich auch die Bundeslade wieder unter den Nagel gerissen hat?« Alle sehen sich fragend an, und als keiner antwortet, zuckt Joab mit den Schultern. »Na also.«

David schaut gedankenverloren in seinen Weinbecher. Hat er überhaupt gehört, was Joab und seine Brüder miteinander sprechen? »Ich wär' so gern dabei gewesen«, seufzt er erneut. Bathseba fragt sich, ob er Gefahr und Todesnähe liebt oder ob er einfach nur blind und taub dafür ist.

Später, als längst die Dämmerung eingebrochen ist und die meisten gegessen haben, tritt Isai an den Dachrand und klatscht so lange in die Hände, bis der Festlärm sich ein wenig legt. Inzwischen erleuchten überall Fackeln und Öllampen Dach, Haus und Hof. »Mein Sohn will uns ein Danklied vortragen!«, ruft Isai und nickt David zu.

Der steht auf, schlendert ins Haus und holt seine Harfe heraus. Mitten im Hof setzt er sich auf einen Hackklotz neben eine Fackel, drückt den Rahmen an seine Schulter und lässt seine Finger über die Saiten gleiten.

Einmal noch hebt er den Kopf, und der Blick seiner dunklen Augen begegnet Bathseba, bevor er sie schließt, um ganz eins zu werden mit seinem Instrument. Stimmengewirr, Gelächter und Getuschel ebben ab, und bald tönen nur noch Harfenklänge über Isais Anwesen.

Am Anfang, bevor David zu singen beginnt, tut es Bathseba weh, die Harfe ihrer toten Mutter zu betrachten und die sehnigen Jungenhände über die Saiten tanzen zu sehen. Hätte doch ihr Vater dem David statt der Harfe das Versprechen gegeben, sie eines Tages nach Bethlehem ziehen zu lassen! Als Davids Frau. Dann würden diese schönen Hände bald ihr gehören, würden so geschmeidig und kunstvoll über ihren Leib streicheln und tanzen wie jetzt über die Saiten der Harfe.

Sie erinnert sich zurück an den Spätsommertag vor wenigen Wochen, an dem sie mit Miriam nach Gilo geritten ist, um ihren Vater zu bitten, das Versprechen zurückzunehmen, das er Uriah gegeben hat. »Der Hethiter hat seine Frau totgeschlagen«, hat sie ihm erzählt. »Ich will David zum Mann, nicht so einen.«

»Böses Geschwätz, weiter nichts!«, hat der Vater geschimpft. »Außerdem ist David viel zu jung für dich. Von seinen sieben älteren Brüdern sind erst zwei verheiratet. Was glaubst du, was das den armen Isai an Viehzeug und Silberstücken kosten wird, bis alle eine Frau haben? Und wenn der siebte endlich geheiratet haben wird, dann kann Isai womöglich keinen Brautpreis mehr für den achten aufbringen, für David.«

»David will keinen Brautpreis«, hat Bathseba geantwortet, »er will mich. Und ich will ihn.«

»Du schwatzt daher wie ein kleines Kind, das von nichts weiß!« Richtig böse ist der Vater geworden. »Ohne Brautpreis keine Braut, das ist schon immer so gewesen! Und bis Davids Familie den aufbringen kann, werden noch Jahre ins Land gehen. Doch du brauchst jetzt einen Mann, du kommst jetzt ins Alter, wo es Zeit wird, Kinder zu gebären.«

Bathseba hat an die beiden Weinberge denken müssen, die der Hethiter dem Vater geschenkt hat, und an die zehn Schafe und den Zuchtbullen. »Hast du mich verkauft?«, hat sie ihn gefragt. »Bin ich wirklich nicht mehr wert als ein paar Weinstöcke und ein bisschen Vieh?« Da ist er rot geworden vor Zorn und hat geschrien.

Bathseba hat gewartet, bis er fertig gewesen ist mit seinem Gebrüll, und dann hat sie gesagt: »Gib ihm alles zurück, Vater, bitte.«

Der Vater hat sie angeschaut, wie mancher ein neugeborenes Kalb anschauen mag, das mit zwei Köpfen auf die Welt gekommen ist – mit offenem Mund und erschlaffter Miene. Schließlich hat er den Kopf gehoben und versucht, ein würdevolles Gesicht zu machen. Und hat gesagt: »Kein Mann, der auch nur ein wenig Selbstachtung hat, bricht sein Versprechen.«

David fängt an zu singen, und seine Stimme reißt Bathseba aus ihren bitteren Gedanken. Er singt das Danklied, das er im Sommer gedichtet hat, in den Tagen, nachdem sie der Löwin über den Weg gelaufen sind und überlebt haben. Bathseba kennt es schon. Vor zwei Wochen, während der Weinlese in Hebron, hat David es ihr vorgesungen:

> *»Danket dem Ewigen, denn er ist freundlich, und seine Güte währt für immer!*
> *So sollen alle singen, die der Ewige aus ihrer Not erlöst hat.*
> *Die sich verirrten in der Wüste, auf ungebahntem Wege, die keinen Ort gefunden haben, wo sie wohnen konnten.*
> *Die hungrig und durstig waren und denen die Seele verdorrte und die dann zum Ewigen riefen, und er rettete sie.*
> *Danket dem Ewigen, denn er ist freundlich, und seine Güte währt für immer!«*

Viele Verse singt David, und alle handeln vom Kummer des Menschen, wenn Krankheit, Gefahr, Hunger und Krieg ihn plagen; und manche handeln vom Allmächtigen, der dem Menschen aus seiner Not hilft, wenn der nur zu ihm ruft.

Wie schön er singen kann, denkt Bathseba, und wie schön seine Worte sich anhören. Fast zu schön …

O ja, sie erinnert sich gut an die Stunde, als die Löwin hinter ihr her gewesen ist! Sie wird nie vergessen, wie sie zum Allmächtigen und Ewigen gerufen hat, damit er sie rettet. Und hat sie überlebt oder nicht?

Sie sieht aber auch die Harfe ihrer Mutter in Davids Armen und fragt sich, wie oft ihr Vater zu Gott geschrien haben mag, damit der seine Frau dem Tod entreißt. Hat der Allmächtige ihn erhört? Nein, hat er nicht.

Sie betrachtet den singenden David, und das Bild eines kleinen heulenden Jungen drängt sich ihr auf, der neben der blutenden Leiche seiner Mutter hockt. Ganz bestimmt hat sie vor ihrem Tod den Allmächtigen angerufen! Hat er die arme Frau aus den Händen ihrer Schänder gerettet? Nein, hat er nicht.

Auch an die vielen jungen Männer muss Bathseba denken, die nach Sauls siegreicher Schlacht tot auf dem Schlachtfeld liegen geblieben sind, Philister und Israeliten; und an die Frauen und Kinder, die in Askalon verbrannt sind.

»Danket dem Ewigen, denn er ist freundlich, und seine Güte währt für immer!«, singt David, und überall auf dem Dach und im Hof hört Bathseba Stimmen von Frauen und Männern, die in den Kehrvers einfallen.

Schönes Lied, denkt sie und spürt, wie ihr die Trauer aus dem Bauch steigt und durch die Kehle fast bis in die Augen strömt. Zu schön, um wahr zu sein. Dennoch stimmt auch sie in den Kehrvers ein, denn das Singen hilft gegen den Trübsinn.

Nicht nur sie, fast alle sind ergriffen, als Davids Hände von der Harfe gleiten und Musik und Gesang verstummen. Zwei Atemzüge lang ist es still auf dem Hof und dem Dach. Bis Joab den Rotz hochzieht und auf den Misthaufen spuckt.

»Nicht schlecht«, brummt er. »Von dir?« David nickt. »Gar nicht schlecht. Wie kommst du bloß auf solches Zeug?«

13

Festtag

Der König kommt, heißt es um die Mittagszeit des nächsten Tages. Im Olivenhain hören auch Bathseba und David die Neuigkeit: Schneller als erwartet wird Sauls Triumphzug Bethlehem erreichen – schon heute Nachmittag.

»Lasst uns Saul entgegenziehen!«, ruft Isai. »Holt Wein und Gebäck, schlagt Blätter von den Dattelpalmen, nehmt eure Instrumente mit!« Er deutet auf David. »Und du, mein Sohn, wirst dem König dein Danklied vorsingen.«

Kurzerhand wird die Erntearbeit unterbrochen und der Tag zum Festtag erklärt. Schnell leert sich der Olivenhain, alle kehren nach Bethlehem zurück. Nach einer kleinen Mahlzeit strömen Hunderte zum Südtor und von dort aus der Stadt hinaus auf den Weg, der ins südliche Bergland führt. Saul und sein Heer nämlich kommen aus Hebron, wie sich herumgesprochen hat.

Einige Frauen tragen große Schalen mit Kuchen auf den Köpfen, manchen Männern hängen mit Wein gefüllte Schläuche über den Schultern, und junge Burschen schleppen Dattelpalmblätter mit sich, die größer sind als sie selbst. Viele Leute musizieren, singen und tanzen schon, bevor sie das Tor erreichen. Ausgelassene Freude liegt über dem lauten Treiben.

Wie gern würde Bathseba sich von dieser Freude anstecken lassen, doch es gelingt ihr nicht. Sie kann nur mit Widerwillen an die Heimkehr des königlichen Heeres denken, ganz beklommen wird ihr zumute. Denn mit Saul und seinem Heer rückt auch ihr künftiges Leben näher – ihr Leben als Frau eines königlichen Hauptmanns. Ein knappes Jahr noch, dann soll sie ihn heiraten.

Sie hält Ausschau nach David. Und wird ganz unglücklich, weil sie ihn nirgends entdecken kann. Sollte er bereits vorausgelaufen sein? Mit der Menge lässt sie sich bis zum Südtor treiben, dort drückt sie sich in den Eingang eines Hauses, das in die Stadtmauer hineingebaut ist. Sie schaut in die fröhlichen Mienen der Vorübergehenden, sucht vergeblich nach Davids Gesicht.

Als die letzten Männer und Frauen an ihr vorbeigezogen sind, läuft sie zurück zu dem Haus, in dem Miriam und sie während der Olivenernte wohnen. Es gehört zum Anwesen des Mannes ihrer Tante, Miriams Schwester. Die hat vor Jahren getan, was Bathseba so gern tun würde und was der Vater ihr verboten hat: Sie hat einen Hirten aus Bethlehem geheiratet.

Vom Dach des Hauses aus beobachtet Bathseba den Festzug. Wie fröhlich die Leute von Bethlehem sind, wie ausgelassen! Der Klang der Harfen, Schalmaien, Handtrommeln und Flöten, die sie mit sich führen, verebbt nach und nach, und an der Stelle, wo der Weg ins Tal hinabführt, verschwinden bald auch die letzten Nachzügler aus Bathsebas Blickfeld.

Sie senkt den Kopf, schließt die Augen und lauscht in sich hinein. Sollte nicht auch sie froh und dankbar sein, dass Israels Heer siegreich aus dem Krieg gegen die grausamen Philister heimkehrt? Doch sie spürt keine Freude in ihrer Brust, sie spürt nur Bedrückung, sogar ein wenig Angst.

Plötzlich schreckt Geschrei am Himmel sie auf, sodass

sie den Kopf in den Nacken wirft: Kraniche! Drei große Schwärme! Mit offenem Mund staunt sie die über sie hinwegziehenden Dreiecksformationen der großen Vögel an. Wie lange ist es her, dass zuletzt Kraniche über die Judäischen Berge gezogen sind? Fünf Jahre? Sieben?

Lange schaut sie den großen Vögeln hinterher, die durch das Blau des Nachmittagshimmels nach Süden fliegen, schaut und träumt mit offenen Augen: von einem Leben als Kranichfrau, vom Flug in ferne Länder, von David. Sie träumt sich in eine Sehnsucht hinein, die sie aufwühlt und irgendwann vom Dach hinunter in die Straßen von Bethlehem treibt.

Die Stadt ist wie ausgestorben, nur wenigen Menschen begegnet Bathseba. In einer Gasse sieht sie zwei Kinder mit einer Katze spielen, in einem großen Hof bereiten vier Frauen das Festmahl für den König vor, auf dem Torplatz schlachten drei Männer eine Kuh, und auf manchen Dächern sitzen Greise, die Ausschau nach Sauls Heer halten. Manche winken ihr zu.

Der Wind trägt Harfenklänge durch die Straße. Bathseba steht still und lauscht. Die Klänge rühren ihr unruhiges Herz, und sie folgt ihnen bis zur anderen Seite von Bethlehem und durch das Nordtor aus der Stadt hinaus. In einem großen Garten, in dem ein prachtvolles Zelt steht, findet sie den Harfenspieler und erkennt ihn schon von Weitem – es ist David. Bathsebas Herz macht einen Sprung.

Im Schatten einer riesigen Dattelpalme sitzt er neben einem Grab und zupft die Saiten. Das Grab seiner Mutter, denkt Bathseba zunächst, doch liegt der Friedhof von Bethlehem nicht auf der Ostseite der Stadt? Sie tritt durch das offene Gartentor.

Der Anblick des Prachtzeltes macht sie scheu, flößt ihr sogar Ehrfurcht ein; in ihm nämlich steht der Altar, auf dem die Leviten der Stadt an Festtagen Brandopfer darbringen und vor dem sie den Allmächtigen anrufen und die Thora, das Gesetz Moses, zu rezitieren pflegen. Mit gesenktem Kopf huscht Bathseba am Gotteszelt vorbei.

Kurz bleibt sie stehen und schaut zu dem geliebten Harfenspieler hinüber; der beachtet sie nicht, bleibt ganz und gar in sein Spiel versunken. Endlich geht sie zu ihm, lässt sich auf der anderen Seite des Grabes auf einem Stein nieder und hört seiner Musik zu. Die macht ihren Geist wieder still und ihre Seele heiter.

David unterbricht sein Saitenspiel nicht einen Augenblick, scheint sie gar nicht zu bemerken. Er guckt, als würde er in eine ferne Landschaft blicken, in ein Königreich, das nur er selbst kennt. Wie einer, der mit offenen Augen träumt, sieht er aus, und manchmal, wenn er doch einmal den Lockenkopf bewegt und übers Grab hinweg in ihre Richtung guckt, kommt es Bathseba vor, als würde er durch sie hindurch schauen. Sieht er sie überhaupt?

Zuletzt zupft er nur noch einzelne tief klingende Saiten, und das so sanft, dass Bathseba ihren Klang kaum noch hören kann. Schließlich setzt er die Harfe ab und lehnt sie gegen die Steine, die das Grab bedecken. »Dadida.« Er lächelt ihr zu. »Schön, dass du da bist.«

Sie nickt, lächelt zurück. So sitzen sie, schauen einander in die Augen, lächeln und schweigen. Es gibt nichts zu sagen – nur das, was sie einander an den Blicken ablesen können: *Es ist schön, dass du da bist.*

Bathseba denkt an die drei Erntetage zurück, die sie bisher in Bethlehem verbracht hat. Immer haben Menschen sie umgeben, David und sie, nicht einen Moment sind sie allein gewesen – bis jetzt. Zum ersten Mal nur sie und er und sonst niemand.

Lust prickelt in ihrem Leib – Lust, ihn zu küssen. Doch hier? An einem Grab? Und bei dem Zelt, in dem der Allmächtige zu den Priestern spricht, wie es heißt?

»Warum bist du nicht mit den anderen dem König entgegengezogen?«, bricht sie irgendwann das Schweigen.

»Hab mit dem Vater gestritten.«

»Wirklich? Aber warum denn?«

»Er hat mir befohlen, dem Saul mein Lied vorzusingen.«

»Und das hast du nicht gewollt?«

»Ich kann nicht auf Befehl singen.« David wirft die Arme hoch und lässt die Hände auf die Knie klatschen. »Außerdem tät's mir lächerlich vorkommen – zum Kämpfen bin ich angeblich zu jung, zum Vorsingen nach siegreichem Kampf aber reicht mein Alter. Bin ich ein Kind, das Männern ein Ständchen darzubringen hat?«

»Wäre es nicht eine Ehre gewesen, vor den Ohren des Königs und seiner Hauptleute ein Danklied vorzutragen?«

»Für mich wär's nur ärgerlich gewesen.« David winkt ab. »Und du? Hast du auch keine Lust gehabt, Saul und unsere siegreichen Krieger zu begrüßen?«

Bathseba senkt den Blick und zuckt mit den Schultern. Sie spürt, wie Davids Blicke sie mustern. In der Steinhalde auf dem Grab fällt ihr ein faustgroßer weißer Stein mit roter Maserung auf. Sie greift danach.

»Uriah«, sagt David. »Hab ich recht?«

»Vielleicht.« Sie dreht den Stein in den Fingern. Wie Adern die Haut eines Lämmerherzens, so durchziehen die roten Linien sein Weiß. »Was ist das für ein Grab hier?«

»Keine Sorge, Dadida – Uriah ist auf seinem Hof in Hebron geblieben. Das machen alle Soldaten so, wenn sie auf dem Heimweg des Heerzuges in ihre Dörfer und Städte kommen, auch die meisten Hauptleute. Heute Abend werden wir nur noch die begrüßen, die hier in Bethlehem und den Dörfern ringsum wohnen. Oder wie Saul und Abner in Gibea.«

»Übermorgen muss ich zurück nach Hebron.« Sie schließt

die Hände um den herzförmigen Stein. »Wer liegt in diesem Grab?«

»Das weißt du wirklich nicht? Hier ist Rahel begraben, die Frau des Erzvaters Jakob.«

»Oh.« Bathseba legt den Herzstein zurück aufs Grab, steht auf und geht um die Steinhalde herum zu David. »Komm.« Sie streckt die Hand nach ihm aus.

»Wohin?«

»Irgendwohin, wo niemand uns sehen kann. Auch die Erzmutter Rahel und der Allmächtige nicht.« Mit einer Kopfbewegung deutet sie zum Gotteszelt.

Lachend steht David auf. »Gibt es so einen Ort überhaupt?« Er greift erst nach seiner Harfe, dann nach Bathsebas Hand. »Ich weiß was für uns, komm mit mir.«

Er führt sie aus dem Garten hinaus in die Felder, die in den Hängen über dem Nordtor liegen, und dort in eine große Weide. Die ist von einer Mauer aus Feldsteinen eingefriedet, und etwa zwei Dutzend Schafe grasen darin. In ihrer Mitte, wo die Halme am höchsten stehen, wachsen große Maulbeerbüsche und ein alter Feigenbaum mit weit ausladender Krone. Dort, hinter dem Buschwerk und unter dem Baum, lassen sie sich im Gras nieder.

»Seltsam, dass ich so gern mit dir zusammen bin.« Davids Stimme klingt heiser, er tastet nach ihrer Hand. »Was ist nur los mit mir?«

»Ganz einfach: Du hast mich lieb.« Sie lehnt sich an ihn, in ihrer Brust bebt es. »Und das ist gar nicht seltsam, das ist schön.« Sie zieht seinen Kopf zu sich herunter und küsst ihn auf die Nasenspitze. »Neulich bei der Weinlese sind wir so gut wie nie allein gewesen«, flüstert sie. »Wir haben nur Zeit für zwei Küsse gehabt.«

»Ich hab an nichts anderes gedacht auf dem Weg von Hebron zurück nach Bethlehem.« David schlingt die Arme um sie und zieht sie ins Gras hinunter. »Nur an deine beiden Küsse.«

»Heute bleibt uns mehr Zeit.« Ihre Lippen tasten sich über seinen Hals zu seinem Gesicht hinauf und finden seinen Mund. »Heute will ich mehr Küsse von dir, als wir zählen können.«

»Das lässt sich machen, schätze ich.« David ist ein wenig verlegen, weiß wohl nicht recht, wohin zuerst mit seinen Fingern. Schließlich nimmt er ihr heißes Gesicht zwischen seine Hände. Seine dunklen Augen leuchten. »Meine süße Dadida – wie schön du bist …«

Erst küssen sie sich behutsam und sanft, dann voller Sehnsucht und so wild, als würden sie einander verschlingen wollen. Sie küssen sich, bis ihre Gesichter nass und ihre Lippen taub sind.

Davids Hände ruhen nun nicht mehr, finden endlich den Weg unter Bathsebas Gewand. Bathsebas heiße Finger wühlen sich unter sein Hemd und graben sich in seine Haut. Sie fährt den Linien seiner Brustmuskeln nach, sucht tastend seine Hüften. Ihre Schulterblätter tanzen unter seinen Berührungen auf und ab. Er erkundet die Wölbungen ihres Leibes, und bald beginnen sie, einander aus den Kleidern zu helfen. Viele Atemzüge lang sitzen sie nackt im Gras, und einer betrachtet den anderen.

Bathseba zittert ein bisschen vor Aufregung, und das Herz pocht ihr in der Kehle. »So also siehst du aus?« Sie streckt ihre Hand aus und berührt behutsam sein aufragendes Geschlecht.

David schluckt und flüstert: »Wie schön du bist, Dadida.« Er streicht ihr über Schläfe und Wange, über Hals und Schulter und zeichnet mit seinen Fingerbeeren die Linien ihres Leibes nach.

»Wie stark du bist«, flüstert Bathseba und lässt ihre Hände

über seine Brust, seinen Bauch und seine Schenkel gleiten. »Komm zu mir.«

Auf den Knien richtet sie sich vor ihm auf, drückt ihn ins Gras, hält ihn fest. Ihre Körper drängen sich aneinander, verschlingen sich ineinander, zucken voneinander weg, um erneut ineinander zu stürzen.

»Mein Herz brennt nach dir, du Sänger aus Bethlehem«, flüstert Bathseba atemlos. »Nimm es fest in deine Hände und lösche es, bevor es ganz und gar verglüht …«

»Ich bin doch hier«, lacht David. »Ich nehm' dein Herz und lass' es nie wieder los.«

»Nie wieder?«

»Ich schwör's dir.«

Er gibt sich ihrem Liebestanz hin, und Bathseba überlässt sich seiner Kraft. Ihr Seufzen und Stöhnen und sein Flüstern und Lachen verschmelzen zu einem einzigen großen Atemzug.

14

König Saul

In der Abenddämmerung zieht das königliche Heer durch das Südtor in die Stadt herein. Musik, Jubelrufe und Gesang begleiten es. Nicht mehr viele Krieger marschieren oder reiten hinter dem König her, kaum tausend, schätzt Bathseba. Und an ihrer Spitze, vor und neben den Reittieren Sauls, Jonathans und Abners, tanzen die jungen Frauen von Bethlehem.

Bathseba schaut dem Triumphzug entgegen. Mit David und einigen Kindern sitzt sie auf dem Steintrog der Viehtränke, die vor dem Haus der Tante steht. David zupft die Saiten seiner Harfe, sie streichelt ein weinendes Mädchen, das beim Ritt auf einer Ziege gestürzt ist und sich das Knie blutig geschürft hat.

Noch immer spürt sie Davids Küsse und Berührungen auf ihrem Leib, und eine nie empfundene Leichtigkeit erfüllt sie. Ihr ist, als seien ihr Flügel gewachsen dort auf der Weide unter dem Feigenbaum, als könne sie das nächste Mal mit den Kranichen in unbekannte Welten fliegen.

Bathseba ist froh, fühlt sich wie berauscht.

Und dann, während sie noch das weinende Mädchen streichelt und ihm die Tränen von den Wangen küsst, erreicht die Spitze des Heerzuges die Viehtränke. Der König hält sein kno-

chiges graues Pferd an und lauscht Davids Harfenspiel. Junge
Burschen aus Bethlehem bestaunen das wertvolle babyloni-
sche Reittier, während sie ihre langen Dattelpalmblätter über
dem königlichen Reiter ausstrecken, sodass die Spitzen der
Palmwedel einander berühren und einen Baldachin formen.
Zu seiner Rechten zügelt Sauls Sohn Jonathan sein dunkles
Maultier. Viele junge Frauen drängen sich um den König und
seinen Sohn, auffällig viele.

Saul herrscht als König über Juda und Benjamin, die süd-
lichen Stämme Israels, die westlich des Toten Meeres siedeln;
dazu über den halben Stamm Levi. Das weiß jeder hier, das
weiß auch Bathseba.

Er ist ein großer Mann, größer noch als sein Feldhauptmann Abner, der links von ihm auf seinem schwarzen ägyptischen Pferd sitzt. Saul hat breite Schultern, rotbraunes Haar
und ein schmales, scharf geschnittenes Gesicht mit einer großen nach unten gebogenen Nase und einem kantigen Kinn.
Vielleicht ist er vierzig Sommer alt, vielleicht ein wenig älter.
Sein Blick fällt Bathseba auf – dieser Blick ist unruhig und
trauriger, als sie es von einem siegreichen Feldherrn erwartet
hat.

Saul sei der schönste Mann in Israel, heißt es landauf,
landab. Daran muss Bathseba denken, während sie ihn aufmerksam betrachtet. Das stimmt nicht, beschließt sie im Stillen und äugt neben sich, zu ihrem geliebten Harfenspieler –
David ist der schönste Mann in Israel.

Saul hebt die Rechte, und der Jubelgesang all der Jungfrauen um ihn herum ebbt ab. Der König richtet seinen Blick
auf David. »Wie heißt du, Musiker?«, will er wissen.

»David.«

»Wer ist dein Vater, David?«

»Isai. Und Obed ist mein Großvater.« David antwortet,
ohne sein Saitenspiel zu unterbrechen.

»Obed?« Saul runzelt die Stirn und guckt zu Abner. »Habe ich mit dem nicht schon in meiner Jugend gegen die Philister gekämpft?«

Sein Feldhauptmann nickt.

»Wie schön du auf deiner Harfe spielen kannst!« Jonathan, der Sohn des Königs, lächelt zu David hinunter. »Wie schön und wie wehmütig. Siegesfreude allerdings klingt anders, will mir scheinen.«

»Vielleicht bin ich ja traurig.«

»Israels König und seine Helden schlagen die Philister, und der da ist traurig?« König Saul runzelt missmutig die Brauen. »Wie kommst du mir vor, Bursche?«

»Wo ist die Bundeslade?«, kräht es plötzlich aus der Menge, die sich hinter dem König um seine Soldaten drängt. Auf einmal wird es sehr still vor Isais Haus. »Warum habt ihr die Bundeslade nicht mitgebracht, Saul?«

Längst hat Bathseba die Stimme des Säbelmanns erkannt. Für einen Moment stockt ihr der Atem: Wie kann Joab es wagen, in dieser Stunde des Triumphes den Sieg des Königs zu schmälern? Saul jedoch tut, als habe er die krähende Stimme nicht gehört. Er wendet nicht einmal den Kopf, um den unverschämten Rufer hinter sich in der Menge ausfindig zu machen.

»Ganz Israel ist froh, dass ihr die Philister endlich mal besiegt habt, ich natürlich auch.« David schaut nicht zu Saul hinauf, spricht mit ihm, ohne sein Harfenspiel zu unterbrechen. Eigentlich redet er mehr vor sich hin, als dass er Worte an den König richtet. »Doch zugleich bin ich traurig, dass ich nicht dabei gewesen bin.«

Geraune erhebt sich wieder in der so plötzlich verstummten Menge. Der Sohn des Königs lacht, während Saul selbst sich mürrisch abwendet und sein Pferd antreibt. David streicht die Saiten und schaut ihm nicht einmal hinterher.

Sauls Feldhauptmann Abner dreht sich im Wegreiten noch einmal nach David um. »Vielleicht bist du das nächste Mal schneller dabei, als dir lieb ist, Bursche! Die Philister sind aus verflucht hartem Holz geschnitzt, die werden noch lange keine Ruhe geben! Und ja, es stimmt – die Lade Gottes haben wir ihnen immer noch nicht abnehmen können.«

»Das ist leider wahr.« Jonathan zuckt bedauernd die Schultern. »Bevor wir nicht die Bundeslade zurückerobert haben, wird's keinen dauerhaften Frieden geben.« Er macht noch keine Anstalten, seinem Vater zu folgen. Mit wachen Augen beobachtet er, wie Davids Finger über die Saiten tanzen. »Wer hat dich diese Kunst gelehrt, David?«, will er wissen.

»Unser Levit hat's mir beigebracht, Nathan.«

»Nathan, der Prophet?«

David nickt. »Noch vor der Schreibkunst hat er mir das Harfenspiel beigebracht.«

»Ich beneide dich.« Jonathans lächelnder Blick mustert David von Kopf bis Fuß. Bathseba sieht ihm an, dass er Gefallen an ihrem geliebten Sänger gefunden hat. »Wie gern würde ich das auch können.«

»Kannst es lernen, musst es nur wollen.«

»Willst du's mich lehren, David?«

»Warum nicht?« David zuckt mit den Schultern und greift kräftiger in die Saiten.

»Komm mich in Gibea besuchen, wenn du magst, und bring deine Harfe mit.« Jonathan nickt ihm zu, bevor er sein Reittier antreibt, und bald trabt und trottet der ganze Heereszug an ihnen vorüber. Bis er wieder anhalten muss, weil der Stadtälteste dem König und Abner in den Weg getreten ist, um sie in sein Haus einzuladen. Bald darauf zerstreuen sich Sauls Krieger in die Höfe und auf die Dächer; der Tross löst sich nach und nach auf.

Drei schwarze Maultiere bleiben vor der Viehtränke stehen, drei bewaffnete Krieger des Königs führen sie zum Saufen an den Trog. Bathseba und die Kinder machen Platz, David bleibt sitzen und hört nicht auf, die Saiten zu zupfen.

Der älteste der drei Schwertträger blickt verächtlich auf ihn hinunter, während sein Maultier säuft. Bathseba erkennt ihn nicht gleich, denn ein fleckiges rotes Tuch verhüllt ihm Haar und Stirn, und über seinem verschrammten Lederharnisch trägt er einen braunen Umhang aus Kamelfell statt wie sonst einen langen weißen Mantel. Als er den Kopf hebt und seinen Blick auf sie richtet, schaut sie in Augen, die glitzern wie Bernstein im Feuerschein. Eine dicke Blutkruste zieht sich von der Schläfe des Kriegsmannes bis in seinen langen, eckig gestutzten Bart hinein.

»Freust du dich, dass ich gekommen bin?« Seine kalten Augen halten Bathsebas Blick fest. »In Hebron haben sie mir gesagt, dass ich dich hier in Bethlehem finde.«

Bathseba versucht den Kloß hinunterzuschlucken, der ihr im Hals schwillt. Alle Leichtigkeit ist wie weggeblasen. Sie würde gern davonlaufen, doch als sei sie festgefroren, bleibt sie zwischen den Kindern stehen, steif und angespannt.

»Danke Gott, Mädel, denn viel hat nicht gefehlt, und einer der verfluchten Philister hätte mich hinterrücks erschlagen.« Uriah deutet auf die Wunde in seinem Gesicht. »Doch dein künftiger Mann hat überlebt. Willst du ihn nicht anständig begrüßen?«

ZWEITES BUCH

Der Krieger

15

Großmacht

Verlassen wir die erschrockene Frau an der Viehtränke; verlassen wir Eliams Tochter, die man in Hebron *Dadida* ruft, die *Liebliche*. Richten wir unseren Blick wieder auf jene Frau, die den König erst warten lässt und es dann wagt, ihn *herrisch*, *anmaßend* und *unverschämt* zu nennen.

Komm mit uns, wir zeigen sie dir.

Eben noch hat sie wie zu Stein erstarrt in Bethlehem vor Isais Haus gestanden, jetzt umarmt sie in einer Jerusalemer Nacht den König von Israel. Eben noch hat sie in das wunde Gesicht des Uriah geschaut wie auf eine schwarze Wand, die jäh vor ihr aufragt, jetzt drückt sie den König von Israel auf den Hocker hinunter, auf dem er zu sitzen pflegt, wenn er Harfe spielt und Lieder für uns dichtet.

Schau nur, wie sie ihn an den Schultern festhält, wie sie ihn schüttelt und anschreit. Siehst du die Verzweiflung in ihren Zügen? Sieht du den Zorn aus ihrem Blick sprühen?

Für Bathseba mögen Jahre vergangen sein seit jenem Tag an der Viehtränke vor Isais Haus, als der Krieger Uriah vor ihr gestanden hat wie eine unüberwindliche Mauer, für uns nur ein Wimpernschlag. Und nicht einmal das.

Für sie mögen schmerzliche Jahre ins Land gegangen sein,

seit sie ihre von tausend Küssen tauben Lippen geöffnet hat, um ihren künftigen Gatten zu begrüßen – und nicht einen Ton herausgebracht hat. Für uns, die wir nichts wissen von Zeit und die wir die Schmerzen und Freuden der Menschen nicht empfinden müssen, für uns ist das alles gerade eben geschehen.

Doch sieh nur, wie sie jetzt den König von Israel schüttelt, wie sie ihn anschreit, wie sie in seine Locken greift und seinen Kopf hochreißt. Ist das noch dieselbe Frau, die du in den Hügeln von Hebron kennengelernt hast? Wie sie ihn festhält! Wie sie ihm in die Augen schaut, wie sie ihren Mund auf seine Lippen presst, wie wild sie ihn küsst!

Ist das wirklich noch dieselbe Frau, die du mit uns in Bethlehem am Grabe der Erzmutter Rahel beobachtet hast? Nein. Das Schicksal hat sie geschlagen – sie ist eine andere geworden.

Wir aber sind dieselben immer – ob im Stadttor von Hebron, ob zwischen den Hügeln davor in der Höhle bei der Löwin, ob irgendwann und irgendwo auf der Welt oder hier und jetzt an deiner Seite in der Burg von Jerusalem, während du mit uns die Frau beobachtest, die den König von Israel küsst.

Du fragst dich, was sie vorhat? Wir kennen ihre Pläne: Sie will ihr Leben zurückgewinnen, will sich zurückholen, was sie *die Liebe ihres Lebens* nennt, will sie nicht noch einmal verlieren, will ihn ganz und gar für sich, den König von Israel.

Schau, wie sie seinen Kopf loslässt, schau doch, wie sie vor ihm steht – zitternd, gebeugt und verzweifelt. Hörst du, wie schwer sie atmet? Siehst du ihre Tränen? Ahnst du, was geschehen wird?

Wir wissen, was geschehen wird, was geschehen ist und was jetzt gerade geschieht.

Jetzt gerade wirft sie ihren wollenen Umhang von sich, schau. Mit einer einzigen Bewegung zieht sie auch ihr dunkelrotes Gewand über den Kopf, und jetzt steht sie in ihrer ganzen Schönheit vor ihm, schutzlos und nackt.

Wir wissen, was nun geschieht.

Viele nennen es Ehebruch, manche nennen es Liebe. Andere sprechen vom Feuer der Leidenschaft, das jeden verzehrt, der nicht schnell genug vor ihm flieht.

Nur wenige verzichten darauf, an einen Namen zu fesseln, was da geschieht. Nur die Weisen vermögen das. Sie schweigen dazu und verbeugen sich. Verneigen sich demütig vor der gewaltigsten Macht der Welt, vor der Großmacht, an die keines Königs Macht jemals heranreicht.

Nicht einmal wir wissen sie zu bändigen.

16

Verräter

»Verräter!« Bathseba schreit. »Treuloser Verräter, du!« Wieder greift sie in seine Locken, hält seinen Kopf fest und zwingt ihn, sie anzuschauen. »Geliebter Verräter, du …« Mit gespreizten Beinen sinkt sie auf seinen Schoß. »Weißt du noch, was du mir geschworen hast?« Sie küsst seinen Hals, beißt hinein. »Weißt du's noch?«

»Du benimmst dich wie ein tollwütiges Biest!« Er versucht, sie festzuhalten. »Merkst du's gar nicht?«

»Weißt du's noch, Treuloser? Antworte!«

»Meine Güte, Bathseba! Was sagt man nicht alles, wenn man so jung ist wie wir damals.«

Sie spürt, dass David sich kaum wehrt, dass er alles, was sie tut, einfach geschehen lässt – ihre Küsse, ihre Bisse, ihre zornig-verzweifelten Blicke, ihren harten Griff in seinem Haar.

»Wir waren blutjung und wussten nichts vom Leben. Hör auf jetzt, Dadida!«

»Du hast es geschworen und bist es mir schuldig.« Sie flüstert, sie schreit, sie keucht. »Alles bist du mir schuldig geblieben, jetzt will ich's haben.«

Er greift unter ihre Achseln, stemmt sie hoch, hält sie über sich fest. »Du redest wie eine Irrsinnige, merkst du's nicht?«

Wie stark er ist! Einen Atemzug lang schwebt sie über ihm, muss eintauchen in den brennenden Blick seiner schwarzen Augen. Dann lässt er sie wieder auf seine Schenkel fallen, und auf einmal spürt sie seine Hände auf ihrem Rücken und an ihren Hüften. Da weiß sie, dass sie ihn besiegt hat.

»Ich rede, wie die Liebe redet …« Bathseba saugt sich an seinen Lippen fest, spürt seine Zunge um ihre tanzen, stößt ihn weg, reißt an seinem Haar und schüttelt ihn schon wieder. »Vielleicht ist die Liebe ja irrsinnig! Hast du vergessen, wie sie spricht? Dummer, treuloser Mann, du! Hast du es wirklich vergessen? Dann will ich dir die Erinnerung wecken. Oder hast du es niemals gewusst?«

Wieder küsst sie ihn, und diesmal hält David sie so fest, dass sie nach Luft schnappen muss. Tief dringt seine Zunge in sie ein, und dann schiebt er seine Hand zwischen ihre Schenkel.

Mit einem gurrenden Seufzer bäumt sie sich auf, wirft den Kopf in den Nacken, saugt scharf die Luft durch die Nase ein. Der Mond scheint durch die offene Dachluke herein und in Davids geliebtes Gesicht. Sein Licht reicht Bathseba, um die Schönheit der schwarzen Augen zu erkennen und das Verlangen darin. Glühen sie nicht wie Kohlestücke im Feuer? Bathseba küsst Davids Augen, seine Lippen, seine Kehle, während sie ihren Schoß um seine zärtliche Hand kreisen lässt.

»Ich will dich«, flüstert er und rafft nun sein Gewand über seine Knie und unter ihren Schenkeln weg von ihrem Hintern und ihrem Geschlecht. »Ich hab' dich immer gewollt, Dadida.«

»Und hast es tausend Mal vergessen!« Sie drückt sein von ihren Küssen nasses Gesicht an ihre Brüste, damit er an ihnen saugen kann. »Und vergisst es bis heute, vergisst es jedes Mal, wenn du in das Haus deiner Frauen hinübergehst.« Sie lässt ihr Becken über seinem Geschlecht kreisen, reißt seinen Kopf hoch, zieht seinen Mund an ihre Lippen und küsst ihn mit jener wilden Leidenschaft, mit der sie ihn so oft schon geküsst hat seit jenem ersten Mal im Bergwald über Gilo.

Sie denkt an seine Küsse in den Weinbergen von Hebron, während sie die Arme um ihn schlingt und seine Kraft spürt, denkt an ihre Küsse unter dem Feigenbaum in Bethlehem, in der Scheune seines Vaters, in den Höhlen des Judäischen Berglandes, in Sauls Festung und zuletzt in Miriams Schafstall. Vor sieben Jahren war das, einen Tag vor ihrer Hochzeit.

Und was hat er ihr nicht alles geschworen in diesen herrlichen Stunden! Wie Träume sind sie ihr vorgekommen, wenn sie sich während ihrer Ehejahre daran erinnert hat; wie etwas, das niemals geschehen ist.

Doch jetzt weiß sie wieder, dass es keine Träume gewesen sind. Jetzt, da sie mit gespreizten Schenkeln über ihm sitzt, und ihr Becken über seinem Verlangen tanzt. Als sie seine Härte spürt, lässt sie sich darüber sinken und nimmt ihn in sich auf. Und dann reitet sie auf seinem Schoß – mal wild und als wolle sie ihn niederzwingen, mal langsam und zart, und dann wieder ungestüm und kraftvoll.

Sie spürt, wie er sich ihren Bewegungen überlässt, sich ihrer Lust unterwirft, spürt, wie seine Hände über ihren Rücken gleiten, als suchten sie Halt. Schmerz durchzuckt sie jedes Mal, wenn seine Finger sich in die noch nicht verheilten Stellen der Peitschenstriemen bohren. Bathseba achtet nicht darauf, reitet wilder, zieht seinen Mund erneut an ihre Brüste.

Dann der erste Gipfel – sie stöhnt auf, lässt sich über Davids Schulter fallen, saugt sich an der Haut seines Halses fest und muss seufzen und gurren. Ihr ist, als würde sie mit ihm verschmelzen, als seien sie niemals getrennt gewesen. Er hält ihren bebenden Leib, bewegt sich sanft in ihrem Schoß, küsst sie zärtlich.

»Komm.« Sie spürt, dass sie weint, weiß, dass es kein Zurück für sie gibt, keine Rettung. Also nimmt sie seine Hand, rutscht von ihm und zieht ihn hinter sich her zu der Bettstatt am Ende des Raumes. Davor kniet sie nieder und birgt ihr Gesicht in den Fellen. »Komm zu mir.«

★

Später liegen sie eng umschlungen unter den Fellen. Bathseba spürt seine Küsse auf ihren geschlossenen Lidern, ihrer Kehle, ihren Brüsten. Ihr ist, als schwebe sie, so leicht fühlt sie sich. Gestern – wann war das? Morgen – was geht es sie an? Sie ist hier, bei David, jetzt – alles andere zählt nicht. Nicht in dieser Stunde.

Wenn es doch für immer so bliebe …

Sie lauscht seinen tiefen Atemzügen, fühlt die Wärme seiner Hände auf ihrer Haut, öffnet die Augen – wie ernst er sie anschaut. Und wie traurig. Bereut er seinen Liebesverrat?

Vor dem Eingang bewegt sich der Vorhang und flackern die Flammen der Fackeln im Luftzug. Die Öllampe auf dem Tisch erlischt. Sie schließt die Augen wieder, verkriecht sich tiefer in Davids Armen und schläft ein. Und träumt.

Im Traum klopft es mitten in der Nacht an ihrer Tür. Sie schlüpft aus dem Bett und öffnet. Ein Krieger in langem, weißem Mantel und mit hohem Helm steht vor ihr: Uriah. Die Narbe in seinem kantigen Gesicht ist blutrot, seine bernsteinfarbenen Augen glitzern gelb.

Bathseba schreckt aus dem Schlaf hoch, stößt einen halb unterdrückten Schrei aus – und schaut wieder in Davids Augen. Er hat sich bereits auf einem Sitzpolster am Tisch niedergelassen, isst und trinkt. Offenbar hat ein Diener inzwischen Wein, Feigen und Gebäck gebracht.

»Was sind das für Striemen auf deinem Hintern und auf deinem Rücken?«, erkundigt er sich, während er sich Wein nachschenkt. Auf dem niedrigen Tisch brennt inmitten von Tontafeln, Papyrusrollen und Schreibkeilen die Öllampe. Daneben funkelt die Klinge des Dolches in ihrem Lichtschein. David hat wohl Öl nachgefüllt. Bathseba wickelt sich fester in die Felle, denn die Nacht ist kühl. »Sie stammen von Stock- oder Peitschenhieben, habe ich recht?« Er füllt Wein in einen zweiten Kelch, greift in die Obstschale und kommt zu ihr. »Wer hat dich geprügelt?« Er reicht ihr den Wein, setzt sich zu ihr auf die Bettstatt und legt zwei Feigen vor sie ins Fell.

»Lass uns lieber nicht darüber reden.« Bathseba hat sich aufgesetzt, schlürft den roten Wein. Seine Süße füllt ihren Mund aus, bahnt sich den Weg durch ihre Kehle in ihren Bauch. Das fühlt sich gut an, und sie nimmt einen größeren Schluck.

Eine Zeit lang schweigt David. Ist er froh, nicht weiter über ihre Wunden reden zu müssen? »Du hast keine Kinder«, sagt er irgendwann. »Ich habe mich erkundigt. Wie kommt das? Du bist seit sieben Jahren verheiratet.«

»Ich bin schwanger gewesen, vor vier Jahren.« Bathsebas Stimme wird brüchig und heiser. Sie leert den Weinbecher, bevor sie weiterspricht. »Das Kind ist zwei Monate zu früh auf die Welt gekommen. Tot.«

Er nimmt ihr den Becher ab, geht zum Tisch, um ihn neu zu füllen. »Weil dein Mann dich geschlagen hat?«

Sie nickt stumm. Von ihrem ersten verlorenen Ungeborenen hat sie David nie erzählt, tut es auch jetzt nicht.

Er kommt zurück, reicht ihr den vollen Weinbecher, setzt sich wieder zu ihr auf die Bettstatt. »Uriah ist's also, der dich schlägt. Hab ich recht, Dadida?«

»Was nützt es, dass du's weißt?« Sie trinkt Wein, nimmt eine Feige, berührt sie mit der Zunge. »Willst du's ihm verbieten? Uriah ist nicht der Einzige in deinem Königreich, der seine Frau als sein Eigentum betrachtet. Wie seine Kuh oder seine Dattelpalme. Kann er damit nicht auch tun, was er will?« Sie beißt in die Frucht, süßer, klebriger Saft rinnt ihr über Lippen und Kinn.

»Nein, kann er nicht.« David schaut sie an, sein Blick brennt, seine Kaumuskeln beben, an seiner Schläfe schwillt eine Ader. »Dieser Dreckskerl …!« Er ballt die Fäuste und springt auf. »Das hätte ich ihm nicht zugetraut.« Er beginnt zwischen Bettstatt und Dachstiege hin und her zu laufen. »Niemals!«

»Nicht?« Kauend und Wein schlürfend beobachtet sie ihn. Nun weiß David Bescheid, was wird er tun? »Man sagt, Uriah gebärde sich wie ein wildes Tier, wenn er unter die feindlichen Reihen fährt. So einem traust du nicht zu, dass er seine Frau schlägt?«

»Soll er doch in Blut waten auf dem Schlachtfeld, doch in meinem Reich prügelt keiner seine Frau!«

Sie stößt ein bitteres Lachen aus. »Dass er sich im Bett anders benimmt, wundert dich?«

»Im Bett?« David bleibt stehen. »Er schlägt dich, wenn ihr …?«

»Dann am liebsten.« Bathseba nippt am Becher. Der Wein steigt ihr bereits in den Kopf, macht ihn leicht, lässt die Gedanken fliegen. »Manchmal fesselt er mich vorher.« Sie beißt in die zweite Feige. »Er genießt meine Schreie, weißt du? Er freut sich an meinen Schmerzen.«

»Drecksack, verfluchter!« David fährt fort, zwischen Stiege und Tisch auf und ab zu laufen. »Ich werde ihn zurechtweisen. Sobald Joab die Ammoniter unterworfen hat, werde ich …«

»›Zurechtweisen‹ …!« Bathseba lacht und steckt die restliche Frucht in den Mund.

»Jawohl! Gemeinsam mit dem Hohepriester Zadok! Wir werden ihm eine strenge Bestrafung androhen!«

»Vergiss es.« Bathseba spricht mit vollem Mund. »Niemand gebietet Uriah, was er zu tun und zu lassen hat.«

»Ich bin der König.«

»Ein König, der gerade mit seiner Gattin geschlafen hat.«

»Ich versteh dich nicht.« Wieder bleibt David stehen, diesmal vor der Bettstatt. »Du bist doch nicht die Frau, die still leidet?! Du bist doch keine Frau, die sich so etwas gefallen lässt? Das bist du doch nie gewesen!«

»Ich habe Himmel und Hölle in Bewegung gesetzt, um von ihm loszukommen, was denkst du denn? Wem habe ich nicht alles die Ohren vollgeheult! Meinem Vater, meinem Großvater, Miriam, dem Priester!« Tränen kommen ihr, als sie daran denkt; sie beißt die Zähne zusammen, schweigt.

David beugt sich zu ihr herunter, streicht ihr zärtlich über das Haar. »Und?«

»Die Weinberge und das Vieh, das Uriah ihm für mich gezahlt hat, sind meinem Vater teurer gewesen als meine Haut. Und der Großvater hat Uriah vergeblich ins Gewissen geredet.« Bathseba seufzt tief, setzt den Becher an die Lippen und leert ihn.

»Und deine Pflegemutter?«

»Miriam nennt es Frauenschicksal, das man zu dulden habe. Immerhin hat sie den Priester zu ihm geschickt. Doch wenn es drauf ankommt, helfen dir die Priester nicht. Sie verstecken sich hinter dem Gesetz und zitieren es bis zum Erbrechen: ›Was Gott zusammengefügt hat, das soll der Mensch nicht scheiden‹, erklären sie.« Ihre Stimme versagt, und ihr ist ein wenig schwindlig. Sie muss tief durchatmen, bevor sie weitersprechen kann. »Uriah hat gedroht, mich totzuschlagen …« Jetzt kann sie nur noch flüstern. »… sollte ich nur noch ein einziges Mal jemandem erzählen, was er mir antut.«

»Dieser Dreckskerl.« David schüttelt die Fäuste, rennt schon wieder am Tisch vorbei. »Diese verfluchte Wildsau!« Er schimpft und flucht und kann sich nicht mehr beruhigen.

Bathseba beobachtet ihn eine Zeit lang. Doch je länger sie das tut und je heftiger David ihren Mann verflucht, desto brennender steigen Schmerz und Zorn in ihr hoch.

»Was tust du so scheinheilig?« Bitter klingt ihr Lachen, bitter und böse. »Du hast es doch gewusst! Du warst es doch, der mir erzählt hat, dass seine erste Frau gestorben ist und dass er sie geschlagen hat. Alle haben es gewusst!«

Diesmal bleibt er am Tisch stehen, bückt sich nach dem Dolch, starrt sie an. »Ich habe es für ein Gerücht gehalten.«

»Das Schicksal, von der Löwin gefressen zu werden, haben wir abwenden können – gemeinsam. Meine Ehe mit Uriah hätten wir auch abwenden können – gemeinsam. Doch du hast mich im Stich gelassen!«

»Um mir das zu sagen, bist du gekommen?«

»Vielleicht hast du mich rufen lassen, um das zu hören!«, schreit sie. »Um endlich der Stimme deines Gewissens lauschen zu können!«

»Als eure Hochzeit wegen der neu aufflammenden Philisterkriege zweimal abgesagt worden ist, habe ich damit gerechnet, dass Uriah seine Heiratspläne begräbt.« Mit dem Daumen fährt er über die Dolchklinge.

»Und warum hast du nichts getan?!« Bathseba schwingt die Beine aus der Bettstatt. »Nichts hast du getan!« Sie schreit ihn an. »Gar nichts!«

»Ich bin auf der Flucht gewesen, vergiss das nicht.«

»Erst, als ich schon verheiratet war. Vorher hättest du

noch einmal zu meinem Vater reiten müssen! Vorher hättest du noch einmal um mich werben müssen!«

»Du weißt selbst, was für ein Dickschädel dein Vater ist!« David weicht ihrem Blick aus, atmet geräuschvoll ein. Sie sieht ihm an, dass er sich in die Enge getrieben fühlt. »Und auf einmal hat es geheißen: Bathseba heiratet endlich den Uriah.«

»Na und?«

»Da war es zu spät.« Er hebt den Dolch. »Hätte ich Uriah umbringen sollen?«

»Warum nicht? Du hast so viele umgebracht!«

»Was redest du da!?«

»Wenn ich auf meine Ehehölle zurückblicke, wünsche ich mir, du hättest ihn getötet. Oder du hättest dich zu mir nach Hebron geschlichen und mich entführt …«

»Saul hat überall nach mir suchen lassen.«

»… stattdessen hast du unsere Liebe verraten!« Bathseba schleudert den leeren Weinbecher und die angebissene Feige nach ihm. Der Becher trifft ihn an der Brust, die Feige im Gesicht. »An Michal, an Jonathan, an Abigajil, an …!«

»Schweig!« Mit dem Ärmel wischt David sich Feigenreste von der Wange.

»… Ahinoam und wie sie alle hießen!« Sie rafft ihre Kleider zusammen und schlüpft hinein. »Ich will gar nicht wissen, wen du noch alles gefickt hast!«

»Es reicht!« Drei Schritte, und er steht vor ihr. »Irrsinnige!« Er lässt den Dolch fallen, packt sie bei den Schultern und reißt sie an sich. »Du sprichst mit dem König von Israel!«

»Ich spreche nicht, ich schimpfe!« Bathseba windet sich in seinem harten Griff. »Und ich beschimpfe nicht den König von Israel, sondern einen treulosen Verräter!« Sie trommelt mit den Fäusten gegen seine Brust. »Weißt du, was Hebrons

Hirten damals von Israels König gesagt haben? ›Er benimmt sich wie der geilste Bock auf der Weide‹, haben sie gesagt!«

»Wirst du wohl schweigen?« Er hebt die Hand.

»Schlag mich doch, los!« Mit aller Kraft stößt sie David von sich, sodass er rücklings über den Tisch stolpert, ihn umstößt und zwischen Tontafeln, Lampenscherben, Weinkrug, Papyrusrollen, Schreibkeilen und Feigen lang hinschlägt. Der Lampendocht erlischt zischend im vergossenen Wein.

»Du bist schuld!« Halb besinnungslos vor Wut und Verzweiflung bückt sich Bathseba nach dem Dolch. »Du hast mich diesem Scheusal ausgeliefert!« Sie stürzt sich auf David. »Sehenden Auges! Mein Schicksal ist dir vollkommen gleichgültig gewesen!« Sie hebt die Klinge. »Verräter!«

»Das wagst du nicht.« Er richtet sich auf, schüttelt sich wie benommen, greift in die Scherben, als er sich hochstemmen will, und zuckt zusammen. In diesem Moment, als er wie fassungslos auf seine blutende Handfläche starrt, springt sie hinter ihn und packt seine Locken.

»Loslassen!«, brüllt David.

Bathseba holt aus und stößt zu – eine ganze Handvoll Locken säbelt sie ihm vom Scheitel.

»Du Wahnsinnige!«, schreit er und schlägt um sich. »Du bist ja außer Rand und Band, du tollwütige Löwin!«

Bathseba lässt den Dolch fallen, springt zum Vorhang, zerrt ihn zur Seite und reißt eine Fackel aus der Wandhalterung. Vorbei an Bewaffneten, die ihr entgegenhasten, rennt sie zur Treppe, wo zwei mannshohe Kerzenleuchter stehen.

Der Gardist mit den Blatternarben und den weißen Brauen stürmt die Stufen herauf und streckt die Arme nach ihr aus, um sie aufzuhalten. Sie stößt ihm einen der schweren Leuchter entgegen und springt, als er ihn auffängt, an ihm vorbei die Stufen hinunter. Er brüllt ihr einen Befehl hinter-

her, und dann saust etwas dicht an ihr vorbei und prallt fun-
kensprühend in die Wand über dem Treppengeländer – seine
Lanze!

Sie rennt in den Burghof hinaus. Kalter Nachtwind zerwühlt ihr Haar, kühlt ihr tränennasses Gesicht. Nicht eine
einzige Frage stellen die Wächter ihr – sie heben nur kurz die
Fackeln über ihrer Stirn und öffnen ihr dann das Tor.

Heulend läuft Bathseba in die Nacht hinaus.

17

Botschaften

Am Abend danach steht Bathseba vor der Feuerstelle ihres Hauses – die Rechte auf der Brust, da wo ihr Herz schlägt, das sich schwerer anfühlt als sonst. In der Linken Davids Locken. Sie hört das Holz knistern, starrt in Rauch und Flammen, hört das Wasser im Kessel sieden. Seit einer Stunde und länger steht sie so und denkt an die vergangene Nacht. Vor ihrem inneren Auge steht er, David, in ihrer Hand spürt sie sein Haar.

Es muss ins Feuer. Wohin sonst?

Sie schämt sich. Nicht, weil sie mit ihm geschlafen hat – das hat sie gewollt, seit so langer Zeit gewollt! Zielstrebig hat sie sich den Weg in seine Arme gebahnt. Nein, sie schämt sich, weil sie ihn allzu tief in ihr Herz hat blicken lassen.

Soll er wissen, dass sie ihn für einen charakterlosen Liebesverräter hält, soll er wissen, dass sie verletzt ist, traurig und zornig. Und soll er wissen, dass Uriah sie quält. Vor allem das! Aber dass sie ihn liebt, nie aufgehört hat, ihn zu lieben – das hätte er nicht erfahren sollen. Niemals!

Doch wie hätte sie es vor ihm verbergen können? Sie hätte ja eine andere Frau sein müssen, eine, die es besser versteht, ihr Herz zu verschließen. Doch sie ist nun einmal Bathseba, die Tochter Eliams! Sie ist nun einmal Bathseba, die Enkelin Ahitofels, und eine wie sie kann nicht anders, als dem ihr Herz zu zeigen, der zu ihrem Leben gehört. Den sie liebt.

Dafür schämt sie sich jetzt. Hier, vor dem Herdfeuer. Hier, mit seinen Locken in der Linken. Sie seufzt, atmet gegen die steinerne Schwere in ihrer Brust an, atmet tiefer. Und hebt dann die Hand, um den Haarknäuel ins Feuer zu werfen. »Elender Verräter«, murmelt sie – und lässt die Hand wieder sinken. »Mein Geliebter …«

Rahel kommt zur Kochstelle herein. Zum dritten Mal schon, seit Bathseba hier steht und Davids Locken ins Feuer werfen will. Diesmal bringt sie Brennholz. Verstohlen wandert ihr Blick zwischen Bathsebas Gesicht und den schwarzen Locken in ihrer Hand hin und her, während sie die Scheite aufschichtet. »War es so schlimm?«, fragt sie leise.

»Es war grässlich.« Bathseba stößt ein bitteres Lachen aus. »Und es ist herrlich gewesen.«

»Oh!« Rahel legt ein Holzscheit ins Feuer und blickt dann wieder hoch zu ihr. »Und nun? Was wird nun geschehen?«

»Was immer der Allmächtige beschlossen hat.« Bathseba zuckt mit den Schultern. »Wir werden sehen.« Sie dreht sich um und geht in ihre Schlafkammer. Dort setzt sie sich auf den Rand ihrer Bettstatt, bindet Davids Locken mit einem schmalen Lederband zusammen und schiebt sie unter ihr Kissen.

*

Schier endlose Tage folgen. Bathseba lässt sich treiben, versucht, sich im Alltäglichen zu verlieren: beim Unkrautjäten im Gemüsegarten, mit der Wäsche unten am Bach, beim Feilschen an den Marktständen auf dem Torplatz, bei den Ziegen auf der kleinen Weide neben dem Haus.

Manchmal, meistens abends, ertappt sie sich dabei, wie sie am Hoffenster steht und zum Burgdach hinaufspäht. Oder vors Haus tritt und die Gasse hinunterschaut, die zum Burgtor führt. Etwas in ihr wartet. Auf eine Botschaft von David?

»Mädchenträume!«, schimpft sie dann mit sich selbst. »Weg damit!« Und einmal, als sie ihn vom Fenster aus oben auf dem Dach über die Brüstung lehnen und auf den Hof hinunterschauen sieht, sagt sie zu sich selbst: »Du wirst es sein, die ihm eine Botschaft senden wird. Hab' Geduld, warte es ab.«

So gehen die Tage dahin. Bis schließlich eine Botschaft kommt – doch nicht von David, sondern von Uriah.

Ein Bote Joabs richtet sie ihr an der Gartenmauer aus: Die Belagerung von Rabba ziehe sich hin, Verbündete seien den Ammonitern zur Hilfe geeilt, er sei wohlauf, doch es könne noch zwei Monate dauern, bis der Feldzug siegreich beendet sei. Von den Silberstücken möge sie Mehl, Früchte, Salz und ein Lamm kaufen. Und was sie sonst für nötig hält.

Der Bote zählt ihr drei Münzen in die Hand, bevor er wieder auf sein Maultier klettert, um zur nächsten Familie zu reiten, der er eine Botschaft aus Joabs Feldlager auszurichten hat.

Grenzenlose Erleichterung beflügelt Bathseba. »Gute Nachrichten, Rahel!« Sie schließt die junge Magd in die Arme. »Er kommt noch lange nicht zurück!«

»Wer weiß?«, flüstert Rahel in ihre Halsbeuge. »Vielleicht frisst das Schwert ihn ja diesmal.«

»Vielleicht. Bete, dass es geschehen möge.« Bathseba tanzt durchs Haus, ist bester Dinge. Sie scherzt mit den Ziegen, plaudert sorglos mit den Nachbarn, und abends will sie gar nicht mehr aufhören, mit Rahel zu singen.

Vier Tage später steht ein dürrer Kahlkopf in blauem

goldbesticktem Gewand vor der Tür. Gedor, der Aufseher des königlichen Frauenhauses. Bathseba stockt der Atem. Der Eunuch kräht einen Segensgruß, verbeugt sich und reicht ihr ein versiegeltes Kästchen aus Olivenholz. »Der König will, dass ich auf deine Antwort warte.«

Bathseba ist so aufgeregt, dass sie sogar vergisst, Gedors Gruß zu erwidern. Sie bedeutet Rahel, sich um den königlichen Boten zu kümmern, eilt in den Innenhof, bricht das Siegel und öffnet mit zitternden Fingern das Kästchen. Eine kleine Pergamentrolle liegt darin, die sie im Licht der Mittagssonne entrollt. Enge Reihen mit quadratischen Schriftzeichen bedecken das Schriftstück. Solche Zeichen zu lesen und zu benutzen, haben David und Nathan, der Levit, ihr zwar beigebracht, doch sie macht so selten Gebrauch von dieser Kunst, dass es lange dauert, bis sie endlich entziffert hat, was David ihr schreibt:

David, König von Israel, an Bathseba, die Enkelin Ahitofels und das Weib des Uriah.

Ich finde keinen Schlaf und denke an dich. Niemand greift den König von Israel mit einem Dolch an und bleibt am Leben. Weißt du das denn nicht? Ich jedoch habe beschlossen, dir zu verzeihen. Wenn du morgen Abend nach Sonnenuntergang in Frieden zu mir kommen willst, werden wir uns in die Augen sehen und bereden, was zu bereden ist. Und zwar in Besonnenheit und Frieden.

Gott segne und behüte dich!

David, der einst mit dir die Löwin in die Höhle gesperrt hat.

»Er verzeiht mir!« Bathseba lacht bitter auf. »Wie gnädig!« Sie schreit es zum Dach hinauf, wo niemand ist, der sie hören könnte. »Wie überaus gnädig!«

Noch einmal liest sie die Botschaft, langsam und nachdenklich. Und dann die letzten beiden Zeilen wieder und wieder. Der Segensgruß und vor allem der Namenszusatz versöhnen sie ein wenig. Immerhin hat er da – anders als im Briefeingang – darauf verzichtet, seinen königlichen Rang zu nennen. Nicht als Herrscher unterzeichnet er, sondern als der Hirte, mit dem Bathseba vor etwas mehr als sieben Jahren der Löwin entkommen ist.

Ein Zeichen der Versöhnung? Der Reue und Einsicht vielleicht? Oder sogar ein Zeichen der Liebe?

»Mädchenträume!«, schimpft sie mit sich selbst.

Sie braucht eine Stunde, bis sie sich beruhigt und nachgedacht hat. Und eine weitere, bis ihre Antwort auf der Rückseite des Pergaments geschrieben steht:

Die Tochter Eliams an David, der mich in Bethlehem unter dem Feigenbaum zu seiner Frau gemacht hat.

Habe ich dir die Kehle aufgeschlitzt? Habe ich dir die Klinge ins Herz gestoßen? Oder habe ich mir nur ein kleines Andenken an unsere Liebesnacht aus deinen Locken geschnitten? Bedenke die Antwort sorgfältig, David, und lerne Dankbarkeit und Demut.

Ich brauche noch Zeit. Du wirst von mir hören.

Der Allmächtige lasse sein Angesicht leuchten über dir. Und tief hinein in den kalten Abgrund deines Herzens.

Bathseba, ohne die Israel heute einen anderen König hätte.

Sie legt das Pergament zurück in das Kästchen – mit zitternden Händen. Ist ihre Botschaft zu gewagt? Zu anmaßend? Er wird schreien vor Wut, wenn er sie liest. Wird er sich in seinem Zorn hinreißen lassen, sie doch noch zu bestrafen? Er ist der König, er hat die Macht, er kann tun, was er will.

Gleichgültig! Bathseba versiegelt das Kästchen mit Wachs. Sie hat alles gewagt, von Anfang an: das Bad, die anfängliche Abweisung, die Liebesnacht schließlich mit all ihren wütenden und lustvollen Auswüchsen. »Ich bin schon zu weit gegangen«, flüstert sie. »Kein Schritt zurück ist noch möglich.«

Sie bringt die versiegelte Botschaft hinaus zu dem Eunuchen. Der sitzt im Schatten der Hofmauer, plaudert mit Rahel, trinkt Wein und isst Nüsse. Wortlos überreicht sie ihm das Olivenholzkästchen. Gedor leert seinen Becher, verneigt sich und geht.

»Ich habe ihm Wein, Datteln und Nüsse gereicht«, sagt Rahel, während sie ihm hinterherschauen. »Ich dachte, das ist in deinem Sinn. Immerhin ist er ein Bote des Königs.«

»Das war sehr höflich von dir, danke.« Bathseba klopft das Herz bis zum Hals hinauf, und für einen Moment ist sie in Versuchung, Gedor zurückzurufen. Ihre Botschaft an David ist ein Schlag in das königliche Gesicht. Doch zu spät: Der Kahlkopf ist schon auf der steil abfallenden Gasse verschwunden.

»Allerdings ist es gefährlich gewesen, mit dem Eunuchen zu plaudern«, sagte Bathseba und denkt: Fast so gefährlich wie die Botschaft, die ich David geschrieben habe. »Wenn er Gefallen an dir gefunden hat und dich dem König beschreibt, bist du womöglich die Nächste, die er für eine Nacht zu sich rufen lässt.«

*

Rahel fällt es zuerst auf: Bathseba geht früher schlafen als sonst und steht später auf. »Du kommst mir so müde vor in letzter Zeit«, sagt die junge Magd. »Hoffentlich wirst du nicht krank.« Beim Baden zwei Tage später betrachtet sie Bathsebas Brüste. »Du veränderst dich.«

»Wirklich? Was ist anders als sonst?«

»Deine Augen leuchten stärker. Und deine Brüste – sie kommen mir größer vor, und die Warzen sind dunkler geworden.«

Nicht nur das – sie sind auch empfindlicher als sonst;

Bathseba hat es längst gemerkt. Dazu kommt die unbändige Lust auf Granatäpfel und saure Tomaten, die sie so noch nicht gekannt hat. Und dann der Ekel vor dem Geruch von Ziegenmilch und Kohl. Doch selbst wenn ihr keine strengen Gerüche in die Nase steigen, ist ihr oft schon am frühen Morgen speiübel.

Bathseba weiß, was die Stunde geschlagen hat, schließlich ist sie schon zweimal schwanger gewesen. Als ihre Monatsblutung den siebten Tag ausbleibt, schickt sie Rahel zum Markt, um Tinte und Pergament zu besorgen.

Das Licht der Abendsonne fällt in ihre Schlafkammer, während sie die Botschaft schreibt:

Die Tochter Eliams grüßt David, den König von Israel.

Frohe Kunde, mein geliebter Sänger – ich bin mit deinem Kind schwanger.

Der Allmächtige segne und behüte dich.

Bathseba, ohne die du längst tot und begraben wärst.

Sie liest Rahel die Nachricht vor, bevor sie das Pergament zusammenrollt und versiegelt.

»Ich habe es geahnt.« Das Mädchen ist ganz erschrocken. »Von ihm?«

»Von wem sonst?« Bathseba runzelt die Stirn und gibt ihr einen Nasenstüber.

»Von Uriah?« Als fürchte sie heimliche Lauscher, senkt Rahel die Stimme. »Es ist doch erst einen Monat her, dass er mit Joab ins Feld gezogen ist.«

»Ich bin nicht mehr in den fruchtbaren Tagen gewesen, als er das letzte Mal über mich gekommen ist. Und danach habe ich meine Blutung gehabt. Erinnere dich an das Bad im Hof. Außerdem weiß eine Frau, von wem sie schwanger ist.«

»Der Ewige und Allgütige sei dir gnädig!« Rahel, der noch immer der Schrecken ins Gesicht geschrieben steht, schlägt die Hände gegen die Wangen. »Was wird Uriah sagen, wenn das Kind da ist und er nachrechnet? Und wenn es ihm später nicht ähnelt?«

»Was wird der König sagen, wenn er diese Botschaft gelesen hat? Das will ich wissen! Was wird er sagen, was wird er tun?« Bathseba nimmt Rahels Hand, legt die kleine Pergamentrolle hinein und drückt die Finger der Magd zur Faust zusammen.

»Du willst es nicht als Uriahs Kind ausgeben?« Der Schrecken in Rahels Miene wird zum Entsetzen. Das Mädchen fällt ihr um den Hals. »Bist du dir da auch ganz sicher, meine Bathseba?«

Bathseba ahnt, woran Rahel denkt: an die junge Ehebrecherin, die man im letzten Herbst vor der Stadtmauer gesteinigt hat. »Keine Sorge, Rahel, ich weiß, was ich tue.« Sie drückt das Mädchen an sich und schiebt es dann zur Haustür. »Gehe jetzt hinüber in die Davidsburg, sage den Wächtern, du habest eine wichtige Botschaft für den König von mir, Bathseba. Eine Botschaft, die du nur ihm selbst übergeben darfst. Hörst du? Nur ihm persönlich darfst du den Brief geben, niemandem sonst. Auch nicht dem Eunuchen.«

Rahel läuft los. Bis zu der Stelle, wo die Gasse steil zum Osttor hin abfällt, geht Bathseba ihr hinterher. Dort steht sie und wartet, bis das Mädchen im Tor verschwunden ist.

Ihr Mund ist ganz trocken und ihre Knie weich, als sie in ihr Haus zurückkehrt. Wie wird David sich verhalten, wenn er von seiner bevorstehenden Vaterschaft erfährt? Bathseba kann es nicht einschätzen. Wenn sie an die nächsten Tage denkt, kommt es ihr vor, als würde sie in eine dunkle Höhle starren.

*

Rahel kehrt in der ersten Abenddämmerung zurück. Ohne eine Botschaft des Königs. Ein glückliches Mädchen sieht anders aus.

»Hast du ihm das Pergament persönlich überreichen können?« Das Mädchen nickt. »Hast du gesehen, wie er meine Botschaft gelesen hat?« Rahel nickt. »Was hat er gesagt?«

»Nichts.«

»Er liest meine Botschaft und sagt nichts? Und schreibt auch keine Antwort?«

Rahel zuckt mit den Schultern.

»Welchen Botenlohn hat er dir gegeben?«

»Keinen.«

»Du bringst ihm die Nachricht, dass er Vater wird, und er gibt dir keinen Botenlohn?!«

Rahel schüttelt traurig den Kopf.

Bathseba wendet sich ab, tritt in den Hof, schaut zum Dach hinauf. Sie kann es nicht glauben. Jeder Empfänger einer guten Nachricht belohnt deren Überbringer. In ganz Israel ist das so! Auch in Moab, Ammon und Edom. Sogar in Babylon und Ägypten. Wer einen Boten nicht belohnt, hat sich über seine Botschaft nicht gefreut; oder hält sie für eine schlechte Botschaft.

»Gott sei mir gnädig.« Sie schließt die Augen und presst die Faust an die Lippen. »Wird er mich noch einmal verraten?« Angst schnürt Bathseba die Brust zusammen.

18

Kriegsheld

Beinahe stündlich geht Bathseba vor die Tür oder tritt ans Fenster, tagelang, doch Gedor, der Eunuch, lässt sich nicht blicken. Keine Nachricht von David, nichts. Bathsebas Angst wächst von Tag zu Tag. Wird David sie im Stich lassen? Was denkt er? Was plant er?

Sie erfährt es nicht.

So vergehen zwei Wochen.

Eines Tages, als sie im Garten Feigen erntet, hört sie schnelle Schritte die Gasse heraufhallen. Sie schaut über die Gartenmauer: Rahel rennt herbei, sie ist auf dem Markt gewesen. Nachdem sie durch das Tor gestürmt ist, bleibt sie stehen, stellt den Korb mit den Einkäufen ab und verschnauft erst einmal.

Die junge Magd ist so bleich, dass Bathseba erschrickt. »Was ist mit dir?« Sie klettert aus dem Baum. »Gibt es schlechte Nachrichten?«

»O ja …« Rahel nickt und keucht. »Uriah ist in der Stadt.« Bathseba erstarrt. »Ich habe ihn gesehen, alle haben ihn gesehen.«

»Gott sei uns gnädig!« Bathseba schlägt die Hände gegen die Wangen. »Und du bist sicher, dass er es gewesen ist?«

»Würdest du den verdammten Hethiter mit irgendjemandem verwechseln?«

Bathseba schüttelt stumm den Kopf.

»Siehst du. Vier Bewaffnete sind bei ihm. Vor der Schänke haben sie Wein getrunken und Hühner gegessen. Manche Leute sind stehen geblieben und haben gefragt, wie der Krieg gegen die Ammoniter steht.«

»Wie kannst du wissen, was sie gefragt haben?«

»Diese Leute sind zum Brotwagen gekommen, wo ich mich versteckt habe. Dort haben sie's dem Bäcker erzählt. Und dass Joab täglich einem gefangenen Ammoniter vor der Stadtmauer den Kopf abschlagen lässt.«

Alle Kraft weicht aus Bathsebas Gliedern. »Der Krieg ist also noch nicht zu Ende?«

»Rabba ist noch nicht einmal erobert.«

»Und Uriah ist dennoch schon zurückgekehrt? Ist er denn verwundet?« Rahel schüttelt den Kopf. »Ist er schon unterwegs zu uns?«

»Nein. Nachdem er gegessen und getrunken hat, ist er mit seinen vier Begleitern zum Nordtor hinauf in die Burg geritten. Der König habe ihn zu sich gerufen, heißt es.«

Eine düstere Ahnung beschleicht Bathseba. Sie verschränkt die Arme vor der Brust, senkt den Kopf, geht grübelnd an der Mauer hin und her. David, dieser schlaue Fuchs! Er wird doch nicht etwa …?

»Gib mir den Korb, Rahel.« Sie bleibt stehen, nimmt den von Früchten, Fischen und Gemüse schweren Behälter entgegen. »Lauf zurück in die Stadt, gehe ins Westtor und befrage die Alten und Bettler. Vielleicht hat irgendjemand gehört, warum der König den verdammten Hethiter vor seinen Thron gerufen hat.«

Rahel nickt und eilt davon. Bathseba trägt den Korb ins Haus, verstaut, was Rahel gekauft hat. Den Fisch legt sie in

Salz. Das Gemüse putzt sie, um es gleich zu kochen. Ihre Gedanken kreisen um David – kann es denn wirklich wahr sein, dass er versucht, seine Vaterschaft zu verleugnen?

Jeder ihrer Schritte ist langsam, jeder Handgriff schwerfällig wie der einer Kranken, denn ihre Gedanken sind dunkel von Angst und Sorge. Was sie tut, tut sie wie in Trance. Als Rahel zurückkehrt, glaubt Bathseba bereits zu wissen, was David plant.

»Im Tor hat einer der Priester gesessen, die in der Königsburg ein- und ausgehen.« Schweratmend lehnt das Mädchen im Türrahmen; es ist gerannt, so schnell es kann. »Der König habe einen Boten mit einem Brief über den Jordan geschickt, sagt er, zu Joab ins Heerlager vor Rabba. Darin habe der König Joab befohlen, Uriah nach Jerusalem zu schicken.«

»Das hat der Priester erzählt?!« Bathseba ist fassungslos, und Rahel nickt. »Warum um alles in der Welt zieht ein Kriegsherr einen seiner erfahrensten Kämpfer von einer feindlichen Stadt ab, die noch nicht erobert ist?«

»Um den Kriegshelden zu loben, sagt der Priester. Und um ihn zu belohnen.« Das Mädchen schluckt, sein Blick ist voller Angst, seine Stimme wird leiser und bricht. »Er soll sich ein paar Tage ausruhen, soll in seinem Hause essen und trinken und in einem gemütlichen Nachtlager schlafen.«

Ein Eiszapfen wächst hinter Bathsebas Brustbein. Wie angefroren steht sie und muss erkennen, dass sie David und seinen Plan richtig eingeschätzt hat: Er hat den verdammten Hethiter nach Jerusalem gerufen, damit er sie besteigt. Und wenn das Kind im Frühjahr zur Welt kommt, wird Uriah es für seines halten. Selbst, wenn es Wochen zu spät käme.

»Bald steht er vor der Tür, der Schrecken unserer Nächte.« Rahel flüstert und schluckt. »Vielleicht in zwei Stunden, vielleicht schon in einer.«

Bathsebas Gestalt strafft sich. Das Leben kehrt in ihre Glieder zurück – sie tritt ans Fenster und schaut hinaus. Noch reitet keiner die Gasse herauf. »Geh los!« Sie fährt herum. »Besorg ein paar Federn – von einem Huhn, von einer Taube, einer Gans, ganz egal. Beeil dich!«

Rahel rennt aus dem Haus. Bathseba holt eine Tonschale aus der Truhe, sucht ihr schärfstes Messer heraus und geht mit beidem zur kalten Feuerstelle. Am Tisch, der dort steht, krempelt sie den linken Ärmel ihres Gewandes bis über den Ellenbogen herauf. Dann schlitzt sie ihren Unterarm eine Daumenbreite weit auf, hält ihn über die Tonschale und lässt das Blut hineintropfen.

»Was tust du da?!«, entfährt es Rahel, als sie mit einer Handvoll Hühnerfedern zurückkommt.

»Das siehst du doch. Hör gut zu und mache alles genau so, wie ich es dir sage. Zuerst tunkst du die Feder in das Blut hier. Mach schnell, bevor es gerinnt!«

*

Keine halbe Stunde später hören sie Uriah die Gasse heraufreiten. Da liegt Bathseba bereits auf ihrer Bettstatt – in Decken gewickelt und Gesicht und Arme mit schwarz-roten Flecken gesprenkelt. Sie nimmt Rahels Hand. »Du weißt, was du zu sagen hast?«

»Ich weiß es.« Der Blick des Mädchens flackert vor Angst. Sein fahles Gesicht ist ebenfalls von schwarz-roten Flecken gesprenkelt. Genauso seine Handrücken, Arme und Fußrücken.

Bathseba küsst Rahels Hand. »Dann geh jetzt. Du musst öffnen, bevor er das Haus betritt. Los!«

Rahel verlässt die Schlafkammer. Ihre Schritte entfernen sich, schon hört Bathseba die Haustür knarren und dann

Rahels Stimme: »Flieh, Uriah! Gott sei dir gnädig!« Sie macht ihre Sache gut, schreit wie in großen Ängsten. »Gott rette dich! Flieh!«

Bathseba hält den Atem an und lauscht: Einen Augenblick herrscht Stille draußen, dann poltert die Stimme des verdammten Hethiters los. »Wie siehst denn du aus?!«, schimpft er. »Beim Schwanz des Satans! Was hast du dir eingefangen?!«

»Wir wissen es nicht! Eine Bettlerin hat's uns ins Haus geschleppt!« Rahels Stimme überschlägt sich vor Angst. »Die ägyptische Seuche? Die Schwarzen Blattern? Wir wissen es nicht! Dein Weib liegt bereits sterbend darnieder, über und über mit Geschwüren bedeckt! Und mir glüht auch schon die Stirne vor Fieber.«

»Ihr lasst eine kranke Bettlerin mein Haus verseuchen?!« Bathseba wagt nicht zu atmen, beißt sich auf die Unterlippe, lauscht, als gehe es um ihr Leben. Und tut es das nicht auch? »Ihr holt die Blattern in mein Haus, ihr Dreckstücke?! Töchter Belials seid ihr! Blöde und verflucht!« In Gedanken sieht sie, wie sich Uriahs Gesichtsnarbe blutrot verfärbt; das tut sie immer, wenn er böse wird. »Das wird euch noch leidtun, das schwör' ich euch! Ihr werdet noch weinen! Der Satan soll euch holen!«

Seine Flüche und schweren Schritte entfernen sich, und sie entfernen sich rasch. Tränen der Erleichterung schießen Bathseba aus den Augen, als sie das Hoftor ins Schloss fallen hört. Wenig später klappert Hufschlag die Gasse hinunter.

*

Den Rest des Tages wechseln sie sich am Fenster ab, Stunde um Stunde und bis tief in die Nacht. Doch Uriah kommt nicht zurück.

»Davids gefährlichster Kriegsheld hat Angst vor ein paar Flecken im Gesicht einer jungen Frau«, sagt Bathseba leise und ohne jeden Spott, wobei sie ihren Leib streichelt. »Und du bekommst einen König zum Vater.«

Uriah erscheint auch am nächsten Tag nicht wieder vor der Haustür. Am Abend liegt Bathseba lang hingestreckt neben ihrem Schlaflager auf Bauch und Gesicht und dankt Gott. Gleichzeitig hadert sie mit ihm. »Was habe ich dir getan, Allmächtiger, dass du mein Herz in so brennender Liebe an einen Mann kettest, der sie nicht verdient? Welcher Sünde habe ich mich schuldig gemacht, dass du mich einem elenden Liebesverräter auslieferst, der mich und sein Kind im Stich lässt?«

In der folgenden Nacht träumt sie schwer. Von Hebron, von dem Unheimlichen im Tor, von Uriah: Im Morgengrauen steht der Hethiter am oberen Rand seines Weinberges und gräbt ein Loch in den Boden. Ein Bündel liegt hinter ihm, nicht größer als die Innereien eines Lammes. Als seine Grube tief genug ist, stößt er den Spaten neben sich in die Erde zwischen den Weinstöcken und dreht sich um. In diesem Augenblick begegnen sich ihre Blicke, und Bathseba erstarrt.

Seine Bernsteinaugen glitzern wie goldenes Eis, während er sich nach dem Bündel bückt und es hochhebt. Er hält Bathsebas Blick fest und hebt die Arme, als wolle er ihr das Bündel präsentieren. »Ich bin ein Kriegsheld!«, ruft er. »Und du bist eine verfluchte Ehebrecherin und schon so gut wie tot!« Überdeutlich sieht Bathseba, was er ihr da entgegenstreckt: einen reglosen Säugling, über und über mit Blut beschmiert.

Wie ein großer Schmerz durchzuckt es sie, und sie will schreien, doch kein Ton kommt über ihre Lippen. Sie fürchtet zu ersticken, will zu Uriah rennen und ihm das Kind aus den

Händen reißen, doch sie kann sich nicht bewegen. Der Hethiter aber dreht sich um, wirft den Säugling in die Grube, reißt den Spaten aus der Erde und beginnt, sie zuzuschaufeln.

»Nein!« Schreiend stürzt sich Bathseba auf ihn, um ihn wegzustoßen.

Ihr Mann schlägt sie nieder, und sie stürzt in die ausgehobene Erde neben dem Grubenrand. Er setzt ihr den Fuß in den Nacken, sodass sie hinunter auf das Kind schauen muss. »Da unten ist auch noch Platz für dich, verfluchte Ehebrecherin!«, zischt er und hebt den Spaten zum Schlag.

In diesem Augenblick größter Todesangst fällt ein Mühlstein auf Uriah, der ihn in den Dreck stößt und halb unter sich begräbt. Plötzlich wird es taghell, und ein riesenhafter Mann beugt sich zu Bathseba herunter. Sein bartloses und nahezu weißes Gesicht schwebt über ihr, ein überirdisch schönes Gesicht.

Bathseba blickt in graue Augen, die sie gütig mustern, und sie erkennt, wer sie gerettet hat: der Fremde in Schwarz, der sie im Tor von Hebron beim Namen gerufen hat! Der Unheimliche, der vor der nächtlichen Höhle zu ihr gesprochen und die Löwin gefüttert hat!

Da wird sie froh und fühlt sich auf einmal so leicht, als würde sie fliegen.

Und ist sie nicht wirklich geflogen? Denn schon im nächsten Traumbild findet sie sich in Bethlehem wieder, wo sie mit dem Unheimlichen in Schwarz an der Viehtränke vor Isais Haus steht. Sie schlendern los, gehen Seite an Seite durch die Gassen, betreten gemeinsam das Haus des Leviten Nathan, steigen gemeinsam aufs Dach hinauf und begrüßen gemeinsam zwei Männer, die sich dort mit Federkielen in den Händen über ein Pergament beugen.

Bathsebas Retter führt sie zu dem jüngeren der beiden Männer und bedeutet ihr mit einer Geste, die keinen Widerspruch duldet, sich neben ihn zu setzen. Der Lockenkopf hebt den Blick, und Bathseba schaut in schwarze glühende Augen. David.

»Schön, dass du da bist«, sagt er und lächelt wie einer, dem alles gegeben ist, was man braucht, um glücklich zu sein.

Bathseba erwacht lächelnd. Schnell kneift sie die Lider zusammen, um das Traumbild festzuhalten. »Mein David«, flüstert sie. Sie glaubt, die Gegenwart des Unheimlichen noch zu spüren, doch die macht ihr keine Angst mehr, im Gegenteil: Es tröstet sie, den Boten des Allmächtigen bei sich zu wissen.

Ihn und David.

Sie richtet sich auf und spürt Davids Nähe so deutlich, als würde er neben ihr sitzen. Und sofort steigen Erinnerungen in ihr hoch, die sich mit dem Traumbild verweben: Sie hört die Stimme des Leviten Nathan Laute ausstoßen, deren Abfolge er *Alphabet* nennt, sie hört Davids Federkiel über das Pergament scharren, sie hört Isais Stimme unten auf der Gasse.

Und auf einmal ist ihr, als würde eine dünne Wand aus Pergament zerreißen, als gebe es keine Vergangenheit, als würde sie wieder auf jenem Dach neben David sitzen und Lesen lernen und Schreiben …

19

Nathan, der Prophet

… sie setzt die Feder an, und Nathan buchstabiert: »Aleph, Beth, Gimel, Daleth, He …« Bathseba und David schreiben die Buchstaben auf ihre schon mehrmals gebrauchten und wieder abgeriebenen Pergamentfetzen. »… Waw, Zajin, Chet, Tet, Jod …«

David gelingen die Zeichen flink und ohne dass er lange nachdenken muss, wie es scheint; Bathseba malt sie eher, lugt dabei von Zeit zu Zeit auf Davids Pergament und setzt jeden Strich so bedächtig, als müsste sie ihre Finger zum Gehorsam zwingen.

»… Kaph, Lamed, Mem, Nun …« Der Levit lässt sich Zeit und blickt, während er buchstabiert, so wachsam über die Dächer Bethlehems hin nach Westen, wo die Berggipfel im rötlichen Licht der Morgensonne leuchten, als erwarte er, dass von dort jemand den Weg zur Stadt heraufkomme. »Samech, Ayin, Peh …«

Bathseba schielt erneut zur Seite und auf Davids Pergament, denn das Tsadeh und das noch schwierigere Qof wollen ihr nicht so ohne Weiteres gelingen. Ein schräger Längsstrich, ein Querstrich, zwei Haken und den Bogen fast so schön, wie David ihn gezogen hat. Danach geht es ihr wieder flotter von der Hand.

Obwohl Nathan nach jedem Buchstaben einen Atemzug lang wartet, bis er den nächsten nennt, hat David ihm sein Pergament schon gereicht, als Bathseba noch den vorletzten Buchstaben malt, das Schin.

Es ist erst das zweite Mal, dass sie mit David frühmorgens hier auf dem Dach von Nathans Haus sitzen und Schreiben und Lesen lernen darf. Nur um ihretwillen hat der alte Levit noch einmal mit dem Alphabet begonnen. David kann längst die Liedverse aufschreiben, die er sich beinahe täglich ausdenkt.

Endlich steht auch das Taw auf ihrem Pergamentstück. Stolz reicht sie es dem Leviten. Der jedoch nimmt es entgegen, ohne den Blick vom Westhorizont abzuwenden. Nicht einmal Davids Arbeit hat er schon angeschaut. »Da kommen sie«, sagt er.

»Wer kommt?« David springt auf und späht ebenfalls nach Westen. Das Morgenlicht wirft seinen langen Schatten bis an den Dachrand. »Ich sehe niemanden.«

Auch Bathseba kann weder Menschen noch Tiere auf dem Westweg entdecken.

»Boten des Königs.« Nathan scheint seiner Sache sicher zu sein. »Schaut nur, wie sie rennen.«

Nun steht auch Bathseba auf und sucht aufmerksam den Horizont ab. Und tatsächlich: Im gleißenden Licht der Morgensonne entdeckt sie dort zwei Männer, die den Weg zur Stadt herauflaufen.

»Es sind Joabs Brüder«, sagt Nathan. »Sie bringen schlechte Nachrichten.«

Bathseba beobachtet die im Laufschritt näher kommenden Gestalten und fragt sich, wie Nathan auf diese Entfernung Joabs Brüder erkennen kann. Sie selbst könnte nicht einmal sagen, ob sich da wirklich zwei Männer oder doch zwei Frauen nähern. Und woher um alles in der Welt will er wissen, dass sie schlechte Nachrichten bringen?

Sie schaut Nathan ins hellwache Gesicht und muss daran denken, dass der Levit als Prophet gilt, als ein Mann also, zu dem der Allmächtige durch Erscheinungen und Stimmen spricht. Sieht er womöglich auch jetzt mehr als nur Männer, die es sehr eilig haben, nach Bethlehem hereinzukommen?

»Die Philister sind wieder in Israel eingefallen«, sagt David. »Beim Gürtel des Orions – ich spür's in meiner Pisse!«

Gerüchte dieser Art hat Bathseba schon vor der Olivenernte gehört, und erst vor wenigen Tagen ist ein Herold aus der Königsstadt Gibea durch Bethlehem geritten, der alle jungen Männer zu den Waffen gerufen hat. Die drei ältesten Brüder Davids sind ihm und dem König gefolgt – um die Grenzen des Reiches zu sichern, wie es geheißen hat. Das Wort *Krieg* hat da noch keiner in den Mund genommen.

»Schöne Schriftzeichen hast du mir gemalt, Mädel.« Nathan nickt anerkennend. »Und nun schreibst du mir diesen Satz hier ab, ja?« Er kramt ein kleines abgegriffenes Stück Pergament aus dem Korb mit den Rollen, der neben seinem Hocker steht, und reicht es ihr. »Nur den ersten Satz. Und wenn du ihn abgeschrieben hast, versuchst du ihn zu entziffern. Verstanden?«

Nathan hat in diesem Monat keinen Opferdienst zu verrichten, trägt aber dennoch das weiße Gewand eines Priesters. Sein Bart und seine Haare sind sehr lang und rabenschwarz. Blaue Augen leuchten in seinem kantigen Gesicht. Bereits fünfzig Jahre sei er alt, seine Vorfahren seien vor vier Generationen aus Babylonien eingewandert, und einer seiner Urahnen habe eine Frau aus dem Stamme Levi geheiratet. Das erzählt man sich über Nathan in den Städten und Dörfern Israels. Und dass er ein Prophet des Allmächtigen sei.

Bathseba nimmt das Pergament und nickt. Ihre Wangen glühen vor Stolz und Eifer. Das Lob des alten Priesters hat sie um eine Handbreite wachsen lassen – so jedenfalls fühlt sie sich –, und sie will ihn auf keinen Fall enttäuschen. Schließlich hat Nathan sie als Schülerin nur akzeptiert, weil David ihn deswegen angebettelt hat. Nathan behauptet nämlich, die Kunst des Lesens und Schreibens sei wenigen Auserwählten vorbehalten, und keinesfalls gehörten Frauen dazu. Davon ist auch Miriam überzeugt, und sie bekommt jedes Mal einen Wutanfall, wenn sie hört, das Bathseba wieder in Nathans Haus gewesen ist. Ganz Bethlehem wundert sich, warum der Prophet sich die Mühe macht, eine Frau zu unterrichten. Bis jetzt hat er es noch niemandem verraten. Auch Bathseba selbst nicht.

»Wasch dir die Hände, Junge«, sagt er und schiebt David die Waschschüssel hinüber. Erst nachdem er Davids saubere und trocken geriebene Finger begutachtet hat, reicht er ihm eine Pergamentrolle, die noch ziemlich neu aussieht. »Diesen uralten Text hier habe ich gestern abgeschrieben. Er stammt noch aus der Zeit von Moses und Aaron. Versuche einmal ihn zu lesen, und sag mir dann, was du verstanden hast.«

»Ich kann meinen Satz lesen«, behauptet Bathseba, während David sich in die Pergamentrolle vertieft. »Am Anfang schuf Gott den Himmel und die Erde, und Tohuwabohu herrschte auf Erden.«

Nathan zieht staunend die Brauen hoch und nickt wieder anerkennend.

Von den Leviten Hebrons hat Bathseba den Beginn der Heiligen Schriften schon so oft gehört, dass sie ihn gleich erkannt hat. Ob sie es Nathan gestehen soll? Während sie noch mit sich kämpft, ruft unten auf der Gasse jemand nach David. Der springt auf, um an den Dachrand zu treten, denn bestimmt hat auch er die Stimme seines Vaters erkannt.

»Abisai und Asahel bringen schlechte Nachrichten aus Sauls Feldlager!«, hört Bathseba Isai rufen. »Ihr Bruder Joab ist verschollen! Wahrscheinlich haben die Philister ihn erwischt.«

»Verfluchte Kamelscheiße!«, entfährt es David. »Die Philister machen wieder Ärger, wusst' ich's doch! Mein armer Joab.«

»Wirst du dir wohl das Fluchen verkneifen?«, schimpft sein Vater unten auf der Gasse.

»Ich fluche, wenn mir danach ist, Vater, gewöhn dich dran!«, ruft David mit jener Bestimmtheit, die Bathseba in letzter Zeit öfter an ihm wahrnimmt, die sie in diesem Augenblick jedoch besonders erstaunt, denn immerhin spricht er mit seinem Vater.

Noch erstaunlicher ist, dass Isai es dabei belässt. Statt seinen Sohn zurechtzuweisen, brüllt er zum Dach herauf: »Das Heer des Feindes bedrängt unseren König und seine Kämpfer.«

»Wo denn?«, will David von ihm wissen.

»Am Eichgrund unten bei Socho!«, erwidert Isai. »Mit gewaltiger Übermacht, wie Abisai und Asahel berichten. Du musst noch heute dorthin reiten, hörst du, Sohn? Drei deiner großen Brüder kämpfen in Sauls Heer! Ich mach mir Sorgen um sie.«

»Und wer hütet unsere Schafe, wenn ich weg bin?«

»Darum kümmere ich mich schon! Du komm sofort nach Hause, damit ich dir Wein und etwas zu essen für deine Brüder mitgeben kann. Und keine Widerworte mehr!«

»So barsch brauchst du mit mir nicht reden, Vater! Verstanden?« Bathseba sieht die Zornesfalte zwischen Davids Brauen, als er sich umdreht. Mürrisch verabschiedet er sich und steigt die Stiege ins Haus hinunter.

»Nicht nur sein Leib ist gewachsen, wir mir scheint«, murmelt Nathan und packt seine Schriftrollen zusammen.

»Auch sein Stolz.« Und dann lauter: »Warte im Westtor auf mich, Junge!« Der Levit erhebt sich. »Wir reiten zusammen nach Socho in den Eichgrund hinunter und schauen, wie die Sache Israels dort steht.«

»Ich komme auch mit!« Bathseba folgt dem Alten ins Haus hinab.

»Kommt überhaupt nicht infrage!« Davids Stimme. Bathseba hat ihren Entschluss so laut verkündet, dass man es sogar unten auf der Gasse gehört hat. »Was glaubst du, was die Drecksäcke mit dir anstellen, wenn sie dich in die Finger kriegen?«

Bathseba antwortet nicht.

Im Haus ihrer Tante schnürt sie eine Decke, einen Mantel, einen Wasserschlauch und einen Beutel mit Broten und Früchten auf ihr Maultier. Als Miriam hört, was geschehen ist, tut sie das Gleiche und begleitet sie und Nathan zum Westtor. Anders als David scheint der Priester nichts dagegen zu haben, dass Bathseba und ihre Pflegemutter mit ins Feldlager reiten.

Sie sind bei Weitem nicht die einzigen Frauen, die an diesem Vormittag mit David und Nathan nach Socho aufbrechen – gut zwei Dutzend Mütter, Schwestern und Gattinnen von waffenfähigen Männern aus Bethlehem, die mit Saul zu Israels Westgrenze gezogen sind, begleiten sie zum Heerlager. Alle haben ihre Maultiere oder sich selbst mit Wein, Brot, Früchten und gesalzenem Fleisch bepackt. Ein Begleitschutz aus sieben bewaffneten Männern bildet die Spitze der Kolonne. An ihrem Ende reitet Bathseba hinter Nathan und zwischen Miriam und David, der sich seine Harfe auf den Rücken gebunden hat.

Anfangs schimpft David, weil Bathseba ungehorsam ist, wie er sagt. Er wird leicht zornig, wenn sie nicht tut, was er will, und das geschieht oft. Ungehorsam und eigensinnig, nennt er sie dann. So ist er eben, und es kümmert sie auch diesmal nicht.

Bathseba nutzt jede sich bietende Gelegenheit, um nach Bethlehem zu reisen und David zu sehen, und David nutzt jede Gelegenheit, um nach Hebron zu kommen und sie zu sehen. Fast ein Jahr ist es nun her, dass sie sich unter dem Feigenbaum geliebt haben. Nur sieben Mal haben sie einander getroffen seitdem. An manchen Tagen weint Bathseba ihr Kissen nass, weil die Sehnsucht so wehtut.

Eigentlich ist für diesen Monat Bathsebas Hochzeit mit Uriah geplant gewesen, doch der König hat den Hethiter ins Heerlager an der Grenze zum Philisterland gerufen, sodass er das Fest auf das nächste Frühjahr verschoben hat. Selten hat eine Nachricht Bathseba so froh gemacht wie diese.

»Wenn wir deine Hochzeit doch noch nicht feiern können, wollen wir dieses Jahr zur Schafschur nach Bethlehem gehen«, hat Miriam vorgeschlagen. »Wer weiß, ob Uriah dir das erlauben wird, wenn du erst einmal unter seinem Dach wohnst.«

Bathseba hat das mit einem lachenden und einem weinenden Auge gehört. Die Aussicht bedrückt sie sehr, bald bei einem Mann leben zu müssen, der ihr womöglich verbieten wird, zu tun, was sie sich in den Kopf setzt. Umso lieber ist sie mit Miriam und ihren Knechten zur Schafschur nach Bethlehem geritten. Zu David.

Der treibt jetzt sein Maultier an, um zu den Brüdern Joabs und ihrer Mutter Zeruja aufzuschließen. Bathseba bleibt an seiner Seite. »Wie konnte es passieren, dass die Drecksäcke Joab gefangen haben?«, will David wissen. »Warum habt ihr ihm nicht geholfen?«

Abisai und Asahel drucksen ein wenig herum, wollen nicht recht herauslassen, was geschehen ist. David aber hakt nach und bohrt, bis sie endlich bekennen, dass Joab und sie

Sauls Herold und den waffenfähigen Männern aus Gibea und Bethlehem heimlich gefolgt sind.

»Unterwegs haben wir ein Küstendorf der Philister besucht«, gesteht Asahel.

»Ihr habt was?!«, entfährt es seiner Mutter Zeruja.

»›Besucht‹ ist vielleicht nicht das richtige Wort«, sagt Abisai, der ältere. »Die meisten Hütten haben gebrannt, als wir wieder abgehauen sind.«

»Ihr habt ein Dorf überfallen und niedergebrannt?« Bathseba kann es kaum glauben.

»Seid ihr denn des Belials?« Zeruja beugt sich zu Abisais Maultier hinüber und holt zum Schlag aus.

Abisai weicht ihr aus und wehrt ihre Hand ab. »Es sind Philister gewesen, oder?« Er ist breit und kräftig gebaut, ein gleichmütiger und derber Zug beherrscht seine Miene, und wie Joab trägt er sein rötliches Haar lang. »Wir hatten nichts zu befürchten, denn an die zwanzig Jungs sind wir gewesen: Wir drei aus Bethlehem, viele aus Samaria, einige sogar aus Jericho ...«

»... die meisten haben sich uns erst unterwegs angeschlossen«, unterbricht ihn Asahel, der jüngste der drei Söhne der Zeruja. Seine Locken sind kurz geschoren, und um das Kinn herum sprießt ihm noch kaum sichtbar der erste Flaum. »Wir haben Abner beweisen wollen, dass wir auch schon mit Schwert und Lanze umgehen können ...«

»Blödsinn!«, fällt ihm Abisai ins Wort. »Dem Ewigen wollten wir dienen! Ihn wollten wir ehren! Die Bundeslade wollten wir endlich zurück nach Israel holen ...«

»Wer hat denn euch ins Hirn geschissen!?«, zischt seine Mutter. Zeruja hat verheulte Augen, denn sie macht sich große Sorgen um ihren Ältesten.

»Joab hat die Leute im Philisterdorf nur fragen wollen, wo ihr Fürst die Lade Gottes versteckt hält.« Asahel läuft neben dem Maultier seines älteren Bruders her. Er ist groß und dünn, und niemand in den Judäischen Bergen kann so ausdauernd rennen wie er. Und so schnell sowieso nicht.

»Also sind wir hineingeritten und haben gefragt …«, sagt Abisai.

»Und reingeschlagen, was das Zeug hält …!«

»Schämt euch, ihr Schwachköpfe!«, schimpft Zeruja. »Da gab's doch bestimmt nur Frauen, Kinder und Greise!«

»Stimmt schon.« Abisai nickt betreten. »Die Männer sind alle in den Kampf gegen Sauls Heer gezogen. Das wusste Joab …«

»Sein Schwert hat getropft vom Blut der Philisterbrut.« Beinahe stolz klingen Asahels Worte in Bathsebas Ohren. »Ob Kind, ob Weib – Feind ist Feind …!«

»Doch kein Schwanz hat rausrücken wollen, wo unsere Bundeslade steht, da hat Joab noch so draufhauen können. Und dann ist plötzlich der Riese mit einer Rotte Philisterkrieger aufgetaucht …«

»Ein Riese?« David greift nach dem Zügel von Abisais Maultier und zerrt an ihm. »Erzähl keine Ammenmärchen!«

»Ein Riese, ich schwör's dir, David …!« Abisais Maultier hält an. »Hab' ich recht, Bruder?«

»Und wie recht du hast! Wir sind gerannt wie die Hasen! ›Nichts wie weg!‹, hat Joab geschrien. Und während der Flucht sind dann einige zurückgeblieben …«

»Auch unser Bruder.«

»Ihr wisst also gar nicht, ob die Dreckskerle ihn gefangen haben?« Davids vor Zorn sprühender Blick trifft den Asahel.

»Haben Kampflärm gehört«, räumt Abisai kleinlaut ein.

»Und wie unser Bruder Joab rumbrüllt, ha'm wir auch gehört«, behauptet Asahel.

»Feiglinge!«, herrscht David das Brüderpaar an. »Ihr hättet ihm beistehen müssen!«

»Nein!«, zischt Zeruja mit einem grimmigen Seitenblick auf David. »Ihr habt gut daran getan zu fliehen.« Sie ist seine Halbschwester und mehr als zwanzig Jahre älter als er. »Es macht mich krank, wenn ich nur daran denke, ich könnte Joab verloren haben. Würd' ich euch alle drei verlieren, wär' das mein Tod.«

David presst die Lippen zusammen, treibt sein Maultier an und prescht nach vorn an die Spitze der Kolonne. Bathseba bleibt bei Joabs Brüdern.

Eine Stunde und länger reiten und gehen sie, ohne dass jemand ein Wort spricht. Manchmal schaut Bathseba in die bedrückten Gesichter der beiden Halbwüchsigen und in das harte, von Schmerz gezeichnete Gesicht ihrer Mutter. Zeruja tut ihr leid.

Sie hat schon davon gehört, dass es unter den Philistern riesengroße Männer geben soll. Oft schicken ihre Heerführer sie als Vorkämpfer als Erste in die Schlacht. Entsetzliche Geschichten erzählt man sich über diese starken Krieger, die Angst und Schrecken verbreiten, wo immer sie auftauchen.

Joab lebt nicht mehr, denkt sie; sollte er wirklich so einem Riesenkerl in die Hände gefallen sein, ist er längst tot.

Doch dann fallen ihr die Worte des Unheimlichen ein: *Der Tod ist sein Begleiter, wohin er auch gehen wird.* Hat das nicht geklungen, als liege noch ein langes Leben vor ihm?

»Joab ist zäh«, bricht sie schließlich das Schweigen, »vielleicht hat er sich retten können.«

»Gott sei ihm gnädig«, flüstert Zeruja.

Nathan, der kein Wort gesprochen hat, seit sie aus dem Westtor von Bethlehem geritten sind, dreht sich nun auf seinem Esel um. »Danke dem Ewigen, Zeruja – dein Sohn lebt.« Er schaut ihr in die verweinten Augen. »Doch die Zeit wird kommen, da wirst du dir wünschen, er wäre gestorben.«

20

Riese

Eine Stimme tönt wie Donnergrollen durch die Abenddämmerung. Quer durch den Waldhang des Eichgrundes und vorbei an Asthütten und Zelten gehen sie ihr entgegen – Bathseba, Nathan, Zeruja und ihre Söhne. In den Eichenwipfeln wogt das rote Licht der untergehenden Sonne.

Geschenke, Gepäck und Tiere haben sie vor dem Eichwald im Heerlager bei den Zelten der Kämpfer aus Bethlehem gelassen. David ist schon vorausgeeilt. Er ist empört, denn die donnernde Stimme verspottet Israels König und seine Krieger. Und sie macht sich lustig über den Ewigen, Israels Gott.

Noch nie hat Bathseba eine derart tiefe und raue Stimme vernommen. Irgendwo jenseits des Waldhanges spottet, schimpft und flucht sie unentwegt; vielleicht im Tal unten, vielleicht auf dem gegenüberliegenden Hang. Manchmal unterbricht dröhnendes Gelächter den gehässigen Wortschwall, und obwohl es dann jedes Mal viele Männer sind, die lachen, sticht doch das grollende Johlen jener tiefen Stimme unverwechselbar heraus.

Je näher sie dem unteren Waldrand kommen, desto deutlicher kann Bathseba einzelne Worte – Schimpfworte zumeist – und manchmal sogar ganze Sätze verstehen. Ob denn Saul sich endlich ausgeheult habe und zum Kampf antreten könne, fragt die Stimme höhnisch, und ob sein toller Gott etwa Zahnschmerzen habe, dass er so gar nichts von sich hören lasse. Und immer wieder brandet Gelächter auf.

Auch die Zelte und Asthütten zwischen den Eichen gehören zu Israels Kriegsheer. Die meisten sind leer, doch aus manchen hört Bathseba im Vorübergehen das Stöhnen Verwundeter. Hier und da sieht sie erste Fackeln aufflammen.

Vor einem Zelt hockt ein Mann mit entblößtem Oberkörper und blutigem Rücken. Er versucht vergeblich, seine Schreie und Tränen zu unterdrücken, während ein zweiter Mann ihm eine abgebrochene Pfeilspitze aus dem Schulterblatt schneidet; ein Priester, der sich auf die Heilkunst versteht.

»Geht lieber nicht weiter!«, ruft er ihnen zu. »Ist nur eine Frage der Zeit, bis die Schlacht losgeht. Manche Bogenschützen der Drecksäcke können es schon nicht mehr erwarten!«

»Wer schreit da unten so gotteslästerlich herum?«, will Zeruja wissen.

»Einer ihrer verdammten Riesen.« Der Heiler setzt erneut die Klinge an und schneidet so tief ins Fleisch des Verwundeten, dass der laut aufschreit.

Sie gehen weiter. Bathseba sieht David hundert Schritte vor ihnen auf eine Lichtung laufen, in der dicht an dicht drei Dutzend Zelte und Reisighütten stehen. Dazwischen weiden Maultiere und Esel. David beugt sich in eine Hütte, neben der ein weißer Esel auf einem Zweig herumkaut.

»Joab!«, ruft Bathseba. »Das ist doch Joabs Tier!«

Sie laufen schneller, Zeruja voraus. Als sie nahe genug sind, um die Blutflecken im weißen Fell von Joabs Esel zu erkennen, heult sie auf. Den Namen ihres Sohnes herausschreiend bückt Zeruja sich ins Zelt hinein; da stapft David schon von der Lichtung. Seine langen Schritte und seine geballte Fäuste verraten Bathseba, wie wütend er ist.

Sie erreicht den weißen Esel und die Hütte gleich nach Zeruja. Mit angehaltenem Atem schaut sie durch das zur Seite geschlagene Tuch. Zeruja kniet neben dem verwundeten Joab, weint und flüstert: »Gott sei Lob und Dank!« Sie küsst seine unverletzten Hände. »Gott sei Lob und Dank – du lebst!«

Joabs beteuert, dass es ihm gut gehe, dabei klebt ihm geronnenes Blut im Haar, auf der Stirn und an den Wangen. Große Schnittwunden klaffen ihm in der Schädelschwarte und im Gesicht. Zusammengeknotete blutige Fetzen halten zwei gerade Äste an Innen- und Außenseite seines rechten Beines, das trotzdem seltsam krumm aussieht.

»Gebrochen?«, fragt seine Mutter erschrocken.

Joab hebt die Rechte so langsam, als sei sie ihm viel zu schwer, und winkt müde ab. »Wer kämpfen will, muss damit rechnen, ein paar Federn zu lassen, nicht wahr?« Mit verkrampftem Grinsen in den blutigen Zügen deutet er auf sein verletztes Bein, als seine Brüder zu ihm hereinkriechen. »Und wie du siehst, habe ich gekämpft, Mutter!«

»Du Dummbart!« Zeruja wischt sich die Tränen aus den Augen. »Was ist geschehen?«

»Einer hat mich mit seiner Lanze erwischt!« Joab verzieht das Gesicht vor Schmerz, als er mit der Schulter zuckt. »Doch dem hab' ich's gezeigt!« Er hebt seinen blutverschmierten Säbel ein Stück. »Den Schädel hab ich ihm gespalten! Und nach ihm noch zehn anderen Drecksäcken! Und wenn der dumme Esel nicht mit mir losgaloppiert wäre, hätte ich noch zwanzig Drecksäcke mehr erschlagen.« Joab krächzt mehr, als dass er spricht. Außerdem zittert er, schielt stark und ist aschfahl unter der Blutkruste. Bathseba glaubt ihm kein Wort.

»Der Riese hat dich gar nicht erwischt?«, staunt sein jüngster Bruder Asahel.

»Ich hab' *ihn* nicht erwischt. Wenn mein Esel sich nicht vor ihm erschrocken und sein Heil in der Flucht gesucht hätte, würde der verdammte Drecksack jetzt nicht da unten herumschreien, das schwör' ich euch!«

»Du Dummbart, du!« Als wolle sie ihm eine herunterhauen, berührt Zeruja die Stelle auf seiner Wange, an der die wenigsten Blutkrusten kleben. »Lauf los!«, wendet sie sich dann an Asahel. »Beschaff Wasser, Öl und Leinen, damit ich die Wunden deines Bruders säubern kann.«

»Was will der Riese?« Bathseba lässt Asahel vorbei. »Warum schreit er so?«

»Er will, dass einer aus Sauls Heer mit ihm kämpft. Ein Zweikampf statt einer Schlacht, versteht ihr? Ich würd' ja gern, aber ...« Joab deutet auf sein verbundenes Bein, zuckt mit den Schultern, und wieder verzerrt sich sein Gesicht vor Schmerzen. Und wieder gibt seine Mutter ihm einen halb zärtlichen, halb tadelnden Klaps, diesmal auf den Mund.

Nathan ist inzwischen auch am Zelt angekommen. Bathseba richtet sich neben ihm auf, und beide lauschen der Stimme, die vom unteren Eichgrund her zu ihnen heraufdröhnt.

»Ich weiß schon, warum sich keiner von euch zu mir traut!«, brüllt sie. »Weil euer Gott in einem Erdloch hockt und sich vor Angst die Seele aus dem Leib scheißt!« Ein Lärm wie von tosender Brandung erhebt sich; es ist das Gelächter Hunderter Männer, wahrscheinlich Tausender.

Bathseba stockt der Atem vor so viel Gotteslästerung. Nathan aber schüttelt nur den Kopf. »Armer Philister. Er weiß nicht, wen er da verspottet.«

Gemeinsam laufen sie zwischen die Hütten und Zelte und vorbei an Eseln und Maultieren. Bathseba erreicht den

Rand der Lichtung vor dem alten Leviten. Die Dämmerung ist inzwischen so weit fortgeschritten, dass die Eichenstämme und Büsche im Wald miteinander zu verschwimmen scheinen. Zwischen zwei Bäumen sieht sie David verschwinden. Sie springt ins Unterholz und rennt hinter ihm her, so schnell sie kann. Das Gelächter der Philister verebbt, und die tiefe raue Stimme donnert erneut durch die Abenddämmerung.

Endlich der Waldrand! Ein Hang, auf dem viele Eichbüsche und nur einzelne uralte Bäume wachsen, fällt von hier aus etwa vierhundert Schritte ins Tal hinab bis zu einem Bach. In der Mitte des Hanges stehen Israels Krieger in vier langen Schlachtreihen gestaffelt. An die tausend Männer, schätzt Bathseba, manche auf ihre Lanzen gestützt, einige mit gespannten Kriegsbögen. Sie wirken unruhig und zaudernd, manche tuscheln miteinander, alle schauen hinüber auf die andere Seite des Wassers.

Dort, auf dem gegenüberliegenden Hang, lauert das Heer der Philister, Tausende Krieger in vielen Schlachtreihen. Wegen der einsetzenden Dunkelheit kann Bathseba die einzelnen Linien kaum noch unterscheiden, weder Waffen noch Gesichter erkennen. Doch ihren Vorkämpfer, den lästernden Schreihals, den sieht sie jetzt deutlich.

Wahrhaftig: ein Riese! Breitbeinig steht er zwei Steinwürfe weit vor der ersten Schlachtreihe des Philisterheeres und ungefähr hundert Schritte vor dem Bachufer. Von dort aus schleudert er seine Flüche und Spottreden zu den Israeliten herüber.

»Was ist jetzt, ihr Pisser?«, ruft er, und das Echo seiner donnernden Stimme hallt zwischen den Hängen wider. »Ich will endlich mit einem von euch kämpfen! Besiegt er mich, gehören wir euch. Besieg ich ihn, gehört Israel uns. Habt ihr denn keinen richtigen Mann in euern Reihen? Traut sich wirklich keiner zu mir über den Bach? Das nennt ihr Gottvertrauen? Was seid ihr bloß für jämmerliche Gestalten!«

Der riesige Krieger stützt sich auf eine Lanze, die Bathseba so lang und dick vorkommt wie der Stamm einer Birke. Er trägt einen bronzenen Harnisch und einen bronzenen Helm und ist so groß und so breit, dass er durch keine Tür in Miriams Haus passen würde. Wahrscheinlich müsste er sich sogar bücken, wenn er sich durch das Nordtor von Hebron zwängen wollte.

Ein blutjunger Philister, der ihm kaum bis zur Brust reicht, steht zwei Schritte vor ihm und hält einen langen breiten Schild im Gras fest, der den Riesen wohl vor feindlichen Pfeilen und Lanzen schützen soll. Die Sprüche des Vorkämpfers scheinen ihm großen Spaß zu bereiten, denn jedes Mal, wenn der Koloss wieder ein Schimpfwort oder eine Verhöhnung ausstößt, bricht er in abgehacktes wieherndes Gelächter aus. Die Schlachtreihen seiner Waffenbrüder über ihm und dem Riesen verharren außerhalb der Reichweite israelischer Bogenschützen.

»Angeblich habt ihr ja einen König!«, ruft der Riese. »Schickt doch den zu mir herüber! Oder traut der sich auch nicht, mit mir zu kämpfen? Ist auch er nur ein Maulheld? Nur ein mickriger Eselficker, der sich schon vollgeschissen hat vor lauter Angst?« Raues Gelächter erhebt sich über ihm.

Bathseba hat David aus den Augen verloren, ihre Blicke suchen die Schlachtreihen der Israeliten vergeblich nach ihm ab. Sie wundert sich, dass keiner der Krieger dem Riesen antwortet. Keiner schimpft, keiner flucht und keiner macht Anstalten zu ihm hinunterzugehen, um mit ihm zu kämpfen.

»Siehst du sie?« Nathan hat Bathseba eingeholt und tritt neben sie.

»Natürlich!« Die Frage des Alten verwirrt sie ein wenig. »Sie stehen doch vor uns, das ganze Heer.«

»Ich spreche nicht von Sauls Männern.« Der Prophet spricht auf einmal sehr leise, flüstert beinahe. »Ich spreche von den Boten dessen, dessen heiligen Namen wir nicht nennen.« Er deutet auf die Rücken der Israeliten. »Schau doch, wie sie zwischen den Reihen umhergehen und nach einem Mann suchen unter all diesen Karnickeln.«

»Wirklich …?« Bathseba sieht nur bewaffnete Israeliten, die wie gelähmt herumstehen und die Beleidigungen des großen Philisters klaglos über sich ergehen lassen.

Endlich hat ihr suchender Blick David entdeckt – der hat sich zwischen die Kämpfer der letzten Schlachtreihe gedrängt, palavert mit ihnen und gestikuliert wild dabei. Als Bathseba zu ihm geht, hört sie den Riesen rufen: »Geht halt schlafen, ihr jämmerlichen Scheißer! Doch morgen stehe ich wieder hier, das schwöre ich euch! Und wenn sich dann wieder keiner traut, mit mir zu kämpfen, komm' ich zu euch rüber und such mir einen aus!« Er spuckt aus, hebt seine Lanze, als wolle er sie auf Israels Schlachtreihen schleudern, schüttelt sie ein paar Mal, wobei er den Ewigen ein *Göttlein feiger Scheißer und heulender Weiber* nennt, und macht schließlich kehrt. Sein junger Schildträger lacht meckernd und folgt ihm rückwärts gehend und den Schild vor seinen Rücken haltend, während der Gigant zu seinem Heer hinaufstapft.

»Wieso lasst ihr euch das bieten?«, hört Bathseba David schimpfen. »Warum geht keiner runter und schlägt ihm aufs Maul?! Ist denn der König tot, dass hier keiner den Mut dazu aufbringt? Wer ist der Kerl überhaupt?«

Und wieder muss Bathseba sich wundern – dass ihr geliebter Hirte laut, ungestüm und respektlos werden kann, weiß sie, doch die Selbstsicherheit, mit der er da unten den älteren Kriegern gegenübertritt, ist ihr neu. Als stehe er auf Augenhöhe mit ihnen, tritt er auf, als brauche er sich vor niemandem verstecken.

»Der Riese nennt sich Goliath«, sagt ein kleiner drahtiger Lanzenträger, dessen schwarzbärtiges Gesicht von hässlichen Blatternarben entstellt ist. »Gefährlicher Drecksack! Hat schon Dutzende von uns erschlagen.«

Das Heer zerstreut sich bereits, die meisten haben es eilig, in den Eichwald und ins Heerlager zu kommen. Wen Bathseba auch anschaut: In allen Gesichtern liest sie Angst und Schrecken. Und sie begreift schlagartig: Israels Kriegsheer hat die Schlacht schon verloren, bevor sie überhaupt begonnen hat.

»Wie kann es sein, dass ein einzelner Mann dort unten herumprahlt, und keiner zeigt ihm die Zähne?!« David will sich gar nicht mehr beruhigen. »Wie kann es sein, dass einer dort unten unseren König und unseren Gott beschimpft, und keiner geht runter und schlägt ihn tot?!«

»Halt's Maul!«, ruft ein Bogenschütze und packt ihn an der Schulter, um ihn mit sich zum Waldrand zu zerren. Bathseba erkennt Davids ältesten Bruder Eliab. »Was hast du überhaupt hier verloren, Kleiner? Komm mit!«

»Wo ist der König?« David schlägt Eliabs Hand weg. »Jemand muss den Riesen zum Schweigen bringen!« Bathseba hält den Atem an: Nichts Großmäuliges liegt in Davids Worten, nichts Freches wie früher manchmal, sondern Stolz und Entschiedenheit.

»Warum bist du nicht zu Hause und hütest unsere Schafe?«, knurrt ein anderer, sein drittältester Bruder Schamma. »Hau ab und mach deine Arbeit, statt hier große Töne zu spucken!«

»Lasst ihn in Ruhe!«, herrscht der mit den Blatternarben Davids Brüder an. »Der Bursche hat recht!«

Schamma und Eliab verstummen sofort – vielleicht, weil der Lanzenträger älter ist als sie, vermutet Bathseba. Oder ist er ihr Hauptmann? Sein schwarzes Haar ist kürzer geschoren als das der meisten anderen Krieger.

»Wo ist Saul!?« David lässt sich nicht beirren; und wieder verblüfft Bathseba die Bestimmtheit seines Auftretens. Wann hat er angefangen, sich zu verändern? Was ist geschehen? »Wo ist der König?!«, schreit David.

»Wer ruft da nach mir?« Eine Gasse öffnet sich in der Menge der Soldaten, durch sie hindurch stapft Saul heran. »Was habt ihr da zu streiten? Es wird schon dunkel, geht schlafen und ruht euch aus. Der Tag morgen wird hart genug!«

»Was hat dieser verfluchte Riesenkerl den Ewigen und dich zu verspotten?« David tritt dem König in den Weg. »Warum stopft ihm keiner das Maul?«

Bathseba weicht erschrocken zurück, denn nicht nur Abner und Jonathan folgen dem König, auch Uriahs Gestalt schält sich hinter ihm aus dem Halbdunkel. Sie versteckt sich zwischen den Kriegern, die neugierig stehen geblieben sind, um zu hören, was ihr König dem unbewaffneten Hirten entgegnen wird.

Saul bleibt vor David stehen. »Warum tust du es nicht, du vorlauter Milchbart!« Mit herrischer Geste will er ihn aus dem Weg scheuchen, doch dann stutzt er. »Bist du nicht dieser Harfenspieler aus Bethlehem?«

»David bin ich, Isais Sohn. Ich werde morgen gegen den Drecksack kämpfen.« Bathseba hört es, und kalter Schrecken fährt ihr in die Glieder.

»Keine schlechte Idee.« Abner grinst müde. »Wenn er dich gefrühstückt hat, ist der Krieg nämlich schon vorbei, nur gehen wir dann als Knechte der Philister nach Hause. Falls sie uns überhaupt noch nach Hause gehen lassen.«

»Er will, dass wir einen zu ihm hinunterschicken, gegen den er kämpfen kann«, erklärt Sauls Sohn Jonathan. »Gewinnt unser Mann, wollen sie sich uns unterwerfen. Gewinnt aber der Gigant, haben wir künftig zu tun, was die Philister verlangen. Dann werden sie uns zu Sklaven machen.«

»Das wird nicht geschehen. Ich geh morgen zu ihm runter und schlag ihn tot.«

Bathseba kann nicht fassen, was David da sagt.

Die Männer schauen einander an und grinsen müde. »Ich fürchte, dein Maul ist hundertmal größer als deine Kraft, Hirtenbürschlein.« Abner winkt ab. »Geh nach Hause zu deinem Vater nach Bethlehem und pass auf seine Schafe auf.«

»Der Junge hat etwas, das den meisten von uns fehlt«, mischt der Lanzenträger mit den Blatternarben sich ein. »Mut.« Er wendet sich an den König. »Ich finde, wir sollten ihn kämpfen lassen.«

»Was mischst denn du dich ein, Benaja?!« Bathseba sieht Abner an, dass er beleidigt ist. »Kümmere dich lieber um deine Kämpfer!«

Saul rümpft die Nase, scheint Abners Meinung zu sein. »Du bist tatsächlich der Bursche mit der Harfe, ich erkenne dich wieder!« Der König mustert David spöttisch. »Hast du sie dabei? Dann spiel mir was vor, vielleicht kommt mir dann eine Idee, wie wir dem Vorkämpfer das Maul stopfen können.«

»Ist denn hier keiner, der auf den Ewigen vertraut?!« David ruft es den Kriegern zu, die nach und nach in der dunklen Wand des Waldes verschwinden, um zum Heerlager zurückzukehren. Und dann leiser und wieder an den König gewandt: »Morgen werde ich gegen den Drecksack kämpfen. Gleich nach Sonnenaufgang.«

»Rede keinen Schwachsinn.« Abner schiebt David aus dem Weg. »Geh nach Hause.«

»Lass ihn doch.« Uriah mustert David mit verächtlichem Blick. »Wenn der naseweise Musiker unbedingt schon verrecken will? Lass ihn doch morgen über den Bach gehen, Saul, lass ihn kämpfen.«

»Bloß nicht!«, entfährt es Bathseba. Alle Köpfe fahren herum, hundert Blicke treffen sie. Auch Uriahs. »Tu's nicht, David. Bitte!«

21

Rüstung

Am nächsten Morgen dringt das erste Licht der aufgehenden Sonne durch das Reisiggeflecht der Hüttenwände und weckt sie. Bathseba hat schlecht geschlafen, ist todmüde und mag kaum die Augen öffnen. Aus den Hütten und Zelten ringsum hört sie mürrische Männerstimmen und das Klappern von Tonzeug und Waffen. Missmutig blinzelt sie ins gleißende Morgenlicht – und weiß sofort, dass einer vor der Hütte auf sie wartet.

Ihr Herz schlägt höher: David?

Er übernachtet auf der anderen Seite des Heerlagers im Zelt der Brüder Joabs. Sie setzt sich auf und schaut zur Reisigwand neben dem Hütteneingang, und wirklich: Dahinter bewegt sich ein Schatten zwischen den Eichbüschen.

Bathseba schlüpft in ihr Gewand, kriecht an der noch schlafenden Miriam vorbei zum Eingang und schiebt Miriams Umhang zur Seite, mit dem sie am Abend zuvor den Durchschlupf zugehängt haben. Ihr ist übel. Wie gerädert fühlt sie sich, als würde Fieber in ihren Gliedern glühen.

Sie hat von David und dem großen Philister geträumt: Mit Joabs Säbel hat der Riese ihrem geliebten Sänger den Schädel gespalten. Von seinen Schreien ist sie aufgewacht und hat dann die halbe Nacht wach gelegen; hat gegrübelt und hat gebetet, dass der Allmächtige ihrem Freund Vernunft einblasen möge. Halb verrückt geworden vor Angst ist Bathseba.

Vor der Hütte richtet sie sich auf, streckt sich und gähnt – und dann steht er vor ihr: Uriah.

Er packt sie am Handgelenk und zerrt sie etwas abseits hinter die Eichbüsche. »Was hast du hier verloren?«, faucht er sie an. Seine Gesichtsnarbe glüht blutrot.

Wie eine heiße Lohe durchfährt sie der Schrecken. »Was geht's dich an?« Sie windet sich in seinem Griff. »Lass mich los ...« Kaum gehorcht ihr die Stimme noch.

»Hier ist kein Platz für Weiber! Hier herrscht Krieg.« Noch fester schließen seine Finger sich um ihre Handgelenke. »Warum bist du nicht in Hebron?«

»Aua!« Ihr ist, als würden eiserne Zangenbacken sich um ihre Gelenke schließen. »Du tust mir weh! Lass mich los!«

Er reißt sie herum, stößt sie zwischen die Büsche auf den Boden, wirft sich neben sie auf die Knie. »Antworte!«

Sie entwischt seinen grapschenden Händen, springt auf, will fliehen. Doch schon ist er hinter ihr, erwischt ihr Kleid, hält sie fest und stößt sie mit Rücken gegen den Stamm einer Eiche. »Was hast du hier verloren?!«, zischt er und drückt sich gegen sie. »Antworte!«

»Miriam ...« Sie flüstert und schluckt. »Ich bin mit Miriam und ...« Sie schluckt und stammelt: »... mit Miriams Knechten zur Schafschur nach Bethlehem geritten.« Eingezwängt zwischen Uriahs schwerem Leib und dem Baumstamm hält sie still, denn der kalte Blick aus den Bernsteinaugen jagt ihr Angst ein. »Auf Isais Hof. David hat dem König Geschenke und seinen Brüdern Wein und ...«

»Was geht dich dieser junge Hirte an?« Uriah reißt sie so dicht an sich heran, dass ihre Nase in seinen eckigen Bart eintaucht. Er packt sie mit der Linken im Nacken und greift ihr mit der Rechten zwischen die Beine. »Meinst du, ich hab nicht gesehen, wie du ihn anschmachtest?«

»Du tust mir weh!« Bathseba schnappt nach Luft, versucht vergeblich, sich wegzudrehen und sich aus seinem harten Griff zu winden. »Lass mich los!«

»Meinst du, ich bin blind?« Schmerzhaft bohren seine Finger sich durch den Stoff ihres Kleides in ihr Geschlecht. »Schon letztes Jahr an der Viehtränke hab' ich's gesehen!«

Bathseba macht sich steif. »Du sollst mich loslassen ...« Sie will schreien, bringt aber nur ein Krächzen zustande.

»Und jetzt fürchtest du, der Knabe könnte sich freiwillig von dem Riesenkerl zertreten lassen, he?« Er zieht sie so nahe an sich, dass sie seinen Weinatem riechen muss. Und seine Ausdünstung – alter Schweiß und Urin. »Meinst du, ich merk nicht, was los ist mit euch beiden?« Er lässt ihren Nacken los, greift nach ihrer Brust und drückt sie. Ekel würgt Bathseba. »Du packst jetzt deine Sachen und verschwindest aus dem Heerlager!«, zischt er und drückt noch fester zu. »Ich geb' dir zwei Reiter mit, die werden dich nach Hebron geleiten, und wehe ...!«

»Lass das Mädchen los!« So unerwartet taucht Miriam zwischen den Büschen auf, dass der verblüffte Uriah seinen Griff an Bathsebas Brust und Geschlecht lockert. »So behandelst du eine Jungfrau? Weg von ihr!« Miriam nutzt seine Überraschung und schiebt sich zwischen ihn und Bathseba. »Schäm dich!«

»Sie wär' schon längst mein Weib, wenn die verdammten Philister nicht ...!«

»Sie ist meine Tochter!« Weil Uriah sie grob bei den Schultern gepackt hat, um sie zur Seite zu schieben, stößt Miriam ihn derart kräftig gegen die Brust, dass er einen Schritt zurückweicht. »Du hast sie mit Respekt zu behandeln!«

Bathseba fährt herum, springt an Miriam vorbei in die Büsche, rennt so schnell sie kann. Ihr ist, als hätte ein Maultier sie vor den Kopf getreten. Diesen Mann soll sie heiraten? Sie rennt zwischen die Zelte und Hütten, spürt die verwunderten Blicke einzelner Soldaten, die schon vor den Zelten an den Feuerstellen sitzen. Von diesem brutalen Kerl soll sie einmal Kinder kriegen? Sie ist außer sich, merkt kaum, dass sie zu Davids Hütte rennt. Das also erwartet sie im Haus des Hethiters? Diese Härte? Dieser lieblose Blick? Diese Strenge? Tränen schießen ihr aus den Augen.

Da sieht sie David aus einer Asthütte schlüpfen. Mit seiner Hirtentasche am Gurt und seinem Hirtenstab auf der Schulter stapft er zur Mitte des Heerlagers. Er sieht Bathseba nicht gleich, und erst, als er hinter sich ihre Schritte hört, dreht er sich um.

»Du?« Er wirkt angespannt. »Warum weinst du denn?«

Sie springt neben ihn, ihr Atem fliegt. »Uriah ...« Seite an Seite gehen sie weiter; Bathseba bleibt kaum Zeit, um durchzuatmen, denn David hat es eilig. »Der verdammte Hethiter ...« Sie ringt nach Luft, wischt sich die Tränen ab, sucht nach Worten. Wie soll sie es ihm beibringen? Wie kann sie die ekelhaften Berührungen des Widerlings in Worte fassen? Sie findet keine, schämt sich, ist völlig verwirrt.

»Er war so grob zu mir«, sagt sie schließlich, »er ahnt etwas.« Mehr bringt sie nicht über die Lippen. »Er verlangt, dass ich sofort nach Hebron zurückkehre.«

David zuckt mit den Schultern. »Uriah ist dein künftiger Mann.« Ihr geliebter Hirte marschiert einfach weiter. Wie ein Schlag in die Magengrube fühlen seine Worte sich an.

»Ist er das wirklich?« Bathseba spürt, dass sie ihm lästig ist. »Wenn du wüsstest, wie grob er zu mir war.« Vor den Zelten und Hütten sammeln sich immer mehr Krieger, die ihre Schwerter gürten, ihre Lanzen schultern, ihre Köcher mit Pfeilen füllen. »Was soll ich nur tun?«

»Lass mich, ich hab jetzt keine Zeit für deine Sorgen.« Das Zelt des Königs ist Davids Ziel. Vier Männer sitzen dort um ein kleines Feuer: Abner, Sauls Sohn Jonathan, der Prophet Nathan und der König selbst. Rasch geht David auf sie zu.

»Was soll ich denn nur tun, David?« Bathseba greift nach seiner Hand. »Uriah ahnt was. Er verlangt, dass ich noch heute das Heerlager verlasse. Er will mich nicht in deiner Nähe dulden, verstehst du?« David geht immer schneller, und sie muss schließlich rennen, um mit ihm Schritt zu halten. »Noch bin ich nicht seine Frau, noch hat er mir nichts zu befehlen, oder? Sag mir, was soll ich tun?«

»Was weiß denn ich?!« David entzieht ihr seine Hand. »Lass mich jetzt. Ein harter Kampf steht mir bevor.«

»Was?« Bathseba versteht erst nicht, doch dann schnürt die Angst ihr die Kehle zu – der Riese! Sie bleibt stehen. »Tu das nicht, David, bitte …« Sie kann nur noch flüstern, schaut ihm erschrocken hinterher, und ein Eiszapfen wächst hinter ihrem Brustbein, als sie begreift: Es wird geschehen, David wird kämpfen. Er ist längst kein Halbwüchsiger mehr! All die Veränderungen, die sie an ihm zu spüren glaubt, treiben ihren David fort von ihr. Und auf einmal ist ihr, als sei es das letzte Mal gewesen, dass sie seine Hand gehalten hat.

Da steht David schon bei Saul, seinem Sohn, seinem Feldhauptmann und dem Propheten. Höflich entbietet er den Männern einen Morgengruß.

»Du bist ja immer noch hier, Kerl!«, hört Bathseba den schlecht gelaunten Abner brummen. »Was willst du denn schon wieder?«

»Kämpfen will ich. Gegen den großen Drecksack. Hast du's schon vergessen?«

»Werd' nicht frech, du!« Der Grauschopf springt hoch und baut sich vor ihm auf. »Ich sag's dir zum letzten Mal, Bursche.« Er bohrt David den Zeigefinger in die Brust. »Geh nach Hause zu deinem Vater! Hier brauchen wir heute kampferprobte Männer und keine Lämmerhirten und Klampfenzupfer.«

»Lass ihn, Abner.« Saul beißt von einem Gerstenfladen ab. Kauend betrachtet er David. »Wo ist deine Harfe? Habe ich dir nicht befohlen, sie mitzubringen und mir etwas vorzuspielen?«

»Heute ist nicht der Tag, um Musik zu machen.« Bathseba kann sehen, wie furchtlos und entschlossen David dem König in die Augen schaut. »Heute ist der Tag, um zu kämpfen. Ich hab's gesagt, und ich werd's tun.«

Saul öffnet den Mund zu einer herrischen Entgegnung, das sieht Bathseba seiner zornigen Miene an. Doch in diesem Moment ertönt von weit her die tiefe und raue Stimme des Riesen. Für einen Augenblick steht das Leben im Heerlager still – keiner redet, keiner regt sich mehr. Bathseba kann nicht verstehen, was der Philister jenseits des Eichwaldes schreit, doch seine Stimme erkennt sie sofort. Jeder erkennt sie.

Einen Atemzug später geht ein Murren und Tuscheln durch das Heerlager, und die Soldaten fahren fort, sich nach ihren Waffen zu bücken und sich zum Kampf zu gürten.

»Verfluchte Missgeburt!«, schimpft Abner. »Kotzt schon wieder seine verfluchten Lästerreden aus!«

»Einer von uns wird mit ihm kämpfen müssen.« Nathan greift lächelnd nach einem Krug und schenkt sich Wein ein. »Kein Weg führt daran vorbei.« Der Seher spricht wie ein Mann, den gar nichts aus der Fassung bringen kann – gleichmütig und beinahe heiter. »Doch wer wird dieser Mann sein?« Er setzt den Weinbecher an die Lippen und trinkt.

Saul sieht ihm zu, und der verzweifelte Zug in seiner Miene lässt Bathseba Schlimmes ahnen. Dann macht der König eine herrische Geste zu seinem Feldhauptmann Abner hin. Der nickt, marschiert zwischen die Zelte und Hütten und befiehlt den Israeliten, sich zu sammeln und ihm in den Wald zu folgen.

»Ich werde dieser Mann sein.« David nickt dem König zu. »Ich gehe zu dem Riesen.« Er will sich abwenden, um sich dem Heer anzuschließen.

»Warte!«, hört Bathseba Jonathan rufen. »So schutzlos kannst du unmöglich kämpfen.« Der Königssohn mustert David voller Mitleid. »Du hast keinen Harnisch, keinen Schild, nicht einmal einen Helm. Lass es bleiben, bitte.« Liebevolles Flehen vibriert in Jonathans Stimme, und Bathseba horcht auf – so viel zärtliche Sorge von einem Mann für einen Mann?

»Dann gebt mir Rüstung und Waffen.« Davids fordernder Blick fliegt zwischen Saul und Jonathan hin und her.

Vater und Sohn schauen zu Nathan hin, doch der Prophet nippt nur gleichmütig an seinem Wein. Jonathans Blick sucht den des Königs. »Du musst ihm deine Rüstung geben, Vater.«

Saul lässt David nicht aus den Augen, während er seinen Wasserbecher an die Lippen setzt und trinkt. Dann erhebt er sich schweigend, stemmt seine Fäuste in die Hüften und betrachtet David von den Stiefelspitzen bis zu den Scheitellocken. Geringschätzung und Neugier zugleich liegen in seinem Blick, und für einen Moment schöpft Bathseba Hoffnung.

Doch dann wendet der König seinen Blick von David ab, zuckt gleichgültig mit den Schultern und ruft nach seinem Schildträger. »Bring mein Schwert und meine Rüstung, mach schnell!« Mit einer Kopfbewegung deutet der König auf David. »Und hilf diesem Hirten da hinein.«

»Schwachsinn«, sagt Nathan und schenkt sich Wein nach. »Deine Rüstung ist doch viel zu schwer für ihn.«

»Wie soll er kämpfen ohne Schwert und Rüstung?«, fragt Saul mürrisch und ohne eine Antwort zu erwarten. Noch einmal winkt er dem Schildträger mit herrischer Geste. »Hilf ihm, los!«

Bathseba schließt enttäuscht die Augen und beißt sich auf die Unterlippe. Eine Zeit lang steht sie so zwischen zwei Zelten, hört die eisernen Schnallen von Sauls Brustharnisch klirren, hört das metallene Scharren von Arm- und Beinschienen, hört die gedämpften Anweisungen von Saul und seinem Schildträger. Schließlich öffnet sie die Augen und wendet sich ab.

David hat sich in den Kopf gesetzt, gegen den Giganten zu kämpfen, und nichts auf der Welt wird ihn davon abbringen. Schon gar nicht das Flehen einer Frau. Doch soll sie zusehen, wie er in sein Verhängnis marschiert? Soll sie zusehen, wie der Philister ihm den Schädel spaltet?

Nein, das wird sie nicht! Das würde sie nicht ertragen. Also schluckt sie die Tränen hinunter und macht sich auf den Weg zurück zu Miriam. Sie fühlt sich allein, mutterseelenallein.

Plötzlich stockt ihr der Atem, denn sie sieht Uriah in einer Gruppe von Bogenschützen zwischen den Zelten auftauchen. Wie gelähmt steht sie, wie erstarrt. Und beobachtet, wie der Hethiter und seine Schützen in den Trampelpfad einbiegen, der zum Königszelt führt.

Angst und Ekel sind es, die sie schließlich zur Besinnung bringen: Blitzschnell huscht Bathseba in eine Reisighütte und kauert sich neben dem Durchschlupf auf den Boden. Uriah und seine Schützen stapfen heran, durch die Lücken im Reisig kann Bathseba den Hethiter sehen. Und hören: Seine kalte missmutige Stimme ist unverwechselbar.

Wird er David begegnen? Natürlich wird er ihm begegnen! Was wird dann geschehen? Sie beißt sich in die Faust.

Auch ihn kann sie sehen, David, wenn sie den Kopf wendet und die Eichenzweige ein wenig zur Seite biegt: Er steckt schon in Sauls ehernem Harnisch, trägt bereits Sauls ehernen Helm auf dem Kopf, und an seinen Beinen und Armen glänzen die ehernen Schutzschienen Sauls.

Wie schrecklich er aussieht in all dem Metall! Wie fremd er ihr vorkommt! Jetzt nimmt er auch noch Sauls Schwert, das der Schildträger ihm reicht, und hievt es auf die Schulter. Dann marschiert er los.

Bei jedem Schritt scheppern Harnisch und Beinschienen, und David bewegt sich so schwerfällig wie ein Sklave in Ketten. Uriah und seine Bogenschützen bleiben stehen und grinsen.

»Was stelzt du so steif hier herum?«, fragt einer. »Hast du dich vollgeschissen?« Die Bogenschützen brechen in höhnisches Gelächter aus.

Uriah deutet feixend zum Waldrand. »Bring einer dieser Eichen dort das Laufen bei, und sie wird sich geschmeidiger bewegen als dieser steifbeinige Narr hier.« Und wieder Gelächter.

Einen Atemzug lang steht David so starr, als seien auch seine Glieder aus Bronze. Stumm schaut er dem Hethiter ins Gesicht. Dessen Augen glitzern wie Bernstein im Flammenschein. Bathseba hält den Atem an, während die ungleichen Männer einander gegenüberstehen. In Uriahs harter Miene liest sie Hass und Verachtung.

Doch kein weiteres Wort fällt. Schließlich dreht David sich um und stelzt scheppernd und schleppend zurück zum Zelt des Königs. Die Bogenschützen johlen ihm hinterher.

»Weg mit dem Zeug!« Vor Sauls Schildträger bleibt David stehen. »Hilf mir aus der Rüstung, los! Ich kann darin nicht laufen, bin es nicht gewohnt.« Der Schildträger wirft Saul einen fragenden Blick zu, und als der nickt, beginnt er, David aus der Rüstung zu schälen.

Bathseba atmet auf. »Bist du endlich geheilt von deinem Größenwahn?!«, hört sie Saul schimpfen. »Du gehst mir auf die Nerven, Hirte! Verschwinde. Und lass dich bloß nicht mehr ohne Harfe bei mir blicken, verstanden?«

David reißt sich den Helm vom Lockenkopf und wirft ihn Saul vor die Füße. In dessen Gesicht zuckt es, seine Gestalt strafft sich und seine Hand zuckt zum Griff des Dolches, der in seinem Gürtel steckt. David tut, als merke er es nicht. Seelenruhig rückt er den Gurt mit seiner Hirtentasche zurecht, schlüpft in seine Wildlederweste, hebt seinen Stab auf. Ohne den König noch einen Blickes zu würdigen, wendet er sich ab und läuft los, an Uria und den Bogenschützen vorbei zum Waldrand hin.

Als er auf Bathsebas Versteck zuschreitet, kann sie ihm für einen Moment ins Gesicht schauen – und lässt alle Hoffnung fahren: David ist entschlossen zu tun, was er sich vorgenommen hat.

»Was hast du vor?«, ruft Jonathan ihm hinterher, als er merkt, dass David Richtung Eichgrund marschiert, zum Kampfplatz.

»Kämpfen!«, ruft David, ohne sich umzudrehen. »Mit dem Riesen! So wie ich bin – als Hirte.«

22

Gelächter

Bathseba springt durchs Unterholz. Ihr Atem fliegt, tief hängende Zweige peitschen ihr ins Gesicht, Dornen zerkratzen ihre Knöchel und Waden. Hinter ihr schreit Joabs Esel und vor ihr, im Tal jenseits des Eichgrundes, tönt die dröhnende Stimme des Riesen. Sie rennt ihr entgegen.

Endlich erreicht sie den Waldrand. Sie läuft ein paar Schritte den Abhang hinunter und auf das Heer der Israeliten zu, bevor sie stehen bleibt und ihren Blick über die Rücken der Männer in der letzten Schlachtreihe gleiten lässt. Ihre Harnische und Helme funkeln in der Morgensonne.

Wo ist David?

Hinter ihr reitet Joab aus dem Wald. Er lenkt seinen weißen Esel unter eine Eiche, zerrt am Zügel und ruft: »Halt mal meine Lanze, Mädel!« Bathseba geht wieder hinauf zum Waldrand und nimmt ihm die Waffe ab. »Hilf mir runter.« Bathseba rammt die Lanze hinter sich in den Waldboden, verschränkt die Arme vor der Brust und schaut zu ihm hinauf.

Ein durchgeblutetes graues Tuch bedeckt Joabs Kopf ganz und sein rundes Gesicht halb. Die verkrusteten Wunden an Wange und Kinn sind geschwollen, Blutkrusten kleben auch in seinem Bartflaum. Sein Silberblick weicht ihr aus. »Bitte«, murmelt er. Bathseba streckt ihm die Arme entgegen.

Die Morgenluft dröhnt vom höhnischen Gelächter der Philister und von der donnernden Stimme ihres Vorkämpfers. Am Fuß des gegenüberliegenden Hanges, verdeckt von Israels Heer, brüllt er wieder herum und beschimpft die Israeliten, ihren König und ihren Gott. Seit fast einer Stunde bereits.

Joab stützt sich auf seine Lanze, sucht sein Gleichgewicht und stöhnt ein paarmal, während er hinüber zu Sauls Kriegern schielt. Fast am Ende ihrer letzten Schlachtreihe entdeckt Bathseba endlich David. Saul, Abner und Jonathan stehen um ihn herum, gestikulieren und reden auf ihn ein, wie man auf ein unartiges Kind einredet. Doch David lässt sie stehen und drängt sich an ihnen vorbei in die Menge der Krieger.

»Unser Hirtenbub will ums Verrecken mit dem verdammten Riesen kämpfen.« Der Säbelmann grinst schief und schüttelt den Kopf, als könne er es nicht fassen. »Fast kommt er mir vor, als sei er übergeschnappt.«

»Dann wäre vielleicht noch Hoffnung.« Bathseba kämpft erneut mit den Tränen. »Denn gegen Wahnsinn kennen unsere Priester manches Kraut.« Seite an Seite lauschen sie der dröhnenden Stimme des Vorkämpfers, während Bathseba beobachtet, wie der Feldhauptmann Abner David in den Weg tritt. »Doch mir kommt er vor, als wüsste er genau, was er will und was er tut.«

Sie hat nicht anders gekonnt – sie hat Saul, Jonathan, Uriah und seinen Bogenschützen hinterherschleichen *müssen*. Verzweifelte Hoffnung hat sie getrieben; Hoffnung, die Schlacht könnte beginnen, bevor ihr tollkühner Hirte sich dem riesenhaften Vorkämpfer zum Zweikampf stellt.

»Ich weiß nicht recht.« Joab schiebt den Zeigefinger unter den Kopfverband, den seine Mutter ihm gestern angelegt hat, und schabt sich im Haaransatz. Krümel von Blutkrusten und Heilkräutern rieseln heraus. »Seit der Uralte ihn gesalbt hat, kommt er mir von Tag zu Tag komischer vor. Wie einer, der überschnappt ist eben.«

»Der Uralte?« Fragend runzelt Bathseba die Stirn. »Wen meinst du?«

»Nathans Lehrer Samuel aus Rama.«

»Der Prophet, der Israel regiert hat, bevor er Saul zum König ausgerufen hat?« Bathseba hat viel von dem alten Richter und Propheten gehört, begegnet ist sie ihm nie. »Gesalbt? Was soll das heißen – ›gesalbt‹?«

»Frag mich was Leichteres.« Joab deutet zu seinem weißen Esel. »Und mach vorher mal das Vieh fest.« Er will ihr den Zügel reichen, doch Bathseba rührt sich nicht. »Bitte, Bathseba. Ich muss wissen, was da vor sich geht.« Nachdem er ihr den Zügel überlassen hat, hüpft er auf einem Bein und auf seine Lanze gestützt den Hang hinunter und dem Heer entgegen.

Vor dessen letzter Schlachtreihe sieht Bathseba in diesem Moment, wie David sich blitzschnell unter Abners ausgebreiteten Armen hindurch bückt und an ihm vorbei zwischen die Soldaten schlüpft. Sie schluckt neue Tränen herunter, atmet tief durch und wendet sich ab, um den Esel zu einer Eiche zu ziehen. »Was soll das heißen – ›gesalbt‹?« Sie bindet das Tier an einem tief hängenden Ast fest. »Sag's mir! Bitte!«, ruft sie Joab hinterher.

Der bleibt stehen und wendet sich nach ihr um. »Wie aus dem Nichts ist Samuel Ende letzten Monats plötzlich auf dem Hof des Großvaters aufgetaucht. Unser oberster Levit ist bei ihm gewesen, Nathan. Der Uralte hat unbedingt Isais Söhne sehen wollen.«

Bathseba wundert sich. Davon hat David gar nichts erzählt. »Und dann?«

»Isai hat einen nach dem anderen rufen lassen, von Eliab angefangen bis hin zu Ozem, dem Zweitjüngsten.«

»David nicht?«

»Der ist auf der Weide gewesen, hat die Schafe gehütet. Doch als der Uralte alle sieben Brüder erst angestarrt und dann wieder weggeschickt hat, fragt er den Großvater: ›Mehr Söhne hast du nicht?‹« Joab muss kichern. »Fast scheintot, der greise Kerl, aber ein echter Witzbold!«

Doch Bathseba ist nicht zum Lachen zumute. »Und was hat Isai gesagt?« Sie steigt auf den Esel.

»Der hat einen Knecht auf die Weide geschickt, um David zu holen. Als der dann endlich nach Hause gekommen ist, hat schon halb Bethlehem am Hoftor gestanden und den Uralten beobachtet. Du weißt ja: Es bedeutet nicht unbedingt was Gutes, wenn auf einmal so ein Prophet in der Stadt auftaucht. Die können einem ja mächtig einheizen, diese alten Seher.«

»Und dann?« Vom Esel aus klettert Bathseba auf den tief hängenden Ast. »Was hat der Uralte zu David gesagt?« Beide halten inne, denn das brüllende Gelächter der Philister rauscht wie eine Orkanböe über Sauls Heer hinweg bis zu ihnen hin.

»Nichts hat er gesagt«, fährt der Säbelmann fort, als das Johlen verebbt. »Zu sich hat er ihn gewunken, den David. Und hat ihn genauso streng angeguckt wie zuvor seine großen Brüder. Nur weggeschickt hat er ihn nicht, sondern ihm befohlen, vor ihm im Staub niederzuknien, mitten im Hof. Dann hat er eine kleine Amphore aus dem Mantel gezogen, hat sie entkorkt und David Öl in die Locken und auf die Stirn gegossen. Und dann hat er ihn gesalbt, wie gesagt. Und dabei zum Himmel geguckt und vor sich hin gemurmelt.«

Bathseba hält sich an einem Ast über ihr fest und starrt zu Joab hinunter. So gebannt lauscht sie seiner Erzählung, dass sie die Schmährufe des Riesen kaum noch wahrnimmt. »Was hat er denn gesagt?«

»Weiß ich's? Gemurmelt hat er, hab's nicht verstehen können! Irgendwelches Zeug genuschelt, kein Mensch hat's verstanden.« Joab wendet sich ab und hüpft weiter den Hang hinunter zu den Schlachtreihen Israels. »Nur David hat's deutlich gehört!«, ruft er im Weghinken. »Und der lässt nichts raus!«

Bathseba stemmt sich auf den nächsthöheren Ast. Von ihm aus kann sie endlich über Israels Heer und den Bach hinweg zum gegenüberliegenden Hang spähen. Was Joab erzählt hat, gefällt ihr nicht. Wieso hat David ihr nichts davon gesagt? Sie kann sich keinen Reim auf die Geschichte machen; sie jagt ihr Angst ein.

Weit mehr Angst jedoch jagt ihr das ein, was sie vor sich im Hang mit ansehen muss: David flieht vor Abner, der es noch immer nicht aufgegeben hat, ihn festhalten zu wollen, und ihn durch die Menge seiner Krieger hindurch verfolgt.

Dicht am Eichenstamm hockt sich Bathseba hin und kann nun nicht nur die feindlichen Schlachtreihen überblicken, sondern auch den massigen Kämpfer der Philister auf der anderen Seite des Baches beobachten. Der steht nicht weit vom Ufer entfernt hinter seinem Schildträger und stößt unentwegt Flüche und Lästerungen aus. Ein gewaltiges Schwert hängt an seinem Waffengurt.

Der riesige Mann stamme aus der Stadt Gat, wo er die Leute nach Belieben tyrannisiere, haben Joabs Brüder ihr erzählt, und mehr als fünf Ellen groß sei er. Jetzt, im Licht des neuen Tages, sieht Bathseba es mit eigenen Augen: mindestens fünf Ellen!

Deutlicher als gestern Abend in der Dämmerung kann sie nun auch seine Rüstung erkennen – die schweren bronzenen Arm- und Beinschienen, den gewaltigen Helm und seinen bronzenen Schuppenpanzer, von dem Abisai behauptet, dass er über sechstausend Lot wiege. Der Schildträger vor dem Riesen fällt in dessen Schatten kaum auf.

Und jetzt hört Bathseba, wie Saul dem Abner etwas zuruft. »Lass den Hirten laufen!«, befiehlt der König. »Lass den eigensinnigen Burschen doch gehen, wohin er will! Isai hat ja noch sieben andere Söhne.«

In Bathsebas Ohren klingt das, als sei Davids Schicksal endgültig besiegelt. Tränen rinnen ihr über die Wangen, während sie beobachtet, wie Abner die Verfolgung aufgibt und David sich immer weiter zur ersten Schlachtreihe vordrängt.

Und jetzt, als würde eine unsichtbare Kraft von ihm ausgehen, die ihnen Angst und Respekt einflößt, treten die Krieger zur Seite, sodass sich vor ihm in der Menge eine Gasse aus Männerleibern öffnet. Durch sie schreitet David hindurch, bis er schließlich unten am Hang steht, keine zehn Schritte mehr vom Bachufer entfernt.

Der Gigant stutzt, als er den unbewaffneten jungen Burschen im kurzen Leibrock sieht – stutzt und unterbricht seinen Wortschwall mitten im Satz. Einen Atemzug lang stehen sie einander stumm gegenüber: David diesseits des Baches, der Philister jenseits davon. Vielleicht achtzig Schritte trennen sie, schätzt Bathseba, vielleicht weniger.

»Was willst du, Bürschlein?!«, schreit der Vorkämpfer. David antwortet nicht, scheint den Riesen am anderen Bachufer jedoch aufmerksam zu mustern; Bathseba kann sein Gesicht nicht sehen, weil er mit dem Rücken zu ihr und dem israelitischen Heer steht. »Glotz nicht so!« Der Vorkämpfer stemmt seine mächtige Lanze von der Schulter hoch und deutet mit ihr zu Sauls Heer herüber. »Schick mir einen eurer Krieger herunter, statt hier rumzustehen und zu glotzen wie ein krankes Schaf! Los!«

»Hier steht einer unserer Krieger!«, hört Bathseba David rufen. »Ich. Ich bin es, der mit dir kämpfen wird!«

Über dem Vorkämpfer, in den Schlachtreihen der Philister, erhebt sich schallendes Gelächter. Auch der Träger lacht, der vor dem Riesen dessen Schild festhält.

Der Riese lacht nicht. Er zieht grunzend den Rotz hoch, spuckt fast bis zum Bachufer hin und schneidet dann eine feindselige Grimasse in Davids Richtung. Reglos wartet er, bis über ihm das Gelächter seiner Kampfgenossen sich gelegt hat.

»Will euer König mich zum Narren halten?!«, donnert er. »Bin ich denn ein Hund, dass du mit einem Stecken zu mir kommst?!« Er schiebt seinen Schildträger zur Seite, stampft ein paar Schritte in Richtung Bachufer und schüttelt dabei seine ungeheure Lanze. »Verflucht will ich sein, wenn ich dir diese Frechheit ungestraft lasse! Herüber mit dir!«

»Du kommst zu mir mit Schwert, Lanze und Schildträger!«, ruft David mit heiserer Stimme. »Ich aber komme zu dir im Namen des Ewigen, unseres Gottes, den du verhöhnt hast!«

Bathseba spürt, wie sich die Härchen in ihrem Nacken und auf ihren Schultern aufrichten. Sie wischt sich die nassen Augen aus und beißt sich in die Faust. Ist denn ihr geliebter Sänger vollkommen verrückt geworden?

Der Vorkämpfer unten am Bach dreht sich nach seinem Heer um. »Was faselt denn das gerupfte Hähnchen da drüben für irrsinniges Zeug?« Und wieder dem Bachufer und David zugewandt: »Komm endlich rüber, damit ich die Vögel in den Bäumen und die Tiere auf dem Feld mit deinem Fleisch füttern kann!« Er stapft noch näher ans Bachufer heran.

David rührt sich nicht, und drei, vier Atemzüge lang herrscht Stille. Nur das Scheppern der Eisenschuppen vom

Brustpanzer des Riesen hört Bathseba. Und ihren eigenen Herzschlag – der dröhnt ihr in Kehle und Schläfen.

Auf einmal ist ihr, als würde einer sie beobachten. Sie schaut hinter sich in den Wald, sie blickt nach rechts und links – und dann sieht sie ihn: Er steht zwischen den Eichen des Waldrandes und blickt zu ihr herauf, ein großer Mann in schwarzem Gewand, mit schwarz verhülltem Kopf. In ganz Israel hat Bathseba noch kein derart weißes Gesicht gesehen wie das dieses Fremden dort unten, und obwohl er sicher zwanzig Schritte weit weg von ihr steht, sieht sie doch das Leuchten in seinen Augen.

Eine Gänsehaut nach der anderen perlt ihr über Kopfhaut, Schultern und Rücken, während sie zu ihm hinüberstarrt, und Angst greift nach ihrem Herzen wie eine Eishand. Der Unheimliche wendet sich ab und deutet zum Bach hinunter.

»Ich komme!« So unerwartet laut tönt Davids feste Stimme, dass sie zusammenzuckt und herumfährt. »Doch du täuscht dich, Goliath von Gat!«

Bathseba ringt nach Luft, denn ihre Brust fühlt sich eng an und ihre Kehle wie eingeschnürt, während sie beobachtet, wie David sich langsam in Bewegung setzt, sich Schritt für Schritt dem Bach nähert.

»Der Ewige, unser Gott, wird dich in meine Hand geben, das schwör ich dir!« Davids Stimme zittert nicht ein einziges Mal. Sie klingt so fest und entschlossen, als würde er selbst glauben, was er dem Riesen über den Bach hinweg zuruft. Bathseba wünscht sich, er würde schweigen. Schweigen, sich umdrehen und kehrtmachen. »Ich werd' dir den Kopf abschlagen! Auch das schwör ich dir!«

Im Heer der Philister brandet wieder Gelächter auf. Diesmal lacht auch ihr Vorkämpfer, und zwar grimmig und böse. Ohne auf seinen Schildträger zu warten, geht er dem Bachufer und David entgegen. Dabei stößt er bei jedem Schritt mit seiner gewaltigen Lanze in die Luft, als könne er es nicht abwarten, sie endlich auf den Hirten zu schleudern. Bathseba will wegsehen und kann doch den Kopf nicht wenden.

»Ich werde *dein* Fleisch den Vögeln, Wölfen und Ratten zu fressen geben!«, ruft David. »Und das eurer Krieger dazu! Damit ihr begreift, dass unser Gott weder Schwert noch Lanze braucht, um zu helfen. Damit ganz Israel es endlich begreift!«

Seine letzten Worte gehen in tosendem Gejohle unter. In den Schlachtreihen der Philister sieht Bathseba Krieger, die sich lachend auf die Schenkel schlagen oder gegenseitig auf die Schulter klopfen, und einige sieht sie, die werfen sich sogar ins Gras und halten sich den Bauch vor Lachen.

Der riesige Vorkämpfer aber hat genug. Mit großen Schritten läuft er zum Bach. Bathseba stockt der Atem – will er darüber springen? Kaum noch zwanzig Schritte trennen ihn von David.

Auf einmal rennt auch der los, nimmt Anlauf, stößt sich ab und landet im Ufergras der anderen Bachseite. An seinem Hirtenstab stemmt er sich hoch, und Bathseba schnürt es das Herz zusammen, denn in diesem kurzen Augenblick, da nicht einmal mehr zehn Schritte zwischen den beiden Männern liegen, kommt ihr David schmächtig und winzig vor gegen den massigen Philister. Das Herz will ihr zerspringen vor lauter Angst.

Der Riese bleibt stehen und hebt die Lanze, denn David ist nun so nahe, dass er ihn gar nicht verfehlen kann. Bathsebas geliebter Sänger jedoch rennt einfach weiter und schleudert im Laufen seinen Hirtenstab auf den Gegner. Das Holz wirbelt durch die Luft, prallt dem Riesen mit schepperndem Krachen gegen den Brustharnisch und fällt vor ihm ins Gras.

Der Vorkämpfer lacht kehlig auf, scheint den Aufschlag kaum gespürt zu haben. Allerdings verzieht er seinen Lanzenwurf, sodass David unter dem baumlangen Geschoss abtauchen und sich im Gras abrollen kann.

»Warte nur!« Außer sich vor Zorn wegen des Fehlwurfes reißt der Riese sein Schwert aus der Scheide. »Her zu mir, du jämmerliches Scheißerchen!«

David, längst wieder auf den Beinen, schlägt einen Bogen, rennt ein Stück weg vom Gegner, umläuft ihn seitlich und steht auf einmal zwanzig Schritte über ihm im Hang, zwischen ihm und seinem Schildträger.

Bathseba sieht, wie er blitzschnell in seine Hirtentasche langt. Am Ast über ihr zieht sie sich hoch und verfolgt nun stehend, was drüben geschieht. In den Schlachtreihen der Israeliten verharren sie alle stumm und wie festgewachsen, im Heer der Philister springen sie auf und ab und feuern ihren Vorkämpfer an.

Brüllend vor Zorn stapft der Riese den Hang hinauf und David entgegen. Bathseba stößt Gebetsrufe aus, schreit ihre Angst und ihre Anspannung heraus. David aber hält auf einmal seine Schleuder in der Hand, legt einen Stein ins Mittelleder und fasst seinen Gegner ins Auge.

Der Riese, fluchend und rasend vor Wut, schwingt sein Schwert und stürmt auf David zu. Der lässt seine Schleuder kreisen, gibt das Leder frei, und dann rauscht sein Stein durch die Luft – und fährt dem massigen Krieger in die Stirn.

Der Riese steht plötzlich so still und steif, als sei er gegen einen unsichtbaren Wall gelaufen. Dann wankt er, und das Schwert gleitet ihm aus der Hand. Schließlich kippt er nach hinten weg und prallt der Länge nach im Gras auf.

Bathseba glaubt zu spüren, wie der Boden rund um ihre Eiche erzittert. Von ihrem Ast aus kann sie erkennen, dass dem gefällten Vorkämpfer etwas Dunkles aus der Stirn ragt, die sich nach und nach rot färbt. Da schlägt sie die Hände vors Gesicht und heult vor Erleichterung.

Schlagartig verstummt das Geschrei in den Schlachtreihen der Philister. Unter den Israeliten erheben sich da und dort erste scheue Jubelrufe – doch die meisten Soldaten starren ungläubig zum gegenüberliegenden Hang, wo David seine Schleuder in die Hirtentasche steckt und losrennt.

Diesmal hinunter zu dem lang hingestreckten Riesen. Dessen massiger Leib zuckt und bebt. Auf einmal hebt er den Kopf und stemmt sich auf die Ellenbogen. Doch da ist David schon bei ihm. Er bückt sich nach dem riesigen Schwert des Philisters, hievt es mit beiden Händen hoch über sich und schlägt dem Vorkämpfer den Schädel vom Rumpf.

Jetzt erst schreit Israels Kriegsheer auf, brüllt wie ein einziger Mann im Siegestaumel. Bathseba nimmt die Hände vom Gesicht und sieht durch den Schleicher ihrer Tränen die erste Schlachtreihe hinter Abner und Jonathan her zum Bach hinunter stürmen. Eine Kriegsposaune ertönt.

Drüben am anderen Ufer rennt der junge Schildträger zu seinen Waffenbrüdern hinauf. Den Schild seines erschlagenen Herrn lässt er einfach liegen.

Durch das feindliche Heer geht es nun wie eine Brandungswoge – Panik erfasst die Philister, als ihnen bewusst wird, dass ihr Stärkster gefallen ist. Enthauptet von einem Hirten. Sämtliche Krieger in der ersten Reihe fahren herum, rennen in wilder Flucht davon, treten viele derer nieder, die hinter ihnen in der zweiten Reihe stehen.

Da hat sich die letzte Schlachtreihe der Philister längst aufgelöst, und die Krieger laufen in alle Richtungen davon. Unzählige lassen ihre Waffen fallen, um schneller rennen zu können, und wer nicht flink genug ist, wird von den Nachdrängenden umgerannt und ins Gras getreten.

Bathseba blinzelt zu David hinüber, schüttelt weinend den

Kopf und vermag kaum zu fassen, dass er auf eigenen Beinen steht, dass er lebt. Kurz wendet er sich um und guckt hinauf zu dem sich auflösenden feindlichen Heer. Dann wuchtet er sich die schwere blutige Klinge seines gefällten Gegners auf die Schulter, stützt sich auf seinen Hirtenstab und blickt in den Himmel. Bewegt er die Lippen? Bathseba kann es nicht genau erkennen.

Sie wendet den Kopf, späht zu den Eichen am Waldrand hin, zwischen denen der Schwarzverhüllte mit den leuchtenden Augen gestanden hat.

Niemand steht da mehr.

Bathseba muss schlucken und wieder schlucken, und wird den Kloß im Hals trotzdem nicht los. Wie im Fieber fühlt sie sich auf einmal. Wen beim Gütigen und Allmächtigen hat sie da gesehen? Sie will es nicht wissen und weiß es dennoch ganz genau.

Wieder ertönt die Posaune. Der Jubel des israelitischen Heeres steigert sich jäh zu Kriegsgeschrei, seine Schlachtreihen lösen sich endgültig auf und die Soldaten rennen ins Tal hinunter. Dort springen sie über den Bach und stürmen mit blank gezogenen Klingen und aufgepflanzten Lanzen an David vorbei, um die fliehenden Feinde zu verfolgen.

Innerhalb kürzester Zeit ist der eben noch so dicht bevölkerte Hang vor Bathseba beinahe menschenleer. Nur zwei einsame Gestalten erkennt sie noch im niedergetretenen Gras unter einer alten Eiche.

Die eine dreht sich gerade um und kommt zum Waldrand zurück: Nathan der Prophet. Manchmal bleibt er stehen, streckt die Arme gegen den Himmel und ruft den Wolken Worte zu, die Bathseba nicht versteht. Als er in den Schatten des Baumes tritt, auf dem Bathseba hockt, blökt der weiße Esel, als wolle er den langbärtigen Leviten begrüßen. Nathan bleibt bei ihm stehen, streichelt seinen Hals und schaut zu ihr herauf. »Sein Zorn ist seine Rüstung gewesen«, sagt er. »Sein Zorn, die Kühnheit seiner Jugend und sein Gottvertrauen.«

Die zweite Gestalt ist Joab.

Ganz allein steht er noch lange Zeit im niedergetretenen Gras und schaut zur Kuppe des gegenüberliegenden Hügels hinüber, wo man nur noch die Nachhut des israelitischen Heeres erkennen kann. Sauls Krieger hauen auf alle Philister ein, die am Boden liegen oder nicht schnell genug fliehen können. Wie einer, der nicht glauben kann, was er sieht, schüttelt Joab von Zeit zu Zeit den Kopf. Manchmal kichert er, manchmal bricht er in lautes Gelächter aus.

Als er genug gesehen hat, macht er kehrt, hüpft auf einem Bein und auf die Lanze gestützt zum Waldrand herauf. Er lacht und heult, er kichert und schreit: »Was war das denn? Beim Arsche Adams – was ist denn das gewesen?!«

Bathseba beobachtet, wie drüben auf der Hügelkuppe David sich unter die Israeliten mischt. Und erschrickt: Mit beiden Händen führt er das schwere Schwert seines toten Gegners und drischt auf alles ein, was sich zu seinen Füßen noch regt. Wie ein im Blutrausch Rasender bewegt er sich.

Ein Mann des Krieges hat er werden wollen, denkt Bathseba traurig, ein Mann des Krieges ist er nun geworden. Und ich hab ihn verloren.

23

Verloren

Erst vier Tage später kehrt die Hauptmacht von Sauls Kriegsscharen aus dem Philisterland ins Heerlager zurück. Im Schutz von Hütten und Zelten läuft Bathseba neben der Kolonne her und hält Ausschau nach einem Krieger in langem weißem Mantel, mit hohem Helm und eckigem Bart: nach Uriah. Ist er wieder nicht dabei?

Wie schon ihre Kampfgefährten an den Vortagen bringen auch diese Rückkehrer Ochsenkarren voll eroberter Waffen mit, treiben Dutzende gefangener Frauen und Kinder ins Lager, ziehen Esel und Maultiere der Philister hinter sich her, die sie mit erbeutetem Hausrat, Geschmeide, Wollzeug, Leinen und Schnitzwerk bepackt haben.

Bewohner der umliegenden Dörfer, die von Davids tollkühnem Kampf und vom Sieg über die Philister gehört haben, tanzen singend neben ihnen her. Viele haben Trommeln und Zimbeln mitgebracht, einige blasen so laut auf ihren Schalmaien, dass Bathseba schier die Ohren zufallen.

Inzwischen steht sie mit Miriam, Joabs Brüdern, Zeruja und Nathan neben dem Zelt des Königs, denn dort ziehen die siegreichen Rückkehrer vorüber, um den Anführern Israels ihre Beute vorzuführen. Immer noch suchen Bathsebas

194

Blicke die vorbeiziehende Kolonne der Krieger nach Uriahs Gesicht ab. Bis jetzt hat sie ihn noch nicht entdeckt.

Ist er womöglich doch gefallen? Sie schöpft Hoffnung.

Nicht nur Beute und Gefangene schleppen die Rückkehrer am Königszelt vorüber, sondern auch Lanzen mit aufgespießten Köpfen feindlicher Hauptleute. Bathseba zieht die Schultern hoch und presst die Lippen zusammen, denn die fahlblauen Gesichter und leeren Blicke der blutigen Schädel jagen ihr kalte Schauer über den Rücken. Und das Gejammer der gefangenen Frauen und Kinder schnürt ihr das Herz zusammen.

Meist geht das Heulen und Wehklagen der Unglücklichen im tosenden Lärm unter, der über dem Heerlager liegt – in Jubelgeschrei, Musik, Hufklappern, Trommelschlag und rhythmischem Händeklatschen. Wie schrecklich muss sich das anfühlen, denkt Bathseba, um dich herum jauchzen und tanzen sie, während du deine verlorene Heimat und dein zertrümmertes Leben beweinst.

»Warum sehe ich nur Frauen und Kinder unter den Gefangenen?« So laut ist es ringsum, dass Bathseba sich dicht an Miriams Ohr beugen muss, um sich verständlich zu machen. »Wo sind ihre Männer und Väter?«

Miriam verzieht keine Miene, wendet auch den Blick nicht ab vom Spektakel vor dem Königszelt. »Was glaubst du?«, fragt sie. Sonst antwortet sie nichts.

Der König hockt nahezu reglos im thronartigen Sitz, den ihm seine Knechte aus groben Eichenstämmen zusammengezimmert und mit Hirschfell ausstaffiert haben. Manchmal nickt er einem der Krieger zu, die den Triumphzug an ihm vorbeiführen, manchmal hebt er müde die Linke, als wolle er eine Fliege verscheuchen, manchmal nippt er an dem Weinbecher, den er auf der Armlehne seines Eichenthrons festhält.

Links neben ihm sitzt sein Sohn Jonathan auf einem Maultier, ruft Segenswünsche in die Menge der Krieger, scherzt mit den einen und winkt den anderen fröhlich zu. Auch der Feldhauptmann Abner auf seinem schwarzen ägyptischen Pferd dort rechts neben Sauls Thron ist bester Dinge – winkt, plaudert und spaßt mit den Vorüberziehenden. In seiner Miene liest Bathseba nichts als tiefe Zufriedenheit.

Die Miene des Königs hingegen kommt ihr seltsam versteinert vor. Schon seit Tagen fällt ihr das auf, schon seit Sauls Heer und David die Philister besiegt haben. »Sieht so ein Sieger aus?«, ruft sie Miriam ins Ohr. »Kann der König sich denn gar nicht freuen?«

Miriam zuckt nur mit den Schultern und hält dann Bathsebas Kopf fest. »Und du?«, raunt sie ihr ins Ohr. »Erzähl mir nicht, dass du dich freust. Seit Tagen machst du ein Gesicht, als müsstest du ein Wildschwein küssen.«

Bathseba zieht die Schulter hoch, ihre Gestalt strafft sich. »Beinahe wär's ja tatsächlich geschehen«, sagt sie und wendet sich ab.

Es stimmt, was Miriam sagt – oder hat sie ein einziges Mal gelacht seit dem Siegestag? Nein. Es hat keinen Grund zur Freude gegeben. Sie kann Uriahs Grobheit nicht vergessen, und schlimmer noch: David hat kaum ein Wort mit ihr gesprochen, seit er vor zwei Tagen mit einer kleinen Kriegsschar aus dem Philisterland zurückgekommen ist.

Wenn er nicht bei König Saul sitzt, um vor ihm hübsche Weisen aus den Saiten seiner Harfe zu locken, streift er mit Jonathan durch den Wald oder lehrt ihn die Kunst des Harfenspiels. Und wenn er seine Zeit einmal nicht mit dem König oder dessen Sohn verbringt, umringen ihn Krieger, die zum zehnten Mal von ihm hören wollen, wie er den Riesen überwältigt hat.

Vielleicht meidet er mich, weil er Uriah fürchtet, denkt sie. Vielleicht versucht er auch, sich an den Gedanken zu gewöhnen, dass ich bald verheiratet und unerreichbar für ihn sein werde. Oder gibt es auf einmal etwas, das ihm viel wichtiger ist als ich?

Obwohl Bathseba ihn täglich sieht, vermisst sie David. Er ist ihr so fern geworden, dass es wehtut.

Von Zeit zu Zeit, wenn Jubel, Gejammer, Musik und Gesang vorübergehend ein wenig abebben, hört sie den Klang seiner Harfe. Auch er sitzt vor dem Königszelt, gar nicht weit von ihr, gleich neben Jonathan und seinem Maultier. Hinter ihm ragt die Lanze mit dem Schädel des Riesen auf, den er besiegt hat. Mit halb geschlossenen Augen und ganz in sich versunken zupft David die Saiten und singt leise vor sich hin.

Nimmt er die Rückkehrer überhaupt wahr? Sieht er überhaupt, wie jeder, aber auch wirklich jeder Krieger kurz vor ihm stehen bleibt und sich vor ihm verneigt?

Nur einmal unterbricht er sein Saitenspiel und hebt den Blick – als der Hauptmann mit dem kurzen Haar und den Blatternarben aus der Kolonne ausschert, sich zu ihm herunterbeugt und ihm lächelnd einen Schlauch Wein vor die Füße legt. David nickt ihm dankend zu.

Sie dagegen beachtet er nicht. Immer wieder muss Bathseba zu ihrem geliebten Sänger hinschauen, doch er scheint sie einfach nicht zu sehen.

Joab dagegen bemerkt ihre Blicke und winkt jedes Mal mit erschöpfter Geste herüber. Weil er im Wundfieber liegt, haben ihn Zeruja und seine Brüder auf einem Haufen aus Zweigen und Tüchern gebettet, die sie neben Goliaths baumartiger Lanze und unter seinem abgeschlagenen Schädel aufgeschichtet haben. Manchmal versucht Joab, in Davids Gesang einzustimmen, und jedes Mal hört es sich an, als würde ein kranker Geier krähen.

Die letzten Krieger ziehen vorüber, die letzten Ochsenkarren und Lastesel. Musik, Geschrei und Gesang legen sich
allmählich. Aus dem Augenwinkel beobachtet Bathseba, wie
David seine Harfe zur Seite legt, neben Joabs Lager kniet und
dem kranken Freund hilft, einen Wasserbecher an die Lippen
zu führen.

Vor der Lagerkoppel steigen nun auch die letzten
Rückkehrer von ihren Reittieren, helfen den anderen, die
Ochsenwagen zu entladen, binden die Lasten von den
Eseln und Maultieren. Die Gefangenen treiben sie zu Un-
terständen und Erdhöhlen am Südrand des Heerlagers,
wo erbarmungslose Wächter sie in Empfang nehmen, zu
ihren Leidensgenossen prügeln und stoßen und dort an
Pflöcke und Bäume fesseln.

Eine Frau jedoch fesseln sie nicht. Die schubsen sie vor
sich her in die Büsche. Und verschwinden dort mit ihr.

Ekel und Zorn steigen in Bathseba hoch – Ekel vor so viel
roher Gewalt und Zorn auf die herzlosen Kriegsmänner, die
sie ausüben. Schaudernd wendet sie sich ab, denn sie erträgt
den Anblick der heulenden Frauen und Kinder nicht länger.
Sie muss an den kalten Blick jenes Kriegsmannes denken, der
sie vor Tagen so grob in die Büsche gezerrt hat.

Nach und nach sammelt sich das gesamte Heer zu Fuß
und in gedrängten Reihen rund um das Königszelt, an die
tausend Mann. Eine Zeit lang gibt es noch allerhand zu palavern, zu lachen, zu tuscheln. Und mitten in diesem Gewim-
mel entdeckt Bathseba auf einmal denjenigen, von dem sie
schon gehofft hatte, dass ein Philisterschwert ihn gefällt hat.
Uriah.

Er schaut zu ihr herüber und versucht ihren Blick zu fes-
seln, doch Bathseba ballt die Fäuste und senkt den Kopf.
Schade, denkt sie, wie schade. Und betet zugleich im Stillen:
Strafe mich nicht, Gott, für diesen sündigen Gedanken.

Nach und nach wird es ruhiger im Heerlager, und alle warten auf ein Wort des Königs. Weil Saul schweigt und keine Anstalten macht, sich aus seinem Sitz zu stemmen, treibt Jonathan sein Maultier auf den Platz vor dem Königszelt. Im Namen seines Vaters bedankt er sich bei den Kriegern, lobt ihren Mut und ihren Kampfgeist und ermahnt Abner und die ihm unterstellten Hauptleute, die Beute gerecht zu verteilen. Am Schluss seiner kurzen Ansprache weist er auf David. »Sein Kampf ist es gewesen, der Israel gerettet hat! Sein Sieg und sein Mut, der uns diesen Tag des Triumphes geschenkt hat …« Weiter kommt er nicht, denn wie ein Mann bricht das gesamte Heer in Jubel aus. Sie rufen Davids Namen, lassen ihn hochleben, bringen Segensrufe auf ihn aus, feiern ihn als ihren Helden. Bis David sich von Joabs Krankenlager erhebt, zu Jonathan tritt und die Arme hebt.

»Ich bin nur ein Hirte!«, ruft er in den tausendstimmigen Jubel hinein. »Nur ein Hirte aus dem kleinen Bethlehem!« Er ruft es, bis auch die letzten Männerstimmen verstummen. »Gegen Löwen und Bären zu kämpfen, das bin ich gewohnt!«, fährt er dann fort. »Gegen Wölfe und Adler, die mir die Lämmer rauben wollen, ja! Doch gegen kriegserprobte Männer anzutreten, habe ich nie gelernt! Niemals hätte ich diesen Koloss besiegen können ohne die Hilfe unseres Gottes. Feiert also nicht mich, feiert den Ewigen und Allmächtigen, unseren Gott! Dankt nicht mir, dankt ihm!«

Danach herrscht viele Atemzüge lang Stille. Bathseba guckt verstohlen in die Gesichter der Männer, die in ihrer Nähe stehen – sie wirken ergriffen und erschüttert. Viele senken die Köpfe, manche nicken stumm. Einige schließen die Augen und strecken die Arme himmelwärts, um leise zu beten.

Schweigend lässt David seinen Blick über die Reihen der Krieger wandern. Bathseba kommt es vor, als wolle er sich jedes einzelne Gesicht einprägen. Als er ihrem Blick begegnet, verharrt er kurz, und etwas glüht auf in ihrer Brust, sodass sie lächelt.

Doch David erwidert ihr Lächeln nicht, sondern schaut zu Nathan hin, und als habe der Levit nur auf dieses Zeichen gewartet, tritt er an Saul vorbei in die Mitte des Platzes. Dort, zwischen Jonathan und David, hebt er die Arme, richtet sein Gesicht gen Himmel und beginnt zu beten.

Er dankt dem Allmächtigen für den Sieg über die Philister und für David und seinen Mut. Und er bittet Gott, Israel die Lade des Bundes zurückzubringen und dem Land danach endlich Frieden zu schenken. Zum Schluss ruft er die uralten Segensworte über dem Heer und dem König aus, wobei er sich mit ausgestreckten Armen einmal um sich selbst dreht: »Der Ewige segne und behüte dich! Der Ewige lasse sein Antlitz leuchten über dir und sei dir gnädig! Der Ewige sei dir nahe und schenke dir Frieden!«

Bathseba muss an die jammernden Frauen und Kinder hinten bei der Koppel denken. Gilt der göttliche Segen auch für sie?

Noch nie hat sie sich eine Frage wie diese gestellt.

Als Nathan die Arme sinken lässt, steht er vor David still und schaut ihm ins Gesicht, als wolle er ihm etwas Wichtiges sagen. Er sagt aber nichts, schaut ihn nur an, und das mit dieser Mischung aus liebevoller Güte und durchdringender Strenge, die Bathseba schon von ihm kennt. Jedes Mal, wenn der Prophet so guckt, ist ihr, als blicke er einem direkt ins Herz.

Schließlich macht Nathan kehrt, schreitet vom Platz und stellt sich neben Sauls Thron.

David aber geht zurück zum fiebernden Joab, wo seine Harfe gegen die Lanze mit Goliaths Schädel lehnt. Weil es immer noch sehr still ist, kann jeder hören, dass Joab kichert. In Bathsebas Ohren klingt es, als würde ein Irrsinniger kichern.

David nimmt seine Harfe. »Hört mein Siegeslied!«, ruft er, und Joab kichert noch lauter. »Ich hab's zu Ehren dessen gedichtet, der mir den Sieg über den großen Drecksack geschenkt hat!« Er setzt sich neben den gackernden Joab ins Gras, greift in die Saiten und beginnt zu singen:

»*Der Ewige ist mein Licht und mein Heil,*
Vor wem sollte ich mich fürchten?«

Um ja kein Wort seines Liedes zu verpassen, rücken Zeruja und Miriam näher an Sauls Thron heran. Miriam zieht Bathseba mit sich, sodass sie schließlich direkt hinter dem König und Nathan steht. Keine drei Schritte trennen sie jetzt mehr von ihrem geliebten Sänger. Ihr Herz schlägt schneller. Joab kichert, lacht und klatscht in die Hände dabei, doch David singt unbeirrt weiter:

»*Der Ewige ist meines Lebens Kraft,*
Vor wem sollte mir grauen?«

Die ganze Zeit hat Saul reglos verharrt, als ginge ihn das Treiben in seinem Heerlager nichts an. Jetzt beugt er sich vor Bathseba aus seinem Thronsitz zu Nathan hinüber, und sie versteht jedes Wort, das er dem Propheten zuraunt: »Isais Sohn ist das, sagtest du? Habe ich das richtig verstanden? Jener Isai aus Bethlehem?«
Nathan nickt, und David singt:

»*Wenn üble Riesen an mich wollen,*
um mich zu zerschmettern,
meine Widersacher und Feinde,
sollen sie selber straucheln und fallen!«

»Ich höre ihn wirklich gern singen«, flüstert der König dem Propheten zu. »Und du glaubst gar nicht, wie gut mir sein Harfenspiel tut.«

»Seine Lieder wird man noch singen, wenn uns längst die Würmer gefressen haben«, erwidert Nathan, und David singt:

»Selbst wenn ein ganzes Heer sich gegen mich aufstellt,
so fürchtet mein Herz sich dennoch nicht!«

»Sprich mit diesem Isai, ja?« Saul fasst Nathans Arm und zieht ihn näher zu sich. »Sieh zu, dass er uns seinen Sohn nach Gibea schickt. Einen wie ihn brauche ich am Hof. Seine Musik vertreibt mir selbst die trübsten Gedanken.«

»Und kämpfen kann er auch«, sagt Nathan.

Und David singt:

»Und wenn sich Krieg gegen mich erhebt,
So verlasse ich mich auf den Ewigen!«

Er schlägt die Saiten kräftiger an, und Saul raunt Nathan so laut ins Ohr, dass nun auch Abner und Jonathan aufmerksam werden. »So einen dürfen wir nicht auf der Weide beim Kleinvieh verkommen lassen.«

Nathan nickt schweigend.

»Recht habt ihr.« Abner beugt sich tief von seinem ägyptischen Pferd herunter und zischt: »So einer wird den Mut unserer Krieger anfachen und das Volk begeistern.«

»Vielleicht schafft er es sogar, die Lade Gottes zurück nach Israel zu holen«, flüstert Nathan.

Sauls Feldhauptmann und sein Sohn haben jedes Wort gehört. Bathseba sieht, wie sie nicken – Abner grimmig und entschlossen, Jonathan voller Freude.

Und David singt:

»Weise mir deinen Weg, Ewiger,
und leite mich auf ebener Bahn.«

Nach dem letzten Vers fängt er noch einmal von vorn an und bedeutet den Umstehenden durch Blicke mitzusingen. Bald erklingt es aus unzähligen rauen Männerkehlen: »Der Ewige ist mein Licht und mein Heil, vor wem sollte ich mich fürchten …?«

Bathseba singt nicht mit. Sie weiß, vor wem sie sich fürchten muss. Und sie hat verstanden: Für sie ist David verloren.

Sie wendet sich ab; nein, ihr ist ganz und gar nicht nach einem Siegeslied. Sie geht zu der Koppel, auf der die Esel und Maultiere weiden, und späht hinüber zu den Erdlöchern und Pfählen, wo die angebundenen Frauen und Kinder im Schmutz kauern. Mütter halten die Kleinsten fest umschlungen und wiegen sie hin und her. Größere Mädchen trockenen die Tränen ihrer Mütter mit deren Haar.

Bathsebas Herz krampft sich zusammen. Was ist das für eine Welt, in der Menschen einander Väter und Gatten rauben? Was ist das für eine Welt, in der man die Frau eines Mannes werden muss, der kalte Augen hat und Freude daran, Schmerzen zuzufügen? Und was ist das für ein Leben, das einem Mädchen wie ihr die Liebe seines Lebens raubt?

Sie versteht genau: Nicht nur an den Krieg hat sie David verloren, auch an den König. Ihr geliebter Sänger wird nie mehr zur Weinlese nach Hebron kommen. Sie wird ihm nie wieder in Bethlehem begegnen, wenn sie mit Miriam und ihren Knechten dort bei der Olivenernte helfen wird.

Zwei Wächter zerren eine junge Frau aus den Büschen, vielleicht so alt wie Bathseba, vielleicht jünger. Die heult herzzerreißend, ihre Kleider sind zerrissen, ihre Schenkel blutig. Die beiden Wächter aber feixen zufrieden und schleppen sie zu einem Pfahl. Dort fesseln sie die Geschändete an eine andere, ältere Frau. Die Junge klammert sich an die Ältere wie an eine Mutter und weint laut.

Bathseba kniet im Gras nieder. »Der Ewige segne und behüte dich«, flüstert sie und beugt den Oberkörper über die Knie. »Der Ewige lasse sein Antlitz leuchten über dir und sei dir gnädig ...«

Sie kann den alten Segen nicht zu Ende sprechen, denn Tränen ersticken ihre Stimme. Sie drückt die Stirn in den kühlen Boden. Und weint. Weint mit den gefangenen Frauen und Kindern.

24

Zufall

Es geschieht ungefähr zwei Monate später, und wie so vieles im Leben geschieht es scheinbar zufällig: Bathseba treibt die Schafe aus der Korbmachergasse und zur Viehtränke hin. Zwei Frauen stehen dort, nicht viel älter als Miriam – die Frau des Torwächters und die des Zimmermanns. Sie lassen ihre Ziegen saufen und sind derart ins Gespräch vertieft, dass sie Bathsebas Morgengruß nur flüchtig erwidern.

»Ich bin ganz sicher«, sagt die Frau des Zimmermanns, »endlich werde ich Großmutter.«

»Wie weit ist sie denn?«, will die Gattin des Torwächters wissen.

»Vierter Monat?« Die andere wirkt unsicher, wiegt den Kopf. »Mindestens. Ihre Blutung ist zwei Monate überfällig, und schon vor drei Monaten hat sie über empfindliche Brüste geklagt. Zum Glück wird sie nicht von morgendlicher Übelkeit geplagt.«

»Ich hab's mir doch gleich gedacht, als ich deine Tochter neulich im Badehaus getroffen habe«, sagt die Torwächtergemahlin. »Sie ist so blass um die Nase gewesen. Und ihre Augen haben geleuchtet wie die einer jungen Kuh.«

Schwatzend treiben die Frauen ihre Ziegen weg von der Tränke, und Bathseba steht wie vom Donner gerührt.

In Gedanken wiederholt sie, was sie da eben gehört hat. Vierter Monat? Morgendliche Übelkeit? Empfindliche Brüste? Sie braucht ein Weilchen, bis sie versteht. Als dann der erste Schreck ein wenig verflogen ist, drängt sie sich zwischen ihre Schafe und beugt sich über den Steintrog, um im Wasser ihr Gesicht zu betrachten. Ist es blass? Leuchten ihre Augen? Sie kann nichts erkennen, denn wegen der saufenden Schafe ist der Wasserspiegel viel zu unruhig.

Mit weichen Knien stelzt sie über den Torplatz. Ihr Mund ist trocken, und Angst greift mit kalter Hand nach ihrem Herzen.

Zwischen den Hügeln später tastet sie ihre Brüste ab. Die spannen, wie sie noch nie gespannt haben. Außerdem sind sie ungewöhnlich empfindlich, wenn Bathseba die Warzen berührt. Und ihre Blutung ist schon den zweiten Monat überfällig.

Am Abend bringt sie kaum einen Bissen hinunter. Als dann die Dunkelheit auf Hebron fällt und sie auf dem Dach neben Miriam liegt, schläft sie lange nicht ein. Ist ihr am Morgen nicht übel gewesen? Hat sie sich nicht vor drei Tagen übergeben müssen, als ihr morgens der Gestank vergorener Ziegenmilch in die Nase gestiegen ist?

Die Angst fällt sie an wie ein Albdruck, an Schlaf ist nicht zu denken.

Die Leviten von Hebron gelten als besonders fromm und sehr streng – welcher Frau sie Unzucht nachweisen können, die schleppen sie ohne viel Federlesens zur Steinigung vor die Stadtmauer. Und gibt es einen schlagenderen Beweis für Unzucht als einen dicken Bauch?

Als Bathseba am Morgen die Hühner herauslässt und ihr

durch die Luke der Geruch des Federviehs entgegenschlägt, muss sie sich erneut übergeben.

Sie zweifelt nicht länger – es ist, wie es ist: zweiter Monat, vielleicht schon dritter.

Was nun? Wem soll sie sich anvertrauen? Einer der Freundinnen? Die sind doch alle noch Jungfrauen! Miriam? Die kriegt schon spitze Lippen, wenn einer David auch nur erwähnt!

Bathsebas Verzweiflung wächst, während sie die Schafe aus dem Stall lässt und zum Torplatz treibt. Mit wem um alles in der Welt kann sie ihr Geheimnis teilen?!

Den ganzen Tag über grübelt sie – auf dem Weg in die Hügel, auf der Weide zwischen den Schafen, auf dem abendlichen Rückweg in die Stadt. Als Bathseba durch das halbdunkle Nordtor geht, weiß sie es: mit niemandem.

Mit niemandem außer David. Der aber muss es erfahren. So schnell wie möglich! Und um jeden Preis!

Doch wie soll sie nach Gibea kommen? Ob sie David eine Botschaft schickt? Aber durch wen? Vielleicht über Joab und seine Brüder in Bethlehem? Oder durch den Kamelhändler aus Moab? Der kommt auf seinem Weg in den Libanon immer durch Gibea, seit Saul dort als König residiert. Allerdings nur zweimal im Jahr.

Bathseba überlegt hin und her. Und wieder ist es der Zufall, der ihr zur Hilfe kommt. Oder soll sie es eine Fügung des Allmächtigen nennen?

*

Drei Tage, nachdem Bathseba das Gespräch der beiden Frauen an der Viehtränke belauscht hat, reiten am frühen Abend drei Männer auf Maultieren in Miriams Hof: Bathsebas Großvater Ahitofel und zwei bewaffnete Knechte ihres Vaters.

Kein ungewöhnlicher Anblick, denn seit Bathseba auf der Welt ist, seit fast achtzehn Jahren also, lässt ihr Großvater es sich nicht nehmen, regelmäßig nach ihr zu sehen. Alle zwei Monate ungefähr. Bathseba fällt ihm um den Hals, kämpft mit den Tränen und hält ihn so fest, als wolle sie ihn nie wieder loslassen.

»Du wirst ja immer schöner, mein Herzchen!« Und in die Runde der zur Begrüßung versammelten Familie ruft Ahitofel: »Schaut nur, wie ihre Augen leuchten!« Er sei auf Reisen, erklärt er der verlegenen und ein wenig erschrockenen Bathseba, und er wolle bereits in zwei Tagen weiterziehen. »Allerdings nicht zurück nach Gilo, sondern über Bethlehem nach Gibea hinauf zur Königsresidenz.«

Bathsebas Herz macht einen Sprung.

»Ich habe Sehnsucht nach meiner Enkelin gehabt«, erklärt Ahitofel lächelnd, als er Miriam begrüßt. »Da habe ich gedacht: Mach auf dem Weg zu Saul einen kleinen Umweg und schau, ob es Dadida gut geht.«

Bathseba fällt ihm noch einmal um den Hals. Sie bleibt lange in seinen Armen liegen und ist einfach nur froh. Wie wunderbar, Menschen zu haben, die einen Umweg in Kauf nehmen, um dich zu sehen, denkt sie, Menschen, die dich einfach nur lieb haben.

Während sie mit Miriam das Essen zubereitet, spielt sie mit dem Gedanken, dem Großvater ihr Geheimnis anzuvertrauen. Ich sag's ihm einfach, denkt sie, ich krieg ein Kind, sag' ich ihm, was soll ich tun, Großvater? Hilf mir.

Doch dann gellt ihr das schlimme Wort in den Ohren – *Unzucht* –, und vor ihrem inneren Auge marschieren sie auf, die gestrengen Leviten von Hebron. Und gilt Ahitofel nicht landauf, landab selbst als außergewöhnlich frommer Mann?

Nein, beschließt Bathseba, besser nicht. Ich hab Angst,

dass er mich nicht mehr lieb hat, wenn ich's ihm sage. Wenn er erfährt, dass ich Unzucht getrieben habe.

»Ein ziemlich langer Weg nach Gibea hinauf«, sagt Miriam während des Mahls, das sie noch am selben Abend auf dem Dach ihres Hauses ausrichtet. »Jedenfalls für einen alten Mann wie dich. Was verschlägt dich dorthin?«

»Ich bin nicht alt«, entgegnet Ahitofel.

»Natürlich nicht.« Miriam lächelt nachsichtig. »Darf man trotzdem erfahren, was du am Hofe Sauls zu tun hast?«

»Ich weiß es selber nicht genau.« Ahitofel hebt bedauernd die Arme und lächelt vielsagend. Bathseba versucht, sich nicht anmerken zu lassen, wie gespannt sie an seinen Lippen hängt. Sie hat längst einen Plan.

»Du brichst zu einer Reise nach Gibea auf und weißt nicht, warum?« Miriam runzelt die Stirn. »Sag ich nicht zurecht, dass du ein alter Mann bist?«

»Ist er nicht!«, platzt es aus Bathseba heraus. »Großvater hat noch nicht einmal sechzig Sommer gesehen!« Sie ärgert sich über ihre Tante und Pflegemutter. »Und siehst du ein einziges graues Haar an seinem Kopf? Oder in seinem Bart?«

Miriam zieht missmutig die Brauen hoch und schweigt. Bathseba wendet sich an ihren Großvater. »Du weißt wirklich nicht, warum der König dich nach Gibea ruft?«

»Es geht um einen verzwickten Rechtsstreit.« Ahitofel schabt sich den Bart und scheint zu überlegen, wie viel er verraten darf. »Saul will meinen Rat hören. Außerdem will er wissen, wie ich den obersten Fürsten der Philister einschätze.«

»Gibt's denn schon wieder Krieg?«, entfährt es Bathseba. Alle schauen Ahitofel erwartungsvoll oder ängstlich an – Miriam, ihre Söhne, ihre Schwiegertöchter, ihre Mägde und Knechte, die zum Mahl geladenen Nachbarn –, alle sind sie neugierig.

Doch der Großvater verrät weiter nichts. »Wie zart du das Lammfleisch wieder hinbekommen hast«, lobt er Miriam lächelnd. »Und dein Winterkohl ist ein Gedicht!«

Miriam wächst um eine ganze Handbreite, und rot wird sie auch. Bathseba hält die Gelegenheit für günstig und ruft: »Ich will endlich einmal Gibea sehen, Großvater! Ich will wissen, in was für einem Haus unser König wohnt. Nimm mich mit, bitte!«

Und dann geht es, wie es immer geht bei solchen Gelegenheiten: Miriam schüttelt energisch den Kopf, Bathseba bettelt, Miriams Nein wird lauter und wütender, Bathseba drückt ein paar Tränen heraus, Miriam gebietet ihr zu schweigen, Bathseba besteht trotzig auf ihrem Willen.

»Lass sie doch mit mir reiten«, schlägt der Großvater schließlich vor. »Ein junger Mensch muss etwas sehen von der Welt, die neue Festung in der Königsstadt allemal. Außerdem braucht das junge Königtum in Israel möglichst viele, die ihren König persönlich kennen.« Miriam scheint zu schrumpfen. »Und ich kann eine kluge Reisebegleiterin gebrauchen, die mich bei Laune hält auf dem beschwerlichen Weg.«

Am Ende bekommt Bathseba ihren Willen.

∗

Am nächsten Tag brechen sie auf. Sie reiten zu sechst, denn Miriams jüngster Sohn und einer ihrer Knechte begleiten sie – dieselben Männer, die damals, am Tag der Löwin, mit David und ihr nach Gilo geritten sind. Miriam hat darauf bestanden. Ahnt sie, dass Bathseba wegen David mit nach Gibea will? Ganz Israel weiß ja inzwischen, dass Saul den jungen Helden an seinen Hof geholt hat. Ahnt Miriam gar, was mit ihr los ist?

Drei Tagesreisen sind es bis nach Gibea. Die erste Nacht verbringen sie in einem Bergdorf bei Tekoa. Der Dorfälteste, ein Levit, ist stolz, den in ganz Israel geachteten Ahitofel beherbergen zu dürfen. Er lässt ein Lamm schlachten, drei Krüge seines besten Weines aus seiner Weinhöhle holen und richtet auf seinem Dach ein üppiges Mahl für seinen Gast aus.

Während des Essens dreht sich das Gespräch schon bald um das unglaubliche Ereignis, das die Menschen zwischen Jordan und mittelländischem Meer seit Wochen bewegt wie kein zweites: der siegreiche Kampf jenes Hirten aus Bethlehem gegen den Vorkämpfer der Philister. Bathsebas Müdigkeit ist auf einmal wie weggeblasen, kein Wort entgeht ihr.

»Am vorletzten Sabbat hat er bei uns übernachtet, dieser David«, berichtet der Dorfälteste. »Mit einer Kriegsschar aus Bethlehem.«

»Lauter wilde Kerle«, ergreift seine Frau das Wort. »Der wildeste hat Joab geheißen. Hat geschielt wie ein kranker Dämon.«

»Joab kann wieder laufen?«, staunt Bathseba.

»Schneller als ich.«

»Ein Großmaul«, sagt ihr Mann. »Hundert Philister will er erschlagen haben.«

»Vielleicht stimmt's ja.« Seine Frau seufzt. »Sie haben nämlich keinen einzigen Gefangenen dabeigehabt. Nicht einmal Frauen und Kinder.«

»Sicher haben sie den Gefangenen die Freiheit geschenkt.« Bathseba muss an die gefesselten Frauen und Kinder beim Eichgrund denken. »Das haben David und Joab doch sicher getan, oder?«

Niemand antwortet ihr, und eine Zeit lang fällt kein weiteres Wort. Bis Ahitofel das Schweigen bricht. »Woher sind sie gekommen?«, will er wissen.

»Von der Küste«, sagt die Frau des Dorfältesten. »Sie haben in den Philistersiedlungen nach der Bundeslade gesucht.«

»Saul hat sie dorthin geschickt«, bestätigt ihr Mann. »Siebzig Krieger. Und dieser Hirte, David, ist ihr Anführer gewesen.«

»Und haben sie die Lade Gottes gefunden?« Eigentlich ist ihr die Bundeslade gleichgültig, doch Bathseba will so viel wie möglich über David erfahren.

»Nein. Aber sie geben nicht auf, wollen nach der Olivenernte wieder aufbrechen. Angeblich haben sie eine Spur.«

»Joab wohnt nun also auch in Gibea?«

»Er und seine Brüder.« Der Dorfälteste nickt. »Wie man hört, verdrehen sie sämtlichen Jungfrauen der Königsstadt den Kopf.« Er lacht, während es Bathseba wie ein Stich durchs Herz geht.

»Saul hat die Bande gern, wie man hört«, sagt seine Frau. »Vor allem den David. Wann immer er in der Stadt ist, lässt Saul ihn zu sich in die Festung rufen, damit er ihm was vorsingt. Angeblich hat er ihm sogar seine älteste Tochter zur Frau versprochen.«

Das zu hören, tut weh, und Bathseba stellt keine weiteren Fragen mehr. Später liegt sie wach, guckt traurig in das Gefunkel tausender Sterne über sich. Sie fühlt sich leer. Und bereut es, Miriam die Erlaubnis zu dieser Reise abgetrotzt zu haben.

25

Tritte in den Bauch

Am nächsten Tag reitet sie stundenlang schweigend neben ihrem Großvater her. Manchmal spürt sie von der Seite seinen forschenden Blick. Am Nachmittag geraten sie in schweres Unwetter, sodass sie in einer Höhle Zuflucht vor Gewitter und Regen suchen müssen. Dort sitzt sie neben dem Großvater und starrt in die vom Wind gepeitschten Zedernwipfel.

»Dein Herz ist schwer, nicht wahr?« Ahitofel legt den Arm um ihre Schulter und zieht sie an sich. »Doch glaub mir, Dadida: David wäre nicht der Richtige für dich gewesen. Der Mann ist unbändig und gefährlich. Ich bin heilfroh, dass dein Vater dich Uriah zum Weib versprochen hat und nicht so einem ruhelosen Hallodri.«

Bathseba weiß nicht, was ein *Hallodri* ist, will es in ihrer Traurigkeit auch nicht wissen. Gar nichts will sie wissen. Stumm drückt sie ihre Stirn in Ahitofels Halsbeuge. Während sie still ein paar Tränen in seinen Bart weint, streicht sie sich über den Leib. Auch von dem neuen Leben, das sich darin regt, will sie am liebsten nichts wissen. Sie fürchtet sich davor.

Durchnässt bis auf die Knochen erreichen sie am Abend Bethlehem. Durch einen Briefboten hat der Großvater dem

Propheten Nathan sein Kommen schon vor Tagen angekündigt, sodass sich ihnen im Südtor ein Dutzend Männer entgegendrängt, die seinen Rat suchen. Nachdem Ahitofel sie auf den nächsten Morgen vertröstet hat, reiten sie weiter zu Nathans Haus.

Dort warten trockene Kleider, ein wärmendes Feuer, ein Stallplatz für ihre Tiere und ein bequemes Nachtlager auf sie. Vorher jedoch wird gegessen und getrunken. Während des Mahles erfährt Bathseba mehr über Ahitofels Reisegründe.

»Bedauerlicher Fall, Gott weiß es«, sagt nämlich Nathan nach dem ersten Becher Wein. »Ein Ziegenbock stößt eine Schwangere in den Bauch, sie stürzt, das Kind kommt zur Unzeit und tot zur Welt.« Bathseba sitzt kerzengerade und lauscht gespannt. »Ich kenne den Besitzer des Bockes. Er ist der höchste Priester von Gibea – ehrlich, fromm, gerecht gegen Arm und Reich.« In einer Geste der Ratlosigkeit breitet er die Arme aus. »Und nun, Ahitofel? Was willst du Saul raten?«

»Auge um Auge, sagt die Thora«, erklärt Ahitofel. »Zahn um Zahn. Also muss er zahlen, und das Tier muss sterben.«

»Hätte die Schwangere sich ferngehalten von dem Bock, hätte er sie nicht gestoßen und sie hätte ihr Ungeborenes nicht verloren.« Nathan schenkt ihm und sich Wein nach.

Der Großvater murmelt einen Segensspruch über dem Wein. Dann trinkt er, und dann sagt er: »Auge um Auge, Zahn um Zahn. Dein Priesterfreund hätte seinen Bock festbinden müssen, so einfach ist das.«

Sie hätte ihr Ungeborenes nicht verloren. Die Worte brennen sich in Bathsebas Brust ein wie ein Glutfunken in die Haut. Der Prophet und ihr Großvater reden und reden, doch sie hört nicht mehr zu – ein Bock, ein Tritt, und sie wäre erlöst von Angst und Sorge. Sie knabbert an ihren Fingernägeln herum, so beschäftigen sie die Gedanken.

Erst als Davids Name fällt, kehrt Bathsebas Aufmerksamkeit auf das Dach des Hauses zurück, und sie folgt wieder dem Palaver der beiden alten Männer.

»Ein Prachtbursche!« Nathan leert seinen Weinbecher und langt nach dem Krug. »Neulich war er hier, hat mich und seinen Vater besucht. Er entwickelt sich bestens in Gibea. Mit Joab und seinen Brüdern an der Seite wird er allmählich zum Schrecken der Philisterdörfer. Ein wirklich guter Krieger!«

»Und Sauls Hausmusiker, wie man hört.« Ahitofel streckt dem Propheten seinen leeren Weinbecher hin, damit er auch den wieder füllt.

»Nichts tröstet den König gründlicher als Davids Harfenspiel. Alle, die in Gibea gewesen sind, erzählen das.«

»Der König braucht Trost?« Der Großvater zieht fragend die Brauen hoch.

»Und ob! Der Ewige hat ihm eine Strafpredigt halten lassen, und zwar durch den großen Propheten aus Rama persönlich.«

»Durch Samuel? Was hat Saul denn angestellt?«

»Statt die eroberten Philisterstädte mit Mann und Maus niederzubrennen, hat er Beute und Gefangene gemacht.« Bathseba stockt der Atem. »Und sich dann noch Priesterrechte angemaßt und im heiligen Zelt ein Dankopfer zelebriert.«

Bathseba ist fassungslos. Mit offenem Mund schaut sie ihren Großvater an – sie erwartet, dass er auf Samuel schimpfen wird, sie erwartet, dass er sich empören wird über die Gründe der Strafpredigt. Doch Ahitofel sagt nur: »Das Königtum ist Saul wohl zu Kopf gestiegen.«

»So ist es.« Nathan nickt. »Samuel muss ihm mächtig eingeheizt haben, denn seit seinem Besuch glaubt Saul sich von den Engeln des Höchsten und allen guten Geistern verlassen. Und verfällt zunehmend der Schwermut.«

»Armer Kerl.« Der Großvater schüttelt sorgenschwer den Kopf.

»Der König kann von Glück reden, dass Gott ihm einen wie David über den Weg geschickt hat. Übrigens will er von dir wissen, ob er ihm trotz seiner Jugend schon eine Abteilung seines Heeres anvertrauen soll.«

»Soll er doch Abner fragen. Oder gleich den Ewigen.«

Bathseba hat genug. Sie murmelt einen einsilbigen Abschiedsgruß und erhebt sich vom Mahl. Was ist das nur für eine Welt?, fragt sie sich, während sie ins Haus hinabsteigt. Was ist das für eine unbegreifliche Welt, in der Propheten wie Nathan und weise Männer wie Ahitofel es gutheißen, eine Stadt samt Frauen und Kinder und Tieren niederzubrennen?

Im Stall, zwischen den Maultieren, rollt sie sich in eine Decke und starrt traurig in die Dunkelheit. Als sie endlich eingeschlafen ist, steht sie im Traum hinter dem weißem Esel. Joab sitzt auf ihm und reckt seinen blutigen Säbel in die Luft, und sein Esel schlägt mit den Hinterläufen aus und tritt Bathseba in den Bauch.

*

Den ganzen folgenden Vormittag über sitzt der Großvater auf Nathans Dach und empfängt ratsuchende Männer und Frauen, sodass sie erst spät aufbrechen können und in Anatot noch einmal übernachten müssen. Als sie tags darauf gegen Mittag in die bergige Gegend der Jebusiterstadt kommen, die manche Jerusalem nennen und die bisher noch jedem israelitischen Feldherrn getrotzt hat, schließen sie sich einer Karawane an, die Salz vom Toten Meer in die Königsstadt bringt, denn es ist gefährlich, allein durch das Gebiet der feindlichen Jebusiter zu reisen.

Auch unter den Kaufleuten und Kameltreibern hat sich Davids Sieg über Goliath herumgesprochen. »Ein brauchbarer Mann, dieser Sänger aus Bethlehem«, hört Bathseba einen Salzhändler zum Großvater sagen. »Wird Israel noch eine Menge Freude machen, schätze ich.«

»Und ordentlich auf seiner Harfe klimpern kann er auch, wie man hört.« Der Kameltreiber nickt anerkennend.

»Hat in drei Monaten schon mehr Philister totgeschlagen als Saul in drei Jahren.« Der Salzhändler schnalzt andächtig mit der Zunge.

»Und dann sein Vetter, dieser Joab! Ein tollkühner Haudegen ohne einen Funken Furcht im Leib! Wenn die Burschen so weitermachen, haben wir vielleicht doch irgendwann mal Ruhe vor den verdammten Philistern. Gute Männer, wirklich wahr!«

»Solche Männer nennt ihr ›gut‹?!«, platzt es aus Bathseba heraus. »Männer, die nichts als verbrannte Erde hinterlassen, wo sie gekämpft haben? Nein!« Energisch schüttelt sie den Kopf. »Eines Tages werden sie dafür bezahlen müssen! Und Israel auch.«

»Was redest du denn da, Mädel?!« Der Salzhändler winkt unwillig ab. »Der David hat einen der Philister-Riesen besiegt! Hat man denn so was je zuvor gehört?«

»Glückstreffer.« Ahitofel zuckt gleichmütig mit der Schulter, und Bathseba traut ihren Ohren nicht. »Zur rechten Stunde und am rechten Ort gelandet, zieht so ein Zufallstreffer manchmal durchaus allerhand Glück nach sich. Manchmal aber auch allerhand Unglück.«

Die Männer mustern ihn und Bathseba misstrauisch. »Ihr beiden mögt wohl keine Musiker, was?«, murrt der Kameltreiber.

Am frühen Nachmittag reiten sie vor der Karawane her nach Gibea hinein. Die Stadt ist kleiner als Bethlehem, sogar kleiner als Hebron. Die Festung, die König Saul sich in den letzten sieben Jahren hat bauen lassen, sieht aus wie aus dem Fels gehauen: schroffe, wuchtige Mauern mit nur angedeuteten Zinnen, schräg abfallende Gebäudewände, kleine Fenster, Türme wie geduckte Riesen.

Knechte des Königs nehmen ihnen die Tiere ab, kretische und hethitische Krieger aus der Leibwache des Königs führen sie ins Haupthaus der Festung. Beim Anblick der Hethiter senkt Bathseba den Kopf. Alles, was sie an Uriah erinnert, ist ihr zuwider.

Im palastartigen Haupthaus stellen Sauls Frauen ihnen Schüsseln mit Wasser hin, damit sie sich Hände und Füße waschen können, bevor man ihnen Früchte, Kuchen und Wein auftischt. Bathseba rührt nichts davon an. Das bevorstehende Wiedersehen mit David erfüllt sie mit Aufregung.

Nach der Mahlzeit geleiten sechs königliche Leibwächter und zwei Frauen sie zum König. Nach dem Vorbild der anderen Königreiche zwischen Euphrat und Nil hat auch Saul nur ausländische Krieger zu Leibwächtern berufen – um Verschwörungen und Anschlägen aus dem eigenen Volk vorzubeugen.

Schon in der schmalen Raumflucht, die zum Königssaal führt, hört Bathseba Harfenklänge. Ihr Herz gerät ins Stolpern, und als ein Lächeln ihr Gesicht entspannt, fragt sie sich, wann sie sich zuletzt gefreut hat.

Der Gang führt zu einem niedrigen schmucklosen Saal. An einer Wand sitzt er mit geschlossenen Augen auf einem mit Teppichen bedecktem Stein und zupft auf seiner Harfe: David. Er hat sich überhaupt nicht verändert.

An der gegenüberliegenden Wand beugt sich der König aus einem Lehnsitz aus grobem Holz, stützt den Ellenbogen aufs Knie und das Kinn in die Faust und schaut mit halb geschlossenen Augen zu seinem Sänger hinüber. Sein Schwertgurt hängt über der Rücklehne seines Throns, dahinter lehnt seine Wurflanze an der Wand.

Bathseba erschrickt ein wenig, denn Saul wirkt hohlwangig und düster. Und verharrt so reglos, als sei er gar nicht anwesend, als habe die Musik ihn in eine andere Welt entrückt.

Die königlichen Leibgardisten weisen ihnen eine steinerne Bank unter einer Fensteröffnung zu, wo Bathseba zwischen Miriams Sohn und Ahitofel Platz nimmt. Die ausländischen Krieger selbst beziehen mit aufgepflanzten Lanzen neben ihnen an der Wand und rechts und links des Eingangs Aufstellung.

Bathseba weiß kaum, wohin mit sich. An der Seite ihres Großvaters macht sie sich hinter dessen Schulter und Rauschebart möglichst klein. So sehr sie sich freut, David wiederzusehen, so sehr fürchtet sie sich gleichzeitig, ihm gegenüberzustehen und in die Augen zu schauen. Was wird er sagen, wenn er erfährt, dass sie schwanger von ihm ist? Manchmal lugt sie an Ahitofel vorbei zu ihm hin, doch er bemerkt sie nicht. Versunken in sein Harfenspiel hebt er nicht ein einziges Mal den Blick.

Auch als der König in die Hände klatscht, sich bedankt und ihm dann mit einem Blick bedeutet, den Saal zu verlassen, schreitet er hinaus, ohne sie oder Ahitofel eines Blickes zu würdigen. Hat er sie wirklich nicht bemerkt? Möglich ist es, denn den Großvater und Miriams Sohn kennt David nur flüchtig, und sie selbst hat es vermieden, auf sich aufmerksam zu machen.

»Du glaubst nicht, wie gut es mir tut, seinem Harfenspiel zu lauschen, Ahitofel.« Der König lehnt sich zurück und lächelt müde. »Obwohl er schon besser gespielt hat als heute, das ist leider auch wahr.« Er nickt ihnen flüchtig zu. »Willkommen in meiner Burg. Ich hoffe, du hattest eine angenehme Reise. Können wir unter vier Augen sprechen?«

Bathseba hat nichts dagegen, den kalten und schmucklosen Saal zu verlassen, zumal es sie zu David zieht. »Wo finde ich den Harfenisten?«, fragt sie eine der Frauen, die sie zurück zum Festungshof führen.

»Meistens geht er um diese Zeit in den Garten und füttert die Vögel in der Voliere.« Die Frau zeigt ihr den Weg zum Gartenausgang. Bathseba sondert sich ab und geht allein weiter.

Zwei junge Männer in bronzenen Harnischen und langen weißen Waffenmänteln stehen rechts und links des Eisentores, durch das man in den Garten gelangt. Zwei Hethiter, wie Bathseba sofort an ihren langen Haaren, ihren rechteckig geschnittenen Bärten und den hohen Helmen erkennt. Sie kreuzen ihre Lanzen vor Bathseba, als sie auf das verschlossene Tor zuhält.

»Ich will in den Garten.« Die Wächter schütteln stumm die Köpfe. »David ist dort. Ich will ihn sprechen.« Erneut das stumme Kopfschütteln. Bathseba legt sich Worte zurecht, um sie zum Öffnen des Tores zu überreden, doch ein Blick in die harten und verschlossenen Mienen überzeugt sie sofort: Hier kommt sie nicht durch.

Sie macht kehrt, biegt wieder in den Gang zum Festungshof ein und entdeckt nach ein paar Schritten eine breite Treppe, die zum Dach hinaufführt. Sie nimmt drei Stufen auf einmal.

Niemand sitzt auf den Hockern und an den niedrigen Tischen, die überall auf dem weitläufigen Dach herumstehen. Ungestört kann Bathseba bis zur Brüstung gehen und in den Garten hinabblicken. An den Hauswänden und Mauern ringsum wachsen Feigenbäume und Weinstöcke, in der Mitte ragen drei Dattelpalmen auf, jede an die achtzig Ellen hoch.

Zwischen den Bäumen umgeben steinerne Bänke einen überdachten Brunnen, und daneben steht eine große Voliere, aus der es zwitschert und pfeift. Eine Hütte ähnlicher Größe schließt sich ihr an, sodass man von ihr aus das Vogelhaus betreten kann. Jemand zieht die Hüttentür just in dem Augenblick zu, als Bathseba versucht, die Vögel hinter dem Gitter zu erkennen.

David! Das muss er gewesen sein!

Von einem Gatter in der Brüstung führt eine schmale Stiege in den Garten. Ohne lange nachzudenken, steigt Bathseba hinab. An der Voliere angekommen, huscht sie um die Hütte herum, um die Eingangstür zu finden. Von innen hört sie Stimmen – David ist nicht allein?

Sie kommt an einer kleinen vergitterten Fensteröffnung vorbei, bleibt stehen, späht durch das feine Metallnetz: Zwei Gestalten knien nackt in einem Lager aus Fellen und winden sich in wilden Umarmungen und Küssen.

Wie ein Stich geht es Bathseba durchs Herz: Einer der Nackten ist David.

Erst auf den nächsten Blick, als ihre Augen sich an das Halbdunkel in der Hütte gewöhnt haben, erkennt sie auch die zweite Gestalt: Jonathan.

Sie dreht sich von der Fensteröffnung weg, drückt den Rücken gegen die Hüttenwand, starrt in den Himmel, ringt um Atem. Der Boden unter ihren Füßen bebt, der Schmerz treibt ihr Tränen in die Augen.

*

Am Abend gibt der König ein Festmahl zu Ehren Ahitofels. Bathseba hat Bauchschmerzen. Sauls Hof versammelt sich auf dem Dach, seine Frauen, seine Hauptleute, seine zahlreichen Söhne und Töchter. Auch Abner und Jonathan sieht

Bathseba die Treppe heraufkommen. Und David mit der Harfe auf dem Rücken. Bathseba ist übel.

Er kommt zu ihr, bleibt vor ihr stehen, entbietet ihr einen Segensgruß und lächelt ihr ins Gesicht. »Wie schön, dich wiederzusehen«, sagt er. »Du bist mit Ahitofel im Königssaal gewesen, als ich heute Mittag vor Saul gespielt habe? Ich hab dich gar nicht bemerkt. Verzeih!«

Bathseba bringt kein Wort über die Lippen, steht nur da und schaut ihm ins lächelnde Gesicht. Sie spürt selbst, wie feindselig ihr Blick ihn anblitzt, sieht auch den Schatten, der sich auf seine Miene legt und sein Lächeln auslöscht. David senkt den Kopf, wendet sich ab und marschiert quer durch die Menge der Gäste zu dem Polster, das sie in der Nähe des Königs und seiner Familie für ihn aufgestellt haben.

Wein wird ausgeschenkt, das Mahl aufgetragen. Knechte schneiden den Braten an, während Abner eine Begrüßungsrede für Ahitofel hält. Danach spricht ein Levit ein Gebet, und dann stürzen sich alle aufs Essen. Bathseba würgt nur einen Bissen hinunter.

Nach dem Mahl zupft David auf seiner Harfe und singt Lieder dazu. Er vergreift sich ein paar Mal in den Saiten, und jedes Mal, wenn ein schräger Ton erklingt, verzieht der König ärgerlich das Gesicht. Bathseba sieht es – und gönnt es David von Herzen.

Nachdem er sein Instrument beiseite gelegt hat, umringen ihn Jonathan und seine Brüder und Schwestern. Da sind Saul, Abner und Ahitofel längst von der königlichen Leibwache umringt und tief ins Gespräch versunken.

Bathseba beobachtet, wie eine von Sauls Töchtern besonders nah an David heranrückt. Sie ist zierlich, höchstens sechzehn Jahre alt und hat rötliches Haar und große Augen, die jedes Mal aufleuchten, wenn David sie anschaut. Und der schaut sie oft an, auch das entgeht Bathseba nicht. Und dass er sie mit seinen Blicken auszieht, ebenfalls nicht.

Das also ist sie, denkt sie, das ist Sauls älteste Tochter, die er David zur Frau geben wird. Ihr Bauch krampft sich zusammen. Sie steht auf, huscht zur Treppe und schleicht in ihre Schlafkammer.

In dieser Nacht hasst sie David. Während sie sich vor Bauchschmerzen und Verbitterung von einer Seite auf die andere wirft, verflucht sie ihn. Und spürt doch zugleich, dass ihr Hass nur die dunkle Seite ihrer brennenden Liebe ist. Ihrer dummen, rettungslosen Liebe! Als sie morgens aufstehen will, muss sie sich übergeben.

Drei Tage lang verlässt sie die Schlafkammer nur, um sich zu entleeren. Sie isst nichts, lässt sich lediglich Wasser bringen. Und Tücher, denn sie blutet ein wenig.

Jeden Abend und jeden Morgen klopft ihr Großvater an die Kammertür und schaut nach ihr. Sorgenfalten türmen sich auf seiner Stirn, als er hört, dass sie sich übergeben hat und dass sie blutet. Bathseba lächelt, so gut sie kann.

»Morgen ist alles wieder gut«, sagt sie. Und am Tag der geplanten Abreise behauptet sie tapfer, es gehe ihr fabelhaft und sie könne reiten.

Sie packen ihre Sachen und führen die beladenen Tiere zum Südtor von Gibea. Eine große Schar schwer bewaffneter Reiter überholt sie und trabt an ihnen vorbei. Als der Staub, den die Hufe ihrer Tiere aufgewirbelt haben, sich senkt, erreichen die ersten gerade das Tor, und Bathseba kann die Anführer der Kriegsschar erkennen: David und Joab. Auf Ahitofels Rat hin hat Saul David tausend Mann unterstellt, um die Küstensiedlung zu überfallen, in der David und Joab die Bundeslade vermuten.

Durch das offene Tor reitet das Heer aus der Stadt. Zuvor überlässt David dem schielenden Säbelmann auf dem weißen Esel die Führung. Er selbst steigt vom Maultier und führt es etwas abseits zum Eingang eines Hauses, das in die Stadtmauer hineingebaut ist. Eine Frau wartet dort – rötliches Haar, zierlich, große Augen.

Im Näherkommen sieht Bathseba, wie vertraut sie miteinander sprechen, wie sie einander sogar berühren. Ganz eng wird es in ihrer Brust und heiß steigt ihr der Zorn in die Kehle. Sie schluckt ihn hinunter und lässt sich von Miriams Sohn auf ihr Maultier helfen.

»Diese Jungfrau da bei David – ist das des Königs älteste Tochter, die er heiraten soll?«, fragt sie Ahitofel, als sie hinter den letzten Kriegern dicht an dem Paar vorüber ins Tor hineinreiten.

»Nein.« Ahitofel runzelt die Stirn. »Das ist Michal, Sauls jüngste Tochter.«

Nach ein paar Stunden Ritt quälen die Bauchschmerzen Bathseba so stark, dass sie sich kaum noch auf dem Maultier halten kann. Nur mit Mühe schafft sie es bis nach Bethlehem. Als man ihr am Abend dort von ihrem Reittier hilft, glänzt Blut an der Stelle des Maultierrückens, auf der sie gesessen hat.

Ahitofel bringt sie ins Haus von Miriams Familie. »Armes Kind«, sagt die Tante, während sie ihr ein Krankenlager bereitet. »Was beim gütigen und allmächtigen Gott ist dir denn zugestoßen?«

»Nichts.« Bathseba stößt ein bitteres Lachen aus. »Mich hat nur ein Maultier in den Bauch getreten. Und danach noch einmal ein Esel.«

DRITTES BUCH

Der König

26

Mordplan

Dort also, im nächtlichen Bethlehem, liegt sie blutend auf einem Haufen aus Stroh, Fellen und Tüchern. Wir wissen, welche Bilder sie quälen, und du weißt es auch: ihr Geliebter und der Königssohn in leidenschaftlicher Umarmung, ihr Geliebter und die Königstochter in zärtlichem Gespräch. Sie zerbeißt die Worte, die ihr aus dem Herzen auf die Zunge schlüpfen, damit sie ihr nicht über die Lippen rutschen.

Schau nur, wie sie weint, wie sie sich windet vor Schmerzen. Sie ist kaum neunzehn Sommer alt und hat schon keine Hoffnung mehr, jemals wieder lachen zu können.

Bathseba, die Tochter Eliams.

Und hier nun, in der ersten Dunkelheit über Jerusalem, verlässt sie ihr Haus. Sie geht in Lumpen gehüllt wie eine Bettlerin und hat sich mit Blut rot-schwarze Flecken ins Gesicht getupft aus Angst, ihrem Mann zu begegnen. Gebeugt wie eine Greisin hinkt sie die Gasse zum Osttor der Königsburg hinunter.

Sie ist sechsundzwanzig Sommer alt und trägt ein Kind unter dem Herzen. Verzweiflung, Zorn und Enttäuschung treiben sie zum König. Zu ihrem Geliebten, der den Hethiter aus dem Heerlager geholt hat, um ihn in ihr Bett zu lotsen, damit er ihm die Vaterschaft für ihr Kind anhängen kann. Für das Kind, das doch er gezeugt hat. Es fällt ihr schwer, die Flut der Worte zu bändigen, die sie ihm ins Gesicht schleudern will.

Schau doch, wie das Feuer des Zorns ihr Gesicht rötet, wie es aus ihrem Blick sprüht. Schau, wie sie vor dem Tor stehen bleibt und die Fäuste ballt.

Bathseba, die Enkelin Ahitofels, die sie in Hebron *Dadida* genannt haben, die *Liebliche*.

Wir nennen sie die *Löwin von Jerusalem*.

Und dort siehst du ihn, David aus Bethlehem – der Hirte, der den Riesen bezwungen hat, der Verführer, der Sänger: An der Seite des Säbelmannes zieht er vor tausend Kriegern her zur Küste, um die Bundeslade zu suchen und die Siedlungsgebiete der Philister zu verwüsten.

Schau nur, wie der Blick seiner schwarzen Augen brennt.

Nur wenig mehr als zwanzig Sommer hat er gesehen und ist schon so stolz wie ein berühmter Krieger, dem keiner das Wasser reichen kann. Er fühlt sich stark, er fühlt sich unbesiegbar, er glaubt, uns zu dienen.

Und hier nun, in Jerusalem, läuft er unruhig zwischen seiner Bettstatt und der Dachstiege hin und her, weint und zermartert sich den Kopf. Er steigt aufs Dach, betrachtet den Sternenhimmel, starrt in den Hof hinunter. Und denkt an die Frau, die in dem Haus dort unten wohnt. Und an das Kind in ihrem Bauch.

Er fühlt sich einsam, er ist verzweifelt, er fürchtet um seinen Thron, er plant einen Mord.

David, der Sohn Isais – der Kriegsmann, der Weiberheld, der Totschläger, der König von Jerusalem.

Dort, in Bethlehem, zieht ihre Tante das blutige Leintuch von Bathsebas Nachtlager und guckt verstohlen zu ihr hin. Alle gucken sie so an: verstohlen und bedrückt – ihr Großvater, der Prophet Nathan, Miriams Sohn, die Nachbarn. Alle kennen sie die Wahrheit, niemand spricht sie aus.

Hier, in Jerusalem, packt sie entschlossen den kalten Eisenring an der Seite des Osttores und schlägt ihn gegen das harte Holz – drei Mal, vier Mal, fünf Mal. Klopft wieder und wieder, klopft, bis sie jenseits des Tores Schritte hallen hört.

Was wird nun geschehen?

Wir wissen, was geschehen wird. Und du wirst es erfahren.

Dort fällt er mit seiner Kriegsschar über eine schlafende Stadt her. Er und seine Kämpfer machen alles nieder, was lebt. Die Lade des Bundes finden sie nicht. Als sie weiter zur Küste reiten, steht hinter ihnen die Stadt in Flammen.

Hier, auf dem Dach seiner Burg, ist nun sein Mordplan fertig. Er steigt hinunter in sein Königsgemach, lässt sich auf den Hocker fallen, auf dem er zu sitzen pflegt, wenn er Harfe spielt und Lieder für uns dichtet, und beugt sich über den niedrigen Tisch. Er zieht Öllampe, Pergament, Tinte und Federkiel heran und schreibt einen Brief.

Dort und hier, damals und jetzt – für Bathseba und David ein Abgrund aus Zeit und Raum, für uns kaum ein Wimpernschlag und weniger als ein Schritt.

Was wird geschehen?

Komm mit uns, wir zeigen es dir. Wir, die wir wissen, was geschehen ist, was geschehen wird und was jetzt gerade geschieht.

Jetzt gerade versiegelt David in seiner Kammer unter dem Dach einen Brief, während unten, am Osttor, Bathseba ihre gebeugte Haltung aufgibt und ihren zerlumpten Umhang aus der Stirn zieht, weil an der Innenseite des Tores das Rasseln und Scharren des Riegels laut wird.

27

Ausschlag

Der Schrittlärm ist verhallt. Eisen scharrt über Holz, Holz kracht gegen Eisen und dann öffnet sich knarrend die kleine Tür im Torflügel. Bathseba hat alle Worte vergessen, die sie sich zurechtgelegt hat, um die Torwächter zu überreden, sie in die Burg hineinzulassen und zum König zu führen. Nur das, was sie dem König zu sagen hat, weiß sie noch. Das vergisst sie in hundert Jahren nicht.

Sie sind zu fünft, vier bleiben im Hintergrund, und Bathseba kann nur ihre Umrisse erkennen. Der fünfte Soldat, der aus dem Halbdunkel auf die Schwelle tritt, trägt einen großen Helm mit Wangenschutz, unter dessen Stirnrand nahezu weiße Brauen hervorquellen. Ein Lederharnisch glänzt schwarz unter seinem langen rötlichen Mantel, an seinem Waffengurt hängen Schwert und Dolch. Mit der Linken hält er eine Fackel, mit der Rechten stützt er sich auf eine Lanze.

Dieselbe Lanze, die er vor ein paar Wochen nach ihr geworfen hat? Unwillkürlich weicht Bathseba einen Schritt zurück, denn sie erkennt ihn sofort wieder. Und ist sie ihm nicht schon in früheren Jahren begegnet? Er jedoch zeigt mit keiner Regung, keinem Mienenspiel, ob auch er sie erkennt. Schweigend schaut er ihr in die Augen.

Er ist gut zehn Jahre älter als David. Blatternarben, die wie schwärzliche Inseln kranken Fleisches seinen spärlichen grauweißen Bart durchziehen, verunstalten sein Gesicht. Und jetzt erinnert Bathseba sich: Es ist der Hauptmann, der am Eichgrunde für David gesprochen, der ihm den Sieg über den Riesen mit Wein gedankt hat! Seine Miene ist hart, und wie neulich in der Eingangshalle der Burg scheint sein eisiger Blick sie durchdringen zu wollen.

Obwohl ihr angst und bange wird, hält sie ihm stand und wartet auf ein Wort von ihm. Doch der Torwächter bleibt stumm. Als er sich anschickt, die Pforte wieder zu schließen, stemmt Bathseba die Hand gegen das Türblatt. »Ich will zu David! Lass mich hinein.«

»Der König hat dich geladen, Weib?« Seine Stimme klirrt vor Kälte, sein verächtlicher Blick fliegt über ihr altes schmutziges Gewand. »Das glaube ich nicht.«

»Du weißt genau, dass ich schon einmal bei ihm gewesen bin.« Sie streift das zerschlissene Tuch vom Haar, damit er sie besser sehen kann.

»O ja, ich erinnere mich«, sagt er leise, und es klingt wie eine Drohung.

»Und nun wartet er wieder auf mich. Was ist daran so außergewöhnlich, dass du's nicht glauben kannst?«

»Willst du König David kränken, dass du in Lumpen zu ihm kommst?«

Sie öffnet den fleckigen und löchrigen Umhang, um ihm das feine Kleid darunter zu zeigen. »Ich habe mich in dieses alte Zeug hier gehüllt, damit mich auf dem Weg hierher keiner erkennt.«

Seine Augen werden zu schmalen Schlitzen. Er hebt die Fackel, streckt sie zu Bathseba hin aus – und weicht einen Schritt zurück. »Du bist ja krank!«

»Bin ich nicht.«

»So?« Er schluckt heftig. »Und was sind das für ekelhafte Flecken in deinem Gesicht?« Er wird lauter. »Du hast doch die schwarzen Blattern!«, schreit er und stemmt die Lanze zwischen sich und Bathseba auf die Torschwelle.

»Habe ich nicht.« Sie streicht sich ein paar Strähnen von den Wangen. »Ein harmloser Hautausschlag, weiter nichts.«

Er schweigt und schluckt erneut. In seiner Miene arbeitet es, schließlich fragt er: »Wie heißt du?«

Sie zögert einen Atemzug lang. »Bathseba«, erwidert sie endlich und verkneift sich den Zusatz *das Weib des Uriah*, der ihr den Weg zu David womöglich schneller gebahnt hätte. »Und wer bist du?«

Der Lanzenmann stockt länger als nur einen Atemzug lang. »Benaja«, sagt er schließlich. »Der neue Hauptmann der königlichen Leibgarde.«

Den Namen hatte Bathseba vergessen, doch dass er beinahe von Anfang an zu Davids Getreuen gehört hat, daran erinnert sie sich nun wieder. Sind seine Haare nicht früher schwarz gewesen?

»Gut, Benaja«, sagt sie und denkt: David hat Angst, sonst würde er nicht den Obersten seiner Leibgarde zum Tor schicken. »Lass mich durch.«

»Bathseba heißt du?« Er gibt seine lauernde Haltung auf, rückt wieder einen Schritt näher. »Dann bist du das Weib des Uriah.« Sie nickt. »Willst du seinetwegen mit dem König sprechen? Dann kommst du vergeblich – der Hethiter ist heute Morgen aus der Stadt geritten. Zurück nach Rabba zum Heerlager.«

Uriah ist nicht mehr in Jerusalem? Bathseba ist, als fiele ihr eine schwere Kette vom Herzen. »Nicht seinetwegen stehe ich hier.« Sie lässt sich ihre Erleichterung nicht anmerken. »Der König und ich haben eine sehr persönliche Angelegenheit zu besprechen. Also lass mich endlich durch.«

»Nein.« Der Krieger namens Benaja bleibt unerbittlich. »Du bist krank. Wie könnte ich dich da zum König lassen? Komm wieder, wenn du gesund bist.«

»Ich *muss* mit ihm sprechen – ich bitte dich im Namen des Ewigen: Lass mich durch!«

»Ja, ich werde dich durchlassen.« Benaja reißt seine Lanze hoch, klemmt sie unter den Arm und richtet sie auf Bathseba. »Wenn dein Ausschlag geheilt ist. Am Tag nach dem Sabbat, wenn die Sonne im Zenit steht, pflegt der König im Thronsaal die Sorgen seiner Untertanen anzuhören. Sei pünktlich, dann kannst du ihn sprechen.« Mit diesen Worten stößt er ihren Arm von der kleinen Tür weg und schlägt sie zu.

»Der Belial soll dich verschlingen!« Wütend tritt Bathseba gegen die Pforte, während die Schritte dahinter sich rasch entfernen. »Aufmachen!« Sie schimpft und tritt und schimpft und tritt.

Irgendwann gibt sie auf, schließt den alten Umhang, zieht sich den schmutzigen Stoff über den Kopf und hinkt gebeugt und leise fluchend die Gasse hinauf.

*

Am nächsten Morgen, eine Stunde nach Sonnenaufgang, klopft es an der Haustür. Durch die kleine Fensteröffnung schauen Bathseba und Rahel hinaus: Der Eunuch steht vor dem Haus. Bei ihm ist ein Greis in edler Kleidung; sein schwarzes Gewand und sein schwarzer Turban sind mit silbernen und roten Fäden bestickt.

»Wir sind krank«, ruft Rahel auf Bathsebas Geheiß durch die geschlossene Tür.

»Deswegen schickt mich der König ja mit dem Hohepriester Zadok zu deiner Herrin.« Durch das Fenstergitter hindurch sieht Bathseba, wie Gedor auf den Greis deutet. »Außerdem glaubt der König, dass ein Weib, das am Burgtor Einlass begehrt, gesund genug ist, um seine Botschaft zu empfangen.«

Bathseba gibt Rahel ein Zeichen, woraufhin diese sagt: »Leg die Botschaft vor die Tür und dann geht.«

»Ich bin heilkundig«, ergreift draußen nun der Hohepriester das Wort. »Aus Sorge um dich schickt der König mich zu dir. Ich kann unmöglich wieder gehen, ohne nach dir geschaut zu haben.«

»Der König will es so.« Als gebe es kein Entrinnen, zuckt Gedor mit den Schultern und hebt in einer Geste des Bedauerns die Arme. »Also lass uns hinein, schöne Bathseba.«

»Der König sorgt sich um mich?« Bathseba kann es kaum glauben. Wahrscheinlich hat der Hauptmann seiner Leibwache ihm von ihrem Ausschlag erzählt, vermutet sie. Hat David womöglich Angst um das Kind? Der Gedanke stimmt sie ein wenig milder. Also öffnet sie die Tür und lässt die Männer herein.

»Seine Botschaft.« Gedor reicht ihr ein versiegeltes Kästchen aus Olivenholz. Auf einen Wink Bathsebas hin führt Rahel den Eunuchen in den Hof, während sie in die Schlafkammer geht und das Siegel aufbricht. Der Priester folgt ihr unaufgefordert.

Ob ihr übel ist, fragt er, ob sie Appetit hat, ob sie blutet, ob ihr der Bauch wehtut. Alles Mögliche will er wissen, als sie auf dem Hocker Platz genommen hat und das Briefpergament entrollt. Sie nickt oder schüttelt den Kopf, und als er fragt, ob sie das Kind schon spürt, schaut sie ihn überrascht an: David hat ihn ins Vertrauen gezogen? Ob der Priester auch weiß, dass der König von Israel der Kindsvater ist?

»Ich spür es kaum, es ist noch zu früh. Doch ich weiß, dass es lebt. Richte dem König aus, dass es seinem Kind gut

234

geht.« Während sie es ausspricht, beobachtet sie den Priester. Doch der nickt nur und fährt fort, ihre Fingernägel zu untersuchen, ihr in die Augen zu schauen, ihre herausgestreckte Zunge zu betrachten. Kein Zeichen des Staunens oder des Unglaubens in seiner Miene. Also weiß er Bescheid.

Kann das wahr sein? Bathseba ist verwirrt. Steht denn David auf einmal doch zu seiner Vaterschaft?

Als der ärztliche Priester sie auffordert, sich aufs Nachtlager zu legen, damit er ihren Bauch abtasten kann, hebt sie abwehrend die Rechte und beginnt die Nachricht zu lesen, die David ihr geschrieben hat:

David, König von Israel, an Bathseba, die Enkelin Ahitofels.

Zadok ist mein Vertrauter, du kannst offen mit ihm reden. Nur achte darauf, dass der Eunuch kein Wort eurer Unterhaltung mithört. Der Hohepriester hat die Heilkunst in Ägypten und bei den Babyloniern gelernt, ich entlohne ihn für seinen Dienst als dein Arzt. Nimm die Medizin, die er dir gibt, und richte dich nach seinen Anweisungen, denn ich will nicht, dass deine Krankheit dem Kind schadet.

Um alles andere kümmere ich mich. Du aber verhalte dich ruhig, bleib der Burg fern und warte in deinem Haus, bis ich dir wieder Nachricht schicken lasse.

Gott segne und behüte dich und unser Kind!

David, dem du das Herz gestohlen hast.

Bathseba schließt ihre Finger um den Brief und drückt die Faust an die Brust. *Unser Kind?* Sie lauscht ihrem plötzlich wie wild schlagenden Herzen. *David, dem du das Herz gestohlen hast?* Hat sie richtig gelesen? Sie öffnet Augen und Faust, achtet nicht auf den ärztlichen Hohepriester, der sie aufmerksam mustert, liest Davids Botschaft noch einmal.

Ja, sie hat richtig gelesen: Er schreibt wie der Kindsvater, er grüßt wie ein Liebender. Doch warum hat er dann versucht, Uriah in ihr Bett zu schicken? Sie steht auf, legt sich aufs Lager, lässt sich von Zadok den Bauch abtasten, gestattet ihm sogar, sein Ohr darauf zu legen. Grübelnd starrt sie zu den Holzbalken der Decke hinauf – sie ist aufgewühlt, sie ist durcheinander. Woher der plötzliche Gesinnungswandel des treulosen Geliebten?

»Du hast dich krank gestellt?«, fragt der Arzt, während er sich wieder aufrichtet. Bathseba nickt. »Der Ausschlag ist gar kein Ausschlag gewesen?« Sie nickt ein zweites Mal und erhebt sich. »Farbe? Ruß? Oder Blut?«

Statt zu antworten betrachtet sie die kleine Pergamentrolle in ihrer Hand. Soll sie David glauben? Zweifel beschleichen sie. Der verdammte Hethiter ist keiner, der sich durch Gold oder Silber dazu bewegen lässt, seine Gattin zu verstoßen. Und einen anderen Weg gibt es nicht als die offizielle Verstoßung vor den Augen und Ohren der Jerusalemer Priester. Und die würden den Grund für Uriahs Scheidungsbegehren wissen wollen.

Und ihn erfahren.

Und sie zur Steinigung vor die Stadtmauer abführen.

Wie will David das verhindern? Hin- und hergerissen zwischen Hoffnung und Zweifel, Angst und Freude folgt sie dem priesterlichen Arzt in den Hof. Selbst als König ist David doch dem Gesetz des Moses unterworfen! Und Uriahs Rachsucht würde auch vor dem Thron nicht haltmachen! Stumm und wie halb betäubt steht sie bei Rahel und den Männern am Brunnenrand, isst vom Gebäck, das Rahel den Gästen aufträgt, trinkt vom Wein, den das Mädchen ausschenkt. Die Worte, die sie wechseln, fliegen an ihr vorbei.

Beim Abschied verneigt sich Gedor. »Kein Ausschlag also?« Er schnalzt mit der Zunge und feixt wie ein Kamelhändler, der gerade eine List ausheckt. »Wunderbar! Dann lade ich deine hübsche Rahel zum Festmahl ein, das der König anlässlich der Geburt seiner jüngsten Tochter ausrichten lässt.«

Wie ein Stich geht es Bathseba durchs Herz, und ihre Hand fährt unwillkürlich zu ihrem Bauch. Alle drei schauen sie erwartungsvoll an, doch sie merkt es nicht.

Bis Gedor sich umständlich räuspert. »Das Festmahl findet am Abend nach dem nächsten Sabbat statt.« Bathseba macht sich klar, dass der Eunuch der unerfahrenen Rahel Fest und Einladung längst schmackhaft gemacht hat. »Ich hoffe, du hast nichts dagegen, wenn deine Magd dem König und seinen Gästen Gesellschaft leistet, Bathseba.«

Als sie Rahels flehenden Blick auffängt, nickt sie – und weiß doch kaum, was gerade geschieht.

28

Königskinder

Das Nordtor der Davidsburg öffnet sich, Wachmänner schreien und winken. Gedor dreht sich um und ruft: »Hinter mir her, ihr schönsten Täubchen Jerusalems!« Vierundzwanzig Frauen aus der Stadt und ihrer Umgebung verabschieden sich von ihren Vätern oder Müttern oder Brüdern und folgen dem Eunuchen zum Tor, das von der Stadtseite her in den Burghof führt.

Mitten unter ihnen: Bathseba und Rahel.

Wie alle anderen auch tragen sie einen großen gelben Schleier über ihrem dunklen Festtagsgewand. Der König hat einen solchen Überwurf an alle Jungfrauen schicken lassen, die er zu seinem Festmahl geladen hat. Auch an Rahel. Es hat Bathseba ein Mutterschaf, ein Lamm und ein Silberstück gekostet, um der Aprikosenhändlerin den Schleier ihrer Tochter abzukaufen.

Als die gelb verhüllte Schar das Tor erreicht, gerät der Zug ins Stocken und kommt nur noch langsam voran, denn die Torwächter gehen dort durch die Reihen der Frauen. Fürchtet David sich vor möglichen Mördern, dass er so scharf kontrollieren lässt? Jede muss ihren Schleier lüften, damit die Wächter sich davon überzeugen können, dass sich kein Mann darunter verbirgt.

Dabei hat der Eunuch das bereits unten auf dem Marktplatz getan, wo sich die geladenen Jungfrauen und ihre Familien sammeln sollten. Vor Bathseba ist er stehen geblieben, hat kurz gestutzt und dann der nächsten Frau ins Gesicht geschaut, Rahel. Da hat Bathseba zum ersten Mal so etwas wie Sympathie für ihn empfunden.

Unter den Bewaffneten am Ende des Tores erkennt sie plötzlich Benaja. Breitbeinig und mit vor der Brust verschränkten Armen steht er da und mustert die vorübergehenden Frauen. Sein Helm hängt ihm im Nacken, sodass man sein kurzes, schlohweißes Haar sehen kann. Noch nie hat Bathseba einen Menschen seines Alters mit derart hellen Haaren gesehen.

Sie hakt sich bei Rahel unter und senkt den Kopf, als sie in seine Nähe kommt – wenn er sie erkennt, muss sie wieder nach Hause gehen. Dann wird sie David auch heute weder sehen noch sprechen.

Nachdem vor sechs Tagen Gedor und der Priesterarzt bei ihr gewesen sind, hat Bathseba ihre junge Magd täglich in die Stadt hinuntergeschickt, um zu erfahren, ob Uriah wirklich ins Heerlager zurückgekehrt ist. Und was auf dem Markt und in den Toren über ihn und sie geredet wird.

Über sie nur, dass sie krank sei. Über Uriah so einiges: Davids stärkster Hauptmann sei endlich wieder dort, wo er hingehöre, sagt man, auf dem Schlachtfeld. Das hat Rahel bei den Alten im Tor gehört. An den Marktständen haben die Leute den verdammten Hethiter gelobt, weil er sich geweigert habe, im Bett und in den Armen seines Weibes zu übernachten, während seine Männer im Feld auf der Erde unter freiem Himmel schlafen müssen. Rahel hat lachen müssen, als sie das erzählt hat.

Und vor dem Heiligen Opferzelt, der Stiftshütte, hat sie einen Priester raunen hören, dass König David seinem Feldhauptmann Joab einen Brief geschrieben habe. Uriah habe diesen Brief mitgenommen, um ihn im Heerlager vor der Königsstadt der Ammoniter dem Joab zu übergeben.

Jetzt sind Bathseba und Rahel auf gleicher Höhe mit dem wachsamen Hauptmann der königlichen Leibgarde. Aus dem Augenwinkel sieht Bathseba den linken Ellenbogen des Hauptmanns und darüber seine rechte Hand. Den größten Teil seiner kleinen Gestalt jedoch verdeckt ein großer Dürrer in blauem, mit goldenen Sternen besticktem Gewand. Den Kopf leicht zur Schulter geneigt, beugt er sich zu Benaja hinunter und hat ihm offenbar Wichtiges mitzuteilen.

Gedor! Lenkt er den gefährlichen Krieger etwa bewusst ab? Der Ewige segne ihn!

Sie treten in den Burghof, und Bathseba atmet tief durch – die höchste Hürde auf dem Weg zum König liegt nun hinter ihr!

Was mag David Joab geschrieben haben? Rahel hat es nicht herausfinden können, denn die Leute auf dem Markt, vor der Stiftshütte und in den Stadttoren sind sich uneinig gewesen. Hat der König befohlen, die Belagerung abzubrechen? Will er die Entscheidung in einer offenen Feldschlacht suchen? Oder hat er eine Kriegslist ausgetüftelt, um die Königsstadt der Ammoniter zu erobern? All diese Vermutungen kursieren in der Stadt, doch keiner weiß wirklich, was in dem Brief steht.

Der Frauenzug bewegt sich nun schneller. Gedor setzt sich wieder an seine Spitze und führt ihn über den Hof in die Eingangshalle der Burg und von dort in den großen Königssaal. Darin wimmelt es bereits von Menschen. Stimmenlärm und Geruch von Schweiß, Duftöl, Fackelflammen und gebratenem Fleisch schlagen Bathseba entgegen.

Staunend schaut sie sich um. Nie zuvor hat sie eine derart lange Tafel gesehen: An die zweihundert Männer, Frauen und Kinder nehmen an den niedrigen zusammengeschobenen Tischen Patz. Viele Priester, Minister, Thronräte und Offiziere sind darunter; man kann die einzelnen Ränge und Ämter an der Kleidung der Männer erkennen oder an der Art ihrer Kopfbedeckung. An den Wänden stehen hethitische und kretische Leibwächter in Waffen und beobachten die Menge.

Rahel und die Jungfrauen rings um Bathseba machen große Augen und tuscheln aufgeregt, als sie die überaus bunte Gästeschar erblicken. Ihre große Zahl, die Weite des Saals, die Vielfalt der Speisen und das laute Stimmengewirr schüchtern sie ein. Bathseba blickt in lauter scheue Mädchengesichter. Rahel drängt sich dicht an sie.

Irgendwann im Verlauf des Festmahls wird der Eunuch jedes einzelne Mädchen dem König vorstellen. Und wer weiß? Vielleicht wird eine von ihnen schon morgen früh drüben im Frauenhaus erwachen – entjungfert und geschwängert von David.

Bei dieser Vorstellung schnürt es Bathseba das Herz zusammen und ein bitterer Geschmack kriecht ihr auf die Zunge. Sie wird einen Weg finden zu verhindern, dass Rahel diese Eine sein wird.

Erst einmal jedoch weist Gedor ihr und den Mädchen Plätze an einem Tafelflügel zu, an dem bereits Priester, Offiziere und Höflinge sitzen; alle recht jung und wohl alle noch unverheiratet, vermutet Bathseba; oder wenigstens ohne Nebenfrauen. Schalen voller Feigen, Aprikosen, Nüsse, Datteln und Äpfel stehen auf dem Tisch. Und Weinkrüge. Bathseba greift nach einem, schenkt sich einen Becher voll ein und leert ihn auf einen Zug, um ihre Aufregung zu dämpfen – und den schlechten Geschmack im Mund herunterzuspülen.

Der Saal hallt von Rufen, Gelächter und Stimmengewirr wider. Rauch eines großen Kaminfeuers sammelt sich unter der Decke und quillt aus den Fensteröffnungen. An den Wänden, zwischen bunten Fresken, brennen Fackeln. Die Wächter darunter stehen reglos wie Statuen. Kerzenschein flackert von großen siebenarmigen Leuchtern, die in genau gleichen Abständen auf der langen Tafel stehen.

Küchenmägde und Diener bringen Schüsseln mit gebratenem Lammfleisch aus einem von Feuerstellen erleuchteten Raum und stellen sie auf einen Steinsims, auf dem bereits gesottene Fische und Dutzende gebratener Hühner und Gänse auf Blechen oder Holzplatten dampfen. Dazwischen stehen Schalen, in denen Bathseba Gemüse und Getreidefladen erkennt.

Neben einer breiten Treppe, die in einen Erdkeller hinabzuführen scheint, ruhen auf Holzböcken große Fässer. Knechte des königlichen Mundschenks füllen daraus Wein in Krüge und tragen sie zur Festtafel. Auch an den Säulen, die den Durchgang zur Eingangshalle säumen, haben Angehörige der königlichen Leibgarde ihre Posten bezogen.

Unter dem Durchgang erkennt Bathseba ihren kleinen, drahtigen Hauptmann. Als wolle er den Weg versperren, verharrt Benaja breitbeinig und mit vor der Brust verschränkten Armen zwischen Königssaal und Eingangshalle. Sein lauernder Blick wandert über die Festgesellschaft.

Ein Mann in weißem Leinenkleid erhebt sich und hämmert hingebungsvoll mit einem Holzschlegel gegen eine große Kupferscheibe – solange, bis Gelächter und Palaver nach und nach verstummen.

»Der König von Israel!«, ruft er mit lauter Stimme in den gefüllten Saal hinein und deutet in die Eingangshalle und zur Treppe, die aus dem Obergeschoss herunterführt. Benaja tritt zur Seite.

Jungen, Mädchen, Frauen und ein Mann steigen die Stufen herab und betreten den Saal. Der Mann geht voran:

David. Er trägt ein rotes Festtagsgewand. Bathsebas Herz schlägt höher.

Alle Gäste erheben sich, auch sie und die Jungfrauen. Jubel und Applaus werden laut, während die königliche Familie auf den Sitzpolstern an der Tafelmitte Platz nimmt.

Bathseba zieht den gelben Schleier, der ihr die Schultern und das blauschwarze Haar bedeckt, tiefer in die Stirn, um unauffälliger zu David und seinen Frauen hinüberspähen zu können. Er wirkt erschöpft, seine Miene ist ernst, der Blick seiner schwarzen Augen traurig.

Er sieht nicht aus wie ein Mann, der die Geburt seiner Tochter feiert, denkt Bathseba. Er sieht aus wie einer, bei dem sein Leibarzt vor Kurzem eine schlimme Krankheit entdeckt hat.

Eine mädchenhafte, ganz in Weiß gekleidete Frau mit einem in Fell gewickeltem Baby auf dem Arm setzt sich zur Linken Davids. Die jüngste seiner Frauen mit ihrer neugeborenen Tochter – wer sonst? Bathseba legt die Hand auf ihren Leib, während sie scharf die Luft durch die Nase zieht. Die Eifersucht lodert in ihr hoch wie eine heiße Flamme.

Sie kennt den Namen der kaum siebzehnjährigen Mutter nicht, hat sie nie gesehen; auch drei der anderen Frauen nicht, die mit ihren Kindern rechts und links von David Platz nehmen.

Die vier berühmtesten kennt sie aus Mädchentagen oder von großen Festen in Hebron und Jerusalem: Maacha, Abital, Michal und die Älteste, die schöne Abigajil, die David ihrem geizigen und verräterischen Mann weggenommen hat, wie Bathseba vor Jahren im Nordtor von Hebron hörte. Alle sitzen sie inmitten ihrer Söhne und Töchter, nur Michal hockt allein und weit weg von David. Sie ist kinderlos.

Geschieht ihr recht, sagen die Leute in Israels Stadttoren. Das ist die Strafe des Ewigen, sagen sie, weil sie David beschimpft und verspottet hat.

Bathseba weiß, dass es stimmt: Außer sich vor Freude ist David halb nackt und wie ein wilder Irrwisch hinter der heiligen Lade mit den Gesetzestafeln hergetanzt, als er sie nach Jerusalem geholt hat. Und Sauls Tochter Michal ist nicht Besseres in den Sinn gekommen, als ihn dafür zu verachten und zu beschimpfen.

Schräg gegenüber, an der runden Schmalseite der Tafel, erhebt sich nun David. Mit lauter Stimme begrüßt er die versammelten Gäste und hält eine kleine Rede. Er sei dem Ewigen dankbar, denn seine neugeborene Tochter sei gesund und ihre Mutter wohlauf, wie alle sehen könnten. Er redet und redet und lächelt nicht ein einziges Mal. Das kleine Mädchen heiße Elisama, erklärt er am Schluss, und der Oberpriester Zadok möge nun zu ihm treten und es vor aller Augen segnen.

Die junge Mutter mit dem Neugeborenen ist aufgestanden, und Zadok steht schon bereit. Er legt dem Kindchen die Hände aufs Köpfchen und singt einen Segen über ihm. Die große Festgesellschaft lauscht andächtig.

So muss es sein, denkt Bathseba und streichelt ihren Bauch, so sollst auch du gesegnet werden, mein Königskind.

Nachdem der Hohepriester ein Tischgebet gesprochen hat, hebt David seinen Weinkelch und eröffnet die Tafel. Ringsum sieht Bathseba Männer und Frauen nach ihren Bechern und in die Obstschalen greifen, während die Küchenmägde und Diener fortfahren, die Speisen aufzutragen. Stimmengewirr wird wieder laut, Gelächter, Rufe, Becherklirren.

So ein Festmahl soll es auch für dich geben, mein Königskind, denkt Bathseba, während sie sich über den Leib streicht. Als sie wieder zu David hinschaut, steht der noch immer mit dem Kelch in der Hand zwischen der jungen Mutter und der schönen Abigajil, seiner Lieblingsfrau, wie man in Jerusalem munkelt.

Bathseba beißt die Zähne zusammen, denn die Eifersucht tut weh. Lass mich bald selbst an diesem Platz sitzen, Allmächtiger und Allgütiger, betet sie im Stillen. Nimm die Angst von mir und vergelte mir all die Jahre der Qual und der Verzweiflung.

Während sie im Geist noch ihre Worte an Gott richtet, begegnet ihr Blick dem des Königs. David schaut herüber zu ihr. Wie lange schon? Hat er sie erkannt? Wenn nicht, dann wird er sie jetzt erkennen – sie hebt den Kopf und richtet sich auf.

Langsam und ohne sie aus den Augen zu lassen, sinkt David auf sein Polster. Bathseba lächelt ihm zu, doch er lächelt nicht zurück. Die Kindsmutter spricht ihn an, und dann erst reißt er seinen Blick von Bathseba los.

Jetzt hat er mich gesehen, denkt sie, jetzt weiß er, dass ich hier bin.

Musik wird laut – Flöten, Schalmaien, eine Harfe, Trommeln. Da hat Bathseba noch keinen Bissen angerührt. Tänzerinnen treten auf und biegen ihre geschmeidigen Leiber zwischen den Flügeln des Tafelhufeisens. Bathseba behält David im Auge. Wieder und wieder fährt er sich übers Gesicht, bedeckt seine Augen mit der Hand. Ist er unruhig?

Jetzt beugt Gedor sich zu ihm hinunter, deutet herüber zu den gelb verschleierten Jungfrauen, fragt ihn wohl, wann er bereit sei, die Mädchen persönlich zu begrüßen. David winkt unwillig ab und schickt den Eunuchen weg. Seine Blicke fliegen erneut zu Bathseba, während die Kindsmutter auf ihn einredet. Ob es ihr geht wie Bathseba? Ob auch sie schreien möchte vor Eifersucht?

Es wird Zeit, zu ihm zu gehen und ihn zur Rede zu stellen, denkt Bathseba, ich bin nicht zum Spaß hier.

Die beiden ältesten Söhne Davids mischen sich unter die Musiker; sie sind sechs, höchstens sieben Jahre alt. Absalom, der Ältere, bläst die Flöte; sein jüngerer Bruder Adonia schlägt die Zimbel. Bathseba beobachtet sie aufmerksam: Während der Lockenkopf Adonia wild herumspringt, wiegt Absalom sich sanft im Takt der Musik. Er hat brustlanges, rabenschwarzes Haar, und seine dunklen Augen leuchten wie die seines Vaters.

Hübsche Königskinder, denkt Bathseba. Vor allem Absalom – was für ein schöner Knabe! Wie anmutig seine Bewegungen sind, wie fein und ebenmäßig seine Gesichtszüge. Wahrscheinlich wird er David einmal auf dem Thron nachfolgen.

Und dann?, fragt sie sich im Stillen und legt erneut die Hand auf den Bauch. Was geschieht dann mit dir, mein Königskind, wenn der Schwarzhaarige oder wenigstens sein jüngerer Bruder einmal die Krone deines Vaters erben wird? Was geschieht mit dir, sollte ich Uriahs Rache überleben? Die Angst zuckt ihr durch die Glieder wie ein Fieberschauer.

Rechts und links von ihr scherzen sie längst mit den gelb verschleierten Jungfrauen, die jungen Herren Priester und Offiziere. Einer von besonders schöner Gestalt hat sich neben Rahel gesetzt, macht Scherze, lacht sie an, teilt einen Granatapfel mit ihr. Er hat einige Jahre in Ägypten gelebt, wie Bathseba später erfährt. Seit letztem Jahr dient er David als Schreiber.

Bathseba langt seine Aprikose aus der Schale und beißt hinein. Wie süß! Wie saftig! Hunger überfällt sie, und während sie die dritte Aprikose verschlingt, spricht ein Priester sie an. Er macht ihr ein Kompliment, fragt, wer ihr Vater sei, zu welchem Stamm Israels sie gehöre und in welcher Beziehung sie zum König stehe.

»Ich bin seine Frau«, antwortet sie, ohne vorher auch nur einen Augenblick nachgedacht zu haben. »Seine erste und seine letzte. Ich bin die Mutter seines Kindes.«

Im nächsten Moment schon will sie sich auf die Zunge beißen, denn der Priester stiert sie an, als werde ihm bewusst, dass er versehentlich eine hungrige Löwin angesprochen hat. Doch bevor er reagieren kann, erhebt sich an der runden Schmalseite der Tafel Davids Lieblingsfrau, die schöne Abigajil, und verlässt den Festsaal.

Mein Platz, denkt Bathseba, lässt den Aprikosenstein fallen und tunkt ihre klebrigen Finger in die Wasserschüssel. Mein Platz ist frei geworden!

Sie nickt Rahel zu, steht auf und würdigt den verstörten Priester keines weiteren Blickes. An den Rücken essender und trinkender Festgäste vorüber schreitet sie nach vorn zum schmalen Tafelrund. David starrt ihr entgegen, wendet sich wieder der Kindsmutter zu, schaut wieder zu Bathseba. Er rutscht unruhig hin und her, hat wohl längst begriffen, dass sie zu ihm kommen wird.

Da stößt Bathseba gegen einen kleinen, drahtigen Mann, der sich ihr in den Weg stellt. Mit vor der Brust verschränkten Armen steht Benaja vor ihr, und sein eisiger Blick bohrt sich in ihren, als wolle er ihre Stirn durchdringen.

29

Löwin

Was nun? Bathseba verharrt, als wäre sie gegen eine Felswand geprallt. Wohin jetzt? Unter Benajas eisigem Blick wirbeln ihre Gedanken durcheinander wie ein Laubhaufen, in den eine Sturmböe gefahren ist.

»Aus dem Weg, du …« Sie versucht, sich an ihm vorbeizudrücken. Doch von links und rechts strecken sich Männerarme nach ihr aus und grobe Finger schließen sich schmerzhaft um ihre Unterarme.

»Bringt sie hoch!«, befiehlt Benaja, und schneller als Bathseba bis drei zählen kann, ziehen zwei hethitische Leibgardisten sie hinter dem Hauptmann her aus dem Festsaal und in die Eingangshalle hinein zur Treppe. Im Nacken spürt sie die neugierigen Blicke Hunderter Augenpaare.

»Was wollt ihr von mir?« Angst überfällt Bathseba. »Lasst mich gehen!«

Die fremdländischen Krieger denken gar nicht daran. Zwei kretische Leibwächter stoßen sie von hinten die Stufen hinauf, die beiden Hethiter zerren vorn an ihr, Benaja geht voran. Nach jedem Schritt wendet er sich nach ihr um und schießt seinen kalten, lauernden Blick auf sie ab.

Was ist das nur für ein harter Mann?, denkt Bathseba.

Pflegt er Eisen zu fressen? Steckt ihm ein Eiszapfen statt eines Herzens in der Brust?

Inzwischen erinnert sie sich genau, ihn früher schon an Davids Seite gesehen zu haben – in dessen Zeit als Freischärler. Oder vielmehr: schon im Eichgrund. Da ist sein Haar noch schwarz gewesen. Wieso hat einer, der höchstens vierzig Sommer gesehen hat, schon schlohweißes Haar? Wohin bringt er mich? Doch nicht etwa in den Burgkerker?

Bathseba stemmt sich gegen die Stufen, windet sich in den eisernen Griffen der Hethiter und schreit: »Lasst mich los! Ich will den König sprechen! Ich beschwöre euch im Namen des Ewigen: Bringt mich zu David!«

»Gib Ruhe, Weib!« Benaja dreht sich nach ihr um. »Gleich wirst du ihn treffen.« Er verzieht keine Miene. »Du hast nichts zu fürchten. Leider. Der König wird zu dir kommen.«

»Loslassen!« Eine List, kein Wort glaubt sie dem Hauptmann der Leibgarde. »Ihr sollt mich loslassen!« Ein paar Atemzüge lang ist Bathseba überzeugt davon, dass die Soldaten sie für immer zum Schweigen bringen werden. »Ihr Hunde wollt mich umbringen! Ihr Söhne Belials! Ihr Ratten, ihr Wildsäue!«

Die Hethiter hinter ihr lachen heiser, die Kreter verstehen ihre Sprache nicht, und Benaja tut so, als höre er Bathseba nicht. Vom Treppenabsatz weg zerren seine Leibwächter sie an zwei mannshohen Kerzenleuchtern vorbei in eine Zimmerflucht hinein. An ihrem Ende steht einer.

Bathseba stockt der Atem: Der große Mann ist ganz in Schwarz gehüllt, wodurch sein perlweißes Gesicht strahlend hell erscheint – so hell, als würde es leuchten. Ihr Schritt stockt, kalte Schauer perlen ihr über Nacken und Schulter, während eine Hitzewallung ihr zugleich den Schweiß auf die Stirn treibt. Mit gütigem Blick schaut ihr der Unheimliche in die Augen: gelassen, ruhig, ernst. Wie lange ist es her, dass sie ihn zuletzt gesehen hat?

Benaja und seine Gardisten nehmen keine Notiz von ihm, zerren sie weiter. Bathseba aber kann ihren Blick nicht mehr abwenden von diesem gütigen Gesicht. Seine Schönheit bezaubert sie, und auf einmal wird ihr ganz seltsam zumute, ganz friedlich und ruhig.

Und dann die Überraschung: Benaja zieht einen Vorhang zur Seite, und die Hethiter stoßen sie in einen Raum hinein, in dem Bathseba schon einmal gewesen ist: in Davids Gemach.

Sie reibt sich die Arme und guckt ungläubig von einem Gardisten zum andern. Keiner sagt etwas, keiner rührt sich mehr. Die Männermienen sind wie aus Stein gemeißelt. Nur Benaja mustert sie mit unverhohlener Verachtung.

Schließlich nähern sich draußen Schritte. Der Vorhang wird zur Seite gerissen, David kommt herein. Er nickt seinen Leibgardisten zu, und einer nach dem anderen verlässt den Raum. Zuletzt auch Benaja – dem Ewigen sei Dank! Er nickt David zu, bevor er den Vorhang hinter sich zuzieht.

»Lässt du denn niemals locker?!« David wirft die Arme in die Luft. »Ich habe es geahnt!« Er sieht aus, als hätte er nächtelang kein Auge zugetan. »Ich hätte es wissen müssen!« Seine Haut ist nicht bräunlich wie sonst, sondern hat die Farbe schmutzigen Wachses. »Ich hätte wissen müssen, dass du dir diese Gelegenheit nicht entgehen lässt.« Er blitzt sie zornig an, als er an ihr vorübergeht. »Gott sei mir gnädig!« Seufzend lässt er sich auf den Stufen der Treppe nieder, die zum Dach hinaufführt.

»Ja, das hättest du.« Bathseba tritt zu ihm. »Du bist selbst schuld. Dein Brief …«

»Hast du ihn nicht gründlich gelesen?!«, fällt er ihr ins Wort. »Du sollst warten, bis ich von mir hören lasse, habe ich geschrieben! Stattdessen platzt du mir in meine Festgesellschaft. Dein verdammter Eigensinn macht mich krank! Was fällt dir ein?«

»Und dir?« Bathseba stemmt die Fäuste in die Hüften und funkelt auf ihn hinunter. »Statt dich auf dein Kind zu freuen, rufst du Uriah aus dem Heerlager! Statt ihn zur Scheidung zu überreden, schickst du ihn zu mir, damit er mich besteigen kann …!«

»Schweig!«

»… und das, obwohl du weißt, was er mir bei solchen Gelegenheiten anzutun pflegt. Schäm dich, du Feigling!«

Er springt auf. »So redest du nicht mit mir!«

»Genau so rede ich mit dir: Schäm dich, du Feigling!« Nicht um eine Daumenbreite weicht Bathseba zurück. »Hast du wirklich geglaubt, ich lass’ mir das gefallen?« Sie beugt sich sogar noch näher zu ihm. »Kennst du mich wirklich so schlecht?«

Sie stehen einander gegenüber, Stirn an Stirn nahezu. Sie mit vor Schmerz und Zorn brennendem Blick und die Fäuste in die Hüften gestemmt, er mit geballten Fäusten und bebenden Kaumuskeln. Sein Schweiß riecht nach Erschöpfung und Angst.

»Und auch das sollst du wissen, David.« Bathseba senkt die Stimme, spricht nun leise, bedrohlich leise geradezu. »Selbst wenn der verdammte Hethiter mich vergewaltigt hätte – aller Welt würde ich erzählen, dass du es so gewollt hast! Dass du es so eingefädelt hast, um deine Vaterschaft leugnen zu können!«

Diesmal entgegnet er nichts. Schweigend stiert er sie an. Seine Schultern sinken hinunter und seine Augen verdunkeln sich. Nichts leuchtet da mehr in seinem Blick – keine Leidenschaft, keine feurige Lebenskraft, kein entschlossener Wille. Nichts. Scharf zieht er die Luft durch die

Nase ein und weicht ihrem Blick aus. Ist es Trauer, was sich da in seine Züge gräbt? Ist es Scham? Bathseba kann es nicht sagen.

Stöhnend sinkt er zurück auf die Treppe. Er legt die Arme auf die Knie, faltet die Hände und lässt den Kopf auf die Brust fallen wie einer, der sich besiegt weiß, der kapituliert.

Bathseba schaut auf ihn hinunter; und sucht vergeblich nach all den scharfen Worten, die sie in ihrem Zorn für ihn angesammelt hat. Sie sind weg. Und ihr Zorn ist verflogen. Plötzlich empfindet sie weiter nichts als brennende Liebe für diesen Mann.

Ich muss wahnsinnig sein, denkt sie und sagt: »Ich sollte dich hassen für das, was du getan hast. Der Ewige möge mir vergeben, dass ich das nicht schaffe.«

Eine Zeit lang schweigen sie. David hockt auf der Treppe, lässt den Kopf hängen und ringt die Hände, und Bathseba steht vor ihm und versteht sich selbst nicht mehr. Wie ein Häuflein Elend kommt der König Israels ihr jetzt vor. Traurig und verwirrt lauscht sie seinen Atemzügen. Die werden mit jedem Mal lauter und tiefer. Als würde er um Atem ringen, als hätte er Angst zu ersticken.

»Es tut mir leid, Dadida«, murmelt er irgendwann mit brechender Stimme und ohne den Blick zu heben. »Du bist größer als ich. Du bist stärker und gerechter als ich.«

»Was?« Bathseba runzelt die Stirn. Hat sie sich verhört? Sie beugt sich zu ihm hin. »Was sagst du da?«

»In meiner Angst um meinen Ruf und meinen Thron hab' ich mich benommen wie ein charakterloser Lump. Es tut mir leid – verzeih mir, Dadida.«

Sie lässt die Arme sinken und steht auf einmal wie festgewachsen. Das hat sie nicht erwartet – nicht diese Worte, nicht aus dem Mund dieses Mannes.

»Ich verabscheue mich für das, was ich dir angetan habe.«

Jetzt flüstert er nur noch. »Verzeih' mir bitte, Dadida. Verzeih mir, wenn du kannst.«

Bathseba steht reglos und kämpft um ihre Fassung. »Und dein Brief?« Vor der Treppe sinkt sie schließlich auf die Knie und faltet die Hände im Schoß. »Ist es unser Kind?« Ihre Stimme zittert. »Hab ich es wirklich geschafft, dein Herz zu stehlen?«

Die Locken hängen ihm ins Gesicht, er stützt die Arme auf die Knie und die Stirn in die Hände. Etwas tropft von seinem Kinn. Bathseba sieht kleine dunkle Flecken auf der Treppenstufe unter seinem Kopf, die sich nach und nach vermehren.

David nickt langsam, nickt und hebt den Kopf. »Du bist eine Löwin«, flüstert er. »Du hast mich besiegt, Bathseba.« Seine Augen sind feucht. »Du bist *meine* Löwin.«

Bathseba richtet sich auf den Knien auf. »Ich bin deine Frau. Ich bin es immer gewesen, und werde es bleiben, solange ich lebe.« Sie nimmt sein tränennasses Gesicht zwischen die Hände und hält es fest. »Hast du das verstanden?« Er nickt. »Dann erkläre mir jetzt, wie du das dem Hethiter beibringen willst.«

30

Sturm

Willst du wissen, was der Hethiter tut, während sein König auf der Dachtreppe sitzt und die warmen Hände der Frau an seinen Wangen spürt, die er *Löwin* genannt hat? Dann komm mit uns, wir zeigen es dir.

Uriah hat längst den Jordan überquert. Seine Gattin hält das Gesicht seines Königs fest, und er weiß es nicht, ahnt es nicht einmal. Und würde es ihm einer sagen, würde er es nicht glauben. Seine Frau fragt seinen König, wie er es ihrem Mann beibringen will, dass er sie verlieren wird, während Uriah sein Maultier auf den Höhenpfad des letzten Bergkamms treibt, der das Gebirge jenseits des Jordantales noch von der Königsstadt der Ammoniter trennt.

Wir wissen, dass dies alles zu ein und derselben Stunde geschieht: Bathseba hält Davids Gesicht fest, während sie ihm die entscheidende Frage stellt, und Uriah sieht das Heerlager in der Flussebene unter sich liegen. Bathseba fragt wieder und wieder, und Uriah betrachtet zufrieden die Dächer und Türme der belagerten Königsstadt, die im Licht der Abendsonne glänzen.

Was wird er antworten, der König von Israel? Wir wissen es, und du wirst es erfahren.

Während David noch schweigt, späht Uriah schon voller Vorfreude auf den Belagerungsring hinunter, den Joabs Heer um die Mauern von Rabba gezogen hat. Zärtlich streichelt David Bathsebas Wange, und Uriah treibt sein Tier an und winkt seine Begleiter hinter sich her in den steilen Pfad, der sich in zahllosen Serpentinen dem Flusstal und dem Heerlager entgegenschlängelt.

Bathseba fragt noch einmal, will unbedingt wissen, wie David seinem besten Krieger gestehen wird, dass seine Frau ein Kind von ihm erwartet und dass sie künftig mit diesem Kind bei ihm in der Davidsburg wohnen wird. Sie muss es erfahren, denn ihre Zukunft hängt von Davids Antwort ab. Womöglich ihr Leben – sie kennt ja ihren Mann.

Und wir kennen ihn auch: Gewalt heißt die Sprache, die Uriah am besten spricht, und wer ihm nahesteht, steht auch dem Tode nahe.

Während Bathseba auf Davids Antwort wartet, sitzt der Mann, den sie fürchtet wie die Schwarzen Blattern, auf dem Rücken seines Maultiers und lenkt es über hundert Serpentinen den Gebirgshang hinunter. Uriah kann es kaum erwarten, wieder in den Kampf um Rabba einzugreifen.

Später, als Bathseba wach liegt und in die Dunkelheit ihrer Schlafkammer starrt, überreicht der Hethiter Davids Brief seinem Feldhauptmann Joab. Bathseba findet keine Ruhe, grübelt unablässig über Davids Antwort nach, und ihr Mann wickelt sich inmitten seiner Soldaten in seinen Mantel und legt sich zwischen sie. Er schläft ein, bevor er auch nur einen einzigen Blick in den Sternenhimmel geworfen hat.

Alles geschieht zu ein und derselben Stunde.

Am Morgen badet Bathseba im Hof und lauscht den Harfenklängen, die der Wind vom Dach der Königsburg zu ihr herunterweht. Denkt sie an den Abend zuvor, an Davids Worte und Tränen, ist sie so froh, dass sie tanzen möchte.

Denkt sie jedoch an seine Antwort auf ihre alles entscheidende Frage, überfällt sie die Angst, und ihr Leben kommt ihr vor, als wäre es eine Geschichte, die sie nicht betrifft. Eine Geschichte nur, die nicht ihr, sondern einer Fremden widerfährt.

Um diese Zeit steht Uriah schon mit seinen Bogenschützen und Lanzenträgern auf dem großen Platz vor dem Zelt des Heerführers Joab und lauscht dessen Tagesbefehl.

»Sturm auf Rabba!«, kräht Joab. »Sofort und mit allen Waffen, die wir haben!« Der Feldhauptmann schielt ungewöhnlich stark an diesem Morgen.

Bathseba liegt zur selben Stunde im nur noch lauwarmen Wasser ihres Zubers und blinzelt zum Burgdach hinauf, dessen Brüstung in der Morgensonne leuchtet. Sie denkt an jenen Augenblick vor vier Monaten zurück, in dem David von dort oben zu ihr herabgesehen hat. Vor ihrem inneren Auge erscheint die fassungslose Grimasse des Eunuchen, als er hören muss, dass sie erst einmal über die Einladung des Königs nachdenke wolle.

Sie muss lachen.

Fast im gleichen Moment – wir sehen und hören es – lacht vier Tagesritte entfernt auch ihr Mann. Uriahs Herz macht einen Sprung, denn Joab hat ihm vor dem versammelten Heer verkündet, dass er heute die Sturmspitze befehligen darf. Zur Seite stellt Joab ihm den nach Uriah tapfersten und gefährlichsten Krieger des israelitischen Heeres: seinen jüngeren Bruder Abisai.

Da schwelgt Bathseba bereits in Erinnerungen an die Nacht in Davids Armen – die erste nach viel zu langer Zeit –, da denkt sie daran, wie sie ihn geküsst, geliebt und beschimpft hat. Und sehnt sich nach ihm. Seine Locken unter ihrem Kissen stehen ihr vor Augen.

Doch schon im nächsten Augenblick quält sie sich wieder

mit der Frage, die sie ihm gestern Abend gestellt hat: *Wie willst du dem Hethiter beibringen, dass ich nun deine Frau bin?*

David hat geantwortet, schon, aber seine Antwort befriedigt sie nicht. Das Wasser scheint ihr plötzlich kalt, sie friert, ruft nach Rahel und steigt aus dem Zuber.

Um diese Zeit bückt Joab sich in sein Zelt, zerreißt Davids Brief und lässt die Pergamentschnipsel in die Flamme der Feuerschale fallen.

Und Bathseba lässt sich von Rahel in ein Tuch hüllen.

Oben auf dem Burgdach steht David an der Brüstung, greift in die Saiten und singt. Doch sein Lied vermag Bathsebas Sorgen nicht zu zerstreuen.

»Ich werde mich um Uriah kümmern«, hat er ihr gestern Abend geantwortet, »vertrau mir.« Sonst nichts.

Angst überfällt sie, und überlebensgroß steht ihr der Hethiter vor Augen – seine Rückkehr, sein Zorn, seine Gewalt. In diesem Moment schließt sich für sie der Abgrund zwischen jetzt und damals, und der schrecklichste Tag ihres Lebens ist ihr auf einmal so gegenwärtig, als würde er gerade anbrechen – ihr Hochzeitstag.

Uriah denkt so gut wie nie an den Tag, an dem Bathseba seine Frau geworden ist, schon gar nicht an einem Morgen wie diesem. An den Feind denkt er da, an die Frauen des Feindes, an den Kampf, an den Sieg.

Er steigt auf sein Maultier, lenkt es aus dem Heerlager und winkt die Krieger seiner Sturmabteilung hinter sich her. Keinen einzigen der Menschen, die hinter der Stadtmauer leben, hat er jemals getroffen, und doch treibt ihn brennender Hass auf sie ihrer belagerten Stadt entgegen. Joabs Bruder Abisai reitet an seiner Seite.

Da steht Bathseba bereits in ihrer Schlafkammer, und einige Atemzüge lang fühlt sie, wie wir fühlen, ahnt, was wir wissen: Kaum ein Wimpernschlag trennt gestern und heute.

Ihr ist, als würde sie gerade jetzt hinausgehen zur letzten Begegnung mit David vor ihrer Hochzeit.

Sie haben sich nicht verabredet damals, sie haben kein heimliches Treffen geplant. Sie hat nicht einmal gewusst, dass er auf dem Weg nach Hebron gewesen ist. Wie vom Himmel gefallen hat er plötzlich im Hof der Frau gestanden, die sie großgezogen hat.

Und während Uriah Schlachtrufe brüllt und seine wilde Rotte zum Sturm auf die Mauern Rabbas führt, bückt sie sich zur ihrer Bettstatt hinunter, greift unter ihr Kissen und denkt an Davids Antwort.

Ich werde mich um Uriah kümmern, vertrau mir.

»Diesmal bricht sie, die verdammte Mauer!«, schreit Uriah und stemmt seinen Schild über den Kopf, damit ihm weder Pfeile noch Steine des Feindes schaden können. Er reitet so schnell, dass Abisai hinter ihm zurückbleibt.

Bathseba drückt Davids Locken zwischen ihre Brüste, während ihr Mann auf die Bresche zu galoppiert, die Israels Katapulte gestern in die Stadtmauer gerissen haben. Uriah brüllt wie im Rausch, er schwingt sein Schwert wie ein Rasender.

Bathseba küsst die Locken des Königs von Israel und sieht mit geschlossenen Augen den jungen Krieger in Miriams Hof reiten, der ein Jahr zuvor noch die Schafe seines Vaters geweidet hat. Schon wieder hat er eine Schlacht gegen die Philister gewonnen! Wie stolz er gewesen ist!

Zur selben Zeit befiehlt Uriah seinen Bogenschützen abzusitzen, die Sehnen zu spannen und den Sturm auf die Mauerbresche mit einem Pfeilhagel zu decken. Er springt vom Maultier, dreht sich nach seinem Sturmtrupp um – fünfhundert Mann hinter Abisai, und einer guckt entschlossener als der andere. Mit dem Schwert winkt er sie hinter sich her und klettert in die zertrümmerte Mauer.

So vieles geschieht zu ein und derselben Stunde.

Bathseba – in ihrer Schlafkammer in Jerusalem und doch zugleich im Hof ihrer Ziehmutter in Hebron –, Bathseba sieht mit geschlossenen Augen dem jungen David ins Gesicht.

Die Kriegsrotte des Hethiters stürmt die Mauer von Rabba. Die Stadt ist verloren, Uriah spürt es, die Königsstadt der Ammoniter wird fallen, er weiß es. Und wir wissen, dass er recht behalten wird.

Seine Frau aber hört mit geschlossenen Augen dem jungen David zu. Er ist voller Tatendrang, denn Joab und seine Brüder haben herausgefunden, wo der oberste Fürst der Philister die Bundeslade versteckt hält.

Bathseba nimmt seine Hand und hält sie fest …

31

Abschiedskuss

… das letzte Mal. Trotzdem gelingt ihr ein Lächeln.

Bathseba staunt über sich selbst: Obwohl sie in diesem Augenblick sicher ist, David nie wieder berühren zu dürfen, schafft sie es, ihm ins Gesicht zu lächeln. Während er von der endlich entdeckten Lade Gottes berichtet, während er in der Vorfreude auf die kommenden Kämpfe schwelgt, während er von seinen Waffenbrüdern schwärmt, von Joab, Abisai, Benaja, Asahel und wie sie alle heißen.

Sie hört ihm zu und lächelt tapfer. Sie ist einfach nur froh, dass er da ist. Und hält seine Hand fest. Und hofft, dass niemand sie beobachtet.

Noch immer ist sie überrascht und sprachlos vor Freude: Dass David sie doch noch einmal besucht! Ob er weiß, dass sie morgen Hochzeit feiern muss? Das wird sich kaum bis nach Gibea herumgesprochen haben. Ob sie es ihm sagen soll? Lieber nicht.

Schritte nähern sich aus dem Haus. David unterbricht seinen Redeschwall, und in seiner plötzlich verdüsterten Miene liest Bathseba, wer hinter ihr den Hof überquert. Sie lässt seine Hand los und senkt den Kopf.

Miriam drängt sich zwischen sie und ihn. »Steh nicht hier

rum!«, blafft sie. »Willst du nicht morgen Hochzeit feiern? Bis dahin ist noch allerhand zu tun.« Kein Gruß für David, kein Lächeln, nicht einmal ein beiläufiges Wort, nur ein böser Blick. Wenigstens weiß er jetzt, dass es morgen so weit ist. Endgültig …

David nickt Bathseba zu, bevor er auf sein Maultier steigt und aus dem Hof reitet. In seinem Blick hat sie gelesen, was er ihr zu sagen versucht hat: Warte auf mich. Ich komme noch einmal wieder, um Lebewohl zu sagen.

Der Rest des Tages vergeht mit Hochzeitsvorbereitungen: Brotteig kneten, Kuchen backen, Festgewänder zurechtlegen, Lämmer und Hühner schlachten. Für die Priester und den Bullen für das Dankopfer ist Bathsebas künftiger Mann zuständig.

Vom Blut des Lammes füllt Miriam etwas in eine Schale ab und vermengt es mit der Tinktur eines Krautes, das sie in den Hügeln vor Hebron gesucht und gefunden hat. Bathseba kennt es nicht – angeblich sorgt es dafür, dass Blut nicht dick wird. Ihre Pflegemutter füllt die Mixtur in die kleine Gallenblase eines Fisches.

»Was du wissen musst, habe ich dir gesagt.« Miriam reicht ihr das rote Bläschen. »Sei wachsam und bedenke: Es geht nicht nur um deine Ehre, es geht um die Ehre deiner ganzen Familie. Ich verlasse mich auf dich.«

Im Laufe des Tages dann trifft nach und nach die Verwandtschaft aus Bethlehem und Gilo ein. Haus und Hof füllen sich, überall umarmt man sich, überall wird gelacht, gescherzt und erzählt. Bathseba muss weinen, als sie an der Brust ihres Großvaters liegt. Ahitofel weicht bis zur Dämmerung kaum noch von ihrer Seite.

Ihren Vater Eliam begrüßt Bathseba kühl und wechselt kaum drei Worte mit ihm. Sie hasst ihn. »Er hat kein Herz in der Brust«, erklärt sie dem Großvater. »Hätte er eines, müsste ich morgen nicht den Hethiter heiraten.« Ahitofel senkt den Blick und antwortet mit keinem Wort.

Dann bricht die letzte Nacht auf Miriams Dach an. Wolkenbänke schieben sich vor das Sternengefunkel und die Mondsichel. Um Bathseba herum schnarchen sie, atmen sie tief und gleichmäßig oder reden im Traum. Sie kann nicht schlafen – zu viele Bilder von David strömen durch ihren Kopf; zu groß die Aufregung, die Angst und der Widerwille gegen den bevorstehenden Tag. Die leuchtende Sichel des Mondes kommt ihr vor wie eine Drohung des Schicksals.

Ein Geräusch unten im Hof lässt sie aufhorchen. Lautlos erhebt sie sich aus ihren Decken, schleicht zum Dachrand und späht hinunter: David. Selbst im Dunkeln würde Bathseba seine Silhouette unter tausend anderen erkennen! Er steht am Torpfosten und winkt.

Ihr Herz macht einen Sprung, ihr Atem fliegt. Auf Zehenspitzen schleicht sie zur Treppe, steigt ins Haus hinab, huscht in den Hof hinaus, fällt ihm um den Hals.

»Dass du noch wach bist«, flüstert er, als sie sich von seinen Lippen gelöst hat.

»Ich hab auf dich gewartet.« Sie zieht ihn hinter sich her in den Stall zu den Schafen. Es muss schnell gehen, doch sie will es um jeden Preis, also muss es geschehen.

Dort, wo am Morgen noch die Lämmer standen, die sie heute geschlachtet haben, streift sie sich das Gewand über den Kopf, kniet im Heu nieder und wartet, bis auch er sich nackt vor sie hinkniet.

»Das letzte Mal«, flüstert sie und drückt ihn ins Heu hinunter.

»Meine süße Dadida«, hört sie ihn flüstern. »Meine geliebte Löwin.« Sie spürt seine Küsse auf ihrer Kehle, ihren Brüsten, ihren Schenkeln, in ihrem Schoß. Seine Zunge stößt sie in ein Meer aus Feuer und Honig, seine zärtlichen Hände tragen sie sicher durch den Schmerz wilder Lust und brennender Sehnsucht. Bathseba vergisst das Heute, das Morgen, sich selbst.

Die Schafe werden unruhig, hören die Seufzer, die keuchenden Atemzüge, wittern den Menschenschweiß und die Liebessäfte. Doch keines blökt – dem Ewigen sei Dank!

Bathseba muss weinen, als David sie zum Gipfel stößt. Danach hält sie ihn so fest, als fürchte sie zu sterben, wenn sie ihn auch nur für einen Augenblick loslässt. Und genauso fühlt sie sich – wie eine Sterbende.

»Es hätte unser Tag werden können morgen«, flüstert sie unter Tränen. »Ein bisschen mehr Mut, ein bisschen mehr Treue, ein bisschen mehr Kraft, und es wäre unser Tag geworden.«

»Ich weiß«, flüstert er, während seine Lippen die Tränen von ihren Wangen saugen. »Ich weiß doch …«

Später, vor der noch verschlossenen Stalltür, hilft er ihr in ihr Gewand und küsst sie zum letzten Mal. »Verzeih mir, Dadida«, flüstert er, und nun sieht sie, dass auch er weint. »Was immer du über mich erfahren wirst – verzeih mir, wenn du kannst.«

Sie hält ihn fest, lässt ihren Tränen freien Lauf. So stehen sie, lange. Bis David sich aus ihrer Umarmung schält, sich abrupt abwendet und aus Stall und Hof huscht. Bathseba lauscht ihm hinterher, bis der Hufschlag seines Maultiers im nächtlichen Hebron verhallt.

Mit schweren Gliedern schlurft sie zurück zu der Stelle, an der heute Morgen noch die Lämmer gestanden haben. Bis Miriams Knechte kamen, um sie zur Schlachtung zu holen. Sie lässt sich ins Heu sinken, es ist noch warm, es riecht noch nach Davids Haut.

Er ist nicht mehr da. Und sie fühlt sich wie tot.

32

Schwarzer Hund

Schon zwei Stunden nach Sonnenaufgang kommt ein Bote von Uriah – sein Herr stehe bereit, um seiner Braut entgegenzugehen. Für einen Moment steht das Leben auf Miriams Hof still.

Vom Tor aus ruft der Mann die Botschaft in den Hof hinein, und zwar so laut, dass auch die Nachbarn ringsum sie nicht überhören können. Bathseba vernimmt sie im Badehaus, wo sie im Zuber sitzt und sich wäscht. Sie holt tief Luft und taucht unter.

Eliam entlohnt den Boten. Während er ihm das Silberstück in die Hand drückt, trägt er ihm auf, Uriah die Bitte um eine Stunde Aufschub auszurichten. Der Bote wiederholt die Botschaft und läuft aus dem Hof.

Danach muss alles sehr schnell gehen: Anziehen, frisieren, Brautschmuck und Schleier anlegen, Lammfleisch und Weinfässer auf den Eselskarren laden. Alle sind ganz außer Atem, als sich eine Stunde später der Brautzug auf der Gasse vor Miriams Hoftor sammelt. Nur Bathseba fehlt noch.

Miriam ruft ihren Namen – wieder und wieder –, bis sie endlich aus dem Haus kommt. Sie trägt ein weißes Leinengewand mit Gesichtsschleier und Schärpe. Ein Kranz aus Aprikosenblüten schmückt ihren Kopf. Ihre Lider sind rot, ihr schwarzes Haar glänzt nicht wie sonst.

Großvater Ahitofel klatscht in die Hände, und dann setzt sich die hochzeitliche Kolonne in Bewegung. Bathseba hat weiche Knie und tastet nach der knochigen Hand ihres Großvaters, der neben der Großmutter zu ihrer Rechten geht. Links schreiten ihr Vater und Miriam, hinter ihr laufen die Freundinnen, Nichten und Cousinen, soweit sie noch Jungfrauen sind; dahinter reiht sich die restliche Verwandtschaft auf. Zahlreiche Nachbarn bilden den Schluss des Brautzugs. Als er den Torplatz überquert, belagern noch die Maultiere und Esel der Krieger Davids die Viehtränke. Der größte Teil seiner Schar ist schon durchs Tor aus der Stadt geritten. Auch David selbst offenbar, denn Bathseba kann ihn nirgends entdecken.

Joabs weißer Esel dagegen ist nicht zu übersehen. Der Säbelmann sitzt auf ihm, grinst und winkt dem Brautzug zu. Bathseba winkt scheu zurück, und Ahitofel und Eliam rufen Davids schielendem Hauptmann Segenswünsche zu.

Ein kleiner älterer Krieger steigt auf ein Pferd. »Aufsitzen!«, ruft er, und Bathseba erkennt den Hauptmann mit den Blatternarben. »Auf geht's – ins Tor und raus aus der Stadt!«

Joab treibt seinen Esel neben das Pferd des Hauptmanns. »Zweihundert warten auf uns!«, krächzt er. Er kichert wie ein Irrsinniger, während seine Krieger ihm und dem Hauptmann zum Tor folgen. Joabs krähende Stimme hallt vom Turm und von der Stadtmauer wider. »Auf in den Kampf, ihr Brüder! Zweihundert Häute warten auf uns!«

Bathseba hört es nur mit halbem Ohr, weiß nicht, wovon der Säbelkerl da spricht, will es auch gar nicht wissen, denn aus der Gasse, in die der Vater und der Großvater nun mit ihr einbiegen, schallt ihnen Musik entgegen. Der Zug des Bräutigams!

Sie wird ganz steif, stelzt mehr, als dass sie geht, muss sich bei Ahitofel unterhaken.

»Ist dir nicht gut, Herzchen?«, flüstert er ihr ins Ohr. Sie antwortete nicht. Muss gar nicht antworten, denn er weiß genau, wie ihr zumute ist.

Die Musik wird mit jedem Schritt lauter, übertönt schon die krähende Stimme des Säbelmanns. Bathseba starrt die Gasse hinauf, und dann sieht sie die Musiker: Sie tanzen vor dem Hethiter her, schlagen Zimbeln und Trommeln, blasen Flöten und Schalmaien, zupfen Harfen und Lauten. Hinter ihnen schreitet in rotem Mantel über gelbem Festgewand der Hethiter. Das Innere von Bathsebas Brust fühlt sich an, als würden lauter spitze Steine es ausfüllen.

Und dann ist es so weit: Der Brautzug und der Zug des Bräutigams treffen zusammen. Man begrüßt einander, und die Musik verstummt für eine Weile. Ein Levit spricht einen Segen, und Brautvater und Bräutigam bereden, was noch zu bereden ist.

Nicht mehr viel, denn den Ehevertrag haben sie längst geschlossen. Den Brautpreis hat der Hethiter dem Vater schon vor drei Jahren übergeben – zwei Weinberge, zehn Schafe und einen Zuchtbullen. Uriah muss nur noch den Mantel über sie werfen. Das tut er schließlich auch, und er tut es mit größter Selbstverständlichkeit und ausdrucksloser Miene.

Jetzt gehöre ich ihm, denkt Bathseba, als es einen Atemzug lang dunkel um sie wird und der herbe Geruch ihres Ehemannes ihr aus dem Futter seines Mantels in die Nase steigt. Jetzt bin ich sein Eigentum, denkt sie, und so viel ist es wert: zwei Weinberge, zehn Schafe und einen Zuchtbullen.

Die Musiker spielen wieder auf, Ahitofel klatscht in die Hände, der Hochzeitszug sammelt sich erneut. Da fühlt Bathseba schon nichts mehr. Nichts.

An Uriahs Seite stelzt sie inmitten der Festgesellschaft zu seinem großen Gehöft im Westen von Hebron, wo das Festmahl stattfindet. Die Musiker ziehen voran, Knechte und Mägde eilen ihnen entgegen, Uriahs schwarzer Hofhund empfängt sie mit lautem Gebell.

Der erste Festtag rauscht an Bathseba vorbei wie ein Traum, aus dem sie bald zu erwachen hofft. Was soll sie bei all diesen Menschen hier? Was haben die alle zu schwatzen und zu lachen? Warum tanzen und singen sie? Und warum sitzt dieser ungeheuerliche Mann an ihrer Seite? Dieser vierzig Jahre alte Kriegsmann mit den kalt glitzernden Bernsteinaugen und dieser hässlichen roten Narbe, die sich von seiner Schläfe bis in seinen langen, eckig gestutzten Bart hineinzieht?

Der Abend bringt ein Gewitter und es beginnt zu regnen. Die Jungfrauen aus Bathsebas Familie und unter ihren Freundinnen geleiten sie zu Uriahs Haus. Ahitofel bleibt an der Tafel bei den Hochzeitsgästen zurück. Um ihr seine Tränen nicht zu zeigen? Nur Eliam und Miriam begleiten den Jungfrauenzug.

Vor der Haustür des burgartigen Steingebäudes fallen sie ihr um den Hals, eine nach der anderen – abgesehen vom Vater –, die meisten weinen. Auch Miriam. Der große massige Hund des Hethiters streicht um Bathseba herum, knurrt und beschnuppert den Saum ihres Gewandes.

Hoffentlich wittert er das Lammblut nicht, denkt sie.

Uriah tritt nach dem Hund, während er Bathseba ins Haus schiebt. Die Tür fällt zu, der Riegel rasselt ins Schloss, Uriah fasst sie am Arm und stößt sie in seine Schlafkammer.

»Endlich allein«, sagt er. »Zieh dich aus, mach hin.« Er deutet auf einen Haufen aus Stroh, Lederdecken und Fellen, den er mit einem weißen Leintuch bedeckt hat – seine Bettstatt.

Der Hethiter ist schon nackt, als sie immer noch wie gefroren vor dem Nachtlager steht, den Blick in eine Ferne gerichtet, in der ihr bisheriges Leben versinkt, die rechte Faust unter ihrem Schleier versteckt und um die kleine, blutgefüllte Fischblase geschlossen.

»Komm schon, du wirst es überleben«, feixt Uriah und schält sie zielstrebig aus ihrem Brautgewand. Als sie nackt vor ihm steht, wird sein Feixen breiter und genüsslicher. Er packt sie und wirft sie auf seine Bettstatt. Im nächsten Moment liegt er schon auf ihr.

Sie überlebt es wirklich, denn Uriah hat viel Wein getrunken und es geht schnell. Als er von ihr steigt, spreizt er ihr die Beine und betrachtet zufrieden den Blutfleck auf dem Leintuch. Dann schläft er ein.

Bathseba steht auf und wirft die zerdrückte und blutige Fischblase aus dem Fenster hinaus in die Regennacht. Aus der Dunkelheit springt Uriahs schwarzer Hund herbei und frisst sie auf.

*

Fünf weitere Festtage folgen. An keinem ist Bathseba wirklich anwesend. Die Hochzeitsgäste – beinahe zweihundert Männer, Frauen und Kinder – essen und trinken, tanzen und singen, spielen und palavern von Sonnenaufgang bis Sonnenuntergang. Bathseba isst wenig und das nur, weil Miriam und Ahitofel sie dazu drängen. Dafür trinkt sie reichlich süßen roten Wein.

Manchmal, wenn der Wein ihr gründlich genug zu Kopf gestiegen ist, tanzt sie ein wenig, denn in den Blicken der Gäste liest sie, dass sich das so gehört. Einmal singt sie sogar – ein Abendlied, das sie vor Monaten mit David in Bethlehem gesungen hat. Ein Leben lang her kommt ihr das vor.

Bei allem, was sie tut, fühlt sie sich so kalt und leblos wie ein Stück Holz. Vor allem nachts, wenn der Hethiter sich ächzend auf ihr wälzt und stöhnend an ihr reibt. Und das tut er am Ende jeden Tages und manchmal zweimal und dreimal.

Am vorletzten Festtag hört Bathseba Davids Namen. Bisher hat ihn noch niemand in den Mund genommen, jedenfalls nicht in ihrer Gegenwart. Bathsebas Tante, die nach Bethlehem geheiratet hat, erwähnt ihn an der großen Feuerstelle, wo Ahitofel den Spieß mit einem Lamm über der Glut dreht. »Ob David es geschafft hat, die Bundeslade zu erobern?«, fragt sie sich laut, und augenblicklich ist Bathseba hellwach.

»Ich traue diesem jungen Burschen aus Bethlehem alles zu«, antwortet Ahitofel, den sie gar nicht gefragt hat. »Allerdings kam er mir vor, als hätte er es eher auf die zweihundert Häute abgesehen als auf die Lade Gottes.«

»Zweihundert Häute?« Bathseba, die sich gerade ein Stück Lammbraten abschneidet, erinnert sich sofort an Joabs Geschrei auf dem Torplatz. »Was hat Joab denn damit gemeint?«

»Nichts, worüber man während eines Hochzeitsfestes sprechen sollte«, erklärt Miriam mit spitzen Lippen, während sie Ahitofel am Bratenspieß ablöst.

»Zweihundert Philisterhäute, mein Herzchen«, erklärt der Großvater.

Bathseba stockt der Atem. »David will allen Ernstes zweihundert Philistern die Haut abziehen? Das glaube ich nicht!«

Alle schauen einander an, die Frauen düster, der Großvater verlegen. »Nicht abziehen«, erklärt Miriam endlich, »abschneiden. Und auch nur die Vorhaut.«

»Was …?« Bathseba traut ihren Ohren nicht. »Die Vorhaut …?«

»Der Brautpreis für die jüngste Tochter des Königs«, erklärt die Tante aus Bethlehem. »David will Michal zur Frau, und da er weder Land noch Vieh besitzt, hat Saul für seine Tochter zweihundert Philister-Vorhäute verlangt.«

Bathseba glaubt der Tante kein Wort. Mit offenem Mund schaut sie von einem zum anderen. Die beiden Frauen zucken gleichmütig mit der Schulter, und Ahitofel sagt: »Dieser Preis ist ein Todesurteil gewesen. Keiner kann ihn aufbringen, auch einer wie David nicht. Doch er wird es versuchen, und das weiß Saul ganz genau: David wird keine Ruhe geben, ehe er zweihundert Philister getötet hat – und dabei selbst ums Leben kommen. Und nur darauf hat Saul es abgesehen.«

»Aber warum das denn?« Bathseba bringt bloß noch brüchiges Geflüster zustande.

»Weil Saul neidisch ist auf den jungen Krieger«, weiß die Tante. »Denn die Leute lieben David inzwischen weit mehr als ihn.«

»Sie verehren ihn geradezu«, ergänzt Ahitofel. »Viele verlangen gar, dass Saul dem Abner den Oberfehl über das Heer wegnimmt und ihn David überträgt.«

»Das geht nicht gut mit den beiden, das prophezei' ich euch«, sagt Miriam mit finsterer Miene. »Zwei eitle Gockel auf demselben Hof – das kann gar nicht gut gehen.«

An diesem Abend überfällt die Traurigkeit Bathseba mit solcher Macht, dass sie sogar vergisst, sich von ihrem Großvater zu verabschieden. Mit hängenden Schultern, gesenktem Kopf und schlaffer Miene trottet sie hinter Uriah her in sein Haus. Wie eine Ehebrecherin, die zur Steinigung abgeführt wird.

Zweihundert Vorhäute, denkt sie, als der Hethiter sie in die Schlafkammer zerrt, zweihundert Vorhäute für Michal. Dass Joab ein Totschläger ist, weiß sie, seit sie ihm zum ersten Mal begegnet ist. Aber David?

Willenlos lässt sie sich von ihrem Mann ausziehen und auf die Bettstatt werfen. Als er von ihr verlangt, dass sie ihn mit dem Mund befriedigt, weigert sie sich zunächst. Da schlägt er sie zum ersten Mal und zwingt ihr mit Gewalt seinen Willen auf.

Später, als der Hethiter schnarchend neben ihr liegt, brennen ihr seine Schläge auf Wangen und Ohren, und Ekel würgt sie. Wie ein scharfer Schmerz bohrt sich die Einsicht in ihr Bewusstsein, dass sie nun jede Nacht neben ihm liegen muss; wenn er nicht gerade im Krieg ist. Sie fragt sich, wie sie das aushalten soll.

Leise steht sie auf und wickelt sich in ein Leintuch. An der Glut in der Feuerstelle entzündet sie eine Fackel. Damit schleicht sie auf Zehenspitzen aus dem Haus.

Im nächtlichen Hof kommt ihr Uriahs großer schwarzer Hund entgegen und beschnüffelt ihre Füße und Knie. Lautlos huscht sie zum Brunnen hin und steckt die Fackel zwischen die Feldsteine seines Randes.

Während sie sich das Gesicht wäscht und den Mund ausspült, begreift sie, dass Uriah sich während der Festtage nur um der Hochzeitsgäste Willen zurückgehalten hat. Würde er schon an den Abenden zuvor getan haben, was er heute getan hat, hätten es die Gäste ihr angesehen.

Neben dem Brunnenrand sinkt sie auf die Knie und starrt in den Wasserkrug. Eine düstere Ahnung beschleicht sie: Was sie vorhin in der Schlafkammer des Hethiters erlebt hat, ist vermutlich nur ein Vorgeschmack auf das, was ihre Ehe mit ihm für sie bereithält. Tränen rinnen Bathseba über die Wangen und tropfen in den Krug.

Irgendwo hinter ihr winselt der Hofhund. Sie schaut zur Seite und wundert sich über seine unterwürfige Haltung: Das massige schwarze Tier drückt Vorderläufe und Schädel in den Schmutz und winselt, als fürchte es sich. Auch klemmt es den Schwanz zwischen die Hinterläufe und schiebt sich langsam und winselnd nach hinten.

Bathsebas Nackenhaare richten sich auf, und wie Frost rieselt es ihr über Nacken und Schultern – hinter ihr steht einer.

Sie wagt kaum, den Kopf zu drehen, und als sie sich endlich überwinden kann, erblickt sie hinter sich ein schwarzes Gewand. Dessen Saum liegt auf nackten Füßen mit perlweißer Haut.

Das Herz schlägt ihr in der Kehle, und unerträglicher Harndrang quält sie. Doch dann spürt sie etwas warm und prickelnd ihren Scheitel berühren. Und sie wird ganz ruhig.

Eine große Hand. Schwer und wohltuend ruht sie auf ihrem Kopf.

Dann glaubt sie eine Stimme zu hören. Oder ist es Meeresbrandung? Doch wie sollte das möglich sein hier in den Hügeln fernab der Küste?

Sie weiß nicht, was die Worte zu bedeuten haben, die der Unheimliche über ihr ausspricht, doch als sie zurück ins Haus geht, fühlt sie sich auf unerklärliche Weise getröstet. Und weiß eines mit Gewissheit: Mag der Weg, der vor ihr liegt, auch noch so dornig und steil sein, sie wird ihn nicht allein gehen müssen.

33

Nachrichten

Im Nordtor von Hebron jagt eine Neuigkeit die nächste. Davids junge Kämpferschar habe schon wieder eine Philistersiedlung niedergebrannt, heißt es eines Tages, und am nächsten: Der Sohn des Königs sei Davids engster Freund geworden. Kurz vor Sonnenuntergang des folgenden Sabbats steigen dann die Salzhändler auf dem Rückweg zum Toten Meer im Tor von ihren Kamelen, und was sie zu berichten haben, lässt die Männer im Tor in Jubelgeschrei ausbrechen: David habe die Lade Gottes zurückerobert und Saul wolle ihm dafür ein Stück Land bei Gibea schenken.

Miriams Schwiegervater, der sein halbes Leben im Tor verbringt, pflegt solche Neuigkeiten sofort seinem Sohn zu erzählen. Der erzählt sie seiner Frau, und Miriam erzählt sie Bathseba. So sehr diese sich auch bemüht, David zu vergessen, sie bemüht sich ganz vergeblich, denn sein Name fliegt auf allen Gassen und Plätzen der Stadt hin und her.

Einen Monat vor der Weinlese dann eine Neuigkeit, die ganz Hebron in Aufruhr versetzt: David und seine Waffenbrüder haben die Lade Gottes aus dem Philisterland geholt und zurück nach Israel gebracht. Hauptleute aus Abners Umgebung, die in Hebron wohnen, berichten davon. Die

Bundeslade stehe nun im Stiftszelt von Kirjath-Jearim, und König Saul plane ein großes Dankopferfest, zu dem er alle Stämme Israels laden will.

Drei Wochen später erzählen die Verwandten aus Bethlehem, die zur Weinlese nach Hebron gekommen sind, von einem Hochzeitsfest am Königshof: Saul habe seine jüngste Tochter Michal jenem jungen Helden zur Frau gegeben, dessen Name seit Monaten landauf, landab in aller Munde ist: David aus Bethlehem, dem Sohne Isais, dem Schrecken der Philister.

Bathseba erfährt es im Weinberg, wo sie Miriams Familie bei der Ernte hilft. Obwohl sie seit Monaten damit rechnet, irgendwann etwas in der Art hören zu müssen, trifft sie die Nachricht wie ein Keulenschlag. Halb betäubt und mit den Tränen kämpfend schleppt sie ihren mit Trauben gefüllten Korb zur Kelter – und stolpert prompt über ihre eigenen Füße. Der Korb gleitet ihr aus den Händen, die Trauben rutschen heraus und Bathseba stürzt mitten hinein.

»Berauscht dich denn schon der bloße Anblick der Weintrauben!?« Miriam schimpft, während sie vor Bathseba kniet und ihr die Hand verbindet, in die ihr beim Sturz das Winzermesser gefahren ist. »Oder hat dich etwa die Nachricht von seiner Hochzeit umgehauen?!«

Mit leerem Blick starrt Bathseba auf ihre von zerquetschten Weinbeeren nassen Knie und Schenkel. Blut tropft von ihrer Hand und mischt sich mit dem Traubensaft auf ihrer Haut. Schade, denkt sie, schade, dass mir die Klinge nicht ins Herz gefahren ist.

»Bist du jetzt endgültig verstummt?«, blafft ihre Ziehmutter. »Entweder stirbt er bei der Jagd auf die zweihundert Philister oder er wird Sauls Schwiegersohn! Das haben wir doch alle seit Monaten gewusst. Auch du!« Sie mustert Bathseba mit einer Mischung aus Ärger und Sorge. »Am besten gehst nach Hause.« Miriam verknotet den Verband und steht auf. »Bist ja doch zu nichts zu gebrauchen heute.«

»Nach Hause?« Bathseba seufzt bitter. »Zu Uriah?«

*

Wenige Wochen später kommt auf seiner halbjährlichen Tour durch das Land der moabitische Kamelhändler aus dem Libanon zurück. Wie immer ist er über die Königsstadt gereist, und was er von dort zu berichten hat, sorgt bei den einen für Aufregung und bei den anderen für ungläubiges Kopfschütteln.

»Saul und David haben sich zerstritten«, erzählt er der Menge, die sich auf dem Torplatz um ihn drängt, wo er seine Tiere an der Viehtränke saufen lässt. »Der König hat den Bethlehemer angegriffen, stellt euch das nur einmal vor! Mit seiner Lanze ist Saul auf seinen tapfersten Krieger losgegangen!«

»Das glaube ich nicht!«, entfährt es Bathseba, die an diesem Abend mit Uriahs Kühen zur Wasserstelle gekommen ist. »Das glaube ich nie im Leben!«

»Böswillige Gerüchte sind das!«, ruft der Brotbäcker neben ihr. Er und Bathseba sind nicht die Einzigen, die den Worten des Moabiters misstrauen. Viele haben ja noch die Nachrichten von Davids Hochzeit mit der Königstochter und vom Freundschaftsbund mit Jonathan im Kopf. Und auch die Rückholung der Heiligen Lade Gottes ist noch immer in aller Munde.

»Erzähl uns keine Ammenmärchen!«, ruft einer der Torwächter. Der Schmied beschimpft den Kamelhändler als losen Schwätzer, und ein Levit droht ihm mit Stockschlägen, sollte er weiterhin Verleumdungen über König Saul verbreiten.

Andere dagegen nehmen die Neuigkeiten aus Gibea sehr ernst. »Hört man nicht schon länger, dass Saul krank im Kopf ist?«, gibt der Korbmacher zu bedenken. »Um seine Krankheit zu lindern, hat er sich doch den Harfenspieler ins Haus geholt! Als Trösterchen und um den bösen Geist zu vertreiben, der ihn plagt.«

»Dieser böse Geist wird es wohl sein, der ihn gegen David aufgehetzt hat«, vermutet der nachdenklich gewordene Schmied.

»Mit David hat der König sich einen Mann ins Haus geholt, der größer und edler ist als er«, ergreift der oberste Priester von Hebron das Wort. »Jetzt bereut er's, und Neid und Eifersucht fressen ihn! Habe ich nicht von Anfang an davor gewarnt, einen Eselzüchter aus Gibea zum König auszurufen?«

Einer der Stadtältesten sieht es genauso. »Saul hat Angst um seinen Thron«, lässt er die Umstehenden wissen. »Vor lauter Angst und Neid vergrault er uns noch Israels wichtigsten Krieger, ihr werdet schon sehen!«

Bäcker, Bettler, Hirten und andere Parteigänger des Königs widersprechen empört. Ein Wort gibt das andere, und der Streit wird lauter und leidenschaftlicher. Bald fliegen erste Beschimpfungen hin und her.

Und dann fliegen Fäuste.

Bathseba duckt sich und treibt die Kühe weg von der Tränke. Das Geschrei auf dem Torplatz ist auf einmal so laut, dass die Leute ringsum aus den Höfen und Häusern treten und aus dem Stadttor sowieso. Neugierig und mit gaffenden Blicken beobachten sie die Streithähne. Jemand haut dem Moabiter mit einem Wasserschlauch auf den Kopf, der Korbmacher schlägt den Brotbäcker nieder, und der Schmied packt den obersten Priester, stemmt ihn in die Luft und wirft ihn in die Viehtränke.

Blut fließt, Wasser schwappt über Rand des Trogs, die Leute schreien auf, das Vieh scheut, und Bathseba bekommt es endgültig mit der Angst zu tun. Sie arbeitet sich aus der tobenden Menge heraus und treibt ihre Kühe weg vom Tumult und in die Gasse hinein, die zu Uriahs Haus führt.

Der Streit und die Schlägerei wühlen sie mächtig auf, die Gerüchte aus Gibea erst recht. Der König soll auf David losgegangen sein? Mit einer tödlichen Waffe? Was für ein Irrsinn ist das denn! Nein, das will sie einfach nicht glauben.

Zu Hause kann Bathseba über diese Gerüchte nicht sprechen, denn Uriah wird schon wütend, wenn irgendjemand Davids Namen auch nur andeutungsweise erwähnt. Sie liegt schlaflos, grübelt, sorgt sich.

Am nächsten Tag spricht sie mit Miriam über die Neuigkeit. Stundenlang bewegen beide hin und her, was Bathseba an der Viehtränke gehört hat – und kommen immer zu demselben Schluss: Niemals würde sich König Saul seinen Schwiegersohn und den Herzensfreund seines Sohnes zum Feind machen!

»Er würde sich ja selbst den größten Schaden zufügen!«, ruft Miriam, und Bathseba pflichtet ihr immer wieder bei.

Nicht einmal ein Monat vergeht, bis sie einsehen muss, dass sie sich getäuscht haben.

»Wasche mir mein Zeug«, befiehlt ihr Uriah eines Abends. »Bring meine Rüstung in Ordnung, pack meine Sachen. In zwei Tagen reite ich nach Gibea.«

Bathseba platzt schier vor Freude und Erleichterung, doch hat ein Jahr im Haus des Hethiters gereicht, um sie die hohe Kunst der Selbstbeherrschung bis zur Perfektion zu lehren. »Der König benötigt wieder einmal deine Dienste?«, fragt sie so beiläufig wie möglich.

»Blöde Frage!« Uriah schenkt sich Wein ein. »Denkst du, ich reite zum Spaß tagelang durchs Gebirge? Was ich für den Weg brauche, hast du ja hoffentlich kapiert inzwischen. Vergiss bloß den Wein nicht, und wehe, du lässt das Brot wieder zu lange im Backofen!« Er droht ihr mit der flachen Hand.

Als sie ihn zwei Tage später am Hoftor verabschiedet, wagt sie es nachzuhaken. »Der Allmächtige gebe, dass kein schlimmes Unglück den König Saul bewegt haben möge, dich zu ihm zu rufen«, sagt sie und mimt die Besorgte.

»Nein. Nur ein paar Rebellen.« Uriah prüft noch einmal die Gurte, die sein Gepäck auf dem Lastesel festhalten. »Die machen Saul das Leben schwer, wie man hört. Durchaus gefährliche Rebellen allerdings.« Ruckartig dreht er sich nach ihr um. »Und rate mal, wer ihr Anführer ist.« Seine bernsteinfarbenen Augen glitzern kalt zwischen verengten Lidschlitzen. Bathseba weiß genau, wen er meint, zuckt aber wie ratlos mit den Schultern. »Dein verdammter Musiker aus Bethlehem natürlich!«

»Ach …«

»Tu nicht so unschuldig, du Miststück.« Er packt sie und presst seine Lippen auf ihren Mund. »Das Küssen müssen wir noch ein bisschen üben, was?!« Mit diesen höhnisch ausgestoßenen Worten und einem rauen Lachen steigt er auf sein Maultier. Er zieht den Lastesel heran und dreht sich im Wegreiten noch einmal um. »Der Belial soll dich holen, wenn du einen anderen Kerl auch nur anschaust!«

Bathseba bleibt am Hoftor stehen, wischt sich den Mund ab und schaut ihm hinterher. Erst als er in den Torplatz einbiegt, rennt sie ins Haus, wirft die Tür hinter sich zu und schreit ihre Erleichterung heraus. »Gib, dass er lange wegbleibt, Gütiger und Allmächtiger!«, betet sie. »Gib, dass er nie wieder zurückkommt!«

Eine Zeit lang überlässt sie sich ihrer Hochstimmung, singt während der Stallarbeit, scherzt mit dem Knecht und den Mägden, schwebt beinahe durchs Haus und über den Hof. Und jedes Mal, wenn sie auf dem Weg zum Brunnen oder zur Scheune am Hund vorbeikommt, geht sie neben ihm in die Hocke, streichelt ihn und flüstert ihm ins Ohr: »Freu dich, er ist weg. Die nächsten Wochen wird keiner nach dir treten. Und nach mir auch nicht.«

Als die erste Euphorie sich legt, beginnt sie nachzudenken. Rebellen? Und David ihr Anführer? Kann das wirklich wahr sein? Und wenn – wie um alles in der Welt hat es so weit kommen können?

Sie spricht mit Miriam, fragt deren Söhne und ihren Schwiegervater, lauscht den Gesprächen an den Marktständen, an der Viehtränke und im Tor. Doch niemand weiß, was in Gibea geschehen ist; Bathseba hört nur Gerüchte und Mutmaßungen.

Bis vier Tage nach Uriahs Aufbruch mitten in der Nacht der Hund anschlägt.

34

Rebellen

Draußen auf der Gasse steht jemand vor der Hofmauer, winkt und flüstert. Ein Mann, das hört Bathseba deutlich. In der Dunkelheit zeichnen sich die Umrisse seines Kopfes und seines langen Haares ab, das runde Gesicht kann sie nicht genau erkennen. Sie beruhigt den Hund, geht zur Hofmauer, hebt die Fackel – und schaut in die schielende Miene des Säbelmannes.

»Joab?«, flüstert sie. »Wie bist du in die Stadt hereingekommen?«

»Kenn' den Wächter.« Er kräht so laut, dass Bathseba den Zeigefinger auf die Lippen legt. »Hast du noch einen Platz zum Schlafen im Stall?«, flüstert er. »Oder auf dem Dach? Wir sind zu dritt.«

Bathseba zögert. Was nun, wenn Joab zu den Männern gehört, die Uriah als Rebellen bezeichnet hat? Und was, wenn der Hethiter herausfindet, dass sie Rebellen ins Haus gelassen hat? Einer wie er ist imstande, seine eigene Frau vor dem König des Verrates zu bezichtigen.

»Weiß schon, du kannst mich nicht leiden.« Im Fackelschein kann sie Joabs schiefes Grinsen sehen. »Aber meine Brüder sind doch ganz nett, oder? Lass uns rein, bitte.«

»Wenn mein Mann das erfährt, schlägt er mich grün und blau.« Bathseba öffnet das Hoftor. »Er ist nach Gibea geritten. Nur zwei Mägde und ein Knecht sind im Haus.«

»Weiß ich doch.« Joab zieht seinen weißen Esel in den Hof hinein und winkt seine Brüder hinter sich her. »Sonst hätt' ich mich nicht getraut, euern Hund zu wecken. Meinst du, ich hab Lust auf Prügel? Jeder Arsch weiß doch, wie gastfreundlich dein Hethiter ist.«

Der Hund streicht knurrend und schnüffelnd um die drei Brüder herum, während sie ihre Tiere in den Stall bringen. Bathseba streichelt das Tier und redet ihm gut zu. Danach führt sie ihre Gäste ins Haus hinein und zur Feuerstelle.

»Gibt's denn noch was zu beißen?« Joab schielt nach den Töpfen auf der Steinbank und reibt sich den Bauch. »Da drinnen knurrt's mächtig.«

Schnaufend und ächzend lassen sich die jungen Männer auf dem Boden nieder, während Bathseba die noch glimmende Glut anfacht und den Topf mit dem Hirsebrei draufstellt. Alle drei machen einen erschöpften Eindruck. Abisai trägt einen durchgebluteten Verband aus schmutzigen Tüchern um den Kopf, sein jüngerer Bruder Asahel hat sich mit seiner Bogensehne ein blutverkrustetes Fell um den Oberschenkel geschnürt.

»Sind einer Horde Philister in die Arme gelaufen.« Joab hat Bathsebas Blicke bemerkt. »Die Drecksäcke haben uns mächtig aufs Maul gehauen.« Er legt seinen schmutzigen und blutverschmierten Säbel neben sich auf den Boden.

»Sieben von uns sind tot.« Asahel winkt müde ab. »Zehn von uns haben sie geschnappt.« Inzwischen wächst ihm ein richtiger Bart, stellt Bathseba fest, ähnlich lockig und drahtig wie sein Haupthaar.

»Mindestens zehn.« Joab zieht den Rotz hoch, spuckt zur

Fensteröffnung hinaus. »In deren Haut möcht' ich jetzt nicht stecken.« Er schielt an Bathseba vorbei.

»Benaja haben sie in ein Netz geschürt und hinter sein Maultier gebunden. Und dem haben sie mit Feuer Beine gemacht.« Asahel rümpft die Nase. »Armer Hund, der Benaja!«

»Sprecht ihr von diesem Hauptmann mit den Blatternarben?« Bathseba rührt im Hirsebrei, damit er nicht anbrennt.

Joab nickt. »David ist mit zweihundert Mann der Küste unterwegs, will Benaja um jeden Preis raushauen. Wenn das mal gut geht!«

»Davids Name fällt täglich auf den Gassen und Plätzen Hebrons«, erzählt Bathseba. »Neulich ist ein Moabiter in der Stadt gewesen, der hat behauptet, dass David und Saul in Streit geraten sind. Stimmt das?«

»Streit?« Krähend lacht Joab auf. »Umbringen wollte Saul den David!«

»Ich hab's selbst gesehen.« Mit müder Stimme ergreift nun auch Abisai das Wort. »War dabei.«

»Erzähl's ihr schon.«

»Wir sitzen im Königssaal.« Abisai reibt sich übers Gesicht und schüttelt sich, als sei ihm kalt. »Keiner denkt an Böses. David spielt auf der Harfe, um Saul die düsteren Gedanken zu vertreiben, singt eines seiner Lieder dazu, und plötzlich – ich denk', ich seh' nicht recht! –, plötzlich greift der König hinter sich nach seiner Lanze.« Bathseba vergisst den Hirsebrei und lauscht mit offenem Mund. »Er springt auf wie von der Natter gebissen und schleudert das Ding auf David. Der hat sich grad noch wegducken können.«

»Ist direkt über ihm in die Wand geknallt.« Joab fährt mit der Hand knapp über seinen Scheitel hinweg. »Die Funken haben nur so gesprüht.«

»Der wollt' den David töten, ich schwör's dir.« Abisai nickt mit grimmiger Miene.

»Und er will's immer noch.« Joab reckt den Hals. »Ist der Brei endlich warm?«

»Der Ewige sei ihm gnädig!« Bathseba langt nach Holzschüsseln und verteilt den Hirsebrei. Ihre Hände zittern. »Was ist denn in Saul gefahren? Warum tut er so was?«

»Weißt du, was sie in Gibea sagen?« Joab nimmt ihr die Schüssel mit dem Brei ab. »Wenn Saul kommt, spannen die Philister ihre Kriegsbögen, sagen sie. Wenn David kommt, rennen sie wie die Hasen. Danke.«

»Neidisch ist er und Angst hat er.« Asahel löffelt den Brei in sich hinein, als hätte er tagelang nichts gegessen. »Angst, dass sie David erst zum Heerführer machen und dann zum König.«

»Sauls königlicher Ruhm strahlt nicht mehr so hell, seit David da ist.« Joab mimt den Tonfall eines Herolds und schneidet eine spöttische Grimasse dabei.

»Deswegen wirft er die Lanze nach dem eigenen Schwiegersohn?« Bathseba ist immer noch fassungslos.

»Ich an Davids Stelle hätt' sie zurückgeworfen«, behauptet Joab.

»David ist zu Michal gerannt und hat sich bei ihr versteckt«, erzählt Abisai mit vollem Mund. »Saul hat vier Hethiter hingeschickt, einer schwerer bewaffnet als der andere. Doch Michal hat David an einem Seil vom Dach des Hinterhauses hinabgelassen.«

»Hat dem König natürlich nicht geschmeckt.« Joab reicht Bathseba die säuberlich ausgekratzte Schüssel. Sein verschrammter Harnisch ist mit Brei bekleckert. »Noch was da?«

»Und dann ist David aus Gibea geflohen?« Bathseba gibt ihm einen Nachschlag.

»Erst ist er eine Zeit lang bei Samuel in Rama untergekrochen«, erzählt Asahel. »Dem alten Königsmacher ein

Haar zu krümmen, das traut sich nicht einmal Saul. Danach hat David sich im Wald bei Gibea versteckt.«

»Weil nämlich Jonathan seinem Vater ins Gewissen geredet hat«, erklärt Joab. »Und David hat wissen wollen, was dabei rausgekommen ist.«

»Woher wisst ihr das alles?«

»Von David. Haben ihn im Wald getroffen.« Joab nimmt den vollen Weinbecher, den Bathseba ihm reicht. »Jonathan ist direkt aus der Burg zu ihm in den Wald geritten, hundert Mann sind wir da schon gewesen. ›Mein Vater will dich jagen und töten‹, hat er dem David erklärt. ›Wenn du am Leben hängst, lauf so schnell wie möglich und so weit wie möglich.‹ Genau das sind seine Worte gewesen, ich schwör's dir.«

»Und dann sind sie sich um den Hals gefallen«, sagt Asahel.

»Und haben geheult wie Hunde bei Vollmond.« Abisai leckt seine Schüssel aus.

»Ist schon ein paar Wochen her.« Joab wischt sich den Mund mit dem Ärmel seines Waffenrocks ab. »Tags drauf sind wir mit David auf und davon, an die zweihundert Mann, schätz' ich mal. Und wir werden immer mehr. Wenn du das in der Stadt rumerzählst, werden auch Männer aus Hebron zu uns überlaufen.«

»Wenn ich's in der Stadt erzähle, erfährt Uriah, dass ihr hier gewesen seid.«

»Saul wird schon sehen, was er davon hat.« Asahel streckt seine langen Beine an der Glut aus.

»Erst einmal hat er eine Menge Kriegsvolk losgeschickt, um uns zu erwischen.« Joab schielt in seine leere Breischüssel. »Dein Mann ist auch dabei. Der Belial soll ihn holen!« Er und Abisai wickeln sich in ihre Mäntel und rücken ebenfalls nah an die Feuerstelle. Ein paar Worte wechseln sie noch, dann fallen den Brüdern die Lider zu, und im nächsten Moment schnarchen alle drei.

Im ersten Morgengrauen bittet Bathseba ihre Mägde, Brot und gesalzenes Fleisch für die Männer zusammenzupacken. Auch einen Schlauch Wein lässt Bathseba auf Joabs weißen Esel binden. Der Knecht hilft ihnen am Brunnen beim Waschen.

»Verratet bloß niemandem, dass ihr bei mir gewesen seid!«, beschwört Bathseba die Brüder. »Und grüßt mir David«, fügt sie leiser hinzu.

Sie versprechen es. Noch vor Sonnenaufgang führen sie ihre Reittiere auf die Gasse hinaus, steigen auf und reiten zum Westtor. Mit den Mägden und dem Knecht schaut Bathseba ihnen hinterher. »Uriah darf es nicht erfahren«, sagt sie, als die Brüder in die Torgasse eingebogen sind. »Niemals! Schwört es mir.«

Der Knecht und die beiden Mägde schwören.

Monate später erfährt der Hethiter es trotzdem. Diesmal züchtigt er Bathseba mit einem Stock. Danach lässt er sie wochenlang nicht aus dem Haus, damit keiner ihre Striemen und blauen Flecken sieht. Oder ihr Humpeln bemerkt.

35

Alter Zauberer

Es geschieht an einem Sommertag im dritten Jahr ihrer Ehehölle, Bathseba ist im fünften Monat schwanger. Am Abend will der Hethiter ein Mahl für Abner und seine Hauptleute geben, zu denen inzwischen auch er selbst gehört. Er tut ernst und geheimnisvoll, sodass Bathseba es ahnt: Es muss sich um eine äußerst wichtige Versammlung handeln.

Am Morgen weckt er sie und befiehlt ihr, mit ihm vom Dach zu steigen und ihm in die Schlafkammer zu folgen, die sie nur in den Wintermonaten oder an Regentagen benutzen; oder wenn er sie besteigen will. Dort ist sie ihm zunächst ohne jeden Widerspruch zu Willen, damit er sie nicht allzu brutal nimmt, denn sie hat Angst um ihr Kind. Er jedoch ist trotzdem grob zu ihr, schlägt sie sogar, als sie um des Kindes willen versucht, sich zu wehren.

Als Uriah am Vormittag auf die Weide geht, um ein Kalb für seine Gäste zu schlachten, läuft sie weinend zu Miriam; das tut sie nur, wenn sie die Gemeinheiten des Hethiters gar nicht mehr auszuhalten glaubt. Auf Miriams Hof begegnet ihr ein Mann, den sie in Hebron noch nie gesehen hat.

»Gütiger Gott, was ist denn dir passiert, du arme Frau?«
Ihre Tränen und ihr trauriges Gesicht erbarmen den Fremden. »Kann ich dir helfen?«

Bathseba schüttelt stumm den Kopf, während sie weiterläuft und im Haus verschwindet. Ihre Ziehmutter hat nicht viel Zeit, denn der Brudersohn ihres Mannes ist zu Gast, eben jener Mann draußen im Hof. Miriam hört sie trotzdem an und verspricht ihr, einen von Hebrons Priestern ins Vertrauen zu ziehen, damit er dem Hethiter ins Gewissen redet.

Bathseba hat wenig Hoffnung, denn so etwas wie ein Gewissen hat sie bei Uriah noch nicht bemerkt. Kaum getröstet geht sie nach Hause und ruft die Mägde aus Stall und Garten. Als Uriah mit dem Kalbfleisch von der Weide kommt, beginnen sie gemeinsam, das Mahl für den Abend vorzubereiten.

Zwei Stunden vor Sonnenuntergang versammeln sich zwölf Männer auf dem Dach, lauter Hauptmänner des Königs Saul. Bathseba und die Mägde bedienen sie. Einer beobachtet Bathseba besonders aufmerksam und mit gerunzelter Stirn, und als sie zu ihm treten muss, um ihm Wein einzuschenken, erkennt sie den Mann, dem sie auf Miriams Hof begegnet ist.

»Du bist es ja wirklich, Bathseba!« Er lächelt zu ihr herauf. »Wir waren noch kleine Kinder, als wir uns zuletzt gesehen haben!«

»Amasja!« Es kommt ihr vor, als sei es in einem anderen Leben gewesen, dass sie mit dem kleinen Jungen aus der Verwandtschaft von Miriams Mann in die alten Feigenbäume geklettert ist, die hinter Miriams Haus wachsen. »Jetzt erinnere ich mich!«

»Wie ich sehe, geht es dir besser als heute Morgen, du arme Frau.« Und an den Hethiter gewandt, ruft Amasja über die Tafel: »Hast du sie also trösten können, Uriah? Gut gemacht!«

Einige Männer lachen; Uriah versucht zu lächeln, doch nur ein böses, versteinertes Grinsen gelingt ihm. Bathseba möchte gern im Boden versinken. Wortlos wendet sie sich ab und steigt ins Haus hinunter.

Nicht lange danach kommt der Hethiter zur Feuerstelle herunter. »Was ist das denn gewesen?!«, zischt er und packt sie hart am Arm. »Du warst also bei Miriam! Hast geschwatzt, ja?«

»Du hast mir so wehgetan.« Sie flüstert und schluckt. »Da hatte ich Angst um das Kind.«

»Wir sprechen uns noch.« Er lässt sie los und haut ihr mit der flachen Hand auf den Hinterkopf. »Bring endlich Wein hoch! Aber nur vom besten. Verstanden?«

Scheue Blicke der beiden Mägde treffen sie, als Uriah wieder zum Dach hochsteigt. Beide kommen zu ihr – eine legt kurz den Arm um sie, die andere streicht ihr übers Haar, während sie mitleidig lächelt. Über ihnen, auf dem Dach, ertönt Uriahs Gelächter.

Bathseba betet laut, während sie kurz darauf im Erdkeller roten Wein aus dem Fass in einen Krug rinnen lässt. »Was habe ich dir getan, Allmächtiger, dass du mich in ein unwürdiges Leben mit einem Scheusal einsperrst?«

Die Gestalt des Unheimlichen steht ihr vor Augen, des Schwarzgekleideten mit der Perlhaut, der in der Mauernische nach ihr gerufen hat, der vor der Löwenhöhle saß, den sie am Waldrand des Eichgrunds und nach ihrer Hochzeit im Hof gesehen hat.

»Hast du mich vor der Löwin gerettet, damit ein Wildschwein sich auf mir suhlen kann?« Heiß wie Wundfieber steigen ihr Bitterkeit und Hass in die Kehle. »Hast du nicht gewollt, dass ich dir diene? Was ist das für ein elender Gottesdienst, in dem ich zur Sklavin und Hure erniedrigt werde?!«

Der Krug läuft über, der Wein plätschert zu Boden. Bathseba schimpft leise, dreht den Zapfhahn zu, wischt sich die Hand mit einem Tuch ab, langt nach dem nächsten Krug. »Wenn du mich umbringen willst, allmächtiger Gott, dann quäl mich nicht länger, sondern tu es so schnell wie möglich.«

Mit zwei randvollen Weinkrügen steigt sie die Treppe hoch. Von der vorletzten Stufe aus fällt ihr Blick durch die Haustür in den Hof und auf die Baumaxt im Hackklotz. Sie verharrt, starrt die Axt an und betet im Stillen weiter: Oder noch besser, Allmächtiger und Gütiger – bring den verdammten Hethiter um. Amen.

Sie erreicht das Dach, geht von einem zum anderen, schenkt Wein aus, während die Mägde den Kalbsbraten auftragen. Die Männer sprechen über die Philister und Sauls Kriegspläne. Namen, die Bathseba noch nie gehört hat, werden genannt, Namen von Städten und Kriegern. Zahlen fliegen hin und her, Mengenangaben von verfügbaren Bogenschützen, Schwertkämpfern, Lanzenträgern, Maultieren und Pferden.

Bathseba wundert sich: Treffen sich Sauls Hauptleute, um Kriegsrat zu halten? Hier auf Uriahs Dach? Warum nicht in Gibea, in Sauls Festung?

Der warnende Blick des Hethiters begleitet sie Schritt für Schritt auf ihrer Runde um die Tafel. *Lass dir bloß nicht einfallen, irgendwas auszuplaudern*, soll ihr dieser Blick sagen. Und Bathseba kriegt die Baumaxt unten auf dem Hackklotz nicht mehr aus dem Kopf. Nach Weingelagen schläft Uriah oft so tief, dass es ein Leichtes wäre …

»Die Rebellen machen dem König zur Stunde weitaus mehr Sorgen als die Philister«, sagt Abner, und Bathseba horcht auf. »Bevor nicht diese Gefahr gebannt ist, wird Saul kaum noch einmal gegen die Philister ziehen wollen.«

»Das schätze ich anders ein«, erwidert Amasja, der Mann, mit dem Bathseba über Miriams Gatten verwandt ist. Mit hochgezogenen Brauen schaut er sie an, als sie seinen Weinbecher füllt. Ernst und als wollte er sie etwas fragen. Bathseba spürt Uriahs Blick und schlägt die Augen nieder. »Wir müssen den kriegslüsternen Philisterfürst Achis besiegen«, fährt Amasja fort, »dann erst wird Saul den Rücken frei haben, um die Gefahr zu bannen, die von David ausgeht.«

Bathseba, die jetzt Abner den Becher füllt, lauscht gespannt.

»Geht denn wirklich Gefahr von David aus?«, wirft der graue Lockenkopf in die Runde, und er stellt die Frage auf eine Weise, die jedem verrät, dass er sie für sich selbst längst beantwortet hat.

»Saul glaubt das jedenfalls«, behauptet ein dickleibiger Mann mit rotbraunem Haar und ledernem, sonnenverbranntem Gesicht. Er stammt aus Kreta, wie Bathseba von Uriah weiß. Vom Leibgardisten des Königs hat er es bis zum Hauptmann seiner Reiterei gebracht. »Wenn ihr mich fragt, ist es die Angst vor David, die ihn zu unklugen Entscheidungen treibt.«

»Unklug?!« Uriah guckt ihn unwillig an. »Was beim Belial ist unklug an den Entscheidungen unseres Königs?«

»Wie kann man ein großes Dankopferfest ausrufen, wenn an allen wichtigen Pässen und Flussfurten die Philister lauern? Erklär mir das, wenn du kannst!«

Bathseba lässt sich Zeit mit dem Wein, denn sie will kein Wort verpassen.

»Eine Gefahr für Israel ist David nur deswegen, weil er die besten Männer des Heeres auf seine Seite gezogen hat«, gibt der Feldhauptmann Abner zu bedenken. »Zum Beispiel Joab oder Benaja. Wo immer sie auf dem Schlachtfeld auftauchen, fließt das Philisterblut in Strömen.«

»Benaja wird vorläufig auf keinem Schlachtfeld mehr auftauchen.« Uriah packt Bathsebas Wade mit der Rechten und drückt kräftig zu, während sie seinen Becher füllt. »David hat ihn zwar aus der Gefangenschaft befreit, doch er sei nur noch ein Häuflein Elend, wie man hört. Liegt den ganzen Tag auf dem Dach herum, stiert die Wolken an und faselt unverständliches Zeug.«

Bathseba gießt dem Hethiter den Wein über die linke Hand und den Brotfladen mit seinem Braten, erst dann lässt er sie wieder los. Und flucht leise. Ruckartig wendet sie sich von ihm ab und geht mit dem leeren Krug zur Treppe. Solche kleinen Zeichen des Widerstandes wagt sie selten. Zu selten? Die Baumaxt unten im Hof geht ihr gar nicht mehr aus dem Kopf.

»Ich habe davon gehört«, sagt Amasja. »Die Philister haben Benaja in ein Netz geschnürt, an ein Maultier gebunden und es durch Geröll gejagt. Danach sollen sie ihn in einen Ameisenhaufen gelegt haben.«

Bathseba stockt der Atem. Sie hat erst die halbe Treppe hinter sich, da muss sie sich auf die Stufen setzen, weil ihr schwindlig wird. »Gütiger Gott«, flüstert sie und legt die Hand auf ihren kugeligen Bauch. »Der arme Mann.« Benajas Leidensweg geht ihr unter die Haut.

»Und danach haben sie ihn in der Wüste bis zum Hals in Sand eingegraben und Giftnattern auf ihn geschmissen«, weiß der Kreter zu berichten. »Und wer weiß, was sie ihm noch alles angetan haben. Ein Wunder, dass er noch lebt. Angeblich ist sein Haar in der Gefangenschaft vollkommen erbleicht.«

»Kann schon mal passieren im Krieg«, hört Bathseba den Hethiter tönen. »Wo gehobelt wird, fallen Späne. Übrigens glaube ich, dass wir die Gefahr, die von diesem Musiker aus Bethlehem drohen könnte, maßlos überschätzen.«

»Recht hat Uriah!« Irgendjemand auf dem Dach haut auf die Tafel, dass Messer und Weinbecher klirren. »Kaufen wir uns doch einen seiner angeblich so treuen Gefährten! Ist dieser Joab nicht für jede Schandtat zu haben? Für genügend Gold wird sich einer von Zerujas Söhnen schon bereit erklären, David zu vergiften oder ihm eine Lanze in den Rücken zu jagen. Ist er erst tot, kehren die anderen Rebellen reumutig zum Heer zurück.«

»Leichtsinniges Gerede!« Amasjas Stimme klingt empört. »Habt ihr vergessen, wie viele Philister David erschlagen hat? Habt ihr vergessen, wie er den Riesen besiegt hat?«

»Ein Glückstreffer«, hört Bathseba den Hethiter sagen. »Genau wie die angebliche Eroberung eurer Bundeslade. Er hat sie ohne Kampf gekriegt; die Philister haben sie ihm geradezu aufgedrängt, wie man hört.«

»Weil sie ihnen nichts als Unglück eingebrockt hat.« Wieder die Stimme des Verwandten. »Aussatz, Pest und Totgeburten. Das Vieh hat nicht mehr geworfen, das Korn auf dem Feld ist verdorrt. Sie wollten sie wieder loswerden, das ist schon wahr. Doch zurück zu Saul und David: Ich frage mich, ob das noch ein gutes Ende nehmen kann mit den beiden.«

»Mit dem König sicher nicht, wenn es so weitergeht.« Abner senkt die Stimme. »Und mit David?« Er räuspert sich umständlich. »Liegt es nicht auch an uns, was für ein Ende es mit ihm nimmt? Mit ihm und uns.«

»Wie meinst du das?« Amasja spricht plötzlich so leise, dass Bathseba ihn auf der Treppe kaum noch verstehen kann. Vorsichtig rutscht sie ein Stückchen höher.

»Wir sollten Unterhändler zu ihm schicken und …«

»Guter Plan!«, fällt der Hethiter Sauls Heerführer ins Wort. »Unterhändler, die ihn töten. Ich bin dabei! Wer geht mit mir? Eines schwör ich euch nämlich: Wer David totschlägt, wird unter Sauls Herrschaft ein ganz Großer werden.«

»Ich bezweifle, dass irgendjemand den David töten kann«, hört Bathseba den Kreter sagen, bevor Abner fortfahren kann. »Jedenfalls kein menschliches Wesen.«

»Jeden noch so guten Krieger kann man töten!«, poltert Uriah.

»Aber keinen, in dem ein böser Geist wohnt, der ihn unverwundbar macht.«

»Ein böser Geist? Unverwundbar?« Amasja ärgert sich hörbar. »Was für ein unsinniges Gerede! Wie kommst du nur auf so einen Schwachsinn!?«

»Das werde ich dir sagen.« Der Kreter schlägt einen beschwörenden Ton an. »Und ich hoffe, du hörst ganz genau zu, Amasja! Ihr alle solltet jetzt ganz genau zuhören. Denn anscheinend wisst ihr nicht, wer vor zwei Jahren in Bethlehem bei Davids Vater gewesen ist.«

»Du wirst es uns sicher gleich verraten.« Uriah klingt auf einmal gelangweilt.

Der Kreter lässt sich nicht davon beeindrucken und fährt fort: »Der alte Zauberer aus Rama, Samuel. Er hat Isais jüngsten Sohn mit heiligem Öl gesalbt, so wie man sonst nur Könige salbt. Und dabei hat er ihm einen Geist eingehaucht, der ihn unbesiegbar macht.«

»Ich habe davon gehört.« Abner klingt nachdenklich. »Von der Salbung, nicht von dem Geist.«

»Niemand ist unbesiegbar!«, hört Bathseba den Hethiter erneut poltern. »Niemand, sag ich!«

»Du weißt gar nichts, Uriah!«, zischt der Kreter. »Hast keine Ahnung von der Macht des alten Zauberers Samuel! Glaubt's mir nur – ein starker dämonischer Geist beherrscht den David. Einer, gegen den auch Saul nichts ausrichten kann. Seid ihr denn blind? Seht ihr nicht, wie schnell und gründlich dieser David sich verändert hat? Er ist weiter nichts als ein kleiner Hirtenjunge gewesen, und auf einmal reißt er sich darum, mit dem verdammten Riesen zu kämpfen. Glaubt ihr etwa, er hätte den Drecksack besiegt, ohne einen starken Dämonen in sich zu tragen? Oder denkt an eure heilige Bundeslade – glaubt ihr wirklich, die Philister hätten sie David überlassen, wenn nicht der Geist des Zauberers aus Rama in ihm wirksam wäre?«

Auf einmal wird es sehr still oben auf dem Dach. Lange hört Bathseba kein Wort mehr. Bis ihr Verwandter das Schweigen bricht. »Vielleicht ist es gar kein Dämon«, sagt Amasja leise, »vielleicht ist es der Geist des Ewigen, der David antreibt.«

»Dämon oder Gottesgeist!«, erwidert der Kreter. »Er wird ihn bis nach oben treiben. Bis auf den Thron.«

»Und wehe dem, der dann auf der falschen Seite steht«, erklärt Abner feierlich. »Genau deswegen habe ich euch vorgeschlagen, Unterhändler zu ihm zu schicken. Versteht ihr, was ich euch sagen will?«

Und wieder herrscht Stille da oben auf dem Dach. Der Hethiter, der für seine Verhältnisse lange geschwiegen hat, bricht schließlich das Schweigen.

»Wein!«, hört Bathseba ihn brüllen. »Bring mehr Wein, verdammt noch mal!«

36

Nichts gesehen

Mitten in der Nacht weckt er sie. Bathseba schreckt hoch und reißt die Arme vors Gesicht, denn sie glaubt, Uriah will sie verprügeln.

»Du kannst doch schreiben«, sagt er stattdessen. »Steh schon auf, beschaff Pergament und all das Zeug, das du für einen Brief brauchst.«

Sie kriecht aus dem Bett und schlüpft in ihr Gewand. Sauls Hauptleute können gerade erst das Haus verlassen haben, denn draußen auf der nächtlichen Gasse hört sie die Stimmen des Kreters und des Feldhauptmanns.

In der Werkstatt kramt sie ihr Schreibzeug aus einer Schatulle. Noch nie hat Uriah sie aufgefordert, einen Brief für ihn zu schreiben. Was mag in ihn gefahren sein?

Zurück in der Schlafkammer setzt sie sich auf die Bettstatt, legt ein Brett über ihre Knie und breitet einen Pergamentbogen darauf aus. »Was soll ich schreiben?« Sie dreht den Docht der Öllampe auf, die auf dem Hocker neben dem Nachtlager brennt, und tunkt die Feder in die Tintenamphore daneben. »Sag's mir, doch sprich langsam.«

»›Uriah, der Hethiter und Hauptmann Sauls grüßt David, der den Riesen besiegt und die Bundeslade zurück nach

Israel geholt hat.‹ Schreib schon.« Bathseba traut ihren Ohren nicht, setzt aber dennoch Wort für Wort aufs Pergament.

»›Wie die Zeiten sich ändern, nicht wahr, David? Und wir …‹« Uriah unterbricht sich, weil an der Feuerstelle die Stimmen der Mägde laut werden. »Warte.« Er stampft aus der Schlafkammer und schreit: »Aus dem Haus mit euch! Los! Aufräumen könnt ihr morgen.« Er wartet, bis man die eiligen Schritte der Mägde auf dem dunklen Hof hört. Erst als neben dem Stall die Tür ihrer Hütte knarrt, kommt er zurück zu Bathseba. »Weiter: ›Wie die Zeiten sich ändern, nicht wahr? Und wir ändern uns mit ihnen, wie du selbst am besten weißt. Mich jedenfalls kriegt keiner mehr dazu, dir und deinen Männern hinterherzujagen. Auch kein König Saul, das schwör' ich dir.‹«

Er unterbricht sich wieder und schaut Bathseba fragend an. »Wie beendet man so einen verdammten Brief?« Bathseba sagt es ihm, und der Hethiter fährt fort: »Also gut, dann schreib: ›Dein Gott, der Gott Israels, der Ewige und Allmächtige segne und behüte dich!‹ Hast du's?« Bathseba nickt, und er diktiert weiter: »›Es grüßt dich Uriah, der Hethiter, der auf deinen Befehl wartet.‹ Lies noch einmal vor, mach schon!«

Bathseba schreibt und staunt und liest ihm vor, was sie geschrieben hat. Das Pergament in ihrer Hand zittert, so aufgeregt ist sie plötzlich. Der Hethiter nickt zufrieden und befiehlt ihr, den Brief zu versiegeln. Dann streicht er nachdenklich über seinen langen, rechteckigen Bart. »Sind diese angeblichen Rebellen nicht deine Freunde?«

»Ich kenne sie von der Olivenernte in Bethlehem«, weicht sie aus.

»Was du nicht sagst! Dann sieh halt zu, dass dieser Brief irgendwie in die Hände der Bethlehemers kommt. Und wenn du dafür zu ihrem Vater reiten musst.«

»Wenn du mich zur Olivenernte nach Bethlehem reiten lässt, nehme ich ihn mit.«

Er nickt. Dann beugt er sich zu ihr herunter, greift ihr ins Haar und zieht sie dicht an sein Gesicht. »Und kein Wort zu irgendwem.« Sein Atem riecht nach Wein. »Verstanden? Sonst ist es aus mit dir.« Sie nickt, und er richtet sich wieder auf. »Den zweiten Brief schreibst du allein.«

»Noch einen Brief? An wen denn?«

»An König Saul.« Der Hethiter tritt sich die Stiefel von den Füßen und beginnt sich auszuziehen. »Schreib ihm, dass mein verdammtes Maultier mich abgeworfen hat.«

»Was?!« Bathseba versteht nicht gleich. »Das Maultier hat dich abgeworfen?«

»Bist du taub oder wie?« An ihr vorbei kriecht er nackt auf die Bettstatt. »Ich hab mir das Bein gebrochen und ein paar Rippen. Saul muss vorerst auf meine Dienste verzichten.« Er streckt sich aus und wickelt sich in eine Decke. »So ungefähr. Schreib ihm das. Und dann kommst du zu mir.«

*

Sie schlägt die Augen auf. Vor der kleinen Fensteröffnung dämmert der neue Morgen. Hat das spärliche Licht sie geweckt? Oder das Schnarchen des Hethiters? Oder der Traum? Die Bilder sind verflogen wie Dunstschwaden in der Morgensonne, nur an die Baumaxt erinnert sie sich dunkel. Und an ihre Angst; die spürt sie noch immer.

Bathseba richtet sich auf – der Unterleib tut ihr weh; die Arme, der Hals, die Scheide. Obwohl er betrunken gewesen ist, hat er nicht genug kriegen können von ihr heute Nacht. Jetzt schläft er tief und fest. Sein Schnarchen hört sich an wie das Grunzen eines kranken Waldkeilers.

Sie schiebt sich von der Bettstatt. Ihr Blick fällt auf den

Hocker mit ihrem Schreibzeug und den beiden versiegelten Briefen. Plötzlich stehen sie ihr wieder vor Augen – die Bilder des Traumes, der sie aus dem Schlaf gerissen hat: Sie sieht sich auf ihr Maultier steigen, den Packesel zum Hoftor ziehen, auf dem sich ihr gesamtes Hab und Gut türmt. Uriahs Brief an David liegt ganz oben auf der Kiste mit ihrem Schreibzeug. Sie wird nie wieder zurückkehren, große Erleichterung beflügelt sie. In diesem Moment tritt er aus dem Haus, Uriah; er trägt sein Hochzeitsgewand, geht zum Hackklotz, reißt die Baumaxt aus dem Holz, kommt auf sie zu und hebt das scharfe Werkzeug.

Bathseba friert und scheucht die Traumbilder fort. Sie bückt sich nach ihrem Gewand und zieht es über. Die Briefe fesseln ihren Blick. Sie glaubt zu wissen, was die Männer um Abner planen: Sie wollen David zum König machen. Und die Jagd auf ihn bis dahin Saul überlassen. Und denen, die ihm die Treue halten.

Uriah gehört nicht mehr dazu, so viel ist sicher. Mit seinem Brief an den König kündigt er Saul seine Waffendienste auf. Mit dem anderen bietet er sie David an. Wie schnell sich doch alles ändern kann! Kopfschüttelnd steht Bathseba auf.

Nach Gibea reiten von Hebron aus regelmäßig Boten, die Olivenernte in Bethlehem jedoch beginnt erst in zwei Monaten. Ob der Hethiter wirklich bis dahin warten will? Sollte der Brief an David nicht so schnell wie möglich in dessen Hände gelangen? In zwei Monaten kann viel passieren. Auch hier im Haus. Wenn der Hethiter die Nachricht an den König wirklich abschickt, wird er Hebron lange nicht verlassen. Ob sie das ertragen kann?

Sie schaut zu ihm hin. Er liegt auf dem Rücken, seine Brust sieht aus wie ein von verbranntem Gras bedeckter Erdhaufen. Sein Mund steht offen, Speichel hängt in seinem Bart, Wangen und Lippen flattern bei jedem Atemzug.

Erst ekelt sie sich, dann verdrängt eine stärkere Empfindung den Ekel: Hass.

Sie verlässt die Schlafkammer, geht hinaus in den Hof, bleibt einen Atemzug lang vor dem Hackklotz mit der Baumaxt stehen. Der schwarze Hofhund streicht ihr um die Beine, winselt, schnüffelt, leckt ihr die Füße. Aus dem Haus holt sie ihm Futter – Kalbsknochen und Fleischreste von gestern Abend. Sie streichelt ihn, während er frisst. Dann tritt sie zum Brunnen.

Dort wäscht sie sich – gründlich und lange und manche Körperstellen mehrmals. Wieder und wieder starrt sie zum Hackklotz mit der Baumaxt hin. Die fesselt ihren Blick. Über den Dächern von Hebron steht längst die Morgensonne.

Nach der Waschung geht Bathseba zur Fensteröffnung der Schlafkammer und späht durch das Fenstergitter. Der Hethiter schläft noch immer – sie sieht es, sie hört sein Schnarchen.

Er schläft tief, denkt sie auf dem Weg zum Hackklotz. Tief genug? Vor dem Hackklotz bleibt sie stehen, betrachtet die Baumaxt wie ein vertrautes Werkzeug, das sie lange gesucht und endlich gefunden hat.

»Es ist Zeit«, murmelt sie. »Niemand wird es für dich tun. Du musst es selbst erledigen. Es ist Zeit.« Beinahe zärtlich streicht sie über den langen Axtstiel, bevor sie ihn mit beiden Händen packt. Sie zieht daran, rüttelt und zerrt – kaum schafft sie es, das schwere Stück aus dem Holz zu reißen. Sie taumelt nach hinten weg, als es ihr endlich gelingt. Fast verliert sie das Gleichgewicht.

»Die ist doch zu groß für dich!« Ein Mann öffnet das Hoftor. »Und viel zu schwer.« Einer aus Hebrons Priesterschaft, zielstrebig geht er an ihr vorbei. »Überlass das Holzhacken lieber deinem Mann. Er ist doch zu Hause?« Bevor sie begreift, dass Miriam ihn geschickt hat, drückt der Priester schon die nur angelehnte Tür auf und schreit: »Uriah! Wo steckst du?« Er verschwindet im Haus. »Her zu mir, Uriah! Der Diener des Ewigen hat mit dir zu reden!«

Bathseba legt die Axt zurück auf den Hackklotz. Ist sie erleichtert, dass der Priester gekommen ist? Ist sie enttäuscht? Sie weiß es selbst nicht. Im Haus hört sie die Stimmen der Männer. Sie wendet sich ab, bückt sich in den Stall, kümmert sich um das Vieh.

Später, als sie das Hoftor zufallen hört, weiß sie: Der Priester ist wieder gegangen. Gleich darauf ruft Uriah nach ihr. »Komm her, Weib!«

Bathseba weiß genau, was er will, und an seiner Stimme erkennt sie, dass es schlimmer werden wird als jemals zuvor.

Sie stürzt aus dem Stall, rennt zum Hoftor, will dem Priester hinterherlaufen, doch der Hethiter ist schneller als sie. Er packt sie, drückt ihr die Hand auf den Mund, als sie versucht zu schreien. »Dir werd' ich!« Er zerrt sie ins Haus und fällt über sie her.

✶

Es ist dunkel vor der Fensteröffnung, als sie aufwacht. Schmerzen wühlen in ihrem Bauch, ihrem Rücken. Sie liegt in Tücher gewickelt und weiß nicht, wie sie dazu kommt. Und was sind das für rote Flecken auf dem Stoff?

Fackeln brennen in der Schlafkammer, eine Frau trägt eine Waschschüssel hinaus. Eine der Mägde? Ein Weinkrug steht auf dem Hocker neben der Bettstatt. Sie fühlt sich wie betäubt, will aufstehen, doch Schwindel ergreift sie, und sie dämmert wieder hinüber in Nacht und Bewusstlosigkeit.

Stunden später schreckt Bathseba aus dem Schlaf hoch, weil der Hofhund kläfft. Vor der Fensteröffnung graut ein neuer Morgen. Eine alte Frau sitzt bei ihr, hält ihre Hand, wischt ihr den Schweiß von der Stirn. »Es ist vorbei«, sagt sie und streicht ihr über das Haar. »Es ist vorbei, und nun wird alles gut.«

Bathseba muss ein paarmal zu ihr hochblinzeln, bevor sie das Gesicht erkennt: Es ist eine jener heilkundigen Frauen, die man sich in Hebron ins Haus holt, wenn ein Kind geboren wird. Ihre Augen sind traurig, um ihren Mund liegt ein bitterer Zug, und sie spricht wie eine, die selbst nicht glaubt, was sie sagt. Bathsebas Hand fährt zum Bauch – er ist ganz flach und weich.

Die Haustür knarrt, Schritte stampfen heran, und dann steht der Hethiter vor der Schlafkammer. Bathseba sieht, dass er schweißnass ist, sieht, wie er den dreckigen Spaten in die Ecke stellt, wie er sich die lehmigen Stiefel von den Füßen tritt. Nicht einen Atemzug lang lässt er sie aus den Augen dabei.

Noch ist Bathseba sich nicht sicher: Geschieht das alles wirklich oder träumt sie es nur?

Erst als er in die Kammer hereinkommt und sein bitterer Körpergeruch sie anweht, weiß sie mit Gewissheit, dass sie nicht träumt. Vor der alten Frau mit den traurigen Augen bleibt er stehen.

»Was hast du gesehen?«, fragt er. Sie schweigt. »Bist du taub? Ich hab dich gefragt, was du gesehen hast.« Weil sie zögert, beugt er sich zu ihr herab und zischt: »Was?! Sag's mir.«

»Eine heulende Frau hab ich gesehen.« Die Alte räuspert sich. »Eine heulende Frau, die sich den Bauch hält, weil du sie getreten hast.« Der bittere Zug gräbt sich noch tiefer in ihre Mundwinkel ein, während sie antwortet. »Das habe ich gesehen. Und später noch das tote Kind, das ich aus ihrem Leib gezogen habe.«

Der Hethiter betrachtet seine Hände, sie sind voll lehmiger Erde. Er wischt sie an seinem Gewand ab, bevor er in seine Gurttasche greift und zwei Münzen herauskramt. Die zeigt er der Frau. Die schaut sie erst an, senkt dann aber den Blick. Und schweigt.

Der Hethiter kramt noch einmal in seiner Gurttasche und holt eine dritte Münze heraus, die er in seine Hand legt. Die Frau zögert zunächst, doch dann steht sie auf und öffnet ihre Rechte.

Nacheinander zählt der Hethiter ihr die drei Silberstücke in die Hand. »Was hast du gesehen?«

»Was soll ich schon gesehen haben?«, fragt sie mit belegter Stimme und schließt die Finger um das Silber. »Nichts hab ich gesehen.«

*

Zwei Wochen liegt sie krank in der Schlafkammer. Miriam pflegt sie, der Großvater kommt sie besuchen. Jeder weiß, was geschehen ist, keiner spricht darüber. Nicht einmal Ahitofel.

Als Bathseba das Krankenlager hinter sich lässt, um wieder an ihre Arbeiten zu gehen, steht ihr Entschluss fest: Sie wird ihn töten. Zu Beginn des nächsten Sabbats soll er sterben. Am Ort ihrer Qual: in der Schlafkammer auf der Bettstatt. Und wenn sie ganz sicher sein wird, dass er tot ist, wird sie auf ihr Maultier steigen und so lange durch das Land reiten, bis sie David findet.

Zwei Tage vor dem Sabbat, während der Hethiter auf der Jagd ist, bringt sie die Baumaxt zum Schmied, damit er sie schärft.

Am Tag vor dem Sabbat treiben Amasja und der Hauptmann aus Kreta ihre Maultiere in den Hof. Bathseba sieht gleich, dass sie es eilig haben. Neben dem Hackklotz, in dem das geschliffene Werkzeug steckt, springen sie von ihren Reittieren und verlangen den Hethiter zu sprechen. Bathseba muss ihn wecken, denn er schläft noch seinen Rausch vom Vorabend aus.

»Flieh, wenn du leben willst!«, zischt ihm der Kreter zu, als er halb nackt vor ihnen unter der Tür steht. »Abner hat uns verraten!«

»Verfluchter Drecksack!« Uriahs Augen werden zu Schlitzen, während sein Blick von einem zum anderen fliegt. »Wohin denn fliehen?«

»Nach Gath«, sagt Amasja. »Zu dem Philisterfürsten Achis.«

»Was?!« Der Hethiter weicht einen Schritt ins Haus zurück. »Welcher Dämon hat denn euch ins Hirn geschissen?«

»Der Philister hat David Asyl gewährt. Ihm und sechshundert Mann.«

»Ihr seid verdammte Lügner.« Uriah schüttelt fassungslos den Kopf. »Gebt zu, dass ihr verdammte Lügner seid.«

»Es ist die Wahrheit. David hat sogar ein Bündnis mit Achis geschlossen. Gegen Israel.«

Der Kreter flüstert so leise, als würden lauter Zuhörer auf der Hofmauer sitzen. Doch nur Bathseba lauscht den Männern. Und hat genau verstanden: David hat sich mit den Philistern verbündet.

Wer bist du, David?, fragt sie sich im Stillen. Werd' ich dich jemals verstehen?

»Wir sind die Einzigen, die Sauls Rache entkommen sind.« Die Miene Amasjas sieht aus wie aus schmutzigem Kalkstein gemeißelt. »Der König hat zwanzig Mann auf den Weg nach Hebron geschickt, um dich in Ketten nach Gibea bringen zu lassen, Uriah. In spätestens drei Stunden sind sie hier. Bleibst du oder reitest du mit uns?«

Uriah braucht nicht einmal eine Stunde, um seine Waffen und Decken auf den Packesel zu schnüren und sein Maultier zu satteln. Als er mit den beiden Männern aus dem Hof geritten ist, steht Bathseba vor dem Hackklotz mit der Baumaxt. Die Enttäuschung brennt ihr in der Brust wie ein Schmerz. Jetzt muss sie hoffen, dass Sauls Krieger den Hethiter töten. Sie hätte es gern selbst getan.

37

Wer das Schwert nimmt

Wer das Schwert nimmt, wird durch das Schwert umkommen, heißt es bei den Menschen. Das ist nicht wahr: David stirbt nicht durch das Schwert. Dabei wissen wir doch, welche Ströme von Blut er mit seiner Klinge vergossen hat. Wir, die wir ihn zum König von Israel bestimmt haben.

Und kennen wir nicht auch Uriahs Ende? Obwohl er sich im Krieg gegen die Philister den Beinamen *Schlächter* erworben hat, stirbt auch er nicht durch das Schwert.

Du glaubst es nicht? Du wirst es erfahren.

Viele Monate lang zieht der Hethiter mit Davids wilder Horde durch Gebirge und Wüsten, erschlägt Israeliten, die ihn und den künftigen König jagen, tötet Sauls Soldaten, die ihn und die Getreuen des künftigen Königs von Israel einkreisen wollen. Selten trocknet das Blut an Uriahs Schwert; unablässig frisst es Männer, die besser sind als er. Doch ihn selbst trifft keine Klinge.

Saul und Jonathan sterben durch das Schwert, als die Philister ihr Heer im Gebirge Gilboa besiegen. Jonathan hauen sie in Stücke, Saul stürzt sich in die eigene Waffe, um Gefangenschaft und Folter zu entgehen.

Joabs Bruder Asahel stirbt durch das Schwert, als er Sauls

Feldhauptmann Abner verfolgt, dessen zerschlagenes Heer vor Davids siegreichen Kriegern fliehen muss.

»Kehr um, Asahel!«, hören wir Abner den schnellsten Läufer Israels warnen. »Ich beschwöre dich: Lass von mir ab!« Und wir, die wir dem Menschen ins Herz blicken können, wissen, dass er Joabs jungen Bruder schonen will. Doch Asahel hört nicht auf ihn, will ihn töten, rennt schnell wie ein Reh, kommt Abner immer näher, kommt ihm so nahe, dass der ihn niederstößt.

Auch Abner selbst wird hingestreckt – von der Klinge Joabs. Dabei ist er in Frieden zu ihm nach Hebron gekommen, um David die Königskrone anzubieten. Der Säbelmann aber lockt Abner unter einem Vorwand ins Nordtor von Hebron, will den Tod seines Bruders rächen und stößt dem Arglosen die Klinge in den Leib.

Der Hauptmann aus Kreta stirbt durch das Schwert, als er mit seiner Kriegsschar David den Weg nach Hebron freikämpft.

Rechts und links von Uriah sterben Hunderte von Männern durch das Schwert, als David, Joab und Abisai an der Spitze eines großen Heeres die Stadt der Jebusiter erobern, die danach Jerusalem genannt wird.

Dem Hethiter aber kann kein Schwert etwas anhaben in all den Kämpfen. Uriah scheint unverwundbar während der Jahre, in der seine Frau Bathseba auf eine Nachricht von ihm wartet.

Wir wissen, auf welche Nachricht sie wartet. Wir, die wir das Herz des Menschen kennen – sie wartet und hofft auf die Nachricht von seinem Tod.

Dann kommt der Tag, an dem Uriah mit Kriegsgebrüll und an der Spitze von fünfhundert Mann die bereits zerschossene Mauer Rabbas stürmt. Abisai, der Bruder Joabs, reitet hinter ihm.

Wir wissen, was er tun will. Wir, die wir dem Menschen ins Herz blicken können.

38

Liebesverse und Mordbefehl

Briefe gehen hin und her, beinahe täglich. Meistens wirft er ihr seine Pergamentröllchen über die Dachbrüstung in den Hof hinab. Sie sendet ihre Briefe anfangs durch Rahel zu ihm in die Königsburg. Später schickt David einen Boten, um sie abzuholen. Manchmal ist es Gedor, manchmal der junge Schreiber, der ein Auge auf Rahel geworfen hat.

Aus dem Heerlager vor Rabba dringen keine neuen Nachrichten nach Jerusalem. Und David schweigt über den Krieg im Land der Ammoniter. Denkt er denn gar nicht mehr an die Belagerung der feindlichen Königsstadt? Bathseba denkt Tag und Nacht daran. Sie fürchtet die Stunde, in der ein Reiter die Siegesbotschaft bringen wird, denn dann wird bald auch er zurückkehren: ihr Mann, der Hethiter Uriah.

Je mehr Zeit vergeht, desto unvorsichtiger werden sie. Immer häufiger verbringen sie die Nächte miteinander. Entweder kommt David nach Einbruch der Dunkelheit zu ihr – als Kriegsmann, Bettler oder Priester verkleidet –, oder er lässt sie durch Gedor oder eine Eskorte seiner Leibwache abholen.

Oft weinen sie gemeinsam, wenn sie sich genug geküsst und geliebt haben: über seine Untreue, über ihre Ehehölle, über die verlorenen Jahre. Oder sie weinen vor Freude, weil sie einander wiedergefunden haben.

Oder sie reden stundenlang – über den Tag, als die Löwin sie für immer aneinander gebunden hat, über den ersten gemeinsamen Ritt durch den Bergwald bei Gilo, über den ersten Kuss, über die süßen Stunden unter dem Feigenbaum, über ihre Familien. Oft graut schon der Morgen, während sie noch wach liegen und reden.

Über so vieles reden sie.

Nur nicht darüber, was geschehen soll, wenn der Hethiter mit Joabs Truppen aus dem Land der Ammoniter zurückkehren wird; und wie der König ihm dann beibringen will, dass er sich von ihr trennen muss. Jedes Mal, wenn Bathseba danach fragt, winkt David ab und wiederholt den immer gleichen Satz: »Mach dir keine Sorgen.«

Er selbst macht sich Sorgen, das sieht sie ihm an.

Auch in seinen Briefen beantwortet er ihre ängstlichen Fragen nach der Zukunft nicht. Wenn sie allzu hartnäckig nachhakt, was geschehen soll, wenn Uriah zurückkommt oder wenn später das Kind auf der Welt ist, dann schreibt er jedes Mal nur diesen einen Satz: *Mach dir keine Sorgen. Ich kümmere mich um ihn.*

Hin und wieder dichtet er für sie. Dann liest Bathseba Liebesverse wie diesen: *Deine Augen sind wie junge Tauben, dein Haar wie eine Herde schwarzer Ziegen, die ins blütenweiße Flusstal hinabsteigen.*

Oder: *Dein Hals ist wie der Turm einer weißen Burg, deine Brüste wie Kälber der Gazelle, die unter den Lilien weiden.*

Oder: *Honig tropft von deinen Lippen, wenn ich dich küsse, Milch fließt unter deiner Zunge, nach Sahne schmeckt deine Haut, mit einem einzigen Blick hast du mein Herz bezwungen.*

Seine Verse berühren sie tief, und es kommt vor, dass sie weinen muss, wenn sie Davids Gedichte liest.

Manchmal aber wirft sie seine Briefe auch zornig an die Wand ihrer Schlafkammer und ruft: »Warum ist dir so etwas nicht früher eingefallen!?« Und dann fragt sie sich, wie ein Dichter solche Verse schreiben kann, der fürchten muss, der Rache eines betrogenen Ehemannes zum Opfer zu fallen; oder von der Priesterschaft wegen Ehebruchs angeklagt zu werden.

In solchen Momenten beschleichen Angst und Misstrauen Bathseba. Soll sie David wirklich trauen? Hat sie nicht schon erlebt, wie wankelmütig er sein kann? Ist er nicht einer, der heute brennt vor Liebe und Begeisterung, bevor er sich morgen wieder kalt und gleichgültig zeigt?

Doch dann sieht sie ihn vor sich, den vor Reue zerknirschten König, wie er auf der Treppe seines Schlafgemachs sitzt und sie weinend um Vergebung bittet; dann hört sie seine brechende Stimme: *Du hast mich besiegt, du bist meine Löwin, verzeih mir, wenn du kannst.*

Einmal, als Bathseba im Hof steht und darauf wartet, dass er einen neuen Brief herunterfallen lässt, betrachtet sie die Burgmauer und denkt an den Tag, als sie nach der Eroberung Jerusalems mit Uriah hier eingezogen ist. Auf einmal hat sie Wand an Wand mit David gewohnt!

Auch an die Stunde, als sie ihn zum ersten Mal dort oben auf dem Dach gesehen hat, muss sie oft denken – damals, vor sieben Monaten, als er zu ihr in den Hof herunterschaute. Von einem Augenblick auf den anderen hat sie da gewusst, was sie tun wird, um ihn zurückzugewinnen.

Rabba ist gefallen, schreibt er ihr eines Abends. *Joab hat Boten geschickt. Bald wird das Heer nach Israel zurückkehren. Doch mach dir keine Sorgen, alles wird gut.*

Heißer Schrecken zuckt Bathseba durch die Glieder. Das Heer wird zurückkehren? Und Uriah? Natürlich macht sie sich Sorgen! Große Sorgen sogar. Sie streichelt ihren Bauch. Und spürt, wie sich ihr Kind darin bewegt.

Sie will David sehen, will mit ihm reden, also schickt sie noch am selben Abend Rahel mit einer Nachricht in die Burg. In seiner Antwort verspricht David, sie am nächsten Tag zu besuchen.

Als es tags darauf kurz nach Sonnenaufgang an der Tür ihres Hauses klopft, glaubt sie, er sei es. Sie stürmt aus der Schlafkammer, überholt Rahel, die schon auf dem Weg zum Hauseingang ist, und reißt die Tür auf. Ein bewaffneter Mann in Harnisch und Helm steht davor, und Bathseba zuckt zurück.

Erst auf den zweiten Blick erkennt sie Joabs jüngeren Bruder Abisai. Auf der Gasse vor der Gartenmauer sitzen zwei Krieger auf ihren Maultieren und warten mit seinem Esel.

»Du?« Erschrocken greift sie hinter sich nach Rahels Hand. »Ist denn das Heer schon aus dem Ammoniterland zurück?« Fast bricht ihr die Stimme.

»Nur ich. Mit einer schlechten Nachricht für dich.« Abisai senkt den Kopf und meidet ihren Blick. »Dein Mann ist gefallen.«

»Was?!« Bathseba schreit es heraus. »Uriah ist tot?!« Sie kann es nicht glauben. Hinter ihr stößt Rahel einen Schrei aus, drückt ihre Hand und läuft in die Schlafkammer.

»Tut mir leid, Bathseba«, sagt Abisai, »Gott sei seiner Seele gnädig.«

»Bist du sicher, dass er tot ist, Abisai?« In der Schlafkammer hört Bathseba Rahel weinen. Niemand muss ihr erklären, warum.

»Ganz sicher, Bathseba.«

»Wie ist er gestorben?«

»Es geschah beim letzten Sturm auf die Stadt«, berichtet Abisai. »Uriah ist an der Spitze seiner Sturmtruppe in die Trümmer einer Bresche gestiegen, die unsere Katapulte in die Mauer gerissen hatten. Da haben zwei Frauen einen

Mühlstein von der Mauerkrone gestoßen. Der hat deinen Mann unter sich begraben.«

»Einen Mühlstein?« Etwas in Abisais derbem Gesicht macht sie stutzig. »Zwei Frauen?« Zu bemüht kommt ihr der Gleichmut vor, mit dem er jetzt ihrem Blick standzuhalten versucht, zu oft beben seine Nasenflügel. Und warum zuckt sein rechtes Lid?

»Und er ist wirklich tot?« Ihre Stimme zittert ein wenig. Noch gelingt es ihr, die aufsteigenden Freudentränen zu unterdrücken, doch sie spürt schon, wie ihr Unterkiefer zu beben beginnt. »Ich meine – ganz sicher tot?« Sie beißt die Zähne aufeinander, um sich besser beherrschen zu können.

»Wenn ich es dir sage! So tot, wie man nur sein kann – wir haben kaum noch sein Gesicht erkannt, als wir den Stein von ihm weghievten.«

»Und er war es wirklich?« Bathseba klammert sich am Türrahmen fest, denn auf einmal sieht sie die glitzernden Bernsteinaugen ihres Mannes vor sich. »Ich meine – keine Verwechslung möglich?«

»Hör mir zu, Bathseba!« Missmut regt sich in Abisais Miene. »Wir haben deinen Hethiter gut gekannt, alle! Er ist unverwechselbar gewesen, das weißt du doch selbst.«

»Ja. Das weiß ich …«

»Er ist tot. Verstanden?«

»Ja.« Sie nickt heftiger, als sie gewollt hat. »Er ist tot, ich hab's verstanden.«

»König David erfährt es in diesen Augenblicken. Ich habe den Boten mit Joabs Brief zu ihm geschickt, bevor ich zu deinem Haus geritten bin. Gott segne dich, Bathseba.« Abisai deutet eine Verneigung an, bevor er sich umdreht und zu seinen beiden Begleitern auf die Gasse hinaustritt.

Bathseba drückt die Tür zu. Wie eine Betrunkene wankt sie zu ihrer Schlafkammer. Rahel läuft ihr entgegen und wirft sich ihr an den Hals. Sie weinen laut. Sie jubeln. Sie tanzen. Sie danken dem Ewigen.

*

Bathseba wartet nicht, bis David zu ihr kommt. Sie muss sofort mit ihm sprechen, jetzt. Rahel begleitet sie in die Burg.

Bathseba hat ein festliches, jedoch nicht zu buntes Gewand angelegt, Rahel ist in die Kleider geschlüpft, die sie auf dem Geburtsfest von Davids jüngster Tochter getragen hat. Auch den gelben Schleier wirft sie sich über Kopf und Schultern. Seite an Seite laufen sie die Gasse zum Burgtor hinunter. Bathseba fühlt sich, als schwebe sie.

Die Wächter kennen sie inzwischen, lassen sie ins Tor, ohne eine einzige Frage zu stellen. Der weißhaarige Hauptmann der Leibwache empfängt sie in der Eingangshalle. Seine Haltung ist immer noch die eines wachsamen Hofhundes, der bereit ist, jeden anzufallen, den er nicht zu seinem Herrn durchlassen will. Bathseba und Rahel winkt er jedoch vorbei. Und so kalt wie noch vor wenigen Wochen schaut er Bathseba längst nicht mehr an.

»Sein Schreiber ist beim ihm«, sagt er auf dem Weg zum Portal, durch das man in den Thronsaal gelangt. »Setzt euch einfach auf eine der Wandbänke und wartet, bis er ihm seinen Brief diktiert hat.« Bathseba nickt und guckt dabei so ernst und gefasst, wie es ihr möglich ist.

Die Hand schon am bronzenen Griff des Türflügels steht Benaja plötzlich still und schaut ihr ins Gesicht. »Du weißt, dass Uriah tot ist?«

»Abisai ist vorhin bei mir gewesen.« Bathseba gelingt es, nicht zu lächeln.

»David hat so viele Seiten, nicht wahr?« Noch öffnet er nicht, noch mustert Benaja sie so aufmerksam, als wolle er ihre Gedanken lesen. »Wenn es sein muss, kann er hart und erbarmungslos sein. Doch wer wüsste das besser als du?« Das sagt er, und dann erst stößt er den Türflügel auf.

Seine Worte treffen Bathseba wie eisige Luft, wenn man aus dem warmen Haus in einen Wintermorgen tritt. Solche Worte vom obersten königlichen Wachhund? Sie ist verwirrt. Was hat Benaja da gerade gesagt? Und wie hat er es gemeint?

Als sie eintreten, hört sie David laut und langsam sprechen. Der hübsche Schreiber, der sich seit jenem Festmahl um Rahel bemüht, kauert vor Davids Lehnsessel auf einem Sitzpolster. Auf seinen Knien hält er eine Wachstafel fest, in die er mit einem Keil Zeichen einritzt. Ohne seine Rede zu unterbrechen, bedeutet ihnen der König mit einer beiläufigen Kopfbewegung, sich links von ihm auf einer Steinbank niederzulassen.

Als sie Platz nehmen, sieht Bathseba aus dem Augenwinkel das Leuchten in Rahels Blick. Von hier aus kann sie dem jungen Schreiber ins Gesicht schauen, in den sie sich verliebt hat. Alles, was David spricht, kann dieser Mann ohne nachzudenken in Schriftzeichen übersetzen, die er sofort ins Wachs prägt.

»Ich gratuliere dir zum Sieg über die Ammoniter, Joab«, diktiert der König ihm. »Großartig gekämpft hast du und gesiegt wie ein Held! Möge der Ewige dir vergelten, was du für Israel getan hast. Und gräme dich nicht wegen Uriahs Tod. So geht das eben – mal frisst das Schwert diesen, mal frisst es jenen. Gott segne und behüte dich.«

Nach dem Diktat erhebt sich der Schreiber und reicht dem König die Wachstafel. Bevor David den Brief an Joab noch einmal liest, wirft er einen Blick zu Rahel und Bathseba herüber. Ein Lächeln fliegt über sein Gesicht, ein glückliches und erleichtertes Lächeln.

»Gut so.« David gibt dem Schreiber die Wachstafel zurück

und nickt zufrieden. »Schreib es auf ein Pergament und bring mir den Brief, damit ich ihn mit meinem Siegel verschließen kann.«

Der junge Schreiber verlässt den Thronsaal – nicht ohne Rahel zu verstehen zu geben, dass er draußen auf sie warten wird.

Bathseba und das Mädchen begrüßen David mit der Höflichkeit, die dem König von Israel gegenüber geboten ist. Nach einem freundlichen Wortwechsel entlässt David die junge Magd.

Kaum fällt der Portalflügel hinter Rahel ins Schloss, springt er auf und schließt Bathseba in die Arme. »Du bist da, meine geliebte Löwin! Was will ich mehr? Wie gut!«

»Und Uriah ist tot.«

»Ja. Er ist im Kampf um Rabba gefallen. Welch glücklicher Ausgang! Danken wir dem Ewigen dafür.«

»Viel später hätte er nicht sterben dürfen.« Bathseba kann ihre Tränen nicht länger zurückhalten.

»Er hätte niemals darin eingewilligt, dich freiwillig aus euerm Ehebund zu entlassen oder dich gar zu verstoßen. Nicht einmal, wenn ich ihm einen ganzen Eselskarren voller Silber geboten hätte.«

»Das hast du tun wollen?«

»Ja.« Er streichelt ihren Rücken und wiegt sie dabei, wie man ein bekümmertes Kind schaukelt. »Etwas in der Art habe ich versuchen wollen, ja.«

»Und nun?«, schluchzt sie. »Wie geht es nun weiter?«

»Alles wie bisher.« Er küsst ihr die Tränen von den Augen. »Wir schreiben uns, wir treffen uns heimlich. Und wenn die Trauerzeit um ist, die das Gesetz dir einzuhalten gebietet, siedelst du zu mir in die Burg über.«

»Du weißt, dass ich niemals im Frauenhaus wohnen werde?«

»Ich weiß. Und du sollst unser Kind hier, in meiner Burg zur Welt bringen.«

*

Bathseba redet ohne Unterlass, als sie später an Rahels Seite die Gasse hinauf zum Haus zurückschlendert. Lachend grüßt sie die Leute, die ihnen entgegenkommen, hat ein gutes Wort für die Nachbarn an den Gartenmauern und in den Hauseingängen, spricht sogar mit den Kranichen, die über Jerusalem hinweg nach Süden fliegen. »Ihr braucht mich nicht mitnehmen!«, ruft sie ihnen zu. »Obwohl ich mit euch fliegen könnte! So leicht fühle ich mich.«

Sie lacht laut und hebt die Arme, als wolle sie beten. »Am liebsten würde ich ein Fest feiern, Rahel, und alle meine Verwandten dazu einladen. Miriam, Ahitofel, meine Großmutter, meine Brüder, alle.« Sie schaut ihre Magd an. »Doch geziemt sich das während der Trauerzeit? Was meinst du?«

Rahel ist schweigsam, schon die ganze Zeit, seit sie sich wieder im Burghof getroffen haben; sie antwortet auch jetzt nicht.

»Was ist denn mit dir los?« Bathseba tastet nach der Mädchenhand. »Hat dein Schreiber sich von dir abgewandt, dass du so bekümmert dreinschaust?«

»Es ist nicht seinetwegen.« Rahel hakt sich bei ihr unter.

»Weswegen dann?«

Vor der Gartentür bleibt das Mädchen stehen und blickt Bathseba in die Augen. »Wegen des Königs. Und wegen Uriahs Tod.«

»Sprich nicht in Rätseln mit mir.« Bathseba runzelt unwillig die Brauen. »Sag mir, was los ist.«

»Mein Schreiber hat den Brief geschrieben, den der König ihm für Joab diktiert hat.«

»Hältst du mich inzwischen für eine Närrin, Rahel?«
Bathseba blitzt ihre Magd ungnädig an. »Ich bin doch eben
dabei gewesen!«

»Nicht diesen Brief.« Rahel schüttelt heftig den Kopf. »Ich
meine den Brief, den der König damals dem Hethiter mitge-
geben hat, als der zum Heerlager zurückgekehrt ist. Mein
Schreiber hat mir verraten, was darin gestanden hat.«

»Ich erinnere mich, verzeih. Im Tor und vor der Stiftshütte haben sie über den Inhalt gerätselt.« Bathsebas Brust
fühlt sich plötzlich eng an. Angst beschleicht sie, Angst
vor einer Wahrheit, die wehtun könnte. »Sag mir, was
dein Schreiber dir verraten hat. Was hat David damals geschrieben?«

»›Lass Rabba stürmen‹, hat der König geschrieben. ›Gib
Uriah das Kommando über die Sturmtruppe und stell ihm
Abisai zur Seite‹, hat er geschrieben. ›Und wenn der Hethiter
die Mauer erreicht und die Verteidiger ihre Stellung bezogen
haben und sich zu wehren beginnen, soll Abisai den Kriegern das Zeichen zum Rückzug geben …‹«

»Ist das wirklich wahr?« Bathseba schlägt erschrocken die
Hände gegen die Wangen.

»›… damit Uriah dem Feind allein gegenübersteht‹«, fährt
Rahel fort. »›Und stirbt‹.«

39

Strafpredigt

Scheußlicher Tag, an dem der Prophet aus dem Osttor in den Burghof reitet! Der Himmel ist fahl, kein Wind geht, die Luft ist schwül und Bathseba todmüde. Sie hat kaum ein Auge zugemacht in der Nacht zuvor, denn beinahe jede Stunde hat das Kind gequäkt und nach der Brust verlangt.

Weil sie sich erschöpft fühlt, haben Rahel und Davids Diener die Wiege herauf in das Gemach unter dem Dach gebracht, wo David zu dichten und zu komponieren pflegt. Und wo sie den Kleinen gezeugt haben. Dem König hat's nicht gefallen, doch Bathseba hat darauf bestanden.

Nun stehen sie an der Dachbrüstung, schauen in den Burghof hinunter und sehen die beiden Männer aus dem Osttor reiten – den Säbelmann auf seinem weißen Esel, Nathan auf einem schwarzen Maultier. Bathseba hört, wie David erst die Luft scharf durch die Nase einzieht und dann eine leise Verwünschung ausstößt. Verwundert guckt sie ihn an. »Was ist mit dir?«

Er antwortet nicht, schüttelt nur unwillig den Kopf und lugt hinüber zum Frauenhaus. Auch auf dessen Dach stehen sie und gaffen in den Hof hinunter: Gedor und Davids

Frauen. Sie tuscheln, zeigen hinüber zu David und Bathseba, deuten hinunter in den Burghof.

Vor den Stallungen hilft Davids Feldhauptmann dem alten Propheten aus dem Sattel. Seite an Seite und eskortiert von vier Männern der königlichen Leibgarde marschieren Joab und Nathan über den Hof und auf den Eingang des Hauptgebäudes zu. Bald verschwinden sie aus Bathsebas und Davids Blickfeld.

»Nathan kommt uns besuchen?« Bathseba hält den Säugling auf dem Arm; noch haben sie sich auf keinen Namen für ihr Kind einigen können. »Welche Ehre!« Drei Tage nach der Geburt fühlt sie sich noch immer schwach und wie krank. Manchmal, wenn sie sich zu schnell bewegt, schwankt der Boden unter ihren Füßen.

»Ich bin mir nicht sicher, ob das wirklich eine Ehre ist.« Davids Miene wird noch finsterer. Er macht sich Sorgen um sein Söhnchen: Schlaff hängt es in Bathsebas Arm. Seit dem Morgen hat es an der Brust nur noch genuckelt, statt zu saugen. Seine Haut hat einen Gelbstich.

»Ich habe Nathan jahrelang nicht gesehen.« Bathseba lächelt müde. »Ich freue mich.«

»Es bedeutet selten Gutes, wenn ein Prophet in die Stadt kommt.« David empfindet keine Freude, das sieht sie ihm an. »Oder hast du jemals gehört, dass Samuel oder Nathan und sonst einer dieser alten Kerle gute Nachrichten gebracht hat?«

»O ja! Ist nicht Samuel einst zu dir nach Bethlehem gekommen, um dich zum König zu salben?«

»Gewiss.« David nimmt ihren Arm und führt sie zur Treppe. »Ich habe aber erst Jahre später verstanden, warum er mir Öl ins Haar geschmiert und was er dabei in seinen langen Bart gebrummt hat.« Er nimmt ihr das Kind ab und hilft ihr die Treppe hinunter. »Leg dich wieder hin, Liebste, du siehst arg erschöpft aus.«

Unten in seinem Schlafgemach streckt Bathseba sich auf der Bettstatt aus. David legt ihr den Kleinen an die Brust. Isai soll das Kind nach seinem Willen heißen, wie sein Vater; Bathseba jedoch will es nach ihrem Großvater Ahitofel nennen.

»Wenigstens trinkt er jetzt ein wenig«, sagt David, während er beide zudeckt.

»Zu wenig, finde ich.« Sorgenfalten graben sich in Bathsebas Stirn, während sie den Säugling streichelt.

Auf der Zimmerflucht hört sie erst Schritte, dann Benajas Stimme draußen vor dem Vorhang. »Nathan ist gekommen! Er wünscht, den König zu sprechen.«

David beugt sich zu Bathseba herab; ein glücklicher Mann sieht anders aus, denkt sie. »Ich schicke dir Rahel herauf.« Er küsst sie und das Kind, bevor er zu Benaja in den Gang tritt. »Was will der Prophet von mir?«, hört sie ihn fragen, während sich beider Schritte entfernen.

»Gott weiß es, schätze ich.«

Bleierne Müdigkeit strömt Bathseba durch die Glieder und drückt ihr die Augen zu. Wie gern würde sie schlafen, doch sie fühlt sich unruhig und ängstlich, denn der neugeborene Knabe an ihrer Brust saugt nach wie vor nicht kräftig genug.

Bilder der vergangenen Wochen ziehen an ihrem inneren Auge vorüber – der Auszug aus dem Haus des toten Hethiters, der Einzug in die Burg, Davids fürsorgliches Gesicht, die missgünstigen Blicke seiner Frauen. Besonders Michal und Abigail machen ihr das Leben schwer, wo sie nur können.

Die Frauen schneiden sie, verlangen ständig, den König zu sprechen, damit er möglichst wenig Zeit für sie und ihr Neugeborenes hat, und erst gestern ist Bathseba das neuste Gerücht zu Ohren gekommen, das Michal und Abigail in Jerusalem streuen: Sie habe sich in die Burg eingeschlichen, habe den König verführt und weiter nichts im Sinn, als ihren Sohn auf den Thron zu bringen.

Wie ein dunkler, warmer Nebel steigt ihr schließlich der Schlaf in den Kopf und löscht alle Bilder und Sorgen aus.

Sie weiß nicht, wie viel Zeit vergangen ist, als sie die Augen wieder aufschlägt und Rahel kindliche Laute ausstoßen hört. Sie blickt zur Seite und sieht ihre junge Magd an dem hohen Tisch neben der Dachtreppe stehen, den Davids Zimmerleute gebaut haben. Sie versucht dem Säugling einen Ton zu entlocken, während sie ihn wickelt.

Doch nicht das hat Bathseba geweckt, sondern laute Schritte, die sich draußen auf dem Gang nähern. »Der Feldhauptmann möchte dir seine Segenswünsche überbringen«, hört sie Benaja auf der anderen Seite des Vorhangs sagen.

»Kann ich reinkommen?«, kräht Joab.

»Komm schon.« Die Männer haben keine kleinen Kinder zu Hause, sonst würden sie leiser reden. »Doch erschrick mir den Säugling nicht mit deiner lauten Stimme.«

»Gott segne dich und deinen Sohn.« Joab flüstert übertrieben leise, als er den Stoff beiseite schiebt. »Möge er lange leben, zu einem Gott wohlgefälligem Leben heranwachsen, eurem Namen Ehre machen, tausend Philister totschlagen, euch einen Stall voll Kindeskindern bescheren und so weiter.« Er tritt neben Rahel und betrachtet das Kind. »Zerknautschtes Würmchen«, sagt er, während er sich auf dem Hocker neben dem Tisch mit Davids Schreibzeug niederlässt. »Ein bisschen gelb, will mir scheinen.«

Als er sich zu ihr wendet, ist Bathseba nicht sicher, ob er sie oder eine Fliege an der Wand über der Bettstatt anschaut, so sehr schielt er. Ein sicheres Zeichen innerer Unruhe, sie kennt ihn ja.

»Du siehst zum Erbarmen aus, Dadida«, sagt er leise, »ist's so schlimm gewesen?«

»Wir sind nicht gesund, mein Kind und ich, weißt du?«
Bathseba, die Joab lange nicht gesehen hat, mustert ihn aufmerksam. Er ist grau geworden und hohlwangig. »Ich freu mich, dass ihr uns besuchen kommt, du und Nathan.«

»Freu dich nicht zu früh.« Joab stößt ein Krächzen aus, das wohl ein Seufzer sein soll – es klingt bitter; und hart wie ein böses Knurren. »Beim Arsch des Pharaos! Es bedeutet fast immer Übles, wenn ein Prophet ins Haus schneit. Oder hast du jemals gehört, dass Gottesflüsterer wie Samuel oder Nathan Leute zum Lachen gebracht haben?«

Bathseba muss schlucken, denn ihr wird angst und bange. »Du weißt, was er will?«

»Als Heimlichtuer seid ihr ganz miserabel, David und du. Und die Eroberung der Ammoniterstadt hat sich natürlich auch bis nach Bethlehem herumgesprochen.« Joab schielt zur Decke. »Der Tod des Hethiters sowieso.« Er zieht den Rotz hoch und wischt sich die Nase mit dem Ärmel seines Waffenmantels ab. »›Das hat David getan!‹, soll Nathan ausgerufen haben, als er die Nachricht gehört hat. ›David hat den Uriah umbringen lassen!‹«

»Woher weißt du das?«

»Das haben sie mir in Hebron erzählt.« Er beugt sich über seine Knie und schielt ihr ins Gesicht. »Auf der Hochzeit meines Bruders Abisai. Deine Pflegemutter und deine Großeltern sind auch dagewesen. Und Nathan. Er hat sie beschimpft, beide.«

»Was?« Bathseba setzt sich auf. »Er hat Miriam beschimpft? Während einer Hochzeitsfeier?« Ihr wird schwindlig.

»Und Ahitofel. ›Ihr habt gewusst, was Bathseba zu leiden hat im Haus des Hethiters‹, hat er geschimpft. ›Ihr habt es gewusst und habt es geschehen lassen. Gott wird euch dafür bestrafen!‹ Das hat er gesagt, ja. Da war das Fest gelaufen.«

»Ist das wahr?« Bathseba schlägt sich die Hände an die Schläfen. Sie kann nur noch flüstern. »Und was haben sie geantwortet?«

»Nichts. Die Worte haben ihnen gefehlt. Selbst deinem Großvater, der doch sonst halb Israel predigt, was zu tun und zu lassen ist. Sogar deinem Vater hat's die Sprache verschlagen, der hat nämlich auch sein Fett abgekriegt.« Joab bläst die Backen auf. »Nathan hat ihn mächtig beschimpft, weil er dich einem wie Uriah verkauft hat. Für Vieh und Land.« Joab senkt den Blick, langt den Dolch vom Tisch und beginnt, sich den Dreck unter den Fingernägeln herauszukratzen. »War nicht schön, das kannst du mir glauben. Von mir hat der Alte verlangt, dass ich ihn nach Jerusalem begleite.«

Bathseba schlägt die Hände vor die Augen und weint. Eine Zeit lang schweigen sie, nur das Kind quäkt ein bisschen.

»Und warum ist der Prophet hierher in die Burg gekommen?«, will Rahel irgendwann wissen.

»Um David die Hölle heißzumachen, schätz' ich mal. Er hat kaum geredet auf dem Weg. Ich glaub', Davids andere Frauen haben den Boten zu Nathan geschickt, der ihm erzählt hat, dass David, dass wir …« Joab wirft den Dolch zurück auf den Tisch. »… nun ja, dass Uriah tot ist. Jetzt ist er unten im Thronsaal, staucht David zusammen und erklärt ihm, dass der Ewige böse auf ihn ist. Und so laut, wie er schimpft, muss der Ewige gewaltig böse auf den König sein.«

»Was hat er denn gesagt?«, schluchzt Bathseba. »Weißt du das?«

»Nicht genau, doch ein bisschen hab ich gelauscht. Der Alte hat David eine Geschichte erzählt – von einem Mann und einer Frau, du ahnst es schon. Der Mann erschlägt einen Riesen, erschlägt tausend Philister, ist aber zu schwach, die Frau zu erobern, die er haben will. Überlässt sie lieber einem anderen. Und am Ende bringt er diesen anderen auch noch um.«

Davids Geschichte, denkt Bathseba und bleibt stumm. Im Grunde bin ich es, die Uriah getötet hat, denkt sie. Hätte ich nicht vor Davids Augen gebadet, würde der verdammte Hethiter noch leben.

Was für ein Glück, dass ich vor Davids Augen gebadet habe.

»Irgendwann hat mich Benaja erwischt.« Joab zuckt mit den Schultern. »Und dann war Schluss mit lauschen.«

»Deswegen nimmt Nathan den weiten Weg auf sich?«, flüstert Bathseba. »Um eine Geschichte zu erzählen?«

»Kannst dir ausrechnen, was jetzt passiert.« Joab schielt kaum noch, mustert sie aus schmalen Augen, als wollte er ihr drohen. »Die letzte Strafpredigt eines Propheten, von der ich weiß, hat Saul sich anhören müssen – von Nathans Lehrer Samuel. Danach hat er angefangen zu spinnen, und ein paar Jahre später ist er tot gewesen. Und seine Söhne auch. Es ist alles so gekommen, wie Samuel es ihm angekündigt hat.«

»Du meinst …« Bathseba würgt den Kloß im Hals hinunter. »Du glaubst, dass Nathan gekommen ist, um David eine Strafe Gottes anzukündigen?«

»Verlass dich drauf. Nicht nur in Jerusalem zerreißen sie sich das Maul über euch beide.« Der schielende Säbelmann beugt sich noch weiter vor, zieht den Hocker näher an Bathseba heran. »Hättet ihr das nicht ein bisschen eleganter regeln können?« Er spricht sehr leise jetzt. »Du kennst Nathan und seinen Gott – die verstehen keinen Spaß.« Mit einer Kopfbewegung deutet er hinter sich auf den Säugling. »Wenn du mich fragst, haben sie es auf das Ergebnis *eures* Spaßes abgesehen.«

Bathseba beißt sich so fest in die Faust, dass es schmerzt. Bitte nicht!, denkt sie. Bitte nicht noch einmal! Und ihrer

Magd ruft sie zu: »Geh hinunter, Rahel! Lausche am Portal des Thronsaals! Ich muss wissen, was der Prophet dem König androht.« Rahel legt ihr das gewickelte Kind in die Arme und läuft hinaus.

Doch schon kurz darauf nähern sich bereits Schritte draußen auf dem Gang – langsam und schleppend. Jemand bewegt den Vorhang, David kommt herein. Sein Gesicht ist aschfahl. Er lehnt sich gegen die Wand, schaut zum Kind hin – lange und mit brennendem Blick.

Und dann schaut er zu Bathseba. Seine schwarzen Augen füllen sich mit Tränen. Er zittert.

»Geht«, flüstert er. »Lasst mich allein.«

40

Friedensbringer

Nachts fährt David aus dem Schlaf und schreit. Nicht ein- oder zweimal, sondern beinahe stündlich. Dann sitzt er zitternd in den Decken, starrt den kranken Säugling an, den er mit seinem Geschrei geweckt hat, und stammelt wirres Zeug.

»Ehebruch und Mordbefehl«, flüstert er manchmal, oder er ruft laut: »Untreue ist das! Untreue und Totschlag!« Und einmal sagt er so deutlich, als würde er es seinem Schreiber diktieren: »Schwert und Gewalt sollen nicht mehr weichen von deinem Haus.«

Bathseba, die ihm oft den Schweiß von Stirn und Brust wischen muss, begreift nach und nach: Die Worte des Propheten verfolgen den Geliebten bis in seine Träume hinein. Was mag Nathan ihm noch alles an den Kopf geworfen haben?

Drei Tage lang erträgt sie es, doch Davids Albträume werden schlimmer, sodass sie nicht länger bei ihm schlafen kann. Woher soll sie denn die Kraft für den Säugling nehmen, der mit jedem Tag gelber und schwächer wird? Sie lässt die Wiege hinunter in Rahels Schlafkammer tragen, um bei ihr zu schlafen.

»Was hat der Alte nur mit dem König gemacht?«, flüstert

das Mädchen, als sie Bathseba das Kind anlegt. »Hat er ihn verhext? David ist ja nur noch ein Schatten seiner selbst.«

Sie hat recht, und Bathseba muss an die Verschwörer denken, die sich vor ein paar Jahren auf dem Dach von Uriahs Haus versammelt haben. Wie hat jener Hauptmann aus Kreta Nathans uralten Lehrer, den Propheten Samuel genannt? Einen *alten Zauberer*.

Wenn Nathan David verhext hat, dann hat er auch sein Söhnchen verhext. Seit vor drei Tagen der Prophet in der Burg gewesen ist, kann Bathseba zusehen, wie das Kind kränker und kränker wird. Schon in der vergangenen Nacht ist der Säugling zu schwach gewesen, um sich satt zu trinken, jetzt trinkt er gar nichts mehr. Und ist gelber als noch vor zwei Stunden. Wie schlaff er in ihren Armen hängt! Große Angst packt Bathseba.

Benaja schickt einen seiner Gardisten nach Jerusalem hinunter, um Zadok zu holen, den priesterlichen Arzt. Der geht zuerst zu David hinauf, als er gegen Abend in die Burg kommt – und steigt schon nach kurzer Zeit wieder ins Erdgeschoss herunter.

»Er will niemanden sehen«, berichtet er Bathseba. »Fasten ist gut, doch wer es zu lange tut und noch dazu, ohne Wasser zu trinken, der stirbt.«

Bathseba erschrickt. »David fastet?«

»Und betet.« Zadok beugt sich über die Wiege. »Tag und Nacht, wie mir der Hauptmann seiner Leibgarde berichtet. Um dem Ewigen Vergebung abzutrotzen.« Er wickelt den Säugling aus dessen Tüchern und Windeln. »Und die Heilung seines Söhnchens.«

Bathseba beobachtet ihn, während er das Kind untersucht. Und weil sie merkt, wie sich auf der Stirn des priesterlichen Arztes eine Sorgenfalte auf die nächste türmt, wächst ihre Angst ins Unermessliche.

»Sein Blut ist ganz und gar vergiftet«, erklärt Zadok, als er sich aufrichtet und Rahel herbeiwinkt, damit sie den Säugling in frische Tücher wickelt. »Deswegen ist seine Haut so gelb. Und da er nun auch noch zu schwach ist, um zu trinken, mache ich dir lieber keine Hoffnung, Bathseba.«

»Mein kleiner Ahitofel wird sterben?«

Zadok nickt stumm. Bathseba presst die gefalteten Hände ans Kinn und fällt auf die Knie. »Kann man denn gar nichts mehr für ihn tun?«

»Beten und fasten.« Zadok hebt ratlos die Achseln. »Vielleicht hilft es, wenn David mit einem gemästeten Schaf in die Stiftshütte kommt und wir dem Ewigen ein Sühneopfer darbringen.« Er legt der weinenden Bathseba die Hand auf den Kopf. »Der Allmächtige segne und behüte dich. Und gebe dir Kraft, diesen Verlust zu ertragen.« An der Tür dreht er sich noch einmal nach der Weinenden um. »Vielleicht weiß ja Nathan einen Rat. Schließlich ist er es gewesen, der David den Tod seines Kindes geweissagt hat. Er sei noch in Jerusalem, hat man mir erzählt.«

Nachdem Zadok gegangen ist, versucht Bathseba erneut, ihr krankes Kind zu stillen. Doch der Säugling trinkt so gut wie gar nichts. Sie nimmt einen Schluck Wasser, drückt ihre Lippen auf den Mund ihres Söhnchens und flößt es ihm ein. »Das mag ihn eine Zeit lang vor dem Verdursten bewahren«, sagt sie zu Rahel. »Doch ohne Milch wird er sterben.«

Sie überlässt ihr den Säugling und geht hinaus in die Eingangshalle der Burg. Dort hört sie David schreien. Auf der Treppe stehen Joab und Benaja und lauschen.

»Jetzt hat er schon im Wachzustand Albträume.« Joab schabt sich den Bart. »Nicht mehr lange, dann schnappt er endgültig über.«

»Zadok war noch einmal oben bei ihm«, flüstert Benaja mit einer Geste des Bedauerns. »Um ihm zu sagen, dass sein Sohn sterben wird. Wir konnten ihn nicht davon abhalten.«

An den beiden Männern vorbei schleicht Bathseba zum Obergeschoss. Noch bevor sie die letzten Stufen hinter sich lässt, verstummt Davids Geschrei auf einmal. Dafür erklingen erst Harfenakkorde und dann wieder Davids Stimme – leise und brüchig jetzt.

»Aus der Tiefe rufe ich, Ewiger, zu dir.« Takt für Takt festigt sich das Stöhnen und Krächzen zu einer Melodie. »Neige dein Ohr zu mir, höre mein Flehen.«

Bathseba traut ihren Sinnen kaum: David singt. Er singt gebrochen und leise, aber er singt.

»Meine Tage vergehen wie Rauch, in meinen Gliedern brennt es wie Feuer.« Zwischen den beiden mannshohen Kerzenleuchtern bleibt sie stehen und lauscht seinen klagenden Worten. »Mein Herz zerbricht, verdorrt in der Brust mir wie Gras, sodass ich vergesse, mein Brot zu essen …«

Nicht jede Silbe versteht Bathseba, denn Davids schwache Stimme klingt manchmal undeutlich und verwaschen. Schritt für Schritt nähert sie sich dem Schlafgemach, um seinen Gesang besser hören zu können.

»… meine Knochen kleben an meiner Haut vor lauter Seufzen und Heulen. Wie die Eule in der Wildnis heule ich, wie das Käuzchen in den Trümmern. Ich wache und klage wie der einsame Vogel im verdorrten Geäst …«

Am Vorhang bleibt Bathseba stehen und lauscht atemlos. Er hat gedichtet und komponiert? Sie kann es kaum glauben. Sein Kind stirbt, und David schreibt Lieder? Doch was für welche!

»… Ewiger, sei mir gnädig in deiner Güte, tilge meine Sünde in deiner großen Barmherzigkeit!« Seine Stimme wird lauter und flehender. »Wasche mich rein von meiner Schuld, meine Treulosigkeit vergib mir!« Er schreit die Verse geradezu heraus. »Ich erkenn' doch mein Vergehen, mein Verbrechen steht mir ständig vor Augen!« So hart schlägt er in die Saiten, so unmäßig keucht er die Worte heraus, dass nun auch Bathseba für einen Augenblick fürchtet, David sei dem Wahnsinn verfallen.

»Bei dir aber ist Vergebung und Hilfe, allmächtiger Gott!« Als stünde er dort drinnen hinter dem Vorhang vor dem Ewigen selbst, so flehend schreit er seine Verse heraus. »Mehr als die Wächter auf den Morgen wart' ich auf deine Hilfe! Du wirst mich erlösen aus Sorge und Angst!«

War Zadok nicht bei ihm, um ihm den baldigen Tod seines Kindes zu verkünden? Bathseba kann es nicht fassen. So singt doch keiner, der die Hoffnung aufgegeben hat! Sie schleicht zurück zur Treppe.

»Dann will ich es auch nicht tun«, sagt sie sich, während der Harfenklang und Davids Stimme hinter ihr zurückbleiben.

Was hat Zadok beim Abschied gesagt? *Vielleicht weiß Nathan einen Rat.* Bathseba springt die Stufen hinunter. *Er ist noch in Jerusalem,* hat er gesagt. Sie hat es auf einmal sehr eilig.

*

Sie irren durch die Stadt. Bathseba sitzt auf Joabs weißem Esel und hält das sterbende Kind auf dem Arm. Dessen Atem ist flach und fliegt wie der eines jungen Sperlings, der schon vor viel zu vielen Stunden aus dem Nest gefallen ist.

Der Säbelmann führt seinen Esel am Zügel, in seiner Linken lodert eine Fackel. Rahel, zur Rechten des Esels, leuchtet mit ihrer Fackel in schmale Gassen, Hoftore und Hauseingänge hinein. Entdeckt sie einen Menschen, fragt sie ihn nach dem Propheten. Nicht mehr viele sind unterwegs auf den Plätzen und in den Gassen Jerusalems, denn längst fällt die Abenddämmerung auf die Stadt.

Sie sind schon unten am Teich angekommen und haben noch immer niemanden getroffen, der den Propheten gesehen hat. Inzwischen nähern sie sich den Hütten am Hang, an dessen Fuß die beiden Täler zusammenstoßen, die Jerusalem im Südosten begrenzen und wo der Bach Gihon entspringt. Bei den Brunnen dort pflegen sich zu allen Tageszeiten Bewohner der Stadt zu versammeln. Vielleicht finden sie Nathan dort.

Wenn sie nicht dem fliehenden Atem ihres Söhnchens lauscht, betet Bathseba im Stillen: Führe uns zum Propheten, Allmächtiger, ich flehe dich an! Manchmal schiebt sie ihre Finger unter die Wickeltücher und auf die heiße Brust des Säuglings und tastet nach seinem flatternden Herzchen. Und weint.

Benaja hat ihnen vier königliche Leibgardisten mit auf den Weg gegeben. Zwei laufen mit Fackeln vor dem Esel her, der Bathseba und den Säugling trägt; zwei folgen ihm. Wer ihnen entgegenkommt und sie sieht, weicht respektvoll zur Seite.

Erkennen die Leute jedoch Davids Feldhauptmann – und an seinem weißen Esel und seinem großen Säbel ist er auch von Weitem nicht zu verwechseln –, huschen sie in abzweigende Gassen, wenn es ihnen noch möglich ist; oder sie lenken ihre Esel und Karren in einen Hof hinein.

Joab ist ein gefürchteter Mann in Jerusalem. Jeder kleine Junge in der Stadt kann die Namen der Israeliten aufzählen, die er erschlagen hat. Und das sind nicht wenige.

Ein Greis auf einem Esel weicht nicht aus. Er hält sein Tier sogar an und entbietet Joab und den Frauen einen Segensgruß. Der Säbelmann und der Sohn des Alten haben zusammen gegen die Philister gekämpft.

»Kennst du Nathan, den Propheten?«, fragt Joab.

»Wer kennt ihn nicht?«

»Sein Gesicht, meine ich. Würdest du sein Gesicht erkennen?«

»Was denkst denn du? Ich war oft genug bei ihm in Bethlehem. Erst heute habe ich ihn gesehen.«

»Wo denn?!«, entfährt es Bathseba. Ganz aufgeregt ist sie auf einmal.

»Im Schaftor.« Der Greis zeigt hinter sich nach Norden. »Vielleicht sitzt er da noch. Ganz bestimmt sitzt er da noch.«

Sie bedanken sich und ziehen weiter. Joab treibt zur Eile an, und die beiden Hethiter an der Spitze strecken ihre Fackeln aus und heben sie höher, denn es ist dunkel inzwischen und der Weg hinauf zum Schaftor steinig.

Der Mond geht auf. In seinem Licht kann Bathseba die Silhouetten der beiden Türme erkennen, die westlich des Schaftors aufragen. Mittlerweile hat sie Mühe, den Herzschlag des Säuglings zu tasten, und um seinen Atem hören zu können, muss sie sich nah an sein Mündchen beugen.

Im Stillen betet sie mit den Versen, die David gesungen hat: Bei dir aber ist Vergebung und Hilfe, allmächtiger Gott! Mehr als die Wächter auf den Morgen wart' ich auf deine Hilfe! Du wirst mich erlösen aus Sorge und Angst!

So menschenleer Jerusalems Gassen und Plätze zu dieser Abendzeit sein mögen, das Schaftor ist noch bevölkert. Schon von Weitem hören sie Stimmen und Musik. Und tatsächlich – als das Tor in ihr Blickfeld gerät, sehen sie Feuerschein auf dem Torplatz und im Tor selbst das flackernde Licht von Fackeln und Öllampen.

Torwächter, Soldaten und Kaufleute sitzen um das Feuer herum, braten Hühner, trinken Wein und würfeln. Rechts und links des Eingangs hocken Bettler und Händler, die ihre Waren vor sich auf Decken ausgebreitet haben: Seile, Kienspan, Wachstafeln, Tücher, Wasser in Schläuchen, getrocknete Feigen und so weiter. An ihnen vorbei führt der Säbelmann Bathseba und den Säugling auf seinem weißen Esel ins Tor hinein.

Fast am Ende, kurz vor den schon geschlossenen Torflügeln, finden sie Nathan. Er schläft.

Joab beugt sich zu dem in seinen Mantel gerollten Alten hinunter, um ihn zu wecken.

»Finger weg von ihm!« Ein junger Bursche, der neben dem Schlafenden sitzt, reckt ihm sein Schwert entgegen; sein Diener, vermutet Bathseba. »Nathan ist müde, muss schlafen.«

»Halt's Maul!« Blitzschnell tritt Joab zu, und im nächsten Moment wirbelt das Schwert durchs Tor und knallt gegen die Außenmauer. Schlagartig verstummen Gelächter, Palaver, Musik und Gesang ringsum. Alle ziehen die Köpfe ein, und am Feuer springen Soldaten und Torwächter auf und lauern herüber.

Da drückt Joab dem verblüfften Burschen schon die Spitze seines Säbels gegen den Hals. »Du willst noch nicht sterben, schätze ich«, sagt er, ohne groß die Stimme zu heben, »also rate ich dir beim Arsche Adams: Weck den Propheten auf.«

Zu allen Seiten hört Bathseba die Männer Joabs Namen flüstern. Schnell spricht es sich bis zu den Bewaffneten am Feuer herum, wer hier zur späten Stunde noch ins Tor gekommen ist. Der junge Bursche schüttelt den Alten, bis der die Augen aufschlägt.

»He, Nathan, wach schon auf!«, ruft Joab. »Gott segne dich und so weiter. Siehst du das Kind?« Er deutet zu Bathseba hinauf. »Es wird sterben, wenn du ihm nicht hilfst.«

Nathan blinzelt zu Bathseba herauf. Seine Haare sind aschgrau inzwischen, die Haut seines knochigen Gesichtes sieht aus wie zerfurchtes Leder. Seine Augen allerdings leuchten noch immer so blau und lebendig wie früher.

Er setzt sich auf und schaut zu ihr hoch. »Die Tochter Eliams, sieh an.« Und dann an Joab gewandt. »Das Kind stirbt an der Sünde seiner Eltern.«

»Das kannst du deinem kranken Esel erzählen.« Joab fuchtelt mit seinem Säbel herum. »Hilf dem Würmchen, los!«

»Wie soll ich ihm helfen, wenn der Ewige seinen Tod beschlossen hat? Es stirbt an der Sünde seiner Eltern, sag ich.«

»Du bist doch einer, der mit dem Ewigen reden kann. Leg ein gutes Wort für das Kind ein, mach schon!« Joab schaut zu Bathseba herauf, sieht ihren tadelnden Blick und fügt hinzu: »Bitte!«

»Wer bin ich, dass ich Gott bewegen könnte, seinen Beschluss zu ändern?« Mittlerweile drängen sich Dutzende Männer im Tor. Die meisten stehen, alle lauschen. »Der Tod des Kindes ist nun einmal die Strafe, die er über König David verhängt hat.«

»Was kann denn unser Kind für das, was wir getan haben?«, fragt Bathseba unter Tränen. »Der Ewige möge uns bestrafen und nicht unser Kind!« Nathan mustert sie schweigend.

Joab stößt ihn gegen die Schulter. »Sag das deinem Gott! Los, Prophet!«

»Niemand sagt dem Ewigen, was er zu tun und zu lassen hat.« Nathan wickelt sich in seinen Mantel und legt sich wieder hin. »Und nun lasst mich weiterschlafen.«

Bathseba weint und fleht, Joab schreit und droht, doch Nathan lässt sich nicht erweichen, auch nur ein weiteres Wort zu verlieren. Er hält die Augen geschlossen und tut, als höre er nichts. Als Joab sich zu ihm hinabbeugt, um ihn zu schütteln, gehen zwei alte Priester dazwischen.

»Wenn der Prophet nicht will, dann will er nicht«, sagt der eine, und der andere weist zur Stadtseite des Tores. »Besser, du gehst jetzt, Feldhauptmann.«

Fluchend packt Joab den Zügel seines Esels. Die Menge teilt sich zu einer Gasse, durch die er das Tier mit der weinenden Frau darauf an den Männern vorbeizieht.

»Mein Kind, mein Kind!« Bathseba kann den Herzschlag des Säuglings nicht mehr tasten, spürt kaum noch die Wärme seines fliegenden Atems an ihrer Wange. »Mein Kind stirbt!«, schreit sie verzweifelt. »Erbarme dich, o Ewiger! Mehr als die Wächter auf den Morgen wart' ich auf deine Hilfe!«

»Bathseba!«, ruft einer der Bettler am Toreingang. »Bring deinen Sohn zu mir!«

»Halt's Maul!«, fährt Joab ihn an.

Doch Bathseba in ihrer Verzweiflung rutscht vom Rücken des weißen Esels, sinkt heulend vor dem Zerlumpten in die Knie und schreit: »Mein Kind stirbt! Mein Kind stirbt! Hilf, wenn du helfen kannst! Mein Kind stirbt!«

»Wie heißt dein Sohn?«

»Ahitofel«, schluchzt sie und drückt ihr nasses Gesicht auf den heißen Leib des Kindchens. Hinter einem Tränenschleier sieht sie, wie der in schwarze Lumpen gehüllte Bettler zum Warentuch des Händlers greift, der neben ihm sitzt. Aus dem Durcheinander dort fischt er ein Wachstäfelchen heraus. Mit dem Daumennagel ritzt er Zeichen hinein.

»Das ist sein Name.« Er reicht Bathseba das Täfelchen, dann legt er dem Kind die Rechte auf die Brust und ihr die Linke auf den Scheitel. Die Worte, die er über ihr und dem Kind ausruft, klingen fremdartig und unheimlich.

Bathseba versteht kein einziges – es ist seine Stimme, die sie den nassen Blick heben lässt: Sie klingt wie das Brausen von Brandung, wie das Rauschen einer Sturmböe. Zuversicht und ungeahnte Ruhe durchströmen sie auf einmal vom

Scheitel bis in die Fußsohlen. Sie wischt sich die Tränen aus den Augen und blinzelt in ein perlweißes Gesicht.

✶

Zurück in der Burg legt Rahel ihr das schreiende Kind an die Brust. Es saugt gierig. Bathseba weint still und kann nicht mehr aufhören damit. Ihre lächelnde Magd spricht ihr tröstende Worte zu, während sie ihr die Tränen trocknet.

Die Tür von Rahels Schlafkammer öffnet sich, und David kommt herein. Joab hat ihn aus seinem Schlafgemach geholt.

»Es ist ein Bettler gewesen«, sagt der Säbelmann, während er am Türblatt entlang auf den Boden rutscht.

David steht vor Rahels Bett – mit vor Staunen offenem Mund und fassungslos ausgebreiteten Armen. Sein ungläubiger Blick fliegt zwischen dem saugenden Kind und der weinenden Bathseba hin und her.

»Es trinkt wieder.« Rahel strahlt ihn an, und Bathseba bringt kein Wort heraus. »Seine Haut ist auch nicht mehr ganz so gelb, siehst du? Plötzlich trinkt es wieder.«

David lässt den Kopf in den Nacken sinken, streckt die Arme zur Decke und bewegt die Lippen in flüsterndem Dankgebet. Bis er vor Rahels Lager auf die Knie sinkt und sein Gesicht im Schoß der stillenden Bathseba verbirgt.

»Es ist nur ein Bettler gewesen«, kräht Joab an der Tür. »Ich schwör's dir, David, nur ein verdammter Bettler.«

»Er ist ein Bote von dem gewesen, dessen Namen wir nicht nennen«, schluchzt Bathseba und kramt das Wachstäfelchen aus ihrem Gewand. »Und das hat er geschrieben, so soll unser Sohn heißen.«

David richtet sich auf, nimmt ihr das Täfelchen ab und hält es in den Schein der Öllampe. »Salomo«, liest er murmelnd. »Friedensbringer.«

»Wie soll er heißen?«, kräht Joab hinter ihm.

»Salomo.« Auch die Bedeutung des Namens will David für den Säbelkerl wiederholen, aber das schafft er nicht mehr. »Salomo«, bringt er noch heraus, doch dann bricht seine Stimme; und er verbirgt sein Gesicht und seine Tränen in Bathsebas Schoß.

Epilog

Dort geht sie. Da drüben, auf der anderen Seite des Torplatzes. Die in dem purpurroten Seidengewand, die den Esel mit dem Königssohn in die Stadt hinunterführt. Siehst du sie? Schau nur, wie stolz sie schreitet, wie freundlich sie nach allen Seiten winkt und die Leute von Jerusalem grüßt, die sich heute hier vor dem Burgtor versammelt haben.

Bathseba heißt sie und ist mehr als sechzig Sommer alt. Wir kennen sie, und du hast sie kennengelernt. Die Leute in Hebron haben sie *Dadida* genannt, *die Liebliche*, wir nennen sie die *Löwin von Jerusalem* – wir, die wir wissen, was früher geschah, was einst geschehen wird und was jetzt gerade geschieht.

Jetzt gerade bückt sich Bathseba nach zwei Kränzen aus Weinlaub und Aprikosenblüten, die man ihr mit zahllosen anderen Blumen aus der jubelnden Menge zugeworfen hat. Einen reicht sie hinauf zu ihrem Sohn, den anderen setzt sie sich selbst auf das graue Haar.

Vor Bathseba und dem Esel mit ihrem Sohn marschiert die königliche Leibgarde, angeführt von ihrem Hauptmann Benaja. Hinter Bathseba und dem Esel mit ihrem Sohn reiten auf Maultieren Zadok, der Hohepriester und Arzt, und der Prophet Nathan, der Uralte. Hinter ihnen reiten oder gehen die Freunde und Krieger des alten Königs David; alle, die ihm die Treue gehalten haben. Die Menge, die sich heute hier vor dem Westtor der Burg versammelt hat, schließt sich dem Krönungszug an.

Wo die älteren Halbbrüder des Königssohns sind, fragst du dich? Der schöne Absalom ist tot, ermordet von Joab auf der Flucht vor den Kriegern seines Vaters, dem er die Krone rauben wollte.

Und Adonia, der Zweitälteste, ist gerade im Begriff, seinem Vater die Krone zu rauben – auf der anderen Seite der Stadt lässt er sich schon als neuer König von Israel feiern.

Es lohnt nicht mehr, ihn dir zu zeigen, denn die Feier endet jetzt, weil ein Bote ihm und seinen Gästen verkündet, dass David die Königskrone seinem jüngeren Bruder gegeben hat.

Wo David ist, der König von Israel, fragst du? In seiner Burg, in seinem Bett. Er dichtet keine Lieder mehr, er ist alt und gebrechlich. Sein Anblick würde dir das Herz zusammenschnüren. Sie haben ihm eine Jungfrau ins Bett geschickt, damit er nicht friert. Er ist sogar zu schwach, ihre Schönheit würdigen zu können.

Warum Joab den Krönungszug nicht begleitet, willst du wissen? Weil er sich im Gotteszelt am Altar festhalten und um sein Leben zittern muss: David hat befohlen, den Mörder Absaloms zu töten – Joab, seinen alten Freund und Feldhauptmann.

Jetzt überschreitet der Krönungszug den Bach Gihon, dem Jerusalem sein Wasser verdankt. Siehst du den großen Findling, der an seinem Ufer liegt? Und siehst du die vielen Menschen, die dort zusammenströmen?

Benaja lässt die Posaunen blasen, damit der Zug anhält. Hör doch, wie ihr Klang aus beiden Tälern widerhallt! Bathseba streckt ihre Arme zu ihrem Sohn hinauf, sodass er ihre Hand ergreifen kann, während er vom Esel steigt. Schau nur, wie stolz sie ist, wie glücklich sie lächelt.

Benaja und zwei Leibgardisten helfen dem uralten Propheten Nathan auf den Stein. Zadok, der ärztliche Priester, ist noch stark genug, um aus eigner Kraft auf den Findling zu klettern. Zuletzt springt der künftige König hinauf, Bathsebas und Davids Sohn.

Wir haben ein Auge auf dieses Menschenkind, denn die tot sein müssten, fesseln unsere Aufmerksamkeit. Nicht die anderen, die ihre Tage vertun, als sei es selbstverständlich, am Leben zu sein. Nicht die viel zu vielen, die dahinwirbeln im Strom des Werdens und Vergehens wie Treibgut im Wildwasser.

Zadok entkorkt nun das Ölhorn, das er mitgebracht hat. Der Hohepriester gießt Bathsebas Sohn etwas davon aufs Haupt und salbt ihn zum König.

Wir nennen ihn *Salomo*. Seine Mutter nennt ihn *Jedidja – Liebling des Ewigen*.

Sein Vater hat Lieder für uns gedichtet, er will uns ein Haus bauen. Einen Tempel, wie Menschen ein Gebäude nennen, in dem sie opfern, beten und dergleichen.

Sein Tempel wird bis auf die Grundmauern niederbrennen, die Lieder seines Vaters aber werden bleiben.

Eben tritt Nathan der Prophet neben Bathsebas Sohn und ruft: »Hier steht euer neuer König!«

Schau nur, wie Bathseba die Hände auf den Mund legt, schau doch, wie sie strahlt. Und hörst du, wie laut ringsum das Volk schreit?

»Lang lebe König Salomo!«, schreit es.

ENDE

Glossar

Ägyptische Seuche	vermutlich nannte man im alten Orient so die Pest
Ammoniter	vorgeschichtlicher Volksstamm am Ostufer des Jordans, dessen Sprache dem Hebräischen verwandt ist
Askalon	eine der fünf Fürstenstädte bzw. Stadtstaaten im Siedlungsgebiet der Philister
Belial	im Alten Testament Name des personifizierten Bösen
Benjamin	einer der zwölf Stämme Israels, benannt nach dem jüngsten Sohn des Stammvaters Jakob; König Saul wie anfangs auch König David regierten lediglich über die Stämme Juda, Benjamin und den halben Stamm Levi
Bundeslade	altarartige, mit Gold überzogene Prachttruhe (ca. 150 x 75 x 75 cm), in der die Steintafeln aufbewahrt wurden, auf die Moses die Zehn Gebote geschrieben hatte und auf deren Deckel zwei aus Holz geschnitzte Cherubim thronten
Elle	Längenmaß; im Alten Testament ca. 46 cm
Erzmütter	Sarah, die Frau Abrahams, Rebekka, die Frau Isaaks, und Rahel und Lea, die Frauen Jakobs
Erzväter	*oder Stammväter*; Abraham, Isaak und Jakob

Gat	antike Stadt zwischen der Meeresküste und dem Judäischen Hügelland
Gesetz	die fünf Bücher Mose; Synonyme: *Thora* oder *Gesetz des Moses*
Gibea	antike Stadt nördlich von Jerusalem; Ausgrabungsfunde weisen auf eine Festung des Königs Saul hin
Gihon	Bach, der in einem Tal an Jerusalems Ostseite entspringt und die Wasserversorgung der Stadt gesichert hat
Hallodri	Leichtfuß, Taugenichts, Nichtsnutz
Handtrommel	eine Art Tamburin
Hebron	zu Beginn der Regierungszeit Davids als König von Juda dessen Residenzstadt, heute eine Stadt im Westjordanland, in der Abrahams Grab verehrt wird
Hethiter	Volksstamm, dessen Reich im 2. Jahrtausend v. Chr. seine Blüte erlebte und im Südosten Kleinasiens lag; u. a. die H. zählten zu den Ureinwohnern Israels
Israel	Name des Erzvaters Jakob, den ihm lt. Genesis 32,29 ein Engel verlieh, der ihn während eines Ringkampfes nur verletzen, nicht aber besiegen konnte
Jebusiter	Volksstamm in den Judäischen Bergen, den die Stämme Israels während der Landnahme nicht unterwerfen konnten; das spätere Jerusalem blieb bis zur Eroberung durch König David *die Stadt der Jebusiter*
Jordan	Fluss in Israel, der den See Genezareth mit dem Toten Meer verbindet
Juda	vierter Sohn des Erzvaters Jakob; der nach ihm benannte Stamm der zwölf Stämme Israels
Judäa	Gebiet des israelischen Stammes Juda im Süden des heutigen Israels; unter der Re-

gierung des Königs David vereinigte sich
J. mit den nördlich der Jordanmündung
siedelnden elf Stämmen vorübergehend
zu einem Gesamtisrael

Kirjath-Jearim	Stadt nordöstlich von Jerusalem; heute: Karjath-el-Inab; gottesdienstliches Zentrum Israels, bis König David die Stiftshütte und die Bundeslade nach Jerusalem holen ließ
Kison	Fluss in Nordisrael
Leviten	Angehörige des israelitischen Stammes Levi; die L. stellten die Priesterschaft Israels, weswegen sie im gesamten Land siedelten
Lot	Gewichtsmaß; 1 Lot wog ca. 12 g, wie man aus Funden alter Gewichtssteine weiß
Mittelländisches Meer	Mittelmeer
Moab	antiker Volksstamm, der im Hochland östlich des Toten Meeres siedelte und mit den Israeliten verwandt war
Pergament	Tierhaut, dünnes Leder, das zum Beschriften benutzt wurde
Rabba	auch Rabbath-Ammon; Königsstadt des Ammoniterreiches; heute Amman, die jordanische Hauptstadt
Rama	Heimatstadt Samuels, des letzten Richters Israels; zehn Kilometer nördlich von Jerusalem; heute: Rentis
Sabbat	lt. Überlieferung siebter Schöpfungstag; jüdischer Ruhetag bzw. Sonntag; beginnt mit dem Sonnenuntergang des Vortages, nämlich des heutigen Freitags und endet mit dem Sonnenuntergang des Samstags
Schalmai	oboenartiges Blasinstrument mit Doppelrohr

Schwarze Blattern	aggressive Form der Pocken, bei der die Pusteln in die Haut bluten
Stiftshütte	zeltartiger, mobiler Gottesdienstraum der Israeliten, in dem der Opferalter und die Bundeslade standen; lt. Überlieferung während der Wüstenwanderung nach Israels Auszug aus Ägypten gebaut; abgelöst durch den Tempel, den König Salomo im zehnten Jh. v. Chr. bauen ließ
Thora	jüdische Bezeichnung für die fünf Bücher Moses; synonym gebraucht für *Gesetz* o. *Gesetz des Moses*
Tor	Die Stadttore jener Zeit baute man häufig als kleine Festungen aus, über denen ein Wehrturm aufragte; im Tor erfuhr man die neusten Nachrichten, lauschte dem königlichen Herold, machte Geschäfte, traf sich zu Gerichtsverhandlungen und Ähnlichem
Zimbel	Schlaginstrument; eine Art Handbecken, meist zwei kupferne Teller oder Scheiben von zehn bis zwanzig Zentimeter Durchmesser, die gegeneinander geschlagen wurden

Nachwort und Dank

»Sie werden lachen: die Bibel!« – so beantwortete nicht etwa
der Papst oder ein amerikanischer Fernsehprediger die Frage,
welches Buch er auf eine einsame Insel mitnehmen würde,
sondern der Dramatiker Berthold Brecht. Nicht aus Ver-
sehen, wie die Geschichte von David und Bathseba beweist:
Viele Autoren der Bibel waren großartige Erzähler, deren
Texte die abendländische Literatur ähnlich stark geprägt
haben wie etwa die griechische Mythologie oder die germa-
nischen Sagen.

Mein nun abgeschlossener Roman kreist um das elfte Kapitel des zweiten Samuelbuches; oder soll ich sagen: um die
zweite Strophe von Leonard Cohens Song *Halleluja*? Die jedenfalls hat mich inspiriert, 2. Sam. 11 nach vielen Jahren wieder einmal zu lesen – und einen Roman daraus zu machen.

Das erste Samuelbuch und teilweise die Kapitel des zweiten, die der Geschichte von Bathsebas und Davids gefährlicher Liebschaft folgen, haben mir den Stoff für *Die Löwin
von Jerusalem* geliefert. Wer diese Texte liest, wird verblüfft
sein, wie weltlich, brutal und blutig es darin zugeht. Das gilt
übrigens für nicht wenige Bücher des Alten Testaments.

Natürlich bin ich bei Weitem nicht der erste Erzähler, der
diesen Stoff gestaltet: Lion Feuchtwanger, um erst im 20. Jahr-
hundert zu beginnen, hat ihn (lt. der 17. Auflage der Brock-
haus Enzyklopädie) 1908 in einem seiner frühen Dramen für

die Bühne bearbeitet (*Das Weib des Uriahs*, heute leider unauffindbar); die slowenische Autorin Stanka Hrastelj hat 2018 einen zeitgenössischen »poetischen« Roman daraus gemacht (*Bathseba*), der sich um die Frauenfrage dreht; Stefan Heym nutzte ihn 1972 in seinem bekannten *König David Bericht*, um mit der feudalen Herrschaftsstruktur des israelitischen Königtums auch die DDR-Diktatur kritisch zu beleuchten, in der er leben und schreiben musste.

Mir ging es vor allem um die Figur der Bathseba und die Frage: Was hat diese Soldatenfrau bewegt, unter den Augen König Davids ein Bad zu nehmen?

Was die Ereignisse betrifft, von denen ich erzähle, habe ich mich weitgehend an die Überlieferung der Samuelbücher des Alten Testaments gehalten. Das gilt auch für ihre Chronologie. Allerdings habe ich den zeitlichen Ablauf etwas gerafft: Laut Heiliger Schrift hat David sieben Jahre in Hebron als König von Juda und 33 Jahre in Jerusalem als König von ganz Israel regiert. Und selbstverständlich habe ich die Überlieferung auf meine Weise interpretiert.

Die Figur der Bathseba taucht im Alten Testament nur an fünf knappen Stellen auf, jedes Mal im Zusammenhang mit David und ohne uns Genaueres über ihr Leben und ihren Charakter zu verraten. Um meine oben formulierte Leitfrage zu beantworten, musste ich Bathseba also eine weitgehend fiktive Biografie geben. Die aber dürfte den Lebensverläufen von Frauen jener Zeit ziemlich nahe kommen.

Gleiches gilt für Uriah, von dem das Alte Testament lediglich berichtet, dass er zum Volk der Hethiter gehörte, mit Bathseba verheiratet war, sich weigerte, während seines von David verordneten Fronturlaubs bei seiner Frau zu schlafen, und nach Rückkehr in den Krieg auf einen Befehl Davids hin von seinem Feldhauptmann dem sicheren Tod ausgeliefert wurde.

Allerdings habe ich Uriah aus dramaturgischen Gründen einen üblen – möglicherweise zu üblen – Charakter angedichtet. Und ja: Es tut mir leid.

Und an einer weiteren Stelle bin ich der biblischen Vorlage untreu geworden: Der Erzähler der Samuelbücher lässt Bathsebas und Davids Kind sterben und erst ihren zweiten Sohn als König Salomo den Thron besteigen. Ich jedoch habe es nicht übers Herz gebracht, der armen Bathseba noch einen Kindstod zuzumuten.

Vielleicht mag jemand einwenden, dass ich Bathseba an einigen Stellen allzu eigenwillig und selbstbestimmt dargestellt habe und dabei auf die sozial untergeordnete Rolle verweisen, an die Frauen damals gebunden waren. Den erinnere ich an alttestamentliche Frauengestalten wie die Richterin Deborah, die Prophetin Hulda, die Königin Isebel oder Judith, die den assyrischen Feldherrn Holofernes tötete, während er Jerusalem belagerte.

Davids Danklied ist in meiner Erzählung an die Lutherversion von Psalm 107 angelehnt, sein Siegeslied an Psalm 27, seine Klage in Kapitel 40 den Bußpsalmen 51, 102 und 130 entnommen. Wenn ich dieses Kapitel als Szene vor mir sehe, erklingt in meiner Fantasie Geoffrey Oryemas Lied *Nomad*, eine zauberhafte Vertonung einiger Verse des Psalms 102.

Davids Liebesverse stammen aus dem Hohelied Salomons bzw. sind davon inspiriert.

Danken möchte ich zuallererst Judith Mandt, mit der ich die Idee zu Erzählungen über biblische Frauenfiguren entwickelt habe und ohne die es diesen Roman nicht gäbe.

Ein herzliches Dankschön geht außerdem an Markus Weber, den Zeichner der historischen Landkarte zum alttestamentlichen Israel.

In tiefer Dankbarkeit verneige ich mich vor meinem Vorbild und großen Meister Leonard Cohen, dessen *Halleluja* mich zu dieser Geschichte inspiriert hat.

Danke auch dir, Susanna Leonard, meiner treuen Schreibgefährtin, für so viel Ermutigung und Ideenreichtum.

Ein herzliches Dankeschön gilt meiner Freundin und Lektorin Friederike Haller für die einfühlsame und sorgfältige Betreuung meines Textes.

Und wie immer an dieser Stelle danke ich meinem langjährigen Begleiter Norbert Mierswa, ohne den es auch dieses Buch nicht ans Licht der Welt geschafft hätte.

Ruben Laurin, Unkel im Januar 2024

Eine Frau. Ein Fahrrad. Einmal um die Welt.

Susanna Leonard
DIE RADFAHRERIN
Annie Londonderry - Eine
Frau. Ein Fahrrad.
Einmal um die Welt
Roman

400 Seiten
ISBN 978-3-404-18879-6

Boston, 1894. Annie ist 22, als sie eine schicksalhafte Entscheidung trifft: Sie lässt sich auf die Wette zweier Männer ein, die behaupten, eine Frau würde es nie schaffen, mit dem Fahrrad die Welt zu umrunden. Doch was ein Mann kann, kann eine Frau schon lange! Also setzt sie sich auf ihr 21 kg schweres Rad, im Gepäck nur eine Garnitur Wechselunterwäsche und einen Revolver, und begibt sich auf das Abenteuer ihres Lebens. Ihr Unterfangen schlägt hohe Wellen in der Presse, doch sie birgt auch Gefahren und droht mehrmals zu scheitern. Wird Annie trotzdem Erfolg haben? Wird sie ein Zeichen setzen für alle Frauen, die wie sie von Gleichberechtigung träumen?

Lübbe

Ein Leben für die Tiere

Susanna Leonard
DIAN FOSSEY -
DIE FORSCHERIN
Sie rettete bedrohte
Tiere. Und bezahlte
einen hohen Preis
Roman

448 Seiten
ISBN 978-3-404-18798-0

Kalifornien, 1940. Für die kleine Dian steht früh fest: Sie will einmal mit Tieren arbeiten. Viele Jahre später reist Dian tatsächlich nach Afrika, um dort die bedrohten Berggorillas zu erforschen. Und ihr gelingt Bemerkenswertes: der direkte Kontakt zu den scheuen Tieren. Eine einzigartige Freundschaft entsteht, die bald die ganze Welt kennt. Aber nicht nur den Tieren gehört Dians Herz. Als sie dem Fotografen Bob begegnet, verliebt sie sich in den verheirateten Mann. Doch je unermüdlicher Dian für die Erhaltung der Gorillas kämpft, desto mehr Feinde schafft sie sich. Bald ist nicht mehr nur das Leben ihrer geliebten Tiere in Gefahr, sondern auch ihr eigenes.

Lübbe